木越治 責任編集

江戸怪談文芸名作選

第二巻

清涼井蘇来集

〈校訂代表〉井上泰至

国書刊行会

目次

凡例

一　この巻には、清涼井蘇来の作品四篇を収める。

二　収録する四作品のほとんどの版本画像がインターネット上で容易に閲覧可能であることに鑑み、読者に理解しやすく、親しみやすい本文づくりを心がけた。

三　二の方針に基づき、以下のように本文を作成した。

1．漢字

イ　原文の漢字を適宜仮名に開き、また、仮名が続いて読みにくいところは、漢字をあてるなどの処置を行なった。

ロ　旧字体は原則として新字体に直した。

ハ　当て字・誤字・異体字等は、原則として正字に直した。

2．仮名

イ　仮名遣いは、おおむね底本通りとし、歴史的仮名遣いに統一することはしていないが、底本内で不統一な場合は揃えるよう努めた。

ロ　送り仮名も適宜補った。また、ルビの一部を送り仮名にした場合もある。

ハ　踊り字の類は、漢字を重ねる場合の「々」以外は用いていない。

3．ルビ

底本には多くのルビが付されているので、基本的にはそれを生かすようにしたが、送り仮名にしたり、頻出するものや読み誤るおそれのないものについては、省略した。

4．句読点・段落

イ　句読点は、原文にあるものを生かしつつ、読みやすくなるように、適宜、取捨・付加した。

ロ　原文には段落がないが、読みやすくなるように、適宜設けた。

ハ　会話・心内語には適宜「　」を付した。

5．補足

『今昔雑冥談』の底本は虫損が甚しく、適宜関西大学図書館中村幸彦旧蔵本『怪異夜話』で補った。

四　解説のうち、書誌に関しては、可能な限り簡略にした。

五　本書には間々、人権上好ましくない語彙の使用が見られるが、本書の資料的価値に鑑みて、それらの語彙も底本通り翻刻することとした。読者諸賢には、這般の事情を理解の上、繙読をお願いしたい。

古《こ》実《じつ》今《いま》物《もの》語《がたり》

木越　秀子＝校訂

序

四海太平《しかいたいへい》の代《よ》といふうち、わけて元朝《ぐわんてう》の心持ち、幾《いく》たび聞きても心よき福神双六《ふくじんすごろく》の声《こへ》。あたり隣《となり》の娘子ども寄り合《お》ふての「一夜明《よあ》くれば賑《にぎ》やかに」と手毬《てまり》をつくも、実《げ》にもつともと共《とも》に心は浮《う》き立てど、いまだ余寒《よかん》に外《そと》へは出《で》られず、耳《みみ》ばかりにまづ正月をさせんと炬燵《こたつ》に腰《こし》をあぶりながら、つくづく聞きて居《い》るに、何か後先《あとさき》そろわぬよふなれど、またまんざらないことでもあるまいと思ふにつけ、書肆《しよし》の蔵《くら》の隅《すみ》など尋《たづ》ねたく、過《す》ぎ去《さ》りし老人《らうじん》たちの聞きつたへもがなと、しきりに床《ゆか》しく、とろとろと枕《まくら》を友とするうち、なじみにはあらねども、たびたび見《み》たる老和尚《らうおせう》、忽然《こつぜん》と来《き》たりたるに、宜《よ》き幸《さいわ》いと尋ねしかば、ぽつりぽつりと答《こた》へらるる。これは面白《おもしろ》ひと思ひ、一々たづねしまつて見れば、和尚は見へず。「はて、今迄ここに」と枕をあげれば、宝船《たからぶね》にゐごゐご笑《わろ》ふて居《い》らるる袋《ふくろ》和尚なり。これは奇《き》なりと思ふにつけ、ここに書《か》き残《のこ》す而已《のみ》。清涼井

唄童《うたわらべ》古実今物語《こじついまものがたり》　巻之一

○松前長兵衛《まつまへてう》が事の始《はじめ》

「〽むかふ通《とを》るは長兵衛じやないか。鉄炮《てつぽ》かついで小脇差《こわきざし》をさして、どこへ通ると問ふたれば、雉《き》子《じ》のお山へ雉子打《う》ちに。雉子はけんけんほろろうつ。寄ってお茶まいれ、新茶をまいれ。お茶も新茶も呑《の》みとふもないが、ここな小娘にちよと惚《ほ》れた」と。この唄《うた》の元をたづぬれば、長兵衛といふものあまり不思議なる男ゆへ、その徳《とく》をもてはやして唄《うた》ふなるべし。これも昔《むかし》のことなりとや。

奥州《おうしう》にて伊出《いで》の何某《なにがし》と申す御方二万石を領《りやう》したまふ。その家士《かし》松前長兵衛《まつまへちやうびやうへ》とて随分軽《ずいぶんかろ》き侍《さむらい》なりけるが、第一忠義《ちうぎ》深く親に孝行《かうかう》。その心から下《しも》をあわれみ、おもて柔和《にうわ》にして万人《ばんにん》に愛敬《あいけう》を持ち、男ぶりよく、心あくまで強《ごう》にして思慮厚く、武芸欠《か》ける所なき男なり。

取り分け鉄炮《てつぽう》の上手にて、主君供《とも》に召しつれられ、山にて鳥獣《とりけだもの》を打《う》たせて慰《なぐさ》みたまふこともあり。また仰《おお》せつけられて一人行きて打つこともあり。

この殿雉子を好かせられて、たびたび長兵衛に仰せて打たせたまふ。領分に雉子多く集まる山ありて、諸人の出入りを停《と》めたまへば、おのづとこれを雉子のお山といへり。

長兵衛男女両人を仕《つか》ふといへども、右、母に孝行なるゆへ、山に至るときも人をつれず、常に手づから鉄炮をかたげて行きけり。

ここに笹藪意安《ささやぶいあん》とて貧医ありけるが、かの山に薬《くすり》あることを知《し》つて、ひそかに行《ゆ》きて薬を掘り居《ゐ》ける。

いかなる過去《くわこ》の約束にや、長兵衛もその日雉子を打ちに到《いた》り、はるかに二町ほどを隔《へだ》ててこれを見るに、黄色《きいろ》なるに赤きをまじへ、つぎつぎの衣類を着て、こごなりふしたるところ、雉子の二三羽集まり居たる体《てい》に見へ、殊《こと》に人入《い》るべき山ならねば、人なりとは思いもよらず、ただ一打ちに殺《ころ》し、そばへ寄つて大いに驚き、心に思ふよふ、

「これ図《はか》らざることなれどもわが誤《あやま》りなり。このものの妻子あるべし。このことを聞かばさこそ口《くち》惜《お》しく敵《かたき》を討《う》たんと思ふならん。わが母ひとに殺されたまはば、たとひあやまちにもせよ、金輪際《こんりんざい》許《ゆる》すまじ。さあれば人も同じこと。所詮《しよせん》この死骸《しがひ》を里へ持ち行き、その妻子を尋ね、敵《かたき》を討《う》たるべし。わが命も今日《けふ》までの約束ならん」

と覚悟《かくご》きわめ、すでに死骸をひきかたげしが、

「待てしばし。われ一人を便《たよ》りにしたまふ母《はは》、われ死なば誰《たれ》か育《はごく》みたてまつらん。そのうへ今日まで露命をつなぎしは皆主君の恩《おん》。もつともその日その日の奉公をつとむるといへども、これ全《まつた》くこのためばかりに下《くだ》したまはる知行《ちぎやう》にはあるべからず。まさかのときの御《おん》大事にも立てんためにこそ、先祖より禄《ろく》をたまはるところ、ゆへもなくわれ死せば、不忠《ふちう》といい不孝《ふかう》といい、ひとかたならぬ大

事の命。いかがはせん」

と、とつおいつ思案に胸をいためけるが、急度《きつと》分別《ふんべつ》して死骸に向かひ、

「御身《おんみ》不運にしてわれに殺されたまふ。さこそ無念ならん。われまた御身の妻子に敵を討《う》たるべし。さりながら、わが主君に一つの大儀《たいぎ》をつとめ、その上老母の身《み》まかりたまふまで待つてたまはるべし。それまでは御身が妻子あらば、これを尋ねていたわり育《はご》くまん」

と生《い》けるものに言ふごとく懇《ねんご》ろにことわりて、かたへなる所を深く掘り、死骸を埋《うづ》め、ひそかに印《しるし》を立てて帰《かへ》りけり。

さて翌日より心をつけて町々在《ざい》々を窺《うかが》ふに、四五日を経《へ》て、

「そんじよそれなる所の医者、天狗《てんぐ》につかまれしや。四五日以前に出て行《ゆ》き方知れず。近所のものどもこの間方々尋ねしかど、死骸さへ見へず。その妻子のなげき不便《ふびん》のことなり」

などといふ風聞《ふうぶん》を聞き、余所《よそ》ながら尋ねてみれば、かの山の麓《ふもと》より四五町こなたなる窪《くぼ》といへる町のはづれにて、笹藪意安《ささやぶいあん》といふ医者なり。

長兵衛この所に尋ねいたり、何げなふたばこの火をもらい休み居て内の様子《やうす》を見れば、もはや尋ね尽くして僧など招《せう》じ追善する体なり。もつとも召《め》しつかいとてもなく、女房《にようぼう》と見へて四十ばかり、娘と見へて十五六なるが、両人ともに目を泣きはらし居たり。

このありさまを見ては身《み》も世《よ》もあられず、「「われこそ敵《かたき》なり」と、名乗りて討《うた》れん」と千度百度《ちたびももたび》

思ひしかど、急度《きつと》心を取り直《なお》し、

「忝《かたじけな》し」

と礼言ひて帰《かへ》り、それより御用で雉子打ちに至《いた》る日はなをさら、非番のときも雉子にかこつけかの家の前を通り、そのたびごとに立ち寄りて休みける間、親子不審に思ひ、

「いかなる方《かた》ぞ」

と尋ねけるとき、

「我等は当領主の家来なるが、御用にて毎日雉子を打ちに行くものなり」

とてそれより心安くなり、あるときは、

「これにてよき茶を煮《に》てたまはれ」

とて銀一包《つつみ》を送り、またあるときは、

「酒を調《ととの》へてたまはれ」

とて金子《きんす》を送り、酢《す》につけ粉《こ》につけ金銀を送りければ、これにて親子貧苦を助かりぬ。

さるにても母親不審し、「何のさしたることもなきに、わらはに金銀をたまはること、いかなることぞや」とつくづく思ひよく廻《まは》し、「さては娘に執心《しうしん》にてのことなるべし」と心のつきしもつともなり。

娘もまた長兵衛が男つき、きつとして麗《うるは》しき目の内に心移り、度《ど》ごとたびごとの目づかひ。諸品《しよしな》

母も大方呑み込みて、「さては思ひ合《お》ふたことなり。あわれ折《おり》もがな。むすびをもさせん」と常々思ひ居たり。

長兵衛はただ貧苦を救ひ育《はごく》むためばかりなれば、はじめのほどこそ親《した》しくならんため、日ごと日ごとに立ち寄りて、呑みたくない酒を呑み、喰《く》いたくない茶漬けもらいけれども、今は心安くなりしうへなれば、さのみ毎日行くにも及《およ》ばず、折ふし通るときもよらずに、すぐ通りすることありければ、母思ふ様《やう》、「さてはあれほどに情《なさ》けふかくしたまふことなれば、こなたよりも言《い》ひ出《いだ》すべきはづなるを、わらは情けなくて、そのこと言《い》わずにうち過ぐると思ひたまふゆへ、遠《とを》ざかりたまふものならめ」と心まわり、娘にもそのよし語りて、かさねて通るとき、

「長兵衛殿寄りたまへ。ただ今よき

これこれ長兵衛さん、新茶をあがれ／今日はおそいからよりますまい

茶を煮たり。呑みたまへ」

と呼びかけければ、長兵衛、

「今日はちとおそく出《い》で、急ぎ候へば寄るべからず。茶も所望になし」

と言ひけれども、

「たつて」

と言ひて呼び入れ、

「御身もわが娘に心ありや。娘もまた御身をしたふなり。包まずと申したまへ」

と言ひければ、長兵衛心に幸いのことと思ひ、「恋《こひ》にことよせ彼を妻《さい》と定めば、両人を育《はごく》むにたよりよし」と思案して、

「近頃《ちかごろ》申しにくく恥《は》づかしく候へども、いつぞやちよと見しより、そぞろに恋ひわび候ふ」

と言へば、母、

「わらはもさこそ思ひつるゆへかく申すなり。見たまふ通りの親子の身分。御身が様《よう》なる器量骨柄《きりやうこつがら》勝《すぐ》れたる人は娘松《まつ》には過ぎたり。この方からも望み思ふなり。さあらば晩にかならず来たりたまへ。盃《さかづき》いたさすべし」

と約束して別れぬ。

これをや「〽寄つてお茶まいれ、新茶をまいれ。お茶も新茶も呑みともないが、ここな娘にちよ

と惚《ほ》れた」と言ふなるべし。ちよと惚《ほ》れたるにはあらず、「〳〵ちよつと見て惚《ほ》れた」といふことなり。「〳〵ちよつと惚れたは大事もないが、晩にござれや長兵衛殿」とはこのときの約束なり。

かくて長兵衛やむことならねば、その夜来たりけるに、娘もまた昼より仕《し》度《たく》して、今宵を曠《はれ》と粧《よそほ》ひかざり、元より器量《きりやう》もよくぼつとりものにして、今年十六歳、まことに蕾《つぼみ》の花開けどきとや言ふべき。

母も喜び、盃そこそこにさせて、気を通し西受けの一間《ひとま》へ這入《はい》りて寝《ね》れば、こなたは東枕に窓明けんとするとき、長兵衛思ふ様《よう》、「この娘のためにわれは全く敵《かたき》なり。いかに知らざればとて、現在の敵に肌ふれんをや。その上後《ご》日《にち》に「われは敵なり」と名乗り討たれんとき、情《なさ》けにひかれ討ちかぬることもやあるべし。ただ養《やしな》わんための夫婦なれば、偽《いつわ》るにはしかず」と思ひ、

「今宵われ来たること、御身が母の詞《ことば》やむことなく来たりぬれども、われ心願《しんぐわん》のことありてしばらく身をつつしむなり。さりながら御身は妻なり。母はしうとめなれば、気《き》遣《づか》いしたまふな。われ心安くすごすべし。情《なさ》けのところは心願満《み》つるまで待ちたまへ」

と言ひければ、お松も力《ちから》なく、その夜はむなしく別れぬ。

それより長兵衛はいよいよ養ふに便《たよ》りよく、わが身を不自由し、心の及ぶほどに両人を育《はごく》みけり。またその間も実母に孝行なることは言ふに及ばず。

とかくするうちに光陰《くわうゐん》移り安く、既《すで》に二年を経たり。月に三五度は、姑《しうとめ》の手《て》前《まへ》あれば、来たりて

泊《とま》るといへども、一度も肌をふれず。そのたびごとに女房お松、

「いまだ願望《ぐわんもう》は満《み》て候わずや。精進《しやうじん》にも中落《なかお》ちと申すこと候ふぞや」

などと、夜着《よぎ》の下から手を指し込み、一夜《ひとよ》もろくに寝せざるももつとも。この間の長兵衛がしんぼう、思ひ遣《や》らるるばかりなり。


ときに長兵衛実母、かり初《そ》めなる病気におかされ、医療《いりやう》しるしなく、長兵衛露《つゆ》の間も側《そば》はなれず大事にかけ介抱《かいほう》すといへども、定業《ぢやうごう》にてやありけん終《つい》に空《むな》しくなりければ、長兵衛天にさけび地に倒《たお》れて恋慕《れんぼ》涕泣《ていきう》すれども、またかへるべき道にもあらねば、寺に送りて野外《やぐわい》の煙《けむり》となし、中陰《ちういん》のつとめ慇懃丁寧《いんぎんていねい》なること言ふもさらなり。


すでに百ケ日も終《おは》れば、心に思ふ様、「われ雉子《きじ》の山にて殺《ころ》せし人への約束一色は満《み》てたり。この上は主君の御用何ぞ大切なることあれかし。身に応ぜざることなりとも、一命《いちめい》にかけてこれをつとめ、その上にて潔《いさぎよ》く親子のものに討たれん」と、常《つね》々覚悟極《きわ》めしは、またあるまじき士《さむらい》なり。はるかにほども経《ふ》れば、両人のものわが方へ引きとり、他事《たじ》なく親《した》しみ、これよりはなを言ひわけ仕《し》よく、

「わが願望《ぐわんもう》は満《み》つるといへども、母の一周忌《しうき》過《す》ぐるまでは」

とて、不便《ふびん》やお松、生後家《いきごけ》とはこのことなるべし。今年《ことし》長兵衛二十三、お松十八才。おもて向きはよき夫婦にして、内証《ないせう》はあぢなもの。初孫《ういまご》見たいとて願込《ぐわんこ》めする母親の心も知らぬが仏《ほとけ》なり。

ここにおかしきことあり。長兵衛召《め》し仕《つか》への男六介、片辺土《かたへんど》より新参《しんざん》に置《お》きけるが、もの言ひふつつかなるを気の毒がり、お松ていねいに教へければ正直《せうじき》に覚へて、他の人へのわきまへなくめつたに主人を丁寧《ていねい》に言ひければ、長兵衛これを聞きてあるとき小《こ》かげへ呼び寄せ、

「汝《なんじ》が詞《ことば》ていねいなりといへども、所《ところ》を知らぬと言ふものなり。惣《そう》じて他の人に向《む》かつては、わが主人をば引き下げて言ふものぞ。たとへば供《とも》して頼《たの》みませう乞《こ》うときも「長兵衛参《まい》りました」といい、あるいは迎《むか》いに行きては「長兵衛これに居《お》りますなら、迎《むか》いに参りましたと仰《おお》せ通《つう》ぜられ下さりませ」と言ふものなり。または手前《てまへ》へ人来たるときも「長兵衛殿お宿《やど》にか」と言はば「宿におります」、また留守《るす》のときは「出《で》まして留守でござります」と答《こた》へるが大法《たいほう》。汝《なんじ》がよふに「あい、お宿においでなされます」と言ふものにはあらず。惣《そう》たい客《きやく》の前ではわが主人をぞんざいに言ふものなり」

と教ゐければ、彼奴《きやつ》馬鹿《ばか》律儀《りちぎ》なるものにて、いちがいに覚へたり。

その折節《おりふし》、当家《とうか》中《ちう》に横田《よこた》伴助《ばんすけ》とて、一家老横田《よこた》内記《ないき》甥《おい》にて、もつとも別宅独身《どくしん》にてありけるが、元来《ぐわんらい》たわけものにて、おのれが愚鈍《ぐどん》なるを発明《はつめい》と思ひ、常々あたまがちに出ほうだいを言ふといへども、叔父《をぢ》の家老職に免じて家中の諸士も許《ゆる》しおきける。

今日長兵衛方へ来たる訳《わけ》は、長兵衛義小身《せうしん》なりといへども家老内記とは少し鰯煮《いわしに》た鍋《なべ》にて、殊にねんごろに出入りするものゆへ、頼むべき筋《すじ》ありて来たりぬ。

そのゆへは、家老内記一人の娘お村《むら》といひけるが、伴助内《ない》々この娘に執心《しうしん》し文《ふみ》など送りけれども、手にも取らずにつき戻《もど》すゆへ、「表《おもて》むきより貰《もら》いかけん」と思ひ、長兵衛を頼みて叔父貴《をぢき》に言わするつもり。もし「家督《かとく》なくてやられぬ」とあらば、則《すなは》ち「われ叔父の家督をつがん」と、このわりくどきをよく言わせんと思ひ、物申乞《ものもうこ》うて、

「長兵衛殿宿《やど》にならら、伴助でおりやる。御意得《いゑ》たい」

と、あたまから出かけるは常《つね》の癖《くせ》。

「はい、宿におります」

と六介あぢをやり、「かく」と長兵衛に通《つう》ず。

長兵衛出迎《むか》い、

「これは珍《めづら》しき御来駕《ごらいが》。まづこなたへ」

と上座《じやうざ》へ招《せう》じ、あるべきかかりの挨拶《あいさつ》。いまだその言葉言ひ出しもせぬところに、また誰《たれ》やら物申《ものもう》乞うて、これも家中の朋輩《ほうばい》なるが、長兵衛に申し合《あ》はすることありて来たり。

六介取り次ぎに出でけるゆへ、

「長兵衛殿お宿にならちよと御意得《いゑ》たし」

と言ひざま、伴助家来《けらい》玄関《げんくわん》に見へければ、

「お客ありと見受けたり。それへは参《まい》るべからず。これにて立ちながらちよと申し合はす義あり。

お手間《てま》は取らすまじ。ちよつとこれへ呼びましてたも」

と言へば、六介、

「ないない」

と言ひて内へ入り、伴助と長兵衛話して居《ゐ》る、こなたなる衝立《ついたて》の陰《かげ》より首《くび》を出《い》だし、ひたもの手招《てまね》きをすれば、長兵衛合点《がてん》行かず、

「あぢなことしおる」と思ひ、さらぬ体《てい》にて居たりしを、お松勝手《かつて》より見かねて、

「これは何をすることぞ」

と言へば、

「はて、よいてよいて。これ長兵衛、これさこれ長兵衛。ちよつと来やれ」

と呼びければ、長兵衛もあきれはてて呵《しか》られもせず、客の前《まへ》への気の毒さ。しよふことなさに立ちて来たれ

長兵衛あいさつ／伴助お村が事たのまんと思ひ来る／長兵衛どのはおやどか／家人六介とりつぐ

ば、

「どなたか逢《あ》おふとおつしやる。はやく出やれ」

と言ふ。

　このよし伴助見て、

「さては長兵衛と言ふもの大きなるたわけものなり。家来《けらい》にかくのごとくあな取《ど》らるるくらいなれば、このこと頼みても無益《むやく》なり」と思ひ、そのまま立ちて帰《かへ》りける。「愚者《ぐしや》の走《はし》り智恵《ちゑ》」とはこれらをや言ふべし。

　かくて長兵衛年月《ねんげつ》を送るといへども、いまだ主人にこれぞと言ふ奉公もせず、その年も既《すで》に明《あ》けて、母親の一周忌《しうき》も近《ちか》づきけり。長兵衛つくづく思ひけるは、「女房お松と夫婦の約《やく》をなして最早《もはや》四年を経《ふ》れども、いまだ一度も交合《かうごう》をせず。われこそ所存《しよぞん》ありてかくのごとくなれども、彼は何《なん》の心もなし。ただわれ偽《いつわ》りし詞《ことば》について母の一周忌過ぐるを指を折《お》つて待つべし。そのときまたことわりを言はばいかなる心にもあきれはてん。なまなかわれ育《はごく》まずは、おし出して言分《いいぶん》ない娘。いかなるものの妻ともなりて相応《そうおう》に世をわたるべきに、結句《けつく》わが妻となして尼法師《あまほうし》同前《どうぜん》の身分は、いかにしても不便《ふびん》なり」と色々と心をくだき思ひ廻らしける。

　ここに長兵衛弟《おとと》分にて、松前民五郎《まつまへたみごらう》といふものあり。このものの親《おや》は津軽《つがる》の城主《じやうしゆ》の家来にて、いかなる科《とが》か死罪《しざい》に行われ、所領没収《しよりやうもつしゆ》せられけり。ときに民五郎五才なりけるを、長兵衛父長左衛門、少しゆかりありて引き取り、長兵衛弟分にして育て、後に殿《との》へ申し上げ、わづかの所領《しよりやう》たまはりて、別宅《べつたく》してありけり。長兵衛とは一つ違《ちが》いにて、もつとも互いに入懇《じゆこん》なり。

あるとき長兵衛、民五郎方に行き、

「われ御身に一大事を頼みたし。頼まれたまはんや」

と言ひければ、民五郎、

「われ御身の父長左衛門殿の恩《をん》、一生《いつせう》忘れず。いかなることなりとも明かしたまへ。かならず頼まれ申さん」

と言ふ。そのとき長兵衛その詞《ことば》を聞かんばかり、

「さして大事といふほどのことにてもなく、近頃《ちかごろ》おかしなることなれども、御身におゐて何をか隠《かく》さん。われまことは男根不具《なんこんふぐ》なり。朋輩《ほうばい》どもこれを知りけるにや、一両度当《あ》て言《こと》しけるゆへ、われ支離《かたわ》と言はるるが無念《むねん》さに妻を迎へたり。幸《さいわ》い御身妻なければ御身が妻としてたべ。われまた一子《し》をもほしきなり。御身が子《こ》ならばわが実子《じつし》に何かことならん。もし懐妊《くはいにん》もせば、一つはわれを支離《かたわ》と疑《うたが》いしものへの面晴《めんばれ》、一つはわが望むところの子孫《しそん》、この上やあるべき。頼みたきとはただこのことなり」

と言ひければ、民五郎大きに肝《きも》をつぶし、

「外のことなら何ごとにても御身のこと、一命《めい》をさし出し頼まるべきに、これは存《ぞん》じも寄《よ》らざるこ

と」

と言はせもはてず、

「さあらば得心《とくしん》したまわぬか。最前《さいぜん》頼まれんとのたまひしゆへ、恥《は》づかしきことを明かしたり。今《いま》更《さら》得心なければは兄弟《けうだい》とも存ぜず。この已後《いご》とても御意得まじ」

ともつての外に言ひければ、

「されば、否《いな》と申すにてはなく、あまり不思議なることゆへに、一往《いちわう》は御辞退《ごじたい》に及びたれ。さほどに仰せられ候ふ上は何の否《いな》と申すべき。いか様ともお心次第《しだい》にいたさん」

と言ひければ、長兵衛喜《よろこ》び、

「近頃《ちかごろ》忝《かたじけな》く存ずるなり。さらばこのことをお松にも申し聞かん。序《つい》でながらまた頼むことあり。われは弓箭筋《きうせんすじ》候ひて、刃《やいば》にて死すべき相《さう》あり。はかられぬことなれば、いつといふことの知れざるこの身。もし空《むな》しくもなり候はば、御身まことの妻となして母ともに育《はごく》みたまはれかし。このことをも頼み存《ぞん》ずるなり」

と覚《おぼ》へずはらはらと泪《なみだ》をこぼしければ、民五郎、

「はて小気《せうき》なことのたまふな。弓箭筋《きうせんすじ》ありとて、極《きは》めて刃《やいば》に死すべきにもあらず。しかしながら仰せられ候ふことは、皆一々われ得心せり。少しも気遣《きづか》いしたまふな」

と言ひけるゆへ、長兵衛大きに喜びてわかれぬ。

宿にかへりてその夜、お松に委《くわ》しく民五郎に言ひし通り話しければ、お松大きに驚き、しばらくものをも言はず居《ゐ》たりしが、ややありて言ひけるは、

「わらは御身と縁《あん》あればこそ、かく夫婦となりぬ。御身が不具《ふぐ》なりとて何とせん。先生《さきせう》の約束ごとと明きらむべし。民五郎殿との内婚礼《こんれい》は許《ゆる》したまへ」

と言ひければ、長兵衛色《いろ》をかへ、

「今のごとく申せしこと何とか聞きたまふ。われ支離《かたわ》なること人の譏《そし》りにあいしゆへ、何とぞ一子出生《しゆつせう》せば、そしりし人の口をもふさぎ、又々われ、かねがねほしき一子。これゆへにこそ民五郎も得心なきを無理に頼みたり。御身得心なくは今よりわれに見へたまふな。われもまたふたたび見るべからず」

などと、おどしつすかしつ言ひければ、お松やむことなくよふよふに納得《なつとく》せり。

そのとき民五郎をひそかに呼び寄せ、母には曾《かつ》て沙汰《さた》なしにして、部屋《へや》にて盃《さかづき》させ、われは座敷《ざしき》をかへて寝《ね》たり。それよりして民五郎たびたび夜《よる》通ふといへども、誰《たれ》ありて知るものなし。もつともなるかな、主《あるじ》長兵衛手引きにて忍《しの》ばすゆへ、気のつくものなきはづなり。

ここに当御屋形《やかた》の一家老千二百石を領す横田内記《よこたないき》、五十の賀《が》を祝《しゆく》して、一家ならびに親《した》しき朋輩《ほうばい》を呼びて振《ふ》る舞《ま》いしけり。長兵衛小身《せうしん》なりといへども、すこし爪《つめ》のはし殊《こと》に常々親《した》しく出入ることなれば、この饗応《きやうおう》に招《まね》かれて末席《ばつせき》を汚《けが》せり。その外家中の諸士《しよし》、大禄《たいろく》の衆中《しふちう》五三人、内記甥《おい》伴助も一座にて、

敷居《しきゐ》一つこなたは女中の一群《ひとむれ》賑《にぎ》やかに花々しかりき。本膳《ほんぜん》も取れる時分、内記人々に挨拶《あいさつ》しけるは、

「さてさて、今日はうち揃《そろ》い御入来《じゆらい》下され、近頃もつて忝《かたじけな》し。それにつきただ今御殿《ごてん》より急《きう》に召《め》され候ふ。千万残念《ざんねん》ながら罷り出るなり。あとにてゆるりとお遊《あそ》び下さるべし」

とて出で行きぬ。

「一向《いちかう》内記殿留守《るす》なるも御馳走《ちそう》の一つか」

と若い衆中の言ひあへるももつとも。

さてそれよりうちまぢりに酒になりて、三味線《さみせん》、浄瑠璃《じやうるり》、あるいは碁将棋《ごせうぎ》の好きなるは、かたわきにて余念《よねん》なく、蓼喰《たでく》ふ虫とおもしろくもない浄瑠璃に首をたれて聞くもあり。また湿深《しつぶか》なる相手はいつかな外へは目もやらず、こなたの女中むれへ推参《すいさん》して、

「お間《あい》を仕《つかま》らん」

などと、出もせぬ洟《はな》をかみ、衣紋《ゑもん》つくり、無意気呑《むいきの》みして肝《きも》をつぶさせ、翌日《あした》は頭痛鉢巻《づつうはちま》きて寝るをも知らぬたわけもあり。

取りわけ横田伴助大湿深《おおしつぶか》ものにて、初《はじ》めより女中の中へ這入《はい》り、喰《くら》ふほどに喰《くら》ふほどに頭《づ》上まで登《のぼ》せて、いとど赤面《あかつら》なるを猿《さる》の尻《しり》のごとくにし、いけもせぬ声《こへ》でかびくさひ浄瑠璃《じやうるり》など、ところどころかぢりちらかし、始めお村が誉《ほ》めてくれるかと幾《いく》たび顔を見てもじろりくわんとして居れば、
腰元《こしもと》のお崎が、

「伴助様お好きの将棋《せうぎ》が始まりました」

といいなしたがるももつともぞかし。

伴助はお村に首《くび》だけなれば、好きな将棋も目につかず、

「この盃はお村どのへ進上《しんじやう》いたさふ。我等思ひ指《ざ》しなり」

とてさしければ、お村うるさく小腹《ばら》も立ちて、

「私は一すいもたべませぬ。名代《めうだい》に崎におやりなされ」

と言ふとき、

「いいゑ、わたくしもたべませぬ」

とはねられ、側《そば》に居られる女中がたの手まへ、

「さりとは気の毒。はて酒はともかくも指《さ》したる盃をいやとは近頃《ちかごろ》ぶしつけ。是非とも」

とお村にさしつくれば、

「はてそんなことを知らぬが女。いきはりおつしやるは男にこそ」

と言ふ折《おり》から、長兵衛小用《せうやう》に立ちて帰《かへ》りざま小腰《こごし》かがめて通りければ、お村袖をひかへて、

「伴助様呑《の》みもせぬわらはを取らへてなんのかのと、さりとは迷惑《めいわく》。ぶしつけながら私が名代、おまへあがつてわけつけてたまはれ」

と長兵衛へゆづれば、

「いや、私もたべませぬが、お頼みとあれば是非なし。しからば伴助様お改《あらた》めなされて下され」

と指《さ》し戻せば、

「あまり急《きう》なり。これお崎の君《きみ》、今のは直《じき》にやらなんだゆへ御ふくもじ。今度は頼む、間《あい》してたも。

とかく色がなければ呑めぬ」

と膝元《ひざもと》へ指《さ》しつくるを、

「はて、幾《いく》たびも申す通り嗅《か》ぐもきらいでござります」

と、二度の恥辱《ちぢよく》に業腹《ごうはら》にやし、

「叔父貴《をぢき》が酒が嫌《きら》いゆへ、どいつもこいつも酒の作法《さほう》も知りおらぬごくどふども」

と側《そば》なる浮橋主水《うきはしもんど》、内室玉江殿《ないしつたまへ》へ、

「慮外《りよがい》ながら頼みたてまつる」

とさせば、

「いかふもめたるお盃、一つ上《あ》がつてから」

と、つきもどされ、次《つぎ》を見ればおふじどの、遣《つか》わさるとまた、

「おさへじや」

と当《あた》る所が不首尾《ふしゆび》たらだら。しようことなしに一つ受くるも、憎《にく》さげにこぼるるほどつぎかけられ、

「ゑいやつ」

と呑めば、お崎が立ちて銚子《てうし》のかわり。

「さりとはむごい」

と五つ六つ呑みかぶつて、よふよふ長兵衛へ盃が行くとき、

「お酌《しやく》たべぬぞ、少しついでたまはれ」

と言へば、お崎が心得てたらたらたらと一二滴《てき》。

「これは白癩《びやくらい》そうはならぬ。呑まれても呑まれいでも、名代なれば、是非一つ」

と手を持ち添《そ》へて伴助がなみなみとつぎければ、

「これはさりとは迷惑千万《めいわくせんばん》。これほどたべたらたまるまい」

とすこし呑みて下《した》に置けば、お村その盃を取りて、

「まいりもせぬお人にこれほどどふして」

と言ひざま半分過ぎ呑みければ、そのあとをお崎が取りてぐつとほしぬ。

伴助ぐつとせき上げ、

「我等がさす盃をば一滴《てき》もたべぬの、いやかぐもいやのと、これなる衒妻《げんさい》めも同じよふにぬかして、長兵衛つけざしを二人して呑むとは、八幡堪忍《はちまんかんにん》ならぬ」

と真黒《まつくろ》になれば、お村言ふ様、

「わらはが替《か》わりに長兵衛様、呑まぬ人に無理に呑ませては気の毒。崎がつぎたるままにて置きた

まはばその分なるべきを、御身手をかけ無理につぎたまいたゆへ、過ぎることの気の毒さにわらは呑みたり。その上御身ただ今、酒の作法《さほう》もしらぬごくどうどもとのたまひしぞや。その作法もしらぬごくどうを相手に、酒呑みたまふはいらぬことなり」

とづつけり言われてせん方なく、腰元《こしもと》に取りてかかり、

「おのれはかぐも嫌《きら》いだとぬかして、長兵衛が呑みあましをなぜ呑んだ」

と言へば、

「されば私もよきほどにつぎしを、おまへ無理につぎそへたまへば、銚子を持ちたる私が科《とが》になりて、御身のおかげで呑まれぬ酒を呑みたり」

とどちらへ廻《まわ》つても言ひつめられ、むせうに腹は立てども仕方《しかた》なし。

　長兵衛は折悪《あ》しと、

「この盃戻したてまつらんもはばかり。たべおきに仕《つかまつ》らん」

と盃持ちて勝手へ立てば、伴助ひとり手持ちなく、まことに女の中のいり豆にて、胸はこげるほど真黒《まつくろ》に、腹をも切りたきほどなれど、どこへ取りつくしまもなく、

「さらば将棋《せうぎ》にいたそふ」

と面もかぶらず次《つぎ》の間《ま》へにぢり出で、まだ負けきりもせぬ将棋を、

「御身負けなり。我等敵《かたき》」

と無理に駒《こま》かきよせ、おしなをつて指《さ》すほどに、まことに将棋は強くて、引きつづけて五六番勝ちければ、これにて少し色をなおし、さあそれから例《れい》の高慢《かうまん》。

「おそらく我等に続《つゞ》く将棋は覚えなし。誰《たれ》にても相手は嫌《きら》わぬ。勝ちてみたまへ」

などとひとりして広言《くわうげん》言へば、芝田宮内《しばたくない》長兵衛を呼ばれ、

「貴殿《きでん》はかねがね将棋が強いと聞く。あまり自慢《じまん》なるに一番指《さ》してみたまへ」

と言はるれば、

「いや、拙者《せつしや》随分《ずいぶん》下手《へた》にて、中《なか》々御相手になり申されず」

と辞退《じたい》するを、負けたる人々岡崎初平《おかざきはつへい》、小倉野辺介《をぐらのべすけ》、「たつて所望《しよまう》」と無理むたいにおしなをせば、こなたの女中たちも顔《かほ》さし出し、「伴助がまければよいが」とひそかに言ふもおかし。

長兵衛は三段《だん》の将棋なれば、伴助いかで及ぶべき。忽《たちま》ち一番負けければ、皆々一度に口を揃《そろ》へ、

「伴助殿自慢《じまん》の鼻《はな》がひしげたり」

と笑《わら》われて「ぐつ」とせしかど、

「今のは一手見そくなふたり。今一番」

と指《さ》し直《なを》す。これもこもなく南無三宝《なむさんぼう》。

「手を聞かぬが身が麁相《そさう》」

とまたさしなをす三番目《ばんめ》、雪隠《せついん》づめになりければ、もはや一句も出でばこそ。お村は側《そば》で小きみよ

く、長兵衛が後《うし》ろに廻《まわ》り、扇子《おうぎ》を持ちてあほぎければ、伴助こくごくせきあがり、

「いや、惣《そう》たい碁将棋といふものは分別《ふんべつ》の外《ほか》。馬鹿《ばか》にすぐれて強《つよ》いがあるもの。まづこの長兵衛といふ奴《やつ》、古今無双《ここんぶさう》の大馬鹿《ばか》なり」

といへば、長兵衛「むつ」とせしかど、わざと座興《ざけう》に取りなし、

「これはまたきつい負け腹《ばら》なり」

と笑ひければ、

「いや、負け腹でない。たわけの証拠《せうこ》言ふて聞かそふ。皆々も聞きたまへ。いつぞやこいつが所へ行《い》つたれば、家来《けらい》めが衝立《ついたて》のかげから手招《てまね》きをして、「長兵衛、長兵衛、ちよと来やれ」と呼ぶ。なんとわが遣《つか》ふ家来にこれほど馬鹿にされるたわけもないもの。但し扶持給金《ふちきうきん》もやらぬゆへ、かく馬鹿にされるのか。なんにもせよ大だわけの大べらぼう。なんと一言もあるまいがな」

と悪口雑言《あつこうざうごん》。

　さすがの長兵衛も虫にさわつて赤面すれば、

「いや、こふ言はれて口惜《くちお》しいか。口惜しくば相手になれ。将棋には負けよふが、武士《ぶし》の職分《しよくぶん》には負けぬ。さあぬけぬけ。その筋《すじ》立つた面《つら》つきは面目《めんぼく》ないか。これで隠《かく》して遣《や》らふ」

と、足をもつて長兵衛が顔を押さへければ、もはや堪忍《かんにん》なりがたく、足首しつかり握《にぎ》りしが、

「いや待てしばし。わが命《いのち》は大事の命。お主《しう》の御用と両人のものへやらねばならぬ。まだひとつほ

しきほどの命を、無益のことに打ちはたしては」

と握《にぎ》りし足をそつとはなし、表《おもて》を和《やわ》らげ、内記内室併《ならび》にお村に向《む》かひ、

「さてさて今日は御馳《ち》走《そう》忝《かたじけな》し。お帰《かへ》りなされたら宜《よろ》しくたてまつる。どなたもこれにゆるりと」

とそこそこに挨拶《あいさつ》して、すごすごと帰りしは、さりとは堪忍づよき男《をとこ》なり。

唄《うた》童《わらべ》古実今物語《こじついまものがたり》　巻之二

○松前長《まつまへてう》兵衛が事の末《すへ》

「一人《いちにん》の心は千万《せんまん》人の心なり」と、杜牧《とぼく》が阿房《あぼう》の賦《ふ》に書《か》きし。

「長兵衛、伴助にさまざま悪口《あくこう》せられ、あまつさへ足にて面《つら》を踏まれ、一言《ごん》にも及《およ》ばず逃げ帰《かへ》りしは、比興《ひけう》とや言はん臆病《おくびやう》とや言はん」

と一座《ざ》の人々の噂《うはさ》自然と家中《かちう》に広がり、血《ち》の気《け》の多い若侍《わかざむらい》ども聞き伝へ聞き伝へ、

「武士の風上《かざかみ》にも置かれぬ腰抜《こしぬ》け」

と通りすがいに逢《あ》ふときも、唾吐《つばきは》きして詞《ことば》もかわさぬよふになり行《ゆ》きしは、無念至極《むねんしごく》のことなり。

伴助はいよいよわがまま振《ふ》るひ、折《をり》にふれことによそへては長兵衛を踏みし自慢話《じまんばなし》。尾《お》に尾をつけての広言《くわうげん》ゆへ、今ははや奉公《ほうこう》もつとめがたきほどの首尾《しゆび》となりぬ。されども長兵衛、

「とても長生《ながい》きすべき身にもあらず。おしつけ二人のものに討《う》たれて死ぬとき、自然《しぜん》とこの垢《あか》は抜けべきものを。それにつけても主君にわがつとむべき大儀《たいぎ》の御用もや」

とこれのみ心にかかりて、おもしろからぬ月日を送りぬ。

ここに奇代《きだい》の珍事《ちんじ》こそ出で来たれり。

領内《れうない》の辺土《へんど》、城下《じやうか》より十里ばかりを隔《へだ》てて、深沢《ふかざわ》といふ池《いけ》あり。三方《ぼう》は平地《へいち》にて一方《ほう》は深山《しんざん》なり。かの山より毎夜初更《まいよしよかう》のころ大蛇《だいじや》出でて池の水《みづ》を呑《の》み、その折節《おりふし》通り合《あ》わするもの、これがために服《ぶく》せられ、あるいは希有《けう》にして遁《のが》れたるものも、たちまち病《や》みつきて三日《みか》もたたざるに死す。それのみならず近辺《きんぺん》の田畑《たはた》を荒し、民百姓《たみひやくせう》の困窮大方《こんきうおおかた》ならざるよし訴《うつた》へ出でければ、領主《れうしゆ》何某殿聞こしめされ、

「家士《かし》のうち器量《きりやう》あらんもの一両輩大将《りやうはいたいせう》として討手《うつて》をむけらるべき」

よし仰《おお》せ出ださるるといへども、誰《たれ》ありて乞《こ》ひ受《う》くるものもなく、このときこそ日頃広言吐《ひごろくはうげんは》きし伴助も、虚病《きよびやう》して出仕《しゆつし》を引きけるとぞ。

長兵衛このことを聞きて、「わが年来《ねんらい》の望《のぞ》み、時至《ときいた》れり。この討手勤《うつてつと》めおおせなば、一つの御大事をつとむるといふものなり。たとへ力およばずして命を取らるるとも何《なに》とせん。これ私《わたくし》のことにあらず、お主《しゆう》のため、未来《みらい》に至《いた》つて医師意安《いあん》に言ひ訳《わけ》せん。もしまた首尾《しゆび》よく大蛇を退治《たいじ》せば、かれら両人のものに討たれて意安が冥土《めいど》の闇《やみ》を晴《は》らさん」と急度《きつと》心に覚悟《かくご》極《きわ》め、右の討手を乞ひ受ければ、若侍《わかざむらい》ども口々に、

「かの大蛇は伴助よりは猶恐《なをおそ》ろしきぞ」

と嘲弄《てうろう》しけれども耳にもかけず、思ひ入りて願《ねが》いければ、終《つい》に言上《ごんじやう》に及び、

「さらば一人にては心元なし。今一人添《そ》へられ、雑兵《ぞうへう》をもつけらるべき」

よし仰せられけれども、長兵衛たつてこれを辞退《じたい》し、

「われ一人にて罷《まか》りこすべし。もし力及ばずして大蛇に服《ぶく》せられば、重《かさ》ねてのときはともかくも、まづこのたびは私一人是非とも」

と願ひければ、

「たけき志《こころざし》なり」

とてすなわち許容《きよよう》ありけり。

それより長兵衛宿《やど》にかへり、しかじかの由《よし》言ひて懇《ねんご》ろに暇乞《いとまご》ひなどし、重代《ぢうだい》の刀《かたな》大原《おおはら》の実盛《さねもり》二尺三寸ありけるをはき、日頃得手《えて》たる大筒《おおづつ》を用意《ようい》し、供《とも》をもつれずただ一人かの深沢に到つて見れば、まことに訴《うつた》へのごとく近辺《きんぺん》十四五町が間は田荒れはて、人屋《じんおく》とてもなく、実《げ》にものすざましき体なり。

かの沼《ぬま》より五町ばかりを隔《へだ》てて八幡《はちまん》の宮《みや》あり。これは先年、源《みなもとの》頼義卿《よりよしけう》奥州《おうしう》下向《げかう》のとき、遷座《せんざ》したまふとかや。かの社《やしろ》に入りて一心《いつしん》にぬかづきたてまつり、「わが心願《しんぐわん》は申さずとても御存じあらん。何とぞ当社応護《とうしやおうご》の加被力《かひりき》をたれたまひ、万民をなやます大蛇を退治させてたべ。まことにわが非力《ひりき》をもつて大蛇に向《む》かわんこと、甚《はなは》だ命あやうきか。さりながら大菩薩《だいぼさつ》の威力《いりき》をかりてこれを降伏《がうぶく》せんと思ふなり。たとい盲目《めし》い足《あし》なへて不具《ふぐ》の人になるといふとも、わづか四五日の命を生きば、偏《ひとへ》に当社《とうしや》の御利生《りせう》と思ふべし」と丹誠《たんせい》をぬきんで一心に祈念《きねん》し、とき至るをぞ待ちたりける。

比《ころ》は七月の末《すへ》にて残暑《ざんしよ》たへがたかりけるが、漸《やうや》く初夜《しよや》のころにおよんで秋風そよぎ、身もかたくなりて、「何条《なんでう》その大蛇いかほどのことあらん」と昼《ひる》の心に十倍《ばい》してしづかに糧《かて》など遣《つか》ひ、最《も》早時《はやじ》分《ぶん》にも近《ちか》づきぬと思ひければ、着込《きご》みを着《ちやく》し小手《こて》脛当《すねあ》てして鉄炮をかたげ、社《やしろ》を出て沢《さわ》の辺《へん》に到り、ここかしこ窺《うかが》ふところに、はるかに向《む》かふの山より冷風《れうふう》しきりに吹《ふ》きて、あたかも十月ごろの風《かぜ》のごとし。一山震動《さんしんどう》して草木声《さうもくこゑ》を出しければ、「すわや今こそ」と見る所に、電光《でんくはう》おびただしくして次第に近づきぬ。よくよく見れば大蛇の両眼《りやうがん》の光なり。丸盆《まるぼん》程の眼《まなこ》二つ光りて形《かたち》は更《さら》に見へず。間《あわい》二町程を隔《へだ》て、毒《どく》をぬりたる玉《たま》を大筒にこめ、両眼のあわい頭甲《づかう》と思ふ所を一分《ぶ》もたがへず打ちたりける。されども大身《たいしん》の大蛇こととも せず飛《と》び来たるを、早玉《はやだま》にこめて同じ所を三度までぞ打ちたり。

これにて少し弱りけれども猶《なを》次第に近づきて、今漸《やうや》くあわい二三間に及べばたまを込《こ》むべき間もなく、腰《こし》なる実盛を引き抜《ぬ》きしたたかに刺《さ》しつらぬき、上《うえ》になり下《した》になり半時《はんとき》ばかりぞもみ合ひしが、長兵衛かねて心得《ゑ》たるものなれば、大蛇が首の元にしかとしがみつきてはなさねば、おろちはこれをふりはなして喰《く》らわんともがけども、終《つい》にはなさず。その中にも手だれものなれば、ここかしこ十一刀《かたな》まで刺《さ》したりける。

最初《さいしよ》毒玉にいたみしうへ、名作《めいさく》にて十一刀刺されければ、大蛇も大《おお》きに弱りはてのたれふしたり。長兵衛も甚《はなは》だ身心つかれ、組みふせたるままにて夢ともなく現《うつつ》ともなくなりけるが、何とやらん惣身《そうしん》しばられたるごとく一寸《すん》も動《うご》かれざるところに、忽然《こつぜん》と白衣《はくゑ》の老翁顕《ろうおうあらは》れたまひ、「汝《なんじ》おろちが毒気《どくき》にあてられたり」とて薬草《やくそう》を持ち撫《な》でたまふと見けるが、忽《たちま》ち惣身元のごとく、心涼《すず》やかにして正気《せうき》づき、あたりを見れば老翁《ろうおう》はおわしまさず。「さては八幡大菩薩《ぼさつ》にてぞ在《まし》まさん」と感応肝《かんおうきも》にめいじてありがたく社《やしろ》の方《かた》をふし拝《おが》み、近辺《きんぺん》を馳《は》せ廻《めぐ》りて百姓どもあつめ、そのまま右の次第注進《ちうしん》しければ、主君何某殿聞こしめし、早速《さそく》御馬《むま》にて来たらせたまふ。

家中《かちう》の諸士《しよし》われもわれもと御供《とも》にて深沢に来たり右大蛇《じや》の姿《すがた》を見るに、頭《かしら》は四斗樽《しとだる》にひとしく、長四丈《たけよ》ばかりもありけり。まことに長兵衛、正八幡の加被力《かひりき》にあらずんばいかでか討ちとぐることを得ん。主君何某殿を初め諸士百姓に至るまで、長兵衛が武勇人間業《ぶゆうにんげんわざ》ならずとぞ感《かん》じける。このときこそ日ごろそしりたるものどもも口を閉《と》ぢしとかや。

それより御帰館ありて長兵衛を召し出され、「このたびの手がら、莫太《ばくたい》の忠勤《きん》、言語《ごんご》を絶《ぜつ》する」との御称美《せうび》。長兵衛ありがたく平伏《ふく》するところに、御加増《かぞう》として二百石下《こく》したまふ。ただ今まで百五十石にてありしを、今より三百五十石になされぬ。

長兵衛近習《きんじう》の人に向かい、

「ありがたく存じたてまつり候へども、私義御暇《いとま》を願いたてまつる所存にてござ候へば、このたびの御褒美《ほうび》に首尾《び》よく御暇《いとま》下しおかれ候はば、私身に取りてこの上もなくありがたく存じたてまつるべく候ふ」

と申しければ、主君聞こしめされ、

「何ともその意《い》得《ゑ》ざる願ひ。暇の義は曾《かつ》てならず」

と再《さい》三に及べども終《つい》に御許容《きよよふ》なければ、力《ちから》なく加増頂戴《てうだい》して退《たい》出しけり。

かくて長兵衛一両日を経て、

「今ははや願いの通り御奉公をも勤めたり。さらば「討たるべし」と思へども、今までの情《なさ》けにひかれ、もし討ちかぬることやあるべし。またわれ意《い》安《あん》を討ちしも、はからわずしてなれば、われもまた思ひ寄らず討たるるにはしかじ」と思ひ、女房お

長兵衛おろちをゐとめる

松《まつ》留守《るす》なる日を待ちて、母を一間《ひとま》へ伴《ともな》ひ、わざと顔色《がんしょく》をかへ、

「われ今まで御身親《おや》子に随分《ずいぶん》情け厚《あつ》くいたせしところ、お松わが留守を考《かんが》へ、忍《しの》び男を入れて密通《みつつう》せり。両人ともに討ちて捨《す》てんことは安けれども、お松を殺《ころ》さば御身歎《なげ》かんこと不便《ふびん》なり。今宵《よひ》もわれ泊《とま》り番にて出るなり。御身ひそかに寝《ね》しづまりたるところを考へ、忍び男を殺したまへ」

と九寸五分をあてがいければ、母大きに驚《おどろ》き、

「不《ふ》届《とど》きなる娘《むすめ》が所存。憎《にく》き密《ま》男かな。さりながらわらは人を殺すことは恐《おそ》ろしく候へば、御身手にかけ娘ともに殺したまへ。さらさら恨《うら》みと思ふまじ」

と言ひければ、長兵衛重《かさ》ねて、

「御身殺したまはずは御身も同類なり。今より親子ともこの内《うち》を追《お》い出すべし。衣類道具《いるいどうぐ》皆わが物なれば、その身そのままにて出らるべし。その上今までわが情《なさ》けをもつて育《はご》みおきしところ、かやうなる不所存なれば、その過怠《くわたい》として御身より三貫、お松より五貫、身を売《う》らせてなりと取るべし」

とおどしける。これをや「〽情けかけたるその上で、親《おや》に三貫子《こ》に五貫」と、唄ふなるべし。

　このおどしを聞きて元よりおろかなる女義なれば、

「さあらば何とせん、殺すべし」

とぞ受け合ひける。長兵衛喜《よろこ》び、

「さすれば御身同類の疑《うたが》ひはれたり。よくよく今宵更《ふ》けてから、寝しづまりたるところを考へて殺さるべし。かならずかならずお松には疵《きず》つけたまふな」

といまだ心の残りたる体《てい》に思わせ、それより部屋《へや》に入りて今までの一部始終丁寧《いちぶしじゅうていねい》に書き置きして、さて民五郎方に行き、あるべかかりの話《はなし》二つ三つして立ちざまに、

「今宵はちと子細《しさい》あれば、必《かなら》ずわが方に来たりたまふことなかれ」

と留《と》めて別《わか》れけるが、またふりかへり、何とやら名残りおしげに、

「いつぞやも申せしごとく、もしわれいかなることにて死なんも知れず。そのときは御身われになりかわりて、お松親子を育《はごく》みたまはれよ」

と言ひて立ち出でぬ。

すでにその日も暮れて初夜のころにもなりければ、いつものごとく家内を仕舞《しま》はせ、その身はかの書き置き懐中《くはいちう》してお松とともに部屋に入りて寝けるが、お松よく寝入りたるときひそかに灯《ともしび》を消《け》して、心の内に仏名《ぶつめう》などとなへ、今宵を娑婆《しやば》の名残りと定《さだ》めしは、まことにあぢきなくこそ覚《おぼ》ゆ。

しかるところに門口《かどぐち》をしきりに叩《たた》く音《おと》すれば、

「何ごとやらん」

と耳をそば立つるところに、

「殿《との》より急《きう》御用にてただ今罷《まか》り出づべき」

とのことなり。

「折悪《をりあ》しし、いかがはせん」と思へども、「眼前主《がんぜんしう》の御用を欠きて死なば、今まで心を尽《つ》くしたる忠義も無《む》にする道理《どうり》。死は一旦《たん》にして安《やす》ければ、今宵にかぎりたることにもあらず」と思ひ直《なを》してそのまま立ち出でしが、ふつと心づきて、「昼止《とど》めけれどももしや忘れて、民五郎今宵来たらば大事なり」とまた門口に立ち寄り、

「昼ほども申せしごとく、今宵はかならず来たりたまふな」

と言ひ捨てて御殿《ごてん》へこそは出で行きぬ。

役人中《やくにんぢう》待ち受けて、

「また不思議《ふしぎ》なること降《ふ》つて沸《わ》いたり。そのゆへは「横田伴助、叔父《をぢ》内記娘お村に執心《しうしん》してたびたび望《のぞ》むといへども内記許容《きよよう》せざるを憤《いきどお》り、振《ふ》る舞《ま》いにことよせ我方に内記を呼び入れ、右お村ことを言ひつのり、終《つい》に内記を討ちて逃《に》げ失《う》せんとするところ、内記家来ども出口《でぐち》を取り囲《かこ》みければ、是非なく蔵《くら》にとぢこもりたり」との注進《ちうしん》。さるによつて貴殿《きでん》に「召《め》し捕《と》らせよ」との御意。貴殿手なみのほどはこの間の深沢にてよく御存じなる上、彼奴《きやつ》は貴殿と意趣《いしゆ》あること家中専《もつぱ》ら知るところなれば、この討手異義《うつていぎ》はあるまじ」

と詞《ことば》を揃《そろ》へて言ひければ、長兵衛心に思ふよふ、「われ死ぬるまでも彼奴《きやつ》を助けおくこと心外《しんぐはい》に思へども、朋輩《ほうばい》を討つは不忠《ふちう》と思へばこそ生けおいて死ぬことの残念なりしに、幸《さいわ》いのことなり」と

大きに喜び、急度《きつと》お受け申して、雑蔵《ぞうくら》より古《ふる》き幕《まく》を取り出させ、雑人《ぞうにん》に持たせ伴助方に到《いた》り、蔵を見れば、内より戸をさして、「召し捕りに来たるものあらば、不意《ふい》に討ち捨てん」と見ゆる様子なり。

長兵衛戸口にて高らかに、

「伴助、たしかに聞け。われはこれ松前長兵衛なり。なんぢいつぞや我と相手にならんと言ひしが、今こそ汝《なんじ》が望みのごとく互いの勝負《せうぶ》に及ぶべし」

と言ひきるを相図《あいづ》に戸を敲《たた》きはなさせ、

「捕つた」

と声をかけて幕《まく》を半分投げ込みければ、

「心得たり」

と切りつくる刀《かたな》をすぐに幕にからまきひつたくり、飛びかかつて取りておさへ、高手《たかて》小手《こて》に縛《しば》り上げ、

「おのれよく面《つら》を足で撫《な》でし。よきものか悪《あ》しきものか思ひしれ」

と足で面をふみにぢれば、くやしがりて喰い付きけるこそあさましき。

早速御前《さつそくごぜん》へ引き出せば、

「手柄《てがら》、手柄」

と御褒美《ほうび》ありて、伴助をば内記妻子《さいし》へ下されぬ。

長兵衛は母の約束《やくそく》おぼつかなく、「としやおそし」と宿《やど》へ帰《かへ》れば、思ひも寄らぬ民五郎肝先《きもさき》つかれて今半《いまわ》の際《きは》。「はつ」とかけより、

「こわいかに、こわこわいかに」

と驚けば、母はさらさら驚かず、

「これ長兵衛殿、約束の通り蜜夫《まをとこ》を殺《ころ》しましたが、御身の帰るまで「とどめをば待ちてくれ」と申すゆへ、相待ちし」

と言ふに、長兵衛「しなしたり」と、心もそぞろ気も狂乱《きやうらん》、うろうろすれば、お松もきよろきよろ、恨《うら》めしそふに長兵衛を見る目《め》に泪浮《なみだう》かめしは、もつともなりや、にがにがし。

　民五郎、長兵衛に言ふやう、

「御身かねがねのたまひしこと、われ更《さら》に合点《がてん》ゆかず。第一不具《ふぐ》とあること、これ偽《いつわ》りなり。われ幼少《ようせう》より一所に育《そだ》ちてよく知りぬ。さてまた弓箭筋《きうせんすじ》あるよしにて「常に生死《せうじ》知れず」とのたまひしこと、これも不審《ふしん》の一つ。さりながら何によらず御身の心に背《そむ》くまじと思ふゆへ、何ごともまことに受けて居《い》たり。しかるに今宵われをとどめたまふとて、昼のわかれに何とやらはかなく、娑婆《しやば》の名残りのよふに見へ、あとあとのことまで頼《たの》みたまふゆへ、「さては御身の上にもしや今宵災《わざわ》ひありてかくのたまふか。何にもせよ行きて見ん」と、二度まで止《とど》めたまひしをおして今宵来たれば、

はたしてかくのごとくなり。さるにても御身の討たれたまわん覚悟《かくご》はいかなる訳《わけ》ぞや。それを聞きたく候ふ」

と苦《くる》しげに言ひければ、長兵衛とこふの挨拶《あいさつ》なく、

「へへ、しなしたり、残念や。今は悔《く》やんでかへらず。さあ、母人《ははびと》、お松、両人寄りてわれを討て」

と大小ふたりにあてがへば、母もお松もあきれはて、

「狂気《きやうき》ばししたまふか」

と言ふより外はなかりけり。

ときに長兵衛懐中《くはいちう》の書き置きを取り出だし、母に向かい、

「昼ほど御身に言ひしことは、まことはわれ今宵御身に討たるる所存にて候ふなり。これを見たまへ」

と書き置きをわたせば、両人取りてこれを読むに、

「書き残す一通のこと。一つ、われ先年雉子《きじ》の山にて遠目《とをめ》より雉子と思ひ、はからずも御身が夫笹《おつとささ》藪意安《やぶいあん》を討ちしなり。後悔《かうくわい》すれどもせんかたなく、「早速名乗り、御身親子に討たれん」と思ひしかど、「一人の老母、第一主君の御大事をもつとめず、空《むな》しく死せんこと不忠不孝《ふちうふかう》の至《いた》り」と思ひなをし、「この二色成就《ふたいろじやうじゆ》するまで待ちてたべ。そのかわりにはそれまで御身が妻子を育《はごく》まん」と、

空しき意安に約束《やくそく》して、ひそかに隠《かく》し埋《うづ》めたり。さるによつて色にことよせお松を妻とし御身を母として今日まで養《やしな》ひたり。さりながらいまだお松と一夜《ひとよ》も妹背《いもせ》をばなさず。然るに去々年《きよねん》母は身まかりたまひ、主君の御用もこのたび勤《つと》めたれば、「今こそ名乗りて討たれん」と思へども、今までの恩義《おんぎ》にひかれ討ちかねたまわんことをはかり、且つまた、「御身が夫をもはからわずしてわれ討ちぬれば、われもまた御身に思ひよらず討たれん」と、かくは計らひしなり。将《はた》そのうへ民五郎こと、先だつてよりわれ仲人《なかうど》してお松と夫婦になしおきぬれば、死後にてもいよいよ夫婦の交《まじわ》りたるべし」

などと、こまごまと書きてあるを読みも終わらず、親子は「はつ」とあきれて詞《ことば》もなかりしが、民五郎うれしげに、

「今の書き置きを聞きてわが所存《しよぞん》も届《とげ》たり。則ちわれは長兵衛にて、御身《み》たちに討たれれば、もはや敵《かたき》打ちに及ぶべからず。わが身長兵衛殿の親《おや》長左衛門殿の大恩《おん》になりし身なり。よつて常々長兵衛殿身に難義《なんぎ》あらば、われこれに替《か》わらんと心がけし甲斐《かい》あつて、今命にかわる本望《ほんもう》さよ」

と言ひければ、母は泪《なみだ》ながらに、

「御身は「恩になりし」とて命に替《か》わりたまふ。ましてわらははこの年月養育《やういく》の恩に預《あづか》りし身なれば、あらわに名乗りたまふともなんぞ敵《かたき》と思ふべき。殊に御停止《てうじ》の山に入りしは夫《おつと》の誤《あやま》り。ましてやあやまちにてのことなるを、それとも明かしたまわずしていたわしきことといたせしよ」

と言へば、お松もふししづみ泣くより外は詞《ことば》なし。

長兵衛、民五郎が志《こころざし》を感《かん》じ、

「言ふに言はれぬ御身が実義《じつぎ》。忝《かたじけな》しとも嬉《うれ》しいとも何と詞に尽《つ》くされふ。存じの外なることながら今にては是非もなし。いさぎよく臨終《りんじゅう》あれ。あと懇《ねんご》ろにとひ申さん」

と髻《もとどり》をきらんとするを、民五郎とどめて、

「われまた一つの頼みあり。最《も》早敵討《はやかたきう》ちは済《す》みたれば、今より御身改めてお松を妻に持ちてたべ。一生《しやう》一度《ど》の頼みなればよもや否《いな》とはのたまふまじ。お松も母御も異義《いぎ》はあるまい。さてまた一つの大事あり。わが息《いき》のあるうちに検使《けんし》をはやく迎《むか》へられよ」

と言ふに気がつき、「いかさま」と早速検使迎《むか》へければ、則ち浮橋主水《もんど》、富田清左衛門、両人立ち合ひ、委細《いさい》とくと聞きとどけ、両人の心底《しんてい》を感じ、書き置きまで持参《ぢさん》して言上《ごんじやう》に及びければ、主君《しゆぐん》も甚《はなは》だ感心《かんしん》ましまし、

「民五郎ことは力《ちから》なし。長兵衛義、古今《ここん》に希《まれ》なる忠孝義士《ちうかうぎし》」

と御称美《せうび》ありて、則ちその翌日《よくじつ》伴助を召し捕りし御褒美として、

「一家老《いちかろう》内記跡目《あとめ》相続《さうぞく》仰せつけらるる」

と、右の両人をもつて仰せ下されければ、長兵衛畏《かしこ》まつて、

「ありがたくは存じ候へども、私義お松と申す妻《さい》ならびに母もござ候へば、やはりこの分《ぶん》にさしお

かれ下され候ふやうに」

と頼みける。

そのとき両人、

「お松ことは民五郎妻なるよし委細御吟味の上のことなり。これは跡目を仰せつけられ、「民五郎家を立てさせん」との思しめしなり。御自分《じぶん》ことは、今朝《こんてう》内記方へも仰せ遣わされし上のことなれば、何方お受けあれ」

と申さるれば、

「さん候ふ。民五郎遺言《ゆいごん》にて改めて私妻に仕《つかまつ》り候ふ」

と押し返《かへ》して願ひければ、

「さらば」

とてまた立ち帰り、右の段申し上げ、内記方へもその段仰せ下され候ふところ、内記後家《ごけ》ならびに娘お村、

「一たん仰せつけられ候ふ義、またぞろ御異変《いへん》とはその意得ざる義。何分長兵衛、内記家督《かとく》仰せつけられ下さるべき」

よしたつて願ひければ、殿《との》にも止《や》むことを得たまわずして、五人のもの召し出だされ、内記妻に向かわせたまひて、

「長兵衛義、先だつて吟味《ぎんみ》せしところ無妻《むさい》の由《よし》なるゆへ、その方かたへ遣わさんと言ひしなり。しかるに民五郎遺言につき、「かれが妻松を、長兵衛妻にいたせし」との願ひなれば力《ちから》およばず。この上は存じよりあらば直《じき》に長兵衛に申すべし」

と仰せらるれば、お松長兵衛に向《む》かい、

「民五郎殿遺言ありと言へども、わらはがことはくるしからず。御大家のこと、殊にはあれほどに御懇望《こんもう》なれば、内記殿御跡目御相続《そうぞく》あれかし」

と言へば、お村母に向ひ、

「長兵衛殿内室《ないしつ》これあらば、おふたりともにわらは方に引き取り相続《そうぞく》頼みたまへ。わらはは家来《けらい》となるべし。長兵衛殿こと承り候へば、まことに忠臣の義士。そのうへ武勇《ぶゆう》といい、かよふなる人重役《おもやく》をつとめらるれば、

お村おや子長兵衛をあとめにねがふ／大殿御ぎんみの所／お松おやこ／長兵衛めいわく

且《か》つうはお家《いへ》のおためなり」

と言ひければ、主君《しゆくん》をはじめみなみなこの詞《ことば》に感じ入り、

「さすがは一家老職《いちからうしよく》の息女《そくぢよ》なり」

と心に深く誉《ほ》めぬ。

お松これを聞き、

「勿体《もつたい》なきことなり。何しにさあるべき。わらはこそ母もろとも家来となりお供申すべし」

ととかく一決《けつ》せざるところに、主君しばらく御思案《しあん》ありて、

「なんぢが名は松といひ、内記娘は村とな。われこの名につき一つの所存あり。長兵衛是非とも内記家督相続《かとくそうぞく》いたすべし。さて内記後家は、勿論大禄《もちろんたいろく》を譲《ゆづ》る恩《おん》の母なれば、もつとも大切にいたすべし。また松母は、もつとも替《か》わり立つといへども、眼前《がんぜん》夫の敵を見遁《のが》す命の親《おや》なれば、これまた孝行にいたすべし。さてまた両人の娘はともに兄弟《けうだい》の名乗りして家来となるべし。長兵衛一生妻《せうさい》を持つことなかれ。われかく言ひ付くることは、両人の名に思ひ当《あた》りしことあり。往昔《そのかみ》中納言行平須磨《すま》へ配流《はいる》のとき、牟礼《むれ》の兵衛《ひやうえ》が兄弟の娘、松風《まつかぜ》・村雨《むらさめ》といへるを情《なさ》けかけて召し仕《つか》ひたまひしと聞く。今この両人、ひとりは松といへばこれ松風に似《に》たり、ひとりは村といへばこれ村雨なり。今より長兵衛、両人の兄弟に深く情けをかけて召し仕《つか》ふべし」

と発明《はつめい》なる御上意。

「この上は」

とお受け申せば何《いづ》れも喜びてありがたく存じたてまつりぬ。

それより長兵衛千二百石に自分の三百五十石を合《あ》わせ、都合《つがう》千五百五十石の主となりぬ。これしかし忠孝の二つ全く、五常《ごじやう》の道《みち》に欠けざる隠徳《いんとく》の顕《あらわ》れとかや。

童唄《わらべうた》古実今物語《こじついまものがたり》　巻之三

○絹屋《きぬや》彦《ひこ》兵衛三人の娘《むすめ》の事

「〽おらが姉《あね》様三人ござる。ひとり姉《あね》さま鼓《つづみ》が上手《じやうず》、ひとり姉様牽頭《たいこ》が上手、ひとり姉《あね》さま下谷《したや》にござる。下谷一番伊達者《ばんだてしや》でござる」この唄《うた》の濫觴《らんしやう》はさのみ遠《とを》からぬことにて、七昔《ななむかし》ほどにもなりなん。

江戸本郷《ほんごう》に絹《きぬ》屋彦《ひこ》兵衛といふものあり。子ども四人持ちしが、三人は女子《によし》にて末《すへ》一人男子《なんし》なり。惣領《そうれう》をお絹といひ、次《つぎ》をおたみ、三番目《ばんめ》をお富、末子《ばつし》を彦《ひこ》太郎と名づけて、いづれも生《むま》れつきよき中にも、殊に三番目のお富、わけて眉目《みめ》かたち十人並《な》みに越《こ》へてぞありける。

親父《おやぢ》彦兵衛常《つね》々思ひけるは、

「惣領お絹に聟《むこ》を取りて家督《かとく》にすべきや。但《ただ》し末子《ばつし》なれども彦太郎男子なれば、これにつがすべきや」

といまだ心定《さだ》まらざるうち、過《す》ぎ行《ゆ》く月日立《た》ちやすく、その上《うへ》親父は年中田舎《いなか》あるきを商売《せうばい》にする男なれば、母《はは》一人にて大勢《おおぜい》の子ども目もくばり足《た》らず。

今年惣領お絹十八歳《さい》になりぬ。ある日心願《しんぐわん》のことありて根津《ねづ》権現《ごんげん》へ参詣《さんけい》せしに、軽《かろ》き町人のことなれば女とても遣《つか》わず、小調市《こでっち》一人をつれて行きしに、そのころはこの辺人足《へんひとあし》まれにして所々に原《はら》のやうなるところ多《おお》くありけり。その道《みち》すがら淋《さび》しきところにて、侍《さむらい》両人酒に酔《ゑ》いたる体《てい》なるに行き合《あ》いけるが、

「根津へはこふ参り候ふや」

とお絹問《と》ひけるに、返答《へんとう》もせず一人の侍お絹が右《みぎ》の手を取りて、

「これは見事」

と言ひて顔《かほ》を見れば、今一人がまた左の手を取りて、

「さても美《うつく》しい」

と言ひて顔を詠《なが》むるにぞ、お絹ぎよつとして、

「これは何となさるることぞ。さりとは理不尽千万《りふじんせんばん》なり」

と言へば、右の男、

「これはどふもたまらぬ。原《はら》で楽《たの》しまんや」

と言へば、

「言ふにやおよぶ」

と左が答《こた》へて、

「さあ、こなたへお出で」

と原中《はらなか》へ連《つ》れ行くにぞ、お絹悲しく色々《いろ》と泣《な》きわぶれども更《さら》に聞き入れず、無理無《むり》たいに引き立つるを、調市権太郎《でっちごん》取りすがりてとどむれば、

「おのれはにくい奴《やつ》」

と言ひざま、刀《かたな》を引き抜《ぬ》いておどしけるゆへ、恐《おそ》れて放し逃《に》げけるを、一丁ばかり追《お》い失ひ、取りて帰してあなたたなる森《もり》のしげみの木《こ》がくれへ、引《ひ》き摺《ず》り行くこそ是非もなし。

調市《でっち》は力《ちから》なくなく走《はし》り廻《まわ》りてもあたりに人なければ、せん方なく泣きて居るところに、また侍一人通《とを》りかかりて、調市《でっち》が泣くを不思議《ふしぎ》そふに見れども、侍なれば刀にこりて言ひだしもせず、うらめしげに侍の顔を見るゆへ、

「何ゆへ泣くぞ」

と問《と》われて、怖々《こは》ながら今の様子を言ひければ、

「さても言語道断《ごんごどうだん》なり。いで、助《たす》けてまいらせん」

と調市《でっち》が教《おし》へし原中を一文字《もんじ》に走《はし》り行きて見れば、繁《しげ》りたる森の中へ引き込み、口を手拭《てぬぐ》いでしばり、既に狼藉《らうぜき》に及ばんとするところへかけつけ、

「これは各《おのおの》理不尽千万なるなされ方。定めて御酒狂《ごしゆけう》と存ずる。その女は我等ゆかりあるものにて候へば、この方へ御渡《わた》し下されよ」

と言へば、両人目をいからして、

「御辺《ごへん》は大方調市《でっち》めに頼《たの》まれて来たるならん。はやく立ちさりたまはばその分《ぶん》なり。邪魔《じゃま》しめさるとおためにならず」

とみぢんも引かぬ言ひ分。こなたの侍も言ひがかり、

「いや、ゆかりありなしはともかくも、こふした非道《ひどう》を見捨《す》てて帰る某《それがし》ならず。是非お渡《わた》しなければ、お相手《あいて》になるとても得《え》、すごすごとは戻《もど》り申さず」

と言へば、「これはおどして行かぬ」

と思ひ、俄《にわか》に折れて出て、

「我等も今まで骨《ほね》折りて、空《むな》しく帰らんも残念《ざんねん》なり。さあらば貴殿《きでん》も我等と一所《いっしょ》にこの女《をんな》をなぶりて楽《たの》しみたまわんや。また珍《めづ》らしくおもしろからん」

と言ふにぞ、この男短気《たんき》ものにて、大《だい》の眼《まなこ》を見ひらき、

「おのれらごとき畜生《ちくせう》の真似《まね》をすべきや。くそだわけめ」

おきぬなんぎ／もうしもうし、その女わたくしゆかりあるもの
このゆへおわたしくだされ

とただ一口《ひと》に言へば、両人もはやこらへかね、

「しや、青二才めがぬかしたり。おのれは死《し》に神《がみ》がついたそふな」

と言ひざま、引き抜きて打《う》ちてかかる。

「心得たり」

と抜き合ひてあちらこちらとあしらふうち、向《む》かふはふたり手前はひとりなれば、あまた疵《きず》をも負《お》いけれども、両人のものは酒に酔《よ》いたるまま目も定《さだま》らねば、はしこき身ぶりも出来ず、こなたは素《す》面《めん》の若者。一生懸命《いつせうけんめい》と渡《わた》し合《あ》い、踏《ふ》み込《こ》んで一人を斬《き》り倒《たを》せば、言葉《ことば》にも似ず今一人驚きて逃げ行くを追つかけて、これも同じく斬《き》りふせ、両人ともにとどめをさせば、その隙《ひま》にお絹縛りし手拭《ぬぐ》い引きしやなぐりて、

「さてさてどなたかは存ぜねど、忝《かたじけな》くお嬉《うれ》しくこそ候へ。おかげゆへにあやうい所をのがれ候へども、しかし、かく手を負《お》わしましたること、さりとは気のどく千万なり」

とて側《そば》に寄りて血《のり》おしぬぐいけれども、数《す》か所《しよ》のことなれば更《さら》に止まらず。

そのとき侍、

「存《ぞん》じよらざることなれども、かやうな人外《にんぐはい》どもをば討《う》ちおふせて快《こころよ》く候ふ。その元はいづれの女《じよ》中《ちう》か知《し》らねども、あれなる道端《みちばた》に小者《こもの》が待ちて居《ゐ》たり。いまだ立ち去《さ》るべからず。はやく引きつれて帰られよ。しかしこのことは御身とわれより外知るものなし。必《かなら》ず親子《おやこ》にも沙汰《さた》してたまるな」

と言へば、

「何がさてわらはも恥《はぢ》になることなれば申すまじ。さりながら、かやうに手を負はせたまふもわれゆへなれば、いかなる御方にて候ふや、せめて御恩《をん》は送《おく》りたし」

と言へば、

「われは安田幸八とて当時浪人《らうにん》ものなり。駒込辺《こまごみへん》に居住《きよじう》いたせども、かく手《て》負いては帰られまじ。家主《いへぬし》近所のもの不審《ふしん》するは治定《じぢやう》。その上この殺《ころ》せし両人定めて主人あるべし。後日《ごにち》の詮義《せんぎ》ごとむつかし。元より妻子《さいし》もなき身なれば、これより直《じき》に菩提《ぼだい》所吉正寺《きちせうじ》へ立ち越《こ》へ、頼《たの》もしき住僧《ぢうそう》なればひそかに頼みて疵養生《きずやうじやう》し、そのうへにて深川辺《ふかがわへん》にゆかりあれば、おもむきて奉公かせがんと存ずるなり。今こふなろふとは思ひもよらねども、これまた約束ごとなるべし」

と言へば、

「吉正寺と仰せらるるは、本郷の吉正寺にて候ふや」

「いかにも」

と言ふにぞ、

「さてはわらはが菩《ぼ》提所《だいしよ》なり。さあらばまたお目にかかることもなり安《やす》し。まづ今日はお別《わか》れ申さん。くりことながら御恩《をん》は忘《わす》れ申すまじ」

と言へば、

「なるほど御縁《あん》あらばまた御意得《いゑ》申さん。我等もくどひよふなれど、今申す通り、必ず必ず親兄弟《おやけうだい》にも話し下さるまじ。壁《かべ》に耳と申してどこからどふ広《ひろ》くなるべきもはかられず。後日にこともれて詮義《せんぎ》になりなば、右の段《だん》言ひひらくべしとは思へど、これまた証拠《せうこ》のなひこと。死人に口なし。御身と我等なれ合ひて、恋の意趣《いしゆ》などと疑《うたが》われては、ことによりて解死人《げしにん》にもなるべし。彼らごときの犬侍《いぬざむらい》のかわりに死ぬこと、無念至極《むねんしごく》なり。このほどをよく心得られよ。さてまた供《とも》につれられた小者はここにての様子は知らねども、これまた最前《さいぜん》からのことまで口をとめられよ」

と丁寧《ていねい》に教《おし》へて別れぬ。

お絹元の道へ出て見れば、いまだ調市《でつち》の居たりけるにぞ、

「よい所へあとのお侍が見へて、よふよふ逃げて来たり。早く帰るべし。しかし、このことはわれも恥《はぢ》なり、その方《ほう》も恥なれば、かならず沙汰《さた》なしにすべし」

と口を留《と》めければ、

「何しに申すべし。私もお供しながらひとり内《うち》へ帰らば、たいていなめには逢《あ》い申すまじ。それゆへこれに居候ふ」

とて喜《よろこ》びてぞ帰りける。

さて浪人《ろうにん》幸八はその日暮《く》るるを待《ま》ちて菩《ぼ》提《だい》所吉正寺へ来たり、ひそかに住僧《ぢうそう》に逢ひくはしく語《かた》りて頼みければ、頼もしく請《う》け込《こ》まれ、弟子《でし》にも知らせず一間《ひとま》へ忍《しの》ばせてかくまひおきけり。

お絹《きぬ》は宿へ帰りても心すまず、「今日幸八殿来られずは、いかなる恥づかしき目をか受けん。それのみならず命《いのち》にも及《およ》ぶほどのこともあるべし。しかれば幸八殿は命の親とも言ふべし。その人に手を負《お》ほせ、あまつさへ住居《ぢうきよ》を捨《す》てさせしこと、かへすがへすも気《き》の毒なり」と心一つに気をいため、翌日《よくじつ》になりければ、墓《はか》参りするふりにて寺に行き、住持《ぢうじ》に逢ひてひそかに右のわけを話し、

「いづくまでもわらは見届《とど》け申したき」

よし言ひければ、

「なるほど、昨夜《さくや》とくと聞きおきたり。もつともさあるべきことに候ふ」

とて幸八が一間へ入れければ、お絹うれしく、しばらく安否《あんぴ》を問《と》い介抱《かいほう》して別れけるが、それより折ふし忍び通ひ送《おく》り物などするも、人目をしのぶことなれば大体《たいてい》のことにあらず。

しかるに幸八疵《きず》も大方平癒《へいゆ》しければ、ある日《ひ》お絹来たりしとき、

「さてただ今まで御心づかい忝《かたじけな》くこそ候へ。我等も大略達者《たいりやくたつしや》になり候へば、深川辺へ参らんと存ずるなり。それにつけわりなき御無心《むしん》にて候へども、何とぞ金子《きんす》二両才覚《さいかく》してたまはるまじきや。この間当住僧《とうぢうそう》の世話《せわ》になりたる礼をもいたしたく候へども、御存じの我等こと、一銭《せん》のあてもなく候ふ。深川へ立ち越へて候はば、才覚して当寺《とうじ》まで戻《もど》し申さん」

と言ひければ、お絹、

「安きことに候ふ」

と請《う》け合《あ》ひけれども、女のことなれば何と才覚すべきやうなく、ただ「ひそかにわが衣類道具《いるいどうぐ》を売《うり》代《しろ》なして」と思ひ続《つづ》けて立ち帰りけり。

この日、宿には親父彦兵衛田舎《いなか》より帰り皆々に対面《たいめん》して、お絹ひとり見へざるゆへ母に尋《たづ》ぬれば、

「墓参《はかまい》りせし」

と答ふ。

「今日は忌《き》日にもあらざるに」

と不審《ふしん》すれば、若者武《わかものぶ》兵衛、かねてお絹に恋慕《れんぼ》して口説《くど》きけれども聞き入れざるゆへ、これを恨《うら》みに思ひ、罷り出て、

「惣《そう》じて墓《はか》参りにかぎらず、あれへのこれへのとお留守《るす》のうちたびたびおいでにて候ふ。どふてよきことは出来《でき》まじく」

とさんざんに言ひければ、親父もつての外腹《はら》を立て、母をも大きにしかり居《ゐ》るところへ、思ひありげに立ち帰るお絹引きよせて、大の眼《まなこ》に角《かど》を立て、

「おのれは留守のうち母親《ははおや》をあなどり、方《ほう》々出歩くよし。何の用でいづくへ行く。返答《へんとう》あらば申せ」

と問ひつめられても言ひわけなく、さしうつむいて居れば、

「さりとは大それた不届《ふとど》きもの。かさねて門口《かどぐち》へも出たらば許《ゆる》さぬ」

と奥《おく》へぼいこまれければ、籠《かご》の鳥《とり》となりてつくづくと思ふやう、

「けふにかぎりてかくなりたるはいかなることぞ。「金子を無心言われしゆへ再びおとづれもせぬ。さすが賤《いや》しき町人の娘なり」と、さぞや下《さ》げしみ思ひたまわん。恥づかしく口惜しきことなり。恩を得て報《ほう》ぜざるは畜類《ちくるい》にもおとりたり。とてもはや金子の才覚ならねば、今宵《こよい》欠《か》け落《お》ちして何国《いづく》までも見届《とど》け申さんより外なし。不孝《ふかう》の罪《つみ》は天道許《てんとうゆる》させたまへ」

と一途《ず》に心をさだめ、人々の寝《ね》しづまりたるを窺《うかが》ひ、忍び出て寺《てら》に到《いた》り、あやしげなる植《う》へ込《ご》みの垣《かき》なればまんまとくぐりおふせ、幸八が居間《いま》に入りて右の訳《わけ》をはなせば、大きに感心《かんしん》して、

「その御心底《しんてい》を聞く上は少しも如在《じよさい》と存ぜず。帰り止《とま》りたまへ」

と再三《さいさん》に言へども、更《さら》にとどまらざれば、

「このうへは」

と幸八も立《た》ち除《の》く心底に定め、

「さあらば住僧へ対面《たいめん》はなるまじ」

と書き残す一通。その文言《もんごん》に、

「私義、永《なが》々大恩に罷りなり忝《かたじけな》き仕合せ。生《せう》々世《せ》々忘れおかず候ふ。御存じの身分ゆへ御礼仕《つかまつ》ることもなりがたく、面目《めんぼく》もこれなきまま今宵《こよひ》立ち退《の》き申し候ふ。立身《りつしん》も仕《つかまつ》り候はば、その節報恩《ほうをん》仕《つかまつ》るべく候ふ」

と慇懃《いんぎん》に書き残し、夜明けぬ先にと深川さして、まことに寝《ね》もせず恋《こ》いもせぬふたり手を取り組みての欠け落ちは、古今珍《ここんめづ》らしきことなり。「命は義《ぎ》によつて軽《かろ》し」といへる詞《ことば》、宜《むべ》なるかな。お絹、先だつて難《なん》に逢ひしとき、さのみ命におよぶほどのことはあるまじけれども、それを助けられたる恩がへしには命もおしからず、親をも捨てたり。人の心を寄《よ》するところ皆かくのごとし。

　されば彦兵衛方には「お絹見へぬ」とて方々さがせども知れず、

「憎《にく》い奴《やつ》」

と夫婦いかり、腹《はら》立つといへども詮《せん》なし。

　その年も既《すで》に明けて、二番目の娘おたみ十六才になりけるを、姉《あね》にこりて、湯島《ゆしま》の鼓打《つづみう》ち幸《かう》の何《なに》某《がし》とやらんへ片《かた》づけ、三番めお富十二歳なるをも内《うち》に置かず、下谷にてさる大家《たいけ》の御家中《かちう》笹田《ささだ》靫負《ゆきへ》五百石領内室《ないしつ》へ腰元《こしもと》奉公にいたし、末子彦太郎を家督《かとく》と定め、年月を送《おく》るうち、彦太郎十八才のときあと先《さき》に両親《しん》相果《は》て、家督相違《さうい》なく受け取りて直《すぐ》に彦兵衛と名を改《あらた》め、親の仕似《し》せし商売《せうばい》少しも油断《ゆだん》なく方々をかけ廻れば年々に仕合せよく、拍子《ひやうし》にまかせ近在《きんざい》を隣《となり》あるきのごとく思ひけるが、あるとき上州《じやうしう》におもむき、絹買ひ取りて一日の逗留《とうりう》をいとゐ、少しおそかりしを若《わか》い血気《けつき》にまかせ、押《お》して熊谷《くまがへ》の土《ど》手にさしかかりけるに、はや日も暮れけれど、ときしも八月十五夜《や》のことなれば月を便《たよ》りに来たる所に、俄《にはか》に夕立雲覆《ゆうだちぐもおお》いかさなり真闇《まつくら》になりて、しのをつくごとくの大車軸《しやぢく》。

「南無《なむ》さんぼう」とうろたへ走《はし》りけるが、よふよふと地蔵堂《ぢざうどう》のありけるゆへ、走り込みて晴《は》れるを待つところに、向《む》かふよりも一本《ぼん》きめたる男一人走り来て同じく地蔵堂へ這入《はい》り、休《やす》み居たる彦兵衛を見て、
「さてけしからぬ大雨《あめ》なり」
と言ふにぞ、彦兵衛、
「されば候ふ」
と答へて火を打ちて煙草《たばこ》呑みければ、かの男も火をもらひてたばこ呑み居たりしが、元来《ぐわんらい》この男は上州出生にて邪《じゃ》智《ち》強欲《ごうよく》のものなるが、江戸へ奉公に出でしかど身のまはりもなければよき奉公もなりがたく、「一まづ国へ帰つてよいこともがな」と思ひ中もどりする折なれば、彦兵衛が絹荷《きぬに》を見て俄《にはか》に欲心《よくしん》きざし、「これを取りて大小身の廻りを拵《こしら》へ

さてさて大しやじく／地蔵堂にて彦兵衛あまやどりする

ば、あつぱれ抱《かか》へ人《て》あるべし」と思ひ込みしより、わざと彦兵衛に気を許《ゆる》させんと心安く咄仕《はなしし》かけ、所など聞きて、

「さて、我等も江戸へ奉公に出て居候ふが、親の年忌《き》にあたり候ふゆへ中戻《もど》りいたすなり。おしつけまた江戸へ登《のぼ》り候ふ。その時分《じぶん》はお尋ね申すべし。情けかけて下されよ」

などと、実明律義《じつめいりちぎ》に出かけて話すうち雨も止みければ、彦兵衛もそこそこに挨拶《あいさつ》して、絹を背負《せお》い出んとする後《うし》ろより、思ひがけなく荷を取らへてくつと指《さ》し通せば、あつとばかり身もだへしけるを押し倒《たを》してとどめをさし、死骸《しがい》をかたづけんとあたりを見るに、満月堂《まんげつどう》へ指しこみ、地蔵尊《ぢざうそん》の面《めん》容《よう》ありありと見へ渡りければ、何《なに》心なく、

「お地蔵、かならず沙汰《さた》せまいぞや」

とひとり言《ごと》いふに、地蔵尊生《い》けるがごとく口をあかせたまひて、

「おれは言はぬがわれ言ふな」

とのたまふ。そのおそろしさ身の毛《け》もよだつて、死骸《しがい》もそのまま捨ておき、絹ひきかたげ、いづくともなく逃げ失せたり。

翌日《よくじつ》所のもの死骸を見つけ、だんだん詮義《せんぎ》の上、懐《ふところ》の帳面《てうめん》に「江戸本郷絹屋彦兵衛」とある書きつけをもつて江戸の沙汰となり、彦兵衛留守を預《あづか》りし家来《けらい》武兵衛呼び出され死骸たまわりければ、是非もなく本郷へ持ち行き、まづ湯島《ゆしま》と下谷へ知らすれば、おたみ早速《さつそく》来て大きに驚き悲しむとこ

ろへ、同じく下谷のお富、このころは笹田靭負夫婦死後《しご》にて、倅左近《せがれさこん》が妾《せう》となり懐胎《くはいたい》なりしが、出生もあらば本妻《ほんさい》にもなをるべき様子なれば、乗《の》り物《もの》にて来たり。兄弟ともに歎《なげ》き悲《かな》しむといへども、帰らぬこととなれば是非もなく、菩提《ぼだい》所吉正寺へ送《おく》り、父の墓《はか》とならべて懇《ねんご》ろに葬《ほうむ》りけり。

さて彦兵衛跡《あと》はしばらく武兵衛に預《あづ》け立てさせけれども、心根《ね》よろしからざるものゆへいとまを遣わし、先《せん》年お絹供《とも》につれて難義《なんぎ》に逢ひし調市《でつち》権太郎、今はよき若者となりければ、これを彦兵衛弟分《おととぶん》として家督を立てさせ、則ち彦兵衛稚《おさな》名彦太郎と名のらせけり。「〽おらが姉《あね》様三人ござる」と唄《うた》ひ出せしは、この彦太郎に寄《よ》せて言ひ出したるか。但し死に失せし彦兵衛によそへて言ひたるか。そのほどははかり難《がた》し。

ここに湯島《ゆしま》の姉おたみは夫におくれけれども、十六才より凡そ十年あまりも見馴《な》れ聞きなれし鼓《つづみ》、勿論《もちろん》夫《おつと》存生《ぞんじやう》のときより稽古《けいこ》して、留守などには自身指南《じしんしなん》せしことたびたびなり。それゆへ今後家《ごけ》となりても夫におとらぬ鼓の上手なれば、門弟《てい》を取りて職分《しよくぶん》とせり。

さてまた先年欠け落ちせし惣領のお絹、幸八と一所《いつしよ》に深川へおもむきけれども、根津にて斬《き》りたる両人のものむつかしく、御歴《れき》々の御家来にてその詮義《せんぎ》やかましく、そのうへ手疵折節《きずおりふし》おこりて奉公もなりがたきゆへ、お絹働きて武士を止めさせ、わが身糸針《いとはり》取りて人仕事《しごと》。その手際甚《はなは》だよければ次第に世間広ふなり、遊《あそ》びに行くものなどの伊達《だて》小袖風流に縫《ぬ》い立ててやりければ、これより悪《あく》所《しよ》がよひの小宿となりて、後《のち》々は初心《しよしん》のものをば自身つれ行きて先《さき》をこしらへ、あるいは粋《すい》な族《やから》も一座のおもしろきを歓《よろこ》び無理にたのみて同道するなど、終《つい》には女牽頭持《をんなたいこもち》と呼ばれ、身上くらきことなく、重《かさ》ねぶとんの上に夫を寝《ね》せて過ごす。これらをや女一疋《ぴき》と言ふべし。「〽鼓《つづみ》が上手、牽頭《たいこ》が上手」とは、これを言ふならん。

然るに今年《ことし》十月五日は親父彦兵衛七回忌《くわいき》に当《あ》たりければ、年来《としごろ》心にまかせざりしが今はともかくもなれば、心のおよぶほどに宿《やど》にて追善供養《ついぜんくよう》し、当日になれば吉正寺へ参詣《さんけい》し、住持に対面《たいめん》の上、一昔《ひとむかし》過ぎし物語相済《す》み、

「さて明日は親父の七回忌に当り申し候ふ。不孝《ふかう》の私、両親《しん》の相果《は》てられしも存ぜず、はるか過ぎて風《かぜ》の便《たよ》りに承りいかばかり悲しく残念に存じ候ふ。せめて心ばかりの御廻向料《ゑかうれう》さし上げたし」

と懐《ふところ》より取り出すはまことに分《ぶん》に過ぎたる施物《せもつ》。外に安田幸八として金子五両。

「これも香奠《かうでん》と思し召しお受けなされて」

とさし出せば、住持、

「先年の謝礼《しやれい》とは思へど、これは香奠《かうでん》には過ぎたり。受け申すまじ」

と返さるるを無理《むり》にさしおき、暇《いとま》乞ひして立ち出で、墓へ参り懇《ねんご》ろに伏し拝み、立ち上がるところへ湯島のおたみ参りかかつて顔《かほ》見合ひ、互いに替《か》わるおもかげながら見忘《わす》れふ様もなく、おたみは思ひがけなければあきれてものも言はざりしが、恨《うら》みのあまりすげなく横《よこ》を向くにぞお絹も言ひ寄る便《たよ》りなく、しほしほと立ち出づるを、

「これ、待たしやんせ」

と呼びかへし、

「おまへの心にも七年忌を思ひ出さしやんしたか」

とつつけり言へばそれをしほに、

「思ひ出せばこそ参りたり」

と言ふにぞ、

「それならまだ人らしひところがござんすの」

と、愛相《あいそう》つかしの口上。

むつとはすれど「そう思ふも道理《どうり》」と心で了簡《れうけん》して、

「そふ言はるるが切なさに今まで一寸のがれに通路《つうろ》もせざりし。さりながらけふは大事の日なればもしやと思ふて参りたるに、あまりきつい言ひ様じや」

とうらみかこてば、おたみはらはらと泪《なみだ》をこぼし、

「こふ言ふも私が申すではござんせぬ。けふの仏《ほとけ》のおつしやると思し召せ。二親《ふたおや》の御病中《びやうちう》、御往《わう》生《じやう》の後も手を廻し足を廻し尋ねても知ればこそ。もはや思ひきつて居たところに、またこのたびの弟《おとと》がこと。口おしさ無念《むねん》さ。何を言ふも妹《いもと》お富《とみ》と私、たつたふたり。心細《ぼそ》さたよりなさのあまり、おまへのこと言ひ出さぬ日もござんせぬ」

とさすが親身《しんみ》の血筋同士《ちすじどうし》、袂《たもと》もしぼるばかりなり。

お絹も泪はらひながら、

「そなたの恨《うら》みいちいちもつとも。さりながら、わらはとても実《じつ》の徒《いたづ》らにて家出せしにはあらず。拠《よんどころ》なき義理に引かれしことなれども、口へ出されぬ訳《わけ》なれば、我身に恥《はぢ》を引きうけたり。親たち御存生のうちも幾《いく》たびか御訴訟《そせう》申さんとは思ひしかど、その時分《じぶん》は見る影《かげ》もない身ぶり。かかろう島もなきにわびするかと、一つはそなた衆《しゆ》にも恥づかしく、もそつともそつと時節《じせつ》を待つうち、ついおふたりながら。あとで聞きてのその悲しさ。帰らぬことを泣《な》いてばつかり。もふそれからはとても御葬礼《そうれい》の間《ま》にもあわず。こちの艫櫂《ろかい》もまわらねば、仕合せの直るまでと一年すぎ二年経ち、ついけふが日までほんに夢《ゆめ》のやうなこと。それはそふと弟がことの口惜《お》しいとは心元なし」

と尋ぬれば、

「まだ御存じなきや。熊谷《くまがへ》で殺《ころ》されたり」

と聞くよりはつと驚きしが、

「さてもさてもむごいことしたり。何者の仕わざぞや。よしよし女でこそあれ、手掛《がか》りを聞き出し、敵《かたき》を取らん」

と歯を喰《く》ひしめ手を握《にぎ》りて言ひければ、おたみも喜び、

「そふおつしやれば私も力《ちから》。幸《さいわ》い私も鼓《つづみ》の指南。大勢《ぜい》の弟子《でし》衆あれば付《つ》き合《あ》ひも広《ひろ》く、所々の噂《うはさ》を

気をつけて聞き出すまいものでもなし」

と言へば、お絹も、

「わらはは猶更《なをさら》。女牽頭持《たいこもち》と呼ばるる身。あまたの人に付き合へば聞き出さぬことはあるまじ。やがて敵《かたき》は取りてやらん」

と彦兵衛が石塔《せきとう》にむゐて回向《ゑこう》するうち、黒棒《くろぼう》の乗物《のりもの》に下女若党《わかとう》つき、どやどやと舁《か》き込《こ》みて、しとやかに出づるは妹のお富。そのさま芝居《しばい》の金箱《かねばこ》とも言ひたきくらひ。緋《ひ》ぢりめんの間着《あいぎ》もへ立つばかりなるに地紫《ぢむらさき》の綾《あや》のうちかけ、一尺五寸ばかりある瑇瑁《たいまい》の両指《れうざし》、へぎをわつたほどの櫛《くし》を指《さ》し、風流《ふうりう》はすはなることあたりも輝《かがや》くばかりなり。

されば昔《むかし》ひとりの美女《ひじょ》ありて、虫《むし》がいたきとて顔《かお》をしかめけるに、いとど美しかりければ、悪女《あくじょ》がこれを見て、「かくすれば見よきや」と思ひわれも顔《かほ》をしかめければ、二目《ふため》と見られざりしと言ふことあり。伊達《だて》風流なるも悪女のするはかへつて見にくく、美女《びぢょ》のするはまた捨てられず。このお富は性得《せうとく》の艶顔《ゑんがん》たぐひまれなる女にて、奉公せしときさへ伊達を好みけるが、今は笹田の奥《をく》もじと呼ばれ、いとど風流はすはにて、その名近隣《きんりん》にかくれなく、「〽下谷一番《ばん》の伊達者《だてしゃ》でござる」との評判《へうばん》。

お絹、おたみもよき折からと、寺《てら》の座敷での対面《たいめん》。十年以来《いらい》の物語《ものがたり》。泣きつ笑《わら》ふつまことに姦《かしま》しく、やや時《とき》うつしてぞ別《わか》れけり。

「不義《ふぎ》にして富《と》み、且《か》つ貴《たっと》きは、われにおゐて浮《う》かべる雲《くも》のごとし」とは、聖人《せいじん》のいましめ。熊谷にて彦兵衛を刺《さ》し殺し、絹をうばふたる男、則ちその絹のあたひにて大小身《み》のまわりを立派《りっぱ》に拵《こしら》へ奉公を望《のぞ》みしところ、早《はや》お富連《つ》れ合《あ》い笹田左近主君《しゅくん》へ召《め》し抱《かか》へられ、中島弥源治《なかじまやげんじ》と名乗《なの》りて則ち左近下役《したやく》をつとめて居けるが、邪智《じゃち》ふかきものゆへ何を勤《つとめ》てもあぢをやり、そのうへ諸役人《しょ》におもねり、へつらい、段々立身《りっしん》して二百石まで取り上げければ、今は左近下役ならねど、やはり下役せしときのごとく常《つね》に心安く来て慇懃《いんぎん》にしければ、左近も奇特《きどく》なるものと思ひ、如在《じょさい》なく懇意《こんい》しけり。それのみならず、御殿《ごてん》向きの出合ひ、あるいは朋輩《ほうばい》の会合《くわいがう》にも左近を贔屓《ひいき》して万事《ばんじ》につけて押し立てければ、左近かぎりなく喜び、兄弟同前に他事《たじ》なく親《した》しみけり。

そもそも、弥源治かく親《した》しくするその元を尋ぬれば、お富に恋慕《れんぼ》せしゆへなり。かくて年月懇意《こんい》するうち、家内《かない》のもの仕落《しお》ちあれば弥源治これを訴訟《そせう》し、あるいはお富遊山《ゆさんとう》等に出でんとて願ふときも、左近しぶこぶすればこれをすすめて得心《とくしん》させ、何かにつけ弥源治なくては叶《かな》わぬよふに家内のものまでに思ひつかせしは、さておそろしき巧《たく》みなり。

しかるにあるとき、左近夫婦と弥源治と暮《く》れ合《あ》ひより話《はな》し居《ゐ》けるに、主君の御用にて夜中《やちう》ながら御一門方《がた》へ参るべき義を申し参りければ、

「畏《かしこ》まり候ふ」

とて仕度《したく》し、弥源治に向《む》かい、

「初夜《しよや》過ぎには帰り候わん。内《うち》のものも淋《さび》しがるなり。それまで話したまへ」

と留《と》め、さてお富に向ひ、

「申しつけたる温麺出来《うんめんでき》次第に出し、酒をも進《しん》じ馳走《ちそう》いたされよ。御身《み》がためには大事の遊山の腰《こし》押《お》し人なり」

などたわむれて出で行きけり。

あとにてお富温麺《うんめん》酒をも出し、そのうへにてさし向《む》かいに話しけるは、

「人の心の合《あ》ふと申すはあぢなもので、夫左近竹馬《ちくば》よりの友《とも》いくらも御家中にあれどもかゑつて今は遠《とを》々しく、そなた様とは竹馬にもあらねどかく親《した》しくいたされ、わらはまでも心おきなく存じ候ふこと、これも前世《せんぜ》の約束《やくそく》でがな候はん」

などとしみじみとした物語に「よき糸口《いとくち》」と初めて顕《あら》わす年《とし》ごろの悪心《あくしん》。小声《こごへ》になりて近く摺《す》り寄《よ》り、

「我等がかく心を尽《つ》くすことは、ただそなた様ばかりに思われんためなり。またまたこの上命《いのち》なりとも御用に立て候わん」

と言ひけるにぞ、お富「何とやら底気味《そこきみ》わるき挨拶《あいさつ》」とは思へど、わざと座興《ざけう》に取りなし、

「これはまたきついおなぶり」

と言へば、

「いや、曾《かつ》てうわついたる所存にあらず。真実《しんじつ》に恋《こ》ひまいらせ候ふ。たとひ命に及ぶとも、是非にこの恋かなへて貰《もら》ひませねばなり申さず」

と真顔《まがほ》になりて言ふにぞ、お富色を正《ただ》し、

「さては真実《しんじつ》ただ今までの御懇意《こんい》は、私にお心ありてのことにて候ふや。まづもつて忝《かたじけな》く候ふ。さりながら男のなき身にてもあらば、さ仰せられまじきものにもあらず。左近と申す夫のある私、たとひどふなるとても「恋をかなへません」とは得申すまじ。それは近比《ちかごろ》そなた様には似合《にあ》いませぬことなり」

とづつかりと恥ぢしむれば、弥源治も詞《ことば》なく、しばらくさしうつむゐて居たりしが、

「なるほど御もつとも至極《しごく》。元より非道合点《ひどうがてん》で申し出した拙者。お聞き入れなければ力《ちから》なし」

と行灯《あんどう》の灯心《とうしん》を取りて刀《かたな》をしごきながら、

「さては悪縁《あくゑん》にてありしか」

とひとり言《ごと》して鞘《さや》におさめ、すつと立ちて帰らんとするをお富引《ひ》き留《と》め、

「根太刃合《ねたばあ》わさせられし御心底《しんてい》心得ず」

と言へば、

「されば候ふ。これより直《す》ぐに左近殿お帰りを待ち受け、討《う》ちはたす所存」

と言ふにぞ、お富、

「さ見受《う》けしゆへ承るなり。夫左近に何の恨《うら》み候ふや。日比《ひごろ》の御懇意《こんい》にも似合はず」

と言へば、

「日比懇意にいたせしゆへ討ちはたすなり。我等今申せしこと、左近殿に聞かれては、どふもなり申さず、さるによつて左近殿を討ちて我等も切腹《せつぷく》いたす所存」

と言へば、

「その義ならばまづ待ちたまへ。聞《き》きたるものはわらはひとり。わらはさへ申さずば左近どの知りたまふべき様なし」

ととどむるにぞ、弥源治少し落ちついて、

「我等とても討ちはたしたき所存は曾《かつ》てなし。御身さへ口《くち》へ出したまはねばことなきと申すもの。されども口でばかりさ仰せられては我等心落ちつかず。このこと口外《かうぐはい》へ出すまいといふ誓詞《せいし》を書《か》きてたまはらんや。さあらばとどまり候はん」

と言ふにぞ、とかく夫《をつと》大事と思ふ心から、

「なるほど、ともかふもいたすべし。是非とも止《とど》まりてたまれ」

となだめて、硯《すずり》取り出し文言《もんごん》のぞませ、

「今宵《こよい》そなた様仰せられ候ふこと、如何様《いかやう》なることありとも重《かさ》ねて口へ出し申すまじ。もしこのこと偽《いつわ》るにおいては、日本国中大小の神祇《じんぎ》、別《べつ》して氏神《うちがみ》の御罰《ばつ》を蒙《かうむ》り、未来《みらい》にては無間獄《むげんごく》にしづみ、永劫《あいがう》うかむせなき身となり申さん。よりて誓詞くだんのごとし。弥源治さま　富」

と口うつしに書きて渡しければ、喜んで請《う》け取り、

「この上は何か疑《うたが》ひ申さん。さあらば今宵のことは水《みず》になされ、今までの通りに御懇《ねんご》ろ下されよ」

と思ひの外折《お》れて出れば、お富も安堵《あんど》して、

「何がさて、この方に如在《じよさい》なし」

と互いにうち和《やは》らぎて居るところへ左近帰りければ、常に替《か》わらぬ物語してわかれけるが、宿《やど》へ帰りて誓詞《せいし》を取り出し、あと先《さき》を引《ひ》き裂《さ》き捨《す》て、指《ゆび》より血《ち》を出しべたに染《そ》めて、ひとりうなづき、

「「男のなき身にてもあらば」と言ひしがこの上の手がかり」

とつぶやきて仕舞いおけるぞおそろしき。

「災患《さいくわん》元種《たね》なし。悪事《あくじ》をもつて種《たね》とす」といへり。弥源治も通例《つうれい》に越《こ》へたる頓智《とんち》ありながら、生得《せうとく》の性悪《せうあく》、終《つい》には身を亡《ほろぼ》すもとひなるべし。

ここに本郷吉正寺の住僧《ぢうそう》は碁《ご》を強《つよ》く打たれけるが、弥源治も強く打ちけるゆへ、近《ちか》づきになりて出合《てよ》ふことたびたびなり。ある日また打ちに来たりしに、住僧折節留守《おりふしるす》にて、小姓佐保川《こせうさほかは》市之丞、納所《なつしよ》まぢりに座敷《ざしき》にて酒盛《さかも》りして居けるが、酣《たけなわ》のころ女一《ひと》むれ墓《はか》参りして、葭垣《よしがき》の向《むか》ふへ赤《あか》く見へすきければ、

「これは見事。これを肴《さかな》に今一杯《ばい》」

とたわむれけるに、市之丞言ひけるは、

「いや、当時《とうじ》美人《びじん》といふは、弥源治様同御家中《どうごかちう》笹田左近殿の内室《ないしつ》なり。器量《きりやう》おし立ち、風俗《ふうぞく》ともにいづれ一つも申し分なし。折節墓《おりふしはか》参りに見へ候ふが、恐《おそ》く広《ひろ》い世界《せかい》にまたとあるまひ美女《ひじよ》。あのやうな人と酒盛《さかもり》などせば一生の名聞《めうもん》ならん。今こふ呑まんと申すうへでも、二つや三つは呑みかぶり申さん」

と何心なく言ひけるとき、弥源治、

「それは安きことなり。我等左近とは兄弟同前《けうだいどうぜん》。内室とも枕《まくら》かわさぬばかり。酒もりはおいたこと、一つ椀《わん》の物まで喰《く》ひ合ひたり」

と少し自慢《じまん》心で、

「いや、それにつき貴様のことならん。かねがね内室の話《はな》しには、「わらは墓参する寺《てら》の小姓衆《こせうしゆ》なるが、さて可愛《かあい》らしきお若衆《わかしゆ》なり」とてきついほめやう」

と言ふ口おさへて、

「おつとやめてもらひましよ。あのまざまざしい顔《かを》わい」

と言へば、

「はてさて誓文偽《せいもんいつわ》りならず。たびたびの噂《うはさ》なり」

とくり返《かへ》すを、

「あまりにしらじらしき」

とて笑《わら》ひにまぎらして仕舞へば、弥源治はまじめになりて帰りけり。

かくて数日《すじつ》を経《ふ》るところに、ときしも三月初めつかた、人の心も浮《う》き立《た》つころ、左近妻《さい》お富、明日《めうにち》は上野《うへの》の花見《はな》に出づるとて宵《よひ》より弁当《べんたう》の用意《ようい》などしけるを、弥源治聞きて急《いそ》ぎ吉正寺へ行きて市之丞を呼びいだし、

「いつぞや貴様に申せし左近内室のこと、我等貴辺《きへん》をなぶりて偽《いつわ》りしやうに思われしが、またこのごろもその話《はなし》が出たるにつき貴様の申されしことを言ひたれば、殊《こと》の外《ほか》の喜びにて「何とぞ折もあらば出合ひ申したき」との挨拶《あいさつ》。しかるに明日上野の花見に参らるるにつき我等をひそかに呼ばれ、「かの人に一献《こん》くみたし。よろしく頼み入る」とのこと。「なるほどその儀は請け合ひ申す」とて直《す》ぐさまこれへ参りたり。我等最前《さいぜん》申せしこと、偽りなき訳《わけ》は明日こそ知れべし」

と真顔《まがを》になりて言へば、市之丞迷惑《めいわく》そうに、

「そこ元様の仰せられしことは嘘《うそ》にも実《じつ》にもいたせ、我等先日《せんじつ》申せしことはほんの酒の上のたわ言《ごと》なり。それをあの方へ通《つう》ぜられてはさりとは迷惑千万《せんばん》。猶更《なをさら》明日は得《ゑ》参るまじ」

と言へば、弥源治腹《はら》を立て、

「それは何とも聞こへぬこと。貴様のたわぶれといふこと我等知らず。実《じつ》に思わるればこそかく申されたりと思ひしゆへ先へ通《つう》じたり。今更《いまさら》「たわ言でござる」と言ふて身ども立てふと思し召しか。

是非にかなわず百年目、貴様と討ちはたすより外なし」

「主ある女と盃《さかづき》すな」といふ法《ほう》もなし。是非とも明日はお出合ひ下されい。こう申すうへにも御得心《とくしん》なければ、是非にかなわず百年目、貴様と高《たか》が酒くみかわしたるとて科《とが》にも失《しつ》にもなるべからず。

と吃相替《きつそうか》へて刀《かたな》をひねくれば、市之丞底《そこ》きみわるく、

「はて、是非とも参るまじと申すにはあらず。それほど貴公《きこう》の御難義《なんぎ》なさることならば、なるほど明日上野へ参り一献《こん》くみ申すべし」

と言へば、

「しかとさやうでござるか。何がさて然《しか》らば忝《かたじけな》い」

と俄《にわか》に笑顔《ゑがを》つくり、

「それならば上野にてのせりふは我等受け取りて来たり。少々酒肴《さかな》もたせてお出あられ、思わず出合ひたる体《てい》に見せ、「これはよき所にて」などと挨拶《あいさつ》一通り済《す》んで、「さて少々麁酒《そしゆ》を持参《ぢさん》いたしたり。御不足《ふそく》はあるまゐが進上いたしたし」と貴様の方より仰せかけられよ。これが則ちあの方《ほう》の頼みなり。「女子ども下部《しもべ》も居《い》ることなれば、さやうならではその場《ば》がよろしからず」とのことなり」

と言へば、

「なるほど心得候ふ」

と言ふとき弥源治くり返《かへ》して、

「必ず間違《まちが》ひなく頼み入る。刻限《こくげん》はあの方を九つ時分《じぶん》に出らるれば、貴公《きかう》の方は一《ひと》ときもおそきがよし。これで我等も安堵《あんど》したり。ひよんなことで、すでのこと大事の命お互いにあやうひこと。これじやによつて刀《かたな》がいやでござる」

と嘘《うそ》八百言つて立ちかへりけり。

翌日《よくじつ》になれば左近方には奥《おく》様の花見《はなみ》もふでと内中《うちぢう》さざめき、例《れい》の花麗人《くわれいじん》なれば下女腰元《げぢよこしもと》に至るまで花《はな》々しく出で立ち、一子力《りき》太郎をつれて、近《ちか》ければとて歩行《かち》にて行けば、往来《わうらい》の貴賤《きせん》見帰らぬものもなく、「〽下谷《したや》一番伊達者《ばんだてしや》でござる。今年《ことし》初めて花見に出たりや」と唄《うと》ふはここなるべし。

ときに弥源治はかの留守《るす》へ仕《し》かけければ、左近、

「よくこそ来たまひたり。内《うち》のもの留守にて淋《さび》しく、話《はな》したまへ」

と言へども、いつもに替《か》わりて何かくつたくのある様子《やうす》に見ゆれば、見とがめて、

「貴辺《きへん》はいかふもの思ふ体《てい》なり。いかなることぞ」

と尋ぬれば、

「思ひ内にあれば色外《いろほか》に顕《あら》わるると、心にかかることは隠《かく》されぬものなり。明《あ》かせば人を落《お》とし、隠《かく》せば信《しん》に背《そむ》く。してうにかかりし某《それがし》が心、御推量《すいりやう》下されよ」

とほろりとこぼす一しづくはどこから出したか心元なし。

左近更《さら》に合点《がてん》ゆかず、

「貴辺でもあるまい。女わらべのごとき振る舞い。何事ぞ、言ひたまへ」

と言《ゆ》ふとき、

「いかさま非《ひ》をつつんで信《しん》を失《うしな》ふことは聖賢《せいけん》のにくむところ。朋友《ほうゆう》の実《じつ》には替《か》へられず。思ひきつて見せ申すべし。しかし「何なりと穏便《おんびん》にいたさん」とある御誓言《せいごん》を承らん」

と言へば、

「何事かはしらねど、貴辺《きへん》の体軽《ていかる》ひこととは思われず」

と刀《かたな》の鯉口《こひくち》しやんといわせ、

「さらば」

と言ふとき、懐《ふとこ》ろよりかのお富が誓詞《せいし》あと先《さき》引き裂き血《ち》に染《そ》みたるを取り出せば、左近取りて見るに、

「もしいつわるにおいては」

と言ふより神々をおどろかしたる起請文《きせうもん》。当《あ》て名《な》はきれて富とばかり。横《よこ》に見ても竪《たて》に見ても女房《にようぼう》お富が手にまぎれなければ左近大きに驚き、しばらくものも言はで居けるを、弥源治眉をひそめ、

「昨夜《さくや》さるところにてひそかに拾《ひろ》ひ取りたり。当て名と前《まへ》を引きさゐたるは我等が了簡《れうけん》。穏便《をんびん》の沙汰《さた》を願ふゆへ。この外にまだ文《ふみ》もあり。明日は上野《うへの》にて参会《さんくわい》せんとのこと。これもお目にかけて益《えき》なければ引き裂き捨てたり。かねてお富殿遊山《ゆさん》等に出でらるるとき、我等取り持ちて貴公へ勧《すす》めし

こと、今更気《いまさらき》の毒《どく》千万」

と言へば、

「いや、それは貴辺にかぎり身ども疑《うたが》ふ心更《さら》になし、何にもせよ不届《ふとど》きなる女め」

と大いに怒れば、

「そのお腹立ち御もつとも至極。然れども明白《めいはく》に詮義《せんぎ》したまはば、一つは外聞《ぐわいぶん》もいかが。一つは生《せう》死《し》にもおよぶときは、まつたく我等が口先《くちさき》で人を殺すなり。ここのほどが悲しきゆへ今まで頭痛《づつう》をやみたり」

ともつともらしきことならべ立て言ふにぞ、左近は一途《づ》に弥源治をよきものとおもひ込みしも無理《むり》ならず。しばらくありて弥源治、

「まづ何にもせよ書面《しよめん》の通りならば、今日必ず子細《しさい》あるべし。我等もお供《とも》申さん。上野まで見へ隠《がく》れにお出であられよ」

と言ふにぞ、

「実《げ》にもつとも」

と両人深編笠《ふかあみがさ》をかぶり上野へ趣《おもむ》き、山王《さんわう》の後《うし》ろの方に敷物《しきもの》一枚かりて見渡《わた》せば、お富居所より二十間ばかりへだてたり。然るところに佐保川市之丞、弥源治が約束黙止《やくそくもだし》がたく、迷惑《めいわく》ながら、僕《ぼく》に酒肴取り持たせぶらぶらと来たり。ここかしこ見廻して、それと見るよりさし寄りて小腰《こごし》かがめ、

「これは花御一覧《らん》候ふや。我等も見物《けんぶつ》に参りたり。まことによい景色《けしき》に候ふ」

とてかたわらにつくぼうて居《い》れば、いかなるものも知らぬ顔《かを》しては居られず、

「しばらくお腰《こし》かけられよ」

と言はねばならず、さて家来に持たせし酒肴取り寄せ、

「御不足《ふそく》はあるまじけれども、麁酒《そしゅ》持参仕《さんつかまつ》り候ふ。一献《こん》召し上げられ下さらば忝《かたじけな》し」

と言ふにぞ何とやら無遠慮《ぶあんりょ》らしくは思へど、これとてもあるまじきことならねばそれなりけりの挨拶《あいさつ》も、はるかのこなたからは身ぶりばかり正《ただ》しく酒くみかわす体《てい》見とどけて、

「さては昨夜の文に違《ちが》ひなし。ながく見たまふほど修羅《しゅら》のたね。いざお帰りなさるまじきや」

と勧《すす》むるにぞ未練《みれん》らしく見ても居られ

左近と弥源治しのび見て居る／一こんめし上られ下さらば忝なふ存じませう／市之丞／おとみ

ず、うち連《つ》れて帰りざま弥源治、

「先刻《せんこく》も申すごとく御不縁《ふあん》は格別《かくべつ》。御詮義《せんぎ》は御無用《むよう》なり」

と言へば、

「はて、愚痴《ぐち》なことを仰せらるる。最前《さいぜん》きんてういたせし上何を申すべき。事に胡乱《うろん》なることならばまだしも、慥《たし》かな証拠《せうこ》ある上に、たしかに見届け申したり」

とていそぎ宿へぞ帰りける。

市之丞は弥源治が言ひしとはちがふてどうかぶはづな体なるゆへ早々にして別《わか》れければ、あとにて、

「さてあつかましいお若衆《わかしゆ》も、あるものかな」

とて笑いになりて仕舞ひけり。

既《すで》にその日も西《にし》にかたむけば、いざ帰らんと皆々うちつれ、ざんざめかして帰りけるに、はや宿には左近申しつけて乗り物出だしおき、若党権左衛門《わかとうごんざゑもん》上《うへ》へもあげたてず、

「これに御召し候へ」

と言ふにぞ合点ゆかねば、

「何ごとにや」

と不審《ふしん》するを、

「中《なか》に御覧《らん》ずるものあり」

とて無理《むり》に押し込み、仲間《ちうげん》二人に乗り物かかせ、ばたばたと舁《か》き出せば、乗り物の内には一通《つう》。取りあげて見れば、三下り半分《はんぶん》、読むか読まず、

「これはいかなること」と驚く間《ま》も泣く間もあらばこそ。たちまち湯島《ゆしま》の姉《あね》おたみかたへ送《おく》りつけて、権左衛門、

「何かは存ぜず候へども、主人《しゆじん》左近申しつけゆへ、かくのごとく仕《つかまつ》る」

と木《き》で鼻《はな》こくつて立ちかへりけるは、さても是非なき次第なり。

「財《ざい》を貪《むさぼ》り善《ぜん》を忘《わす》るるは鈎《つりばり》を呑む魚《うを》のごとく、徳《とく》にうつり悪《あく》を好《この》むは剣《つるぎ》を踏《ふ》む虎《とら》のごとし」とは東方朔《とうぼうさく》が詞《ことば》。

中島弥源治は左近にお富を離別《さら》せ、折《をり》を見てわが女房にせんとのはかりごと、大半成就《たいはんじやうじゆ》して、「もはやお富をなびける一段《だん》となりし」と心に笑《ゑ》みをふくみ、まづ湯島《ゆしま》へ仕《し》かけて、お富ならびに姉おたみに逢ひ、

「さてさて気の毒《どく》千万、思ひよらぬことに候ふ」

と言へば、おたみ引き取つて、

「まづはおなじみとありてお尋ね下され忝《かたじけな》く候ふ。妹《いもと》がこと寝耳《ねみみ》に水《みづ》と申さうか。わらはもあきれはて候ふ。昨夜《さくや》より色《いろ》々と尋ね候へども、何一つ身に取りて覚《おぼ》へなきと申し候ふ。幸《さいわ》いかな、そ

なた様御心安きことなれば、あの方へ一通《ひと》りお尋ね下され候へ」

と頼みかかれば、

「いや、その段は我等も如在《じよさい》なく、承ると早速昨晩《さつそくさくばん》参りて、「いかなる訳《わけ》ぞ」といろいろ尋ねしかど、一言《ごん》も申さず。しかしまたまた尋ねても見申すべし。そのうへ帰るべき首尾《しゆび》にもならば、幾《いく》重《へ》にもお取り持ち申さん」

と喜ぶ様に言へば、両人ともに、

「この上ながらひとへに頼みまいらする」

とは、これぞ「俄かに仏《ほとけ》頼んで地獄《ぢごく》」なるべし。

弥源治はとかく親《した》しく入り込みて終《つい》には口説《くど》き落《お》とさんと思ふ心なれば、序《つい》でながら鼓《つづみ》の弟子《でし》となりてたびたび通《かよ》ひけり。そのたびごとに左近方のこと尋ぬるといへども、

「とかく有無《うむ》の返答《へんとう》なき」

とばかり言ひて引きずりおきけるが、ある日《ひ》来て、

「さてさて左近といふ男《おとこ》、見かぎりはてたる男なり。今まで懇《ねんご》ろせしこと今更《いまさら》くやしき」

などと言ふて腹立つれば、

「いかなることぞ」

とおたみともに尋ぬるとき、

「いや、別《べつ》のこともあらず。この間のこと幾たびも返答《へんとう》なきゆへ、我等もあまり腹が立ちて、「気《き》に入らぬなら入らぬ、科《とが》があるならあると、二つに一つの返答はあるはづ。我等両人の衆《しゆ》より頼まれ、幾たびも同《おな》じ返事《へんじ》はなり難《がた》く、どふせらるるぞ。有無《うむ》の返答、今日聞ききらん」と了簡極《れうけんきは》めて申したれば、「さらば見するものあり。われにつれだちて来たまへ」と言《ゆ》ふゆへ、合点ゆかねど同《どう》道して出で行けば、浅草俵町《あさくささたわらまち》の裏通《うらどお》りに奇麗《きれい》なる露地構《ろじがま》へのありけるが、そこを明《あ》けて這入《はい》るゆへ、我等も続《つづ》いて這入り見たれば、さても美《うつく》しい女《をんな》、かづらあめの黛《まゆずみ》、丹花《たんくわ》の唇《くちびる》、鼻筋通《はなすじとお》つてひとへまぶち、瓜《うり》ざね顔《がほ》に愛《あい》ありて賤《いや》しからず、嬋娟《せんげん》とたおやかにして、水晶《すいせう》に紅《くれない》をふくみたる色《いろ》合い、容《よう》貌端麗《ぼうたんれい》なることあたりも光《ひか》るばかりなれば、あまりのことにそこらに羽衣《はごろも》はなきかと思ふくらひ。歳《とし》のほどは十六七と見へて、紫《むらさき》しぼりの大振袖《ふりそで》。左近は上がるとそのまま膝《ひざ》にもたれかかれば、ふりむいてにつこりと笑《わら》ふたそのおもかげ、昔《むかし》の衣通姫《そとおりひめ》とやらは見ぬことじやが、おそらく世界《せかい》にまたあるべきものとも見へず。さすがの我等もぞつとして、しばらくものも言へずに居たれば、「弥源治これ見たまへ。こふした君《きみ》をおいて古《ふる》くさい女房が返《かへ》さりやうか。今より左近が奥《をく》様はこれなり」と言ふゆへ、我等一《いち》言もなくて立ち帰りたり」

とまざまざしく話《はな》せば、両人ともにしばし詞もなくて居たりしが、ややありておたみ、

「それでよみがきこへ候ふ。つけべき科《とか》がないまま、今まで返答もなく引きずりおきしと見へたり。そう言ふ心底《しんてい》の人ならば、添《そ》ふてからが嬉《うれ》しくないこと。のふお富、そふは思やらぬか」

と言へども更《さら》に返答なく、さしうつむいて居るばかり。

弥源治はしたり顔《がを》。

「我等も左近とは懇意《こんい》もこれかぎり。心底《てい》の定《さだま》らぬ男はおもしろからず」

と少々《せう》匂《にほ》わせて煙《けむ》り輪《わ》にふくうち、おたみ、

「いや、それはそうと、けふはとと様の命日《めいにち》。墓《はか》参りがおそなわる」

と言へば、弥源治、

「吉正寺へおいでなら、我等も同道いたさん。碁《ご》を打ちに参る」

と言ふも、実《じつ》はおたみと連れ立ち、道《みち》すがら話してお富をわが妻《つま》に貰《もら》はん下心《したごころ》なり。

「さあらばおつれ立ち申さん。お富留守をたのむ」

と下女《げじょ》うちつれて出行きけり。

あとにはお富ただひとり、

「もはや頼みも切れたり」と心一つに覚悟《かくご》極め、側《そば》なる硯《すずり》引きよせてこまごまと書き置き残し、しごきを取りて梁《むなぎ》にうちかけ、既《すで》に首縊《くびく》らんとするところに、佐保川市之丞これも鼓《つづみ》の弟子なるが、用事ありて朝《あさ》の稽古《けいこ》にはづれ、おそおそながら急《いそ》ぎ来て戸《と》を明けんとすれども、内よりしめて明かず。

留守かと思へば念仏《ねんぶつ》の声《こへ》。合点《がてん》ゆかずと窓《まど》の障子《せうじ》よりさしのぞき見れば、踏《ふ》み台《だい》してただ今死ぬ

べき体《てい》。何にもせよ捨ておかれずと、戸を蹴《け》はなしてかけ込み、後《うし》ろより抱《だ》き留《と》むれば、

「誰人《たれびと》なるぞ、はなして殺《ころ》してたまわれ」

と言ふを無理に抱《だ》きおろし、上《うへ》なるしごきの帯《おび》をかなぐりすてれば、ここを「〽寺《てら》の小《こ》姓衆《せうしゅ》に抱きとめられて、よしやれはなしやれ帯《おび》きらしやんな」と唄《うと》ふなり。上野《うへの》の花《はな》見のときと所はかわれども、中《なか》を略《りやく》して唄ふならん。「〽帯《をび》きらしやんな」とは、市之丞しごきをかなぐり捨てたるゆへなり。

「〽帯の切れたは大事もないが縁《ゑん》の切れたは結《むす》ばれぬ」とは、このとき市之丞、

「いかなる訳《わけ》ぞ」と尋ねしに、

「かよふかよふのわけ、もはや縁切れて候へば生《い》きてせんなし。見のがして死なせてたべ」

と言ひけるゆへなり。

ときに市之丞、

「弥源治殿の申さるることは合点《がてん》まいらず。いつぞや上野の花見《はなみ》の節、弥源治かくのごとく申して我等をやりたり」

とそのときのことども話して、

「御覚《おぼ》へ候ふや」

と言へば、お富驚き、

「夢《ゆめ》々覚《おぼ》へなし」

と顔《かほ》を赤《あか》むれば、

「さればこその日の様子我等も心得ず候ふなり。これをもつて見るときは弥源治言ふことはまことにならず。めつたにはやまりたまふな」

となだめとどむるところへ立ちかへるおたみ、寺にて深川の幸八夫婦《ふうふ》に出合ひ同道して来たりけるが、このことを聞きて大きに驚き、

「さてさてあやうひこと。市之丞様よく留《と》めてたまわりし」

と礼《れい》言ひて、

「さて今もこれなる姉様御夫婦へも道《みち》々話《はな》したり。弥源治殿わらはと寺までつれだちし道すがら、

「もはやとても左近方は縁《えん》も綱《つな》も切れはてたり。これによつてお富殿を我等方へもらひ申したし。当分《とうぶん》はその元《もと》に預《あづ》けおく。主人《しゆじん》を替《か》へて引き取り申さん」とのこと」

と話せば、お富、

「弥源治殿わらはに心あることはとふからのことなり。子細《しさい》ありて訳《わけ》ははなされず。何しに再《ふたた》び男持つべきや。たとひこのうへ生き存《なが》らへるとても、尼法師《あまほうし》の望《のぞ》みより外はなく候ふ」

と言へば、市之丞、弥源治がお富を貰《もら》ひかけしをいよいよ不審《ふしん》に思ひ、先達《せんだつて》の上野の一埒《らつ》いづれもへ委《くわ》しくはなせば、幸八始終を聞きて、

「これはその弥源治といふ人、胸《むね》に一物《もつ》あるに極《きわま》つたり。我等邪推《じやすい》か知らねども、お富殿に恋慕《れんぼ》の

心あれども、主《ぬし》ある人なれば心にまかせず。よりて中《なか》を裂《さ》き、離別《りべつ》させしと見抜《ぬ》いたり。何にもせよ弥源治を呼びよせ、酒を盛《も》りて盛りつぶし、本心乱《ほんしんみだ》るる時分《じぶん》におもしろおかしく問い落としてみられよ。大方《おふかた》は違《ちが》ふまじ」

と言へば、

「さあらば」

とておたみ硯《すずり》引きよせ、

「最前《さいぜん》のお話お富へ申し候へば、大方得心《とくしん》にて候ふ。それにつき今宵《こよひ》は深川の姉《あね》も参り居《い》候へば、かためかたがた御出で、酒《ささ》一つ上られよ」

と詞短《ことばみじか》に書きて弥源治方へ送《おく》りければ、大きに喜《よろこ》び、そのまま息《いき》を切ってぞ来たりける。

市之丞と幸八は一間《ま》へしのぶ。

こなたの三人は一通りの挨拶《あいさつ》するかせぬうち、はや酒にしてやつつ帰《かへ》しつ、

市之丞／幸八／三人の娘弥源治に酒をのませといおとす／酒にゑひくだまく

人に呑ますことはお絹が名人《めいじん》。

「それお間《あい》。またおさへ。ここはお肴《さかな》」

とべつたりとしためりやすで気《き》をうかせ、呑ますほどに呑ますほどに、相手《あいて》は三人手前《てまへ》はひとり、殊《こと》に上手に盛りかけられ、うつつ心になりて、

「いやはや、深川の姉様はまた各別《かくべつ》。御酒《ごしゆ》のおさばき、どふもいへず。お名《な》はなんとか」

「おお、それよ。お絹様」

「お絹とはおもしろい。常に寝《ね》て居たい下心《したごころ》」

とくだをまきまき、

「いや、かならず近《ちか》きうちおたづね申さん」

と言へば、

「なるほど御尋ね下されませ。この間は取りわけて近所《きんじよ》の寺《てら》の地蔵《ぢざう》様霊験《れいげん》あらたにましまし、腰抜《こしぬ》けがたつたの、びつこが直《なを》つたのと、おびただしく人群集《くんじゆ》」

と何心なく言ひけるも、わが信《しん》ずる心より不思議《ふしぎ》のことを呼び出す。これも利益《りやく》と知られたり。

　おたみ側《そば》より、

「ほんになるほど。この辺《へん》にてもその取り沙汰《ざた》。さりながらどふも合点のゆかぬこと」

と言ふを、お絹が、

「勿体《もつたい》ないこと言はぬもの。御利生《りせう》あるは違《ちが》ひなし」

とおかしなことを言い合ふを、弥源治引き取り、

「こりや姉様のがごもつとも。利生あるまいものでもない。我等直《じき》に地蔵《ぢぞう》のもの言はれしを聞いた男《おとこ》」

と聞くよりお富吹《ふ》き出し、

「これはあんまりしらじらしい。夢物語《ゆめものがたり》の、枕神《まくらがみ》の、とはあるまじきことならねど、直《じき》に地蔵《ぢぞう》のものをつしやるとは怪談本《くわいだんぼん》にもなひこと。そふした嘘《うそ》をおつしやつては、頼もしくござんせぬ」

とそろそろと遠《とを》まわしにたくみを吐《は》かせる思わせぶり、あぢにころげて気《き》もつかぬ敵《かたき》の知れしも不思議なり。

弥源治は一筋《すじ》にお富に思はれんばかりなれば、

「毛頭《もうとう》われら偽《いつわ》り申さず。疑われて何とも迷惑《めいわく》。嘘でなひ証拠《せうこ》。年来包《ねんらいつつ》みしことなれども」

とあたり見廻し、

「この一座《ざ》は他人《たにん》なければ申すなり。某《それがし》四年以前《いぜん》、しかも八月十五夜《や》、熊谷《くまがへ》の地蔵堂《どう》に休《やす》みしところ、今一人休み居《ゐ》たりしものと不図《ふと》口論《かうろん》を仕《し》出し、そのものを刺し殺し立ち退《の》かんとするに、満《まん》月《げつ》地蔵の顔《かほ》へさしこみありありと見へければ、何心なく、「お地蔵、沙汰《さた》せまひぞ」と言ひたれば、そのとき地蔵の「おれは言はぬ、われ言ふな」とのたまひたり。人を殺《ころ》せしほどの大事なれども、

偽《いつわ》らぬと申す証拠に話《はな》すばかり。決《けつ》して話《はなし》はこの座ぎり」

と聞くより三人目を見合せ、

「その殺されしものは絹《きぬ》売りならずや」

とお絹が言葉《ことば》にぎよつとして、

「それをどふして」

と言はんとせしがちやくと言ひ直《なを》し、

「いや、絹売りにはあらず」

とにわかに替《か》わる顔色《がんしよく》に、三人詞《ことば》を揃《そろ》へて、

「陳《ちん》じても陳じさせぬ。四年以前、八月十五日、熊谷《くまがへ》の地蔵堂にて討たれたる絹屋彦兵衛が姉《あね》どもなり。弟《おとと》の敵《かたき》、のがさぬ」

と立ちかかつておつ取りまけば、

「しや、しやらくさし。絹売りを殺せばどふする。高《たか》がおのれ等《ら》ごときに手ごめに逢《あ》ふ弥源治だと思ふか。三人ともかへり討ちじや」

と刀《かたな》おつとり立ちあがるを、うしろの唐紙蹴《からかみけ》はなして飛《と》んで出る安田《だ》幸八。弥源治が弱腰《よはごし》つかんでもんどり打たせ、のつかかつて、

「縄《なわ》よ」

と呼ぶに、市之丞細《ほそ》引き持ちて出《い》で来たれば、高手小手《たかてこて》に縛《しば》り上げ、

「まづお屋敷《やしき》へ」

と人を走《はし》らすれば、早速《さつそく》見ゆる屋敷の役人《やくにん》、

「弥源治こと」

と聞くよりも左近も続《つづ》ゐて馳《は》せ来たれば、幸八始終《しじう》をつぶさにかたり、

「おのれが口より名乗りし敵《かたき》。これより慥《たしか》な証拠《せうこ》なし」

と言ふに、屋敷の人々ももつともと、外《ほか》に言ふことなし。

ときに市之丞、弥源治に向《む》かい、

「その方はよくいつぞやまつかふまつかふ偽りて、上野の花見にわれをやりしな。今日きけば皆その方が偽り、こしらへごとなり。それゆへお富殿不縁《ふあん》のわけも、その方が謀《はかりごと》ならんと推《すい》し、今宵呼んですかし落とさんと思ひの外、敵《かたき》まで知れて兄弟《けうだい》の衆《しゆ》はいかゐ仕合《しあわ》せ」

と言ふに、お富がさし寄りて、

「これまでは包《つつ》みしが、今は思ひきつて言ふぞ。いつぞや左近殿留守《るす》にわらはへ不義《ふぎ》を言ひかけ、承引《せうゐん》せぬとてよくもよくも夫《おつと》左近殿を殺そふとしたな。皆様も聞きてたべ。そのときのわらはが悲《かな》しさ。袖《そで》にすがつて色《いろ》々と侘《わ》びしたれば、「そんならこのこと言ふまいといふ誓詞《せいし》を書け」と言ひくさつた。口惜《くちお》しくは思へど何を言ふも夫が大事さ。あとにも先《さき》にも知らぬ誓詞とやら、文言まで

望《のぞ》ませて書きて遣《つか》わした」

とうらめしげに左近が方《かた》をじろりと見れば、いちいち聞きとり、左近が仰天《げうてん》、

「さてはあとさき引きさひて、お富が起請《きせう》と見せたるはそのときの誓詞か。上野のことも今きけば皆弥源治が謀計《ぼうけい》。さてさて不届《ふとど》き千万《せんばん》。よく今までだましたり」

とにらみつけて立ちかへり、主君《しゆくん》へ右のわけ申し上げ、すなわち三人の姉どもへ弥源治を下されければ思ひのままに敵《かたき》を討ち、さてそのうへにて左近かたよりお富を呼びかへし、目出たく栄《さか》へけるとなん。

童《わらべ》唄《うた》古実今物語《こじついまものがたり》　巻之四

○姫君《ひめぎみ》おせんの方《かた》の事の始《はじめ》

「〽おせんや、おせんや。おせん女郎《ぢよ》。そなたの指《さ》したる笄《かうがい》は、貰《もろ》たか買《か》うたか美しや。もらゐもせぬが買いもせぬ。市右衛門殿《どん》の一むすこ。女房《にようぼ》が泣《な》いてりんきする」等《とう》、これも陸奥《みちのく》より唄《うた》い出《い》だせしことなり。

頃《ころ》は元弘《げんこう》二年の春《はる》とかや。鎌倉《かまくら》の武将《ぶせう》相模入道高時公《さがみにうどうたかときこう》の寵臣《ちやうしん》、長崎《ながさき》三郎左衛門の子息《しそく》、同名勘解《かげ》由《ゆ》左衛門為基《ためもと》二十一歳《とき》に、器量骨柄《きりやうこつがら》人にすぐれ、武勇《ぶゆう》といい、智謀《ちぼう》といい、鎌倉無双《かまくらぶそう》の男なりしが、高時公の一族大仏出羽守《ぞくおおさらぎではのかみ》の息女おせんの方《かた》と申すが十七歳《とき》に、勘解由《かげゆ》左衛門をふかく恋《こ》ひ侘《わ》びたまひ、折によそへことにふれての文《ふみ》たまづさ。勘解由《かげゆ》左衛門もいなにはあらねど、互《たが》いの親《おや》の許《ゆる》さざるをはばかり、

「時節《じせつ》もあらば」

との返事《へんじ》ばかりにてうち過《す》ぎけるところに、両家の親達《おやたち》このことを知りたるにや、但《ただ》し相応《さうおう》なるにまかせしか、媒《なかだち》入れて「嫁《よめ》に遣《や》ろふ」「貰《もら》おふ」の約束《やくそく》相済《す》み、結納《ゆひのふ》まで送りて日を定《さだ》むる一段になり、互いに一日一日のどけしなさ。

「支度《したく》もそのままにまづ送《おく》れかし」と思へば、嫁御《よめご》は猶更《なをさら》ならふことならまづわが身《み》ばかり先《さき》へ遣《や》つて、支度《したく》はあとから出来次第に送《おく》りてもらひたいくらひ。身内がうづくよふなれど、そふもならず。

殊更《ことさら》両家大身《たいしん》のことなれば、こちらでは普請《ふしん》するの、あちらでは種《しゆ》々様々の諸道具《しよどうぐ》、古《ふる》ふても大事ないをわざと新《あら》たに拵《こしら》へる。上《うへ》々は各別なものにて、ちやつとでは埒《らち》の明かぬこと。

そのうち年も暮《くれ》て元弘《げんこう》三年の春になり、諸国《しよこく》また軍初《いくさはじ》まり、楠《くすのき》は金剛山《こんがうさん》にたて籠《ごも》れば、赤松《あかまつ》は播《はり》磨《ま》に旗《はた》を上げ、備後《びんご》三郎、名和《なわ》又太郎蜂起《ほうき》して、四国《しこく》西国《さいこく》騒《さわ》がしく、都《みやこ》六波羅《ろくはら》に切つはつつ止《や》むときなく、上方《かみがた》の注進《ちうしん》櫛《くし》の歯《は》を引くごとくなれど、時政《ときまさ》より数《す》代《だい》の繁栄《はんゑい》、一門諸従《しよじう》日本国にはびこり、国々の守護《しゆご》探題《たんだい》魏《ぎ》々堂《どう》々としてあれば、更《さら》にことともしたまはざるところに、思ひも寄《よ》らぬ義貞《よしさだ》といふ虎将《こせう》足《あし》元より起《お》こつて、越後《ゑちご》信濃《しなの》上野《かうづけ》武蔵《むさし》等《とう》の勢《せい》を打ちなびけ、ほどなく大軍《ぐん》になりければ初《はじ》めて肝《きも》をひやし、鎌倉の諸将一騎《いつき》当千《とうぜん》の人々を差し向けられ、ふせぎ戦《たたか》ふといへども日々に軍利《いくさり》なく、今ははや鎌倉表へ稲麻《とうま》のごとく馳《は》せ寄《よ》せ、竹葦《ちくゐ》のごとく取り囲みけるは、うたてかりけるありさまなり。

これしかしながら、相模入道殿の行跡《かうせき》人望《にんぼう》に背《そむ》きしゆへ、泰時《やすとき》、時頼《ときより》等の賢君《けんくん》、子孫《しそん》のために積《つ》みおかれし積善《しやくぜん》の余慶《よけい》、ただ一世《せ》の悪逆《あくぎやく》に削《けづ》りなくせしは、まことに「一人貪戻《にんたんれい》なれば、一国乱《らん》をおこす」のいましめ、誰《たれ》しも心あるべきことなり。

この乱《みだ》れゆへに勘解由《かげゆ》左衛門も中々婚礼《こんれい》どころにあらず。一方《ぼう》の大将軍を受け取つてみづからこ
こかしこ馳《は》せ合はせ、数度《すど》高名手柄《かうめうてがら》を顕《あら》わすといへども、天より負《ま》かしたまふ軍なればその詮《せん》なく、
味方《みかた》は手負《てお》ひ討ち死にすればそれぎりにて、敵《かたき》は日々に勢ひ増《いきほま》し、既《すで》に五月二十二日の着到《ちやくとう》には義
貞の勢《せひ》六十万七千余騎《よき》、味方《みかた》はわづか十万に足らず。
殊更《ことさら》けふの軍は鎌倉滅亡《めつぼう》の一戦《せん》にて、譜代重恩《ふだいぢうをん》の人々命を塵芥《ちんがい》よりもかろんじ、名残りおしみ勇《ゆう》
を振《ふ》るつて戦へども、寄せ手は目に余《あま》る大軍にて、何かは敵《てき》すべき。
ここかしこにて鎌倉方の諸将討ち死にたまへば、けわい坂《ざか》、小袋《こぶくろ》坂のかため一度に破《やぶ》れて敵鎌倉
中へ乱《みだ》れ入り、浜表《はまおもて》より火をかけたれば、折節魔風《おりふしまふう》しきりに、車輪《しやりん》のごとくなる炎黒煙《ほのほくろけふり》の中に飛び
ちり、十町二十町が外に燃へつくこと同時に二十余か所なり。煙《けむり》の下より寄せ手の兵《つわもの》勢《いきを》ひさかん
に、度《ど》を失《うしな》へる人々を射《い》ふせ斬《き》りふせければ、煙に迷《まよ》へる女童《おんなわら》べ驚《おどろ》き騒《さは》いで、火の中堀《ほり》の底《そこ》とも言
はず、飛び入り飛び込むありさまは、語《かた》るに言葉《ことば》も更《さら》になく、哀《あわ》れなりけることどもなり。
さるほどに余煙《よあん》四方よりふきかけて、相模入道殿の屋形ぢかく火かかりければ、今はこれまでと
入道殿を始《はじ》め一門の諸歴《しよれきれき》々、かさいが谷東勝寺《やつとうしやうじ》へぞ除《の》かれける。これは父祖《ふそ》代々の墳墓《ふんぼ》の地《ち》なれば、
これにて自害《じがい》せんとのことなり。
長崎勘解由左衛門は、猶《なを》これまでも自分《しぶん》の持《も》ち口極楽寺《ぐちごくらくじ》の切通《きりどを》しをふせぎ支《ささ》へて、追《お》つつかへし
つ破《やぶ》られずありけるが、敵の鯨波《ときのこへ》既に後ろに聞《き》こえて、御屋形に火かかりぬと見へしかば、相随《したが》ふ

兵《つはもの》七千余騎をば猶元《なをもと》の責《せ》め口に残し、手勢六百余騎をすぐりて小町口《こまちぐち》へぞ向《む》かひける。義貞の兵これを見て、中《なか》に取り込みて討たんとす。

勘解由左衛門諸卒《しよそつ》を下知《げぢ》し、魚鱗《ぎよりん》につらなりてはかけ破り、虎頭《ことう》に別《わか》れては追ひなびけ、七八度《ど》がほどもみ合ひければ、義貞の兵くもで十文字《じ》にかけちらされて、若宮小路《わかみやこうじ》へさつと引く。されども寄せ手は十倍《ばい》の大軍。ただ幾《いく》たびも荒手《あらて》を入れ替《か》へ入れ替《か》へ取り囲みければ、今は纔《わづ》かに二十余騎にぞ討ちなされける。

　このとき為基《ためもと》、乳《め》の人《と》の郎等篠崎《らうどうしのざき》半平に向《む》かい、

「鎌倉殿定《さだ》めてかさいが谷《やつ》にのかせたまはん。いかがならせたまふや。汝《なんじ》この囲《かこ》みを破《やぶ》つて、一まづ見まいらせて参るべし」

と言ひければ、畏《かしこ》まつてかけ出でしが、百重千重の囲みの中出づべきよふこそなかりける。

「さらば今一当《あた》りあたらん」

と、どつとおめいて二十余騎、多勢《たせい》が中にわつて入り、縦横無《ぢうわうむ》尽《じん》百術《じゆつ》千慮《りよ》。為基がはいたる太刀《たち》はおもかげと名づけて、来《らい》太郎国行《くにゆき》が百日精進《しやうじん》して、百貫《くわん》にて三尺三寸に打ちたる太刀なれば、このきつ先に廻《まわ》るもの、あるいは甲《かぶと》の鉢《はち》を向《む》かふさまにわられ、あるいは胸板《むないた》をけさがけに切りて落《お》とされける間、敵皆これに追《お》い立てられて、あへて近《ちか》づくものなく、ただ陣《ぢん》をへだてて十方より雨《あめ》の降《ふ》るごとく遠箭《とおや》にぞ射《い》すくめける。

鎧《よろい》よければ裏《うら》かくほどの矢《や》もなけれど、乗《の》つたる馬に七筋《すじ》を射立《いた》てられ、しり居《い》にどふと倒《たお》れければ、是非《ぜひ》なく下《お》り立ちてあたりを見るに、味方《みかた》は一騎《き》も見へず、ただここかしこ数千《すせん》の死骸《しがい》累々《るいるい》たり。

かさいが谷《やつ》へ参りたる篠崎半平馳《は》せかへり、

「鎌倉殿を初《はじ》めまいらせ、御一門残《のこ》らずただ今御自害《じがい》候ふなり。その外責《せ》め口へ向《む》かわせたまひたる大将も皆々討ち死にとの御こと。君《きみ》にも敵の手にかからせたまわぬうち、早《はや》々御自害候へ。御かいしやく仕《つかまつ》らん」

と言ひければ、勘解由左衛門黙然《もくねん》とものをも言《い》わず立ち居《い》たり。

「さては命惜《いのちお》しませたまふやらん」と思ひければ、

「さらば某《それがし》お先を仕《つかまつ》らん」

とて腹《はら》十文字《じ》にかき切りて目の前に伏《ふ》しけれども、猶為基《なをためもと》は見もやらず、つくづく心に思ひけるは、

「相模入道殿の不仁《ふじん》ゆへかく滅亡《めつぼう》に及《およ》ぶといへども、数代植《すだいう》へおかれたる積福《しやくふく》、その余慶《よけい》あらば再《ふた》び当家を引き起こす人、この子孫《しそん》のうちに豈《あに》あらざらんや。斉《さい》の桓公越《くわんこうゑつ》の勾践《こうせん》、既《すで》にその例《れい》なきにしもあらず」と急度《きつと》心に工夫《くふう》して、

「扇《あふぎ》が谷《やつ》におわします入道の若君亀寿殿《わかぎみかめじゆどの》を取り奉り、いかにもして身を忍《しの》び、時節《じせつ》を待《ま》ちて旗《はた》を上げん死《し》は一旦にして易《やす》く、生《しやう》は安ふして難《かた》く、鉄石《てつせき》のごとくに心をかためしが、かく取り巻《まか》れたる

中かち立ちにて出づべき様なく、誰《たれ》ぞ近寄《ちかよ》らば馬を奪《うば》はん」と思へども、以前《いぜん》の手なみにとりて近づくものなく、ただ遠責《とをぜ》めにするばかりなれば、為基わざと敵をたばかり寄せんために、手を負《お》ふたる体《てい》にて小膝《ひざ》を折《お》つてふしければ、よせ手の中より誰《たれ》とは知らず、輪鼓《りうご》引《ひ》き両《りやう》の笠印《かさじるし》つけたる五十余騎ひしひしと打ち寄せて、勘解由左衛門が首《くび》を取らんと争《あらそ》い近づきけるところに、がわと起《お》き上がり、飛鳥《ひてう》のごとく騎馬《きば》の武者《むしや》の尻馬《しりむま》に胯《また》がり、そのまま乗つたる武者を妻手《めて》に差《さ》し上げ、打ち破らんと思ふ方へ弓杖《ゆんづへ》五丈《ぢやう》ばかり投《な》げければ、これに当《あ》てられたる武者五六騎、即時《そくじ》に落馬《らくば》して死《し》生《せう》知れず。

この勢に一鞭《むち》くれ真《ま》一文字《もんじ》にかけ破れば、さしも鉄桶《てつとふ》のごとく取り巻《ま》きたる兵、両方へさつとひらいて、あへて追《お》ふべき義勢《ぎせい》もなければ、思ふままに扇が谷に到《いた》りぬ。

鎌倉殿の思ひ人二位《にい》の御局《つぼね》を初めたてまつり、女房たちまことに嬉《うれ》しげにて、「さてもこの世の中は何《なに》となるべきぞや。わらはは女子なれば立ち隠《かく》るる方もあるべし。「この亀《かめ》寿《じゆ》をばいかがすべき」とこのことのみ思ひまいらせて、露《つゆ》のごとくなるわが身さへ消《き》へわびぬるぞ」

と泣《な》きくどきたまふ。

為基、「ありのままに申して、お心をもなぐさめたてまつらばや」とは思へども、女性《によせう》ははかなきもの。殊につきづきもあればわざと偽《いつわ》りて、

「御一門大略御自害候《じがい》ふなり。大殿ばかりこそいまだかさいが谷にござ候へ。「亀寿君を一目見て、御腹《はら》めさるべし」と仰せ候ふ間、御迎《むか》いのため参りて候ふ」

と申しければ、御局《つぼね》嬉《うれ》しげに見へさせたまひし御気色《けしき》忽《たちま》ちしほしほとならせたまひて、

「さてこの子をば、いかがするぞ」

と御泪《なみだ》にむせばせたまへば、為基も岩木《いわき》ならず、心ばかりは悲《かな》しけれども、大事の所と鬼《おに》の如《ごと》くに気《き》を取り直し、

「とても逃《のが》れあるまじき御身。狩場《かりば》の雉子《きじ》の草隠《くさがく》れたるあり様にて、敵《かたき》にさがし出され、いとけなき御かばねに一家《け》の御名《な》を失《うしな》はれんこと、口惜《くちを》しく候ふ。それよりは父君《ちちぎみ》の御手にかけられ、冥途《めいど》まで伴《ともな》はせたまわんとの御ことなり」

と言いもはてず飛《と》びかかつて抱《いだ》き取りたてまつり、飛《と》ぶがごとくに馳《は》せ出だせば、

「わつ」

と一度におめく声《こへ》。あとをしたふてかけ出す音《おと》。見むきもやらず馬《むま》にまたがり一さんに馳《は》せけるが、四五町が間は女房達の泣《な》きさけぶ声聞《こへき》こへけれども、馬を飛ばせてはるかにへだたりければ、今は心安《こころやす》しと思ふところに、かたへなる松陰《まつかげ》より、

「為基《ためもと》様にてはおわせぬか。勘解由左衛門さまよのふ」

と女の声にてしきりに呼べば、はつと思ひながら立ち止《ど》まり、よくよく見れば大仏羽州《おおさらぎうしう》の姫君《ひめぎみ》おせ

んの方《かた》なり。

為基不思議に思ひながら、

「何とて女性《せう》のはしたなく、かく供《とも》をも具《ぐ》せずさまよいたまふ」

と言ひければ、

「さればとよ、頼《たの》みずくなき世《よ》の中となり、父上《ちちうへ》も討ち死にしたまふとのこと。聞くに気もきへ心も呉《く》れ、「同じ道にも」と思ひしが、せめて御身に今一度廻り逢《あ》いたさ床《ゆか》しさにあくがれ出てさまよひしぞ。他国《たこく》へおもむきたまふなら、ともにつれさせたまわるべし。さなくは手にかけ殺《ころ》してたべ。思ふ夫の手にかかり、死ぬるはわが身の本望《ほんもう》ぞ」

とくらつぼにすがりつき、はなれがたなく見へければ、為基も恩愛《おんあい》の切《せつ》なる涙《なみだ》にくれけるが、

「これほどの大事をかかへ、一たんの色《いろ》に迷《まよ》ふべきことやある」

と急度《きつと》思ひ直して、

かげゆ左衛門かうがいしるしにわたす／おせんの方

「とても当家《とうけ》の武運《ぶうん》今日に尽《つ》きたれば、この若君を害《がい》したてまつり、某《それがし》も今一度敵の中に馳《は》せ入りて討ち死にする所存なり。御身は女性のことなればとがむるものもあるべからず。いかなる人にも馴《な》れ染《そ》めて、われなきあとをもとふてたべ」

と涙《なみだ》ながらに言ひければ、いと恨《うら》みたる風情《ふぜい》にて、

「御身を先立て何楽《たの》しみに存《なが》らへん。そのうへいかなる人にもなれそめよとは情《なさ》けなきお詞《ことば》かな。ただ手にかけて殺してたべ」

と鞍《くら》つぼにひしとうちもたれ、まことに思ひきりたる体なれば、止《や》むことなくて勘解由左衛門、

「御身がその心底《しんてい》を見てまことを明《あ》かすなり。何をかくさん、われ討ち死にする所存にあらず。一まづ羽州《うしう》へ下り、身を忍《しの》びてこの若君を守《も》り立てんと思ふなり。されども日本国皆敵《みなかたき》なるゆへ、この若君さへいかがと思へば、猶更《なをさら》御身は具《ぐ》せられず。存《なが》へてあらばまた廻《めぐ》り逢《お》ふこともあるべし。乳母《うば》が夫にて、今まで目をかけおきぬれば、これを頼みて身を忍《しの》ぶ所存なり。返《かへ》す返《がへ》すも短気《たんき》なことしたまふな。命《いのち》さへあらば再《ふたた》び廻《めぐ》り逢はんことあるべからず」

と言ひければ、おせん泣く泣く、

「羽州《うしう》とやらんは今まで父《ちち》の所領《しよりやう》なれど、これより遥《はる》かの道と聞く。今別《わか》れていつ廻り逢ふべき。たとへ逢ひたりとも、はるかに年をも歴《へ》ば互《たが》いに面影《おもかげ》替わり、何を証拠《しやうこ》に名乗り逢はん。御身の存《なが》

へたまふは忠義《ちうぎ》なり。自《みづか》らをばただただここにて殺してたべ」とまことに余義《よぎ》なく切《せつ》なる心。いたわしくも不便《ふびん》なれば為基もとつおいつ思ふ所に、若君亀寿殿《わかぎみかめじゆ》の手に持《も》たせたまひしは母君二位殿《にゐどの》の笄《かうがい》にて、鼈甲《べつかう》に七宝《しつぽう》をちりばめいと美《うつく》しき間、若君持ちて遊びておわせしを、為基無体《むたい》にかき抱《いだ》き馳《は》せ出だせしまま、いまだ御手をはなさずしてありしを、幸《さいわ》いと取りてさし出し、

「互《たが》いに面《おも》かげかわるとも、これを証拠《しやうこ》に廻《めぐ》り逢《あ》わん。たとへいかなることあるとも、このこと沙《さ》汰《た》ばししたまふな」

と振りきつて馳《は》せたりしが、三度まで見かへりしは、為基ほどの武《もののふ》も情《なさ》けの道にはそぞろに心も引かれけるとかや。

「高天《こうてん》に跼《せぐくま》り厚地《こうち》に蹐《ぬきあし》す」とは、罪《つみ》を天に得《う》るもののことなり。いかなれば、勘解由左衛門またあるまじき忠義にして更《さら》に一点《てん》の罪もなけれど、そよと言ふ草木《くさき》までに心おきて、物の具衣類《ぐいるい》も脱《ぬ》ぎ捨て、あやしのつづれを拾《ひろ》ひて肩《かた》にかけ、若君の衣服《いふく》をも目立《めだ》たぬよふに泥《どろ》に染《そ》めて、肌《はだ》に抱《いだ》きまいらせ、大小をば菰《こも》に包《つつ》みて背《せな》に負《お》ひ、乞食非人《こつじきひにん》の体《てい》に身をやつし、ここの門《かど》かしこの軒にたたずみて一日の飢《う》へを助《たす》かり、夜は宿《しゆく》はづれあるいは橋の下に予譲《よぢやう》が昔《むかし》を思ひつづけ、千苦万労《せんくまんらう》してはるかの日を送《おく》り、やうやうと出羽まで到《いた》りしは、まことに「生《せう》は安《やす》ふして難《かた》し」とはこれをや言ふべし。

ここに出羽の城下、芭蕉《ばせう》が辻《つぢ》にて市右衛門といへるは、勘解由左衛門が乳母《うば》の夫《おつと》にて、則《すなわ》ち篠崎《しのざき》半平が親なり。昔《むかし》は売買農業《ばいばいのうげう》をもせしが、今は長崎殿の恩分《をんぶん》にて家屋《いへや》敷庄園《しきせうゑん》を持ちければ、心安くしまふた屋にて暮しけり。一人の倅《せがれ》は鎌倉にて長崎に仕《つか》へければ、跡を譲《ゆづ》るべきものなく、同所《どうしよ》なる商家《せうか》亀屋太左衛門といへるは市右衛門妹聟《いもとむこ》にて、お鶴《つる》といへる娘《むすめ》一人ありけるを、姪《めい》なれば幼少《ようせう》より貰い取り、市右衛門夫婦《ふうふ》如在《じよさい》なく育て上げしに、みめかたち類《たぐ》いなく、心ばへまでしほらしく、千人のすける風俗《ふうぞく》なれば、凡《およそ》十五の春より今年十七の秋まで、門に立ちたる錦木《にしきぎ》その数三千七百五十本余。日本国中の神々の数ほど立ちしかど、あへて一本も取り入れねば、近所《きんじよ》なる若者《わかいもの》ども恋《こひ》の叶《かな》わぬを腹立ち、

「いかにもして仇《あだ》をなさん」

とよりより相談《さうだん》しけれども、城下なればさのみ無法《むほう》なこともならず。

頃しも盆《ぼん》の時分なれば、

「定めて出て踊《おど》るべし。そのとき顔《かほ》を包《つつ》み姿《すがた》をかへて引き奪い、日ごろの意趣《いしゆ》をはらすべし。これ究竟《くつけう》の謀《はかりごと》なり」

と名うてのあぶれものども五六輩《はい》一味《み》同心《どうしん》して、毎夜心がけるといへども、踊《おど》りにも出ざれば、今は止《や》むことを得《ゑ》ず、元弘《げんこう》三年七月十七日の夜半ばかりに、血気《けつき》の若者《わかもの》以上七人、市右衛門方へどやどやと押しかけ、戸を叩《たた》き破《やぶ》り内へ乱《みだ》れ入れば、家内の上下あわてふためくを、ここに縛《しば》りかしこ

に縊《くく》す。

その隙《ひま》に手あきのもの両人、泣《な》きわめくお鶴を引き立て門口よりかけ出すを、軒《のき》にふしたる乞食《こつじき》菰《こも》ひつばねて飛びかかり、ふたりを左右《さゆう》に投《な》げけるが、ぐつともすつとも息《いき》も出ず。それとも知らずあとより追《お》ひ々出たるものども、ころりころりとたつた一投《ひとな》げ。さのみ強《つよ》くも投《な》げねども、障《さわ》るとそのまま息絶《いきた》へしは、死《し》の当《あ》て身《み》とぞしられたり。残る二人をかいつかみ、

「縄《なわ》よ」

と呼《よ》べど家内は縛《しば》られ、お鶴かけ込み持ち出る細引《ほそび》きにて数珠《じゆず》つなぎ。残らず縊《くく》して、またひとりづつ活《くわつ》の当て身に息吹《いきふ》きかへし、初めて夢《ゆめ》の覚《さ》めたるごとくうろうろするを内へ引き込み、市右衛門ならびに家内のものの縄をほどけば皆々嬉《うれ》しく、取りわけ市右衛門、お鶴が喜び、手を合わせて拝《おが》みながら、市右衛門つくづく見て、

「やあ、おまへは勘解由《かげゆ》」

と言ふを、

「はてさて、親人《おやびと》お見忘《わす》れなされしか。半平でござります。鎌倉は軍《いくさ》でやかましいゆへ、暇《いとま》を取りてかへりました。いや、そりやそふと大事の倅《せがれ》を外《そと》に置いた」

とおいたわしや亀寿君《かめじゆぎみ》、綾羅《りやうら》のしとね引きかへて、菰《こも》の中にすやすやと御寝《ぎよしん》なりしを抱《だ》きまいらせ、

「親父《おやぢ》様、孫でござる」

と勿体《もつたい》なくも膝《ひざ》へ渡《わた》せば、市右衛門、

「子細《しさい》ぞあらん」とやはり親子《おやこ》挨拶《あいさつ》にて、

「さてさて久しぶりで見忘《わす》れた。これお鶴、そちや跡で貰《もら》ふたゆへ知るまい。鎌倉の兄《あに》じや。近づきになりめさ」

と言ふにお鶴はまことと思ひ、

「過ぎ行かれし母様の、「鎌倉の兄がこちへ帰れば、そなたとよい女夫《めうと》じや」と常《つね》々おつしやつたが、さては半平様でござりますか。道理でこそ危《あや》うい場所《ばしよ》、身に引きかけてほんにまあ、よいときにお帰りなされてお嬉《うれ》しや」

と家内もともに喜《よろこ》びいさめば、為基立《た》つて、縛《しば》りしやつらが覆面《ふくめん》頭巾ひつたくれば、皆々近所で知りたるものども。市右衛門を見て面目なげにさしうつむくを、

市右衛門家内しばられなんぎ／為もとひにんのすがたにてはたらく／亀寿君／お鶴うれしがる

「これは誰《たれ》じやと思ふたりや、皆知つた衆。定めて錦木《にしきぎ》を立てさしやつた衆でござらう。あまり大《おほ》勢《ぜい》ゆへ、どちらへどふもならずうち捨てておきました。その腹《はら》立ちでござらう。すりや無理《むり》とも思ひませぬ」

と言へば、為基、

「さてはあの門《かど》にある錦木の立て主《ぬし》よな。すりや恋一通《こひひと》りで盗賊《とうぞく》の筋ではないか。さあらば皆々その分にして帰しませふ。もつとものこと家内にも沙汰《さた》させますまい。しかし重《かさ》ねてお出では御無用。今までは主のない娘なれど、今よりはこの半平が女房《にようぼう》なれば、今度ござると御馳走《ちそう》に念を入れねばならぬ」

と真綿《まわた》で首《くび》をしめ上げたる縄《なわ》をほどきければ、皆々真《ま》つ青《さを》になりてこそこそと帰りけり。

あとにて為基《ためもと》、市右衛門を人なき所へ伴《ともな》ひ、鎌倉落着《らくちやく》の次第、半平討ち死にのことまでくわしく語《かた》り、自身《じしん》の所存もあかし頼みければ、

「何がさて、今日かやうにいたして居《お》るも皆御恩《おん》なれば、いかでか麁略仕《そりやくつかまつ》らんやうなし。お心安く思し召せ。しかし先ほど仰せられし御頓知《とんち》をそのままいつまでも、憚《はばか》り多けれど、倅《せがれ》半平といたしおけば、世間が広《ひろ》ふござります」

と頼《たの》もしく請け合ひ、それより養子《やうし》娘お鶴と一つにして、ほどなく女《によ》子一人出生《しゆつせう》す。おまんと名を呼んではるかの月日を送《おく》れど、誰《たれ》ありて知るものなし。

世界《せかい》は一たん変化《へんくわ》して守護《しゆご》国守《こくしゆ》は替《か》われども、平人《へいにん》の忝《かたじけな》さは何のささわりもなく、亀寿君も亀太郎と仮名《かりな》して、段々生長《せいてう》したまひぬ。

さて為基こと、半平といふ名を呼《よ》ばで、皆人、

「一《いち》むすこ、一むすこ」

と呼びけり。そのゆへは市右衛門のひとりの子といふ心にや。また器量《きりやう》といい骨《こつ》がらといい、諸芸《しよげい》力業《ちからわざ》まで近所に誰《たれ》およぶ息子《むすこ》なければ、むすこの中での一といふ心にて、「市右衛門殿の一むすこ」ととなへしか。もつとももこの土の風俗《ふうぞく》は、「名を避《さ》くるをもつて貴《たつと》しとす」といへる古語《こご》あれば、半平を誉《ほ》めてのことなるべし。

さて大仏出羽守の息女おせんの方は、過《す》ぎにし鎌倉の別《わか》れより、死ぬにも死なれず、母上と一所にかなたこなた知るべゆかりを便《たよ》りに、方《ほう》々流《る》浪《ろう》したまひしが、母上もそのおどもりにて終《つい》に空《むな》しくなりたまへば、

「一所にも」と幾度か思われけれども、肌身《はだみ》はなさぬ笄《かうがい》を思ひ出しては、

「命《いのち》さへあらば、さりとも今一度廻《めぐ》り逢《あ》ふこともや」と思ひ止どまり、伯母《をば》なる人の元に憂《う》き年月《としつき》を送《おく》られしが、今は世《よ》の中替《か》わり行《ゆ》きて、高氏《たかうじ》義貞の家人《けにん》、その外官軍味方《くわんぐんみかた》の人々高禄《かうろく》を賜《たまわ》つて栄《ゑい》花《ぐは》にほこりけるが、討ち死に自害《じがい》せし人々の妻や娘《むすめ》の艶《ゑん》なるをば、あるいはゆかりを求《もと》めて引き取り、あるいは仲達《なかだち》を入れて貰《もら》いうけ、または無体《むたい》に奪《うば》い取りて妻となし妾《おもいもの》となし、いろいろさま

ざまなる中にも、おせんの方いとあてやかなれば、方々よりゆかりを求め、望《のぞ》まるるといへども、とかく承引《せういん》せず。

伯母《をば》なる人もいろいろなだめすかして、

「行く末《すへ》のこと。わらはがためにも」

と勧《すす》めたまへど、為基ならで外に持つべき夫《おつと》なければ、

「たとへ死すとも外へは参《まい》らじ」

と千《ち》度百《たびもも》度言い入れてもなびくべき気色《けしき》なければ、貰《もら》いかけし人々、後には奪《うば》ひ取らんとぞはかりける。

おせんこのよしを聞きて、ひそかに伯母《をば》のもとを忍《しの》び出て身形《みなり》をかへ、下《しも》ざまのものの体《てい》に出で立ち、町宿《まちやど》をとりて、町人百姓の差別《しやべつ》なく下主《げす》奉公《ほうこう》をぞしたりける。そのうちにもとかく羽州《うしう》の方《かた》へ近《ちか》き主《しう》を取り、そこにてまたゆかりを拵《こしら》へ、半季《はんき》一季出る度替《たびか》わるごとにただ東《ひがし》のかたへと主を取り、宿《やど》をも頼《たの》み、たとへば武蔵《むさし》より下総《しもおさ》、下総より下野《しもつけ》とさまざまの主人を取り、さしもならわぬ賤《しづ》の手業《わざ》、その間の艱難《かんなん》なかなか詞《ことば》にも尽《つ》くされず。

あるいは主人に思われては剣《つるぎ》の上《うへ》をわたり、または朋輩《ほうばい》に口説《くど》かれて針《はり》の筵《むしろ》に居《す》わり、あなたをなだめこなたをすかし、嘘《うそ》をならべ偽《いつわ》りをかざり、あぶないからくり、危《あや》うい仕《し》うち、怖《こわ》さ悲哀さのただ中を潜《くぐ》り、まことに命もあればあるもの、念力《ねんりき》も通《とお》せばとおるもの。この心にては石《いし》にもな

りかねまじく、佐世姫《さよひめ》をもあやしむべからず。終《つい》に六年の春秋《しゅんじゅう》を歴《へ》て羽州まで到《いた》りしは、まことにめづらしき切義《せつぎ》なり。

童《わらべ》唄《うた》古実今物語《こじついまものがたり》　巻之五

○大仏姫君《おおさらぎひめぎみ》おせんの方《かた》の事の末《すへ》

「やぶれたる縕袍《おんぼう》を衣《き》て狐貉《こかく》を着《き》ける人と立《た》つて、恥《は》ぢざるはそれ由《ゆう》か」とは、子路《しろ》は末を負《お》へど恥《はぢ》とせず、ゆへにただ心の潔白《けつぱく》なるところを誉《ほ》めたり。

おせん今はあさましくやつれはて、昔《むかし》の面影《おもかげ》とては夢《ゆめ》ばかりも残らねども、六年以来《このかた》のしんぼうは中《なか》々美《うつく》しく清《きよ》らかなるにまされり。何ほど手は鍋炭《なべずみ》によごれ、足《あし》はひびあかぎれにわれても、妹《いも》背《せ》のただ中《なか》をば曾《かつ》て蚤《のみ》にもさわらせず、心の潔白貞節《けつぱくていせつ》なるみさをは少しも恥ずかしからず。

前方《まへかた》聞きおきし芭蕉《ばせう》が辻《つじ》市右衛門と尋《たづ》ねしかど、今は市右衛門も過ぎ行き、市むすこ半平世《よ》なりと聞いて、

「さては為基《ためもと》にてやあるらん」

と心嬉《うれ》しくて、門口《かどぐち》に立ち寄り、

「一むすこ半平殿とやらんにおめにかかりたし」

と言ひ入るれば、下女《げじよ》見て済《す》まぬ顔《かを》にて奥《おく》に入り、

「かく」

ず、

と言《い》へば、半平も更《さら》に合点《がてん》行かず立ち出でて見るに、昔《むかし》とは雲泥万里《うんでいばんり》のその形《なり》さま、思ひつきもせず、

「いかなる人やらん。この方《ほう》に思ひ寄らず」

とあやしむを、おせんは為基の姿《すがた》見忘れず、飛びつくばかりに思ひければ、「為基様」とも言はれねば、元よりわが名も顕《あら》わされず、

「わらはは覚へ候へども、御身《み》は見忘《わす》れたまふや」

と再三《さいさん》に及《およ》べども、鎌倉《かまくら》のかの字《じ》も言わねば更《さら》に気《き》がつかず。いと不審《ふしん》するにぞ、かの笄《かうがい》を取り出だし髪《かみ》にさせば初めて気がつき、

「さては羽州《うしう》の息女《そくじょ》おせんか」

と言はんとせしがあたりの人目《め》。気がつきて見ればなるほどその面《をも》ざし。やつれはてしは憂《う》き艱苦《かんく》さぞかしと、いたわしさ見すぼらしさ、

「皆《みな》われゆへ」と思へばいとどせきあへぬ涙《なみだ》かくせば、こなたは猶更《なをさら》恋しさ床《ゆか》しさなつかしさ、やむことなさの穂《ほ》に出て、顔《かほ》はあやなき横時雨《よこしぐれ》、ものさへ言はれぬ風情《ふぜい》にてさしうつむけば、女房《にょうぼう》お鶴《つる》この体《てい》を見て奥《おく》より立ち出で、三つ子が見てもわけある中とは知《し》つても知らぬ顔色《かほいろ》よく、

「これはこれは主《ぬし》のお近《ちか》づきそふな。よふこそお尋ねなされました」

とやさしき詞《ことば》も耳にかかり、

「さてはあなたは今のお内儀《ないぎ》さんか」

とじろりと見たる目のうちに、百万騎《ぎ》の強敵《がうてき》にも後《おく》れを取《と》らぬ為基なれど、義理《ぎり》と情《なさ》けに心の苦《くる》しさ。けどられまじと咳《せき》ばらひして、

「なるほど我等《われら》が今の女房。これお鶴《つる》、この女中は鎌倉に居《ゐ》たとき、大分恩《だいぶんおん》になつた人の妹御《いもとご》。落ち目になつて頼んで来たられしと見へたり。人のまことはこんなとき。かくまふて進《しん》ぜてたも」

と頼むも、一つは女房に心置く底なきお鶴がにこにこ、

「何がさてさて、いつまでもわたくしがおかくまい申します。まづこなたへ」

と奥《おく》へ伴《ともな》ひ、

「飯《めし》よ、風呂《ふろ》よ」

とそこそこに心をつけ、等閑《なをざり》にせぬもてなしは、世界《せかい》のかたくななる女房どもに話《はな》して聞《き》かせたいくらひなり。

為基もお鶴が悋気《りんき》せずおとなしき心を感《かん》じ、さてまたおせんこれまで尋ね来たる貞節《ていせつ》といい、さぞや今まで憂《う》き苦労《くろう》せしことども尋ねたく、またはこの地にて身を忍ぶため止《や》むことなく妻《つま》を持ちし訳《わけ》をも委《くわ》しく話《はな》したく思へども、心よくせらるるほどなを女房に義理《ぎり》が出来《でき》て言い寄るべきかげもなく、おせんもまた、

「緩《ゆる》やかなる今の様子、妻《つま》をも持ちたまわば」

など、われをも尋ねたまはぬことの恨《うら》めしく、その外《ほか》この年月のことども、うさつらさをも語《かた》りたく、傾城《けいせい》の文《ふみ》の留め際《ぎは》ほど胸《むね》に満《み》ちながら、お鶴が手前力《てまへちから》なく、折《おり》を待つて一日一日と日を送《おく》るうち、また気《き》の毒《どく》なることぞさへ返《かへ》りたり。

この節《せつ》しばらく公家《くげ》一統《とう》の世となり、天下静謐《せいひつ》して、猶《なを》も鎌倉血肉《けつにく》の人々を根を掘《ほ》りて尋ねられしに、入道《にうどう》の若君亀寿《わかぎみかめじゆ》殿生死《せうじ》のほど知《し》れざるよし。その節は至《いた》つて幼少《ようせう》なれば誰《たれ》せんさくするものもなかりしが、今はよほど成人《せいじん》にもあるべし。朝敵《てうてき》の末《すへ》は根《ね》を断《た》つて葉をからすならひ。諸国《しよこく》の守護地頭《ごぢとう》へ仰《おお》せて詮義《せんぎ》ありければ、当国《とうごく》にもその趣《おもむき》にて所々に高札《かうさつ》を立て、

「訴《うつた》へ出たるものは御褒美《ほうび》下さるべし。隠《かく》し置くものは曲事《きよくじ》たるべし」

とお定《さだま》りなる文言《もんごん》。

実《げ》にや人の心は気をつくるとつけぬとが大事にて、何事《なに》もなきうちは、目《め》の前にうさんなもの見ても何《なん》の気《き》もつかねども、さあかやうに高札《かうさつ》も立ち、お触《ふ》れもあると、何事なきものまで互《たが》いに疑ひ合ひ、

「そん所《じよ》そこの人はどこの生《むま》れで、あの子《こ》は実《じつ》の子ではない」

などとへちまにもならぬことまでつぶやき囁《ささや》くが、皆《みな》人のならいなり。

しかるにおせん髪《かみ》に差《さ》したる笄《かうがい》、見る人ごとに「美しき」と誉《ほ》むるも道理《どうり》なれ。忝《かたじけな》くも相模《さがみ》入道殿の北《きた》の方二位《かたにい》殿の笄。殊《こと》に奢《おご》り十分《ぶん》に長《てう》ぜしときの器物《きぶつ》なれば、恐《おそ》らく日本《にほん》にあるべからず。

女子《おなご》はまづこの類《たぐ》いにはやく目《め》のつくものなれば、お鶴最初《さいしょ》に気をつけて、「おせん女郎《じょろう》の指《さ》したまへる笄は、さても美《うつく》しく見ごとなり。もとめたまひしか、貰《もら》ひたまひしか」

と問《と》いけるとき、

「「貰《もら》ひたる」と言《い》わば、「何人《なにびと》より」と問《と》われたとき何と答《こた》へん。「もとめし」と言はば「何方《いづかた》にて」と聞《き》かれん」

と思ひければ、

「いや、貰ひも買ひも致《いた》さず。ちと子細《しさい》ありて」

とばかり答へける。

よつて見る人ごとに笄の結構《けっこう》なるを誉《ほ》めて、

「貰《もら》いしか、買《か》いしか」

と尋ぬるとき、最初《さいしょ》にお鶴に答へしごとく、皆同《おな》じ返答《へんとう》なれば、ここを唄《うた》にも「〽こなたが差《さ》したる笄は貰たか買ふたか美《うつく》しや。もらいもせぬが買ひもせぬ」と唄へり。

されば皆人おせんが笄の結構《けっこう》なるを不審《ふしん》して、

「これまことに上《うへ》々の道具《どうぐ》なり。下《しも》々の持つべきものにあらず。何様《さま》、鎌倉にて亡《ほろ》びたる歴《れき》々人のそのかたさまならん。それにつきて思へば、一息子《むすこ》半平は幼少《ようせう》より鎌倉にて育《そだ》ちしと聞《き》く。先《さき》だつてわが子とて連れ来たりし亀《かめ》太郎、年ごろといひ、見れば見るほど面指《おもざ》しけだかく、一体悠《たいゆう》にして賤《いや》しからず。もしやお尋ねの方《かた》ならんか」

などひそめきつぶやきしは、うたてかりけることどもなり。

ここにお鶴が実父《じつぷ》亀《かめ》屋太左衛門は、所の長《おさ》とて人々重《おも》んじ恐《おそ》れけり。このころまではまだ名主《なぬし》庄《せう》屋とて定《さだ》まりたる家《いへ》もなく、ただ所にて年古《としふる》き人を長《おさ》と立てて、奉行《ぶぎやう》の下役《したやく》をつとめさせけり。太左衛門所にてもつとも古きものなれば、町所《てうところ》のこと大小によらず支配《しはい》し、常《つね》々奉行所《ぶぎやうしよ》へ出入りす。然《しか》る所奉行より太左衛門を召《め》され、

「先だつて申し渡《わた》したるおたづねの筋《すじ》につき、芭《ば》蕉《せう》が辻《つじ》半平といへるものの倅《せがれ》、何とやら疑わしきよし、ひそかに知らするものあり。さりながら証拠《しやうこ》もなき雑説《ざうせつ》、召し捕《と》つて詮義《せんぎ》すべきにもあらず。汝《なんじ》心をつけて実否《じつぷ》をただし、いよいよ不審《いぶか》しき筋《すじ》ならば、またまた申し出づべし」

とありければ、太左衛門畏《かしこ》まつて、

「半平と申すものは則《すなわ》ち私聟《むこ》にて、明け暮れ出入り仕《つかまつ》り候ふ。もつとも幼少《ようせう》より鎌倉に奉公《ほうこう》いたし居《お》り候へば、諸人の疑《うたが》ひもいわれ無きことにてはござなく、その上《うへ》小倅《こせがれ》一人鎌倉にて儲《もう》けたるよし、先年鎌倉滅亡《めつぼう》のみぎり具《ぐ》して立ち帰り、親《おや》市右衛門家《か》督《とく》相続《さうぞく》仕《つかまつ》り候へば、まことにいぶかしく存じ候ふ。何分《なんぶん》心をつけて窺《うかが》ひ見申すべし。殊《こと》に当所《とうしよ》にて儲《もう》け候ふ娘《むすめ》一人、これは私実《じつ》の孫《まご》にてござ候へば、鎌倉よりつれ来たり候ふ倅《せがれ》いよいよお尋ねの方ならば幸《さいわ》い。と申すは近頃《ちかごろ》不《ふ》仁《じん》ながら、私

実《じつ》の孫《まご》めが家督相続《かとくさうぞく》仕《つかまつ》ると申すもの。随分穿鑿《ずいぶんせんさく》つかまつり、いよいよ違《ちが》ひござなくは首討《くびう》つて差《さ》し上げ申さん。その御褒美《ほうび》には、孫や娘めが不便《ふびん》にござりますれば、あとにお祟《たた》りの無いよふに頼み上げます」

と言ひければ、奉行ももつともに思われ、

「神妙《しんべう》なる願い。あとのことは気遣《きづか》いすな。それともとくとよく吟味《ぎんみ》せよ」

と申さるれば、

「はて、そこに如在《じよさい》はござりませぬ。念《ねん》に念を入れます」

と、受け合いて立ち帰りけり。

為基方には夢《ゆめ》にもこのことを知らず。ある夜夫婦幷《なら》びにおせん、三人して酒盛《さかも》りしけるが、お鶴常より酒を呑み過ごし、殊の外酔ひたる体《てい》にて前後《ぜんご》もしらず取り乱して寝《ね》ければ、よき折《おり》からと為基おせんを次の間《ま》へ伴《ともな》ひ、

「今まで話《はな》したきことども、お鶴が手前を憚《はばか》りしなり。御身もさぞならん」

とこし方のことども話し、且《か》つ、

「お鶴はこの家《いへ》の養子娘《やうしむすめ》なれば、妻《つま》に持《も》たねばならぬ訳《わけ》、全《まつた》くゐよふならず。ただとにもかくにも亀寿君の御成長を仏神《ぶつじん》に祈《いの》るばかりなり」

と細《こま》々と語《かた》りければ、おせんも今まで胸《むね》に一ぱいなりしこともうちあけて、鎌倉以来《このかた》の難儀《なんぎ》、諸

国を廻《めぐ》りての賤《しづ》の女《め》奉公《ほうかう》、中《なか》々聞くもおそろしきことどもまで話しければ、為基も泪《なみだ》をながし、

「誰《たれ》あらふ、鎌倉殿の御一門《いちもん》にても一か二と指折らるる大仏出羽守の姫君。玉簾《ぎよくれん》の中に養《やしな》われ、綾《りやう》羅錦繍《らきんしう》に包まれ、仮初《かりそ》めにも数百の従者《じうしや》つき添《そ》いし身が、賤《いや》しき下ざまの奉公までして六年以来の難行《なんぎやう》苦行、思ひ遣られていたわし」

と悲歎《ひたん》の涙《なみだ》にくれければ、おせんはいとど泣《な》きしみつき、

「さのたまへば御身とても同じこと。鎌倉の執事職《しつじしよく》長崎三郎右衛門様の若殿、このお姿は何ごとぞ。まだそれよりは亀寿君。思ひ出せば癪《しやく》の種《たね》」

と互《たが》いに昔忍《むかししの》ばれてしめり返《かへ》りしその折《おり》から、女房お鶴目を覚《さ》まし、次の唐紙《から》さらりと明け、くわつと上気に血ばしる眼《まなこ》。ふたりを白眼《にら》んで泣きわめき、

「よふもよふもわらわを寝《ね》せてふた

代官せんぎの上太左衛門に亀寿事申付る／はいはい／かしこまり奉ります

りしつぼり。ええ、ねたましや腹立たしや。さては今までわが寝たあと、毎夜毎夜《まいよ》この通りか。こは口惜《くちお》しや、何とせん」

とせき上《あ》げせき上《あ》げ恨《うら》みくどけば、ふたりも何とせん方なく、色々になだめても更《さら》に耳にも聞き入れず、まことに女は性得《せうとく》といいたつて強《つよ》く腹立《はら》つときはただ泣くばかりにて理屈《りくつ》もわからず、誰《た》があつかいても聞けばこそ。とふとふ腹《はら》にすへかね、その夜実父《じつぷ》太左衛門方《かた》へ帰りしは、さても気《き》の毒《どく》なることとなり。

ここを唄《うた》に「〽市右衛門どんの一むすこ、女房が泣いてりん気する」と唄《うた》ふはこの所なるべし。「〽女房がないとて」と、「と」の字を入れて唄ふは子どもの誤《あやま》りなり。

為基もあきれはてて、

「日頃《ひごろ》の気質《きしつ》に似合《にあ》わぬはしたなき振る舞ひ。さすがは賤《いや》しきものぞ」

と見かぎりしかど、その分にも捨《す》て置《お》かれず迎《むか》いを遣しけれども、いかなこと戻《もど》らねば、

「この上は」とて捨て置きけるところに、一両日を経《へ》て舅《しうと》太左衛門来たり。

一通りの挨拶《あいさつ》済まして、

「さて娘鶴こと、いかなる訳《わけ》か、「暇《いとま》を取りくれ候ふやう」に申し候ふ。色々止め候へども「是非《ぜひ》とも」と申すにつき、やむことを得《あ》ず今日参り候ふは、三下り半を申し受けに参つた。これまでの縁《ゑん》でがなござろふ」

といとどしかんだ偏屈親父《へんくつおやぢ》、にがりきつて言《い》ひ出だせば、為基ぐつとして、

「惣《そう》じて妻《つま》となり夫《おつと》となること、かりそめのことにあらず。殊に六年が間《あいだ》の親しみ、子《こ》まである中を、少《すこ》しのいきどをりに親里《おやさと》へもどり、その上暇《いとま》まで取るとは見下《した》げはてたる心底《しんてい》。さやうの心入れなれば添《そ》ふて嬉《うれ》しからず。また意地《いぢ》づくでいつまでも引きずるも合点《がてん》なれど、それもいらぬこと。望《のぞ》みにまかせ離別状《さりじやう》遣すべし」

三下り半さらさらと認《したた》めさし出せば、受け取つて、

「さてこふ他人《たにん》になるからは、おまんは母につきもの。則ちただ今つれて参る」

と孫《まご》を伴《ともな》ひ出で行《ゆ》きければ、為基あとでにへかへり、

「畜生《ちくせう》のよふな奴《やつ》を妻に持つたゆへ、娘までにも生きわかれ、無念至極《むねんしごく》」

とせき上《あ》がつて、その日則ちお鶴親子《つるをやこ》が衣類道具《いるいどうぐ》残らず取《と》り集《あつ》めて、さつぱりと送り遣《つかは》しけり。

「〽女房は亀屋《かめや》のお鶴どの。お鶴が所《とこ》から道口《ふみ》来た。ふみの上書読《よ》んで見ろ」

かくて四五日を過《す》ぎて、夜半《やはん》のころひそかに為基が門《もん》をおとづるるものあり。下女《げぢよ》出でて、

「何方《いづかた》より」

と聞《き》けば、

「お鶴方《かた》より参りたり」

とて文箱《ふみばこ》をさし出し、ならびに葛籠《つづら》一つ、香箱《かうばこ》一つ、さらしの白帷子《しろかたびら》一つ、右三色送《いろおく》りければ、為

碁合点行《がてんゆ》かず、

「わが方へ送り物《もの》は勿論《もちろん》、文とてもさしこすべきよふなし。所違《ところちが》いにてあるべし」

と押し返して下女に言わせけれども、

「是非《ぜひ》ともここ元《もと》へ」

とのことなれば、

「まづ何にもせよ文の上書《うわがき》を見ん」と状箱《じやうばこ》をひらき見れば、「長崎勘解由《ながさきかげゆ》左衛門様まいる　鶴《つる》より」と書《か》きたり。

為基はつと驚《おどろ》き、

「いかがしてわが本名《ほんめう》を知りけるや。すは、一大事《だいじ》」と思ひながらおし披《ひら》いて読めば、
憚《はばか》り多く候へども、文《ふみ》にて一通《とお》り申し上げまいらせ候ふ。

そもそもわらは、かかる御方《かた》とも知りまいらせずして、この年月《としつき》心安く馴《な》れ染《そ》めまいらせ候ふこと、まことに勿体《もつたい》なく存じまいらせ候ふ。

御身の鎌倉《かまくら》より具《ぐ》しておはしましたる亀太郎様、この度《たび》御尋ねの亀寿君《かめじゆぎみ》にてやあるらんと人々の噂《うはさ》にのり、ひそかに御奉行所《ぶぎやうしよ》へ申しつるものあるよしにて、父太左衛門召し出され、とくと吟味《ぎんみ》いたすべき旨《むね》仰せ渡《わた》されて候ふ。

それにつき父太左衛門わらはに申し候ふは、「心をつけて窺《うかが》ひ奉れ。いよいよその御方さま

にまぎれなくは、ひそかにわれに知らすべし。その方ならびに半平ため悪くは謀《はか》ろふまじ。もし外よりこと顕《あらは》れては、わが所存《しよぞん》に及《およ》ぶべからず」とくれぐれ申され候ふ。かねて心を存じつる頼母《たのも》しき父の気質《きしつ》なれば、わざとこのほど酒を過《す》ごし、よく寝《ね》入りたるふりにて、おふたり様の御物語《がた》り一部始終《ぶしじうのこ》残らずうけたまわりまいらせ候ふ。

中にもおせん様御ことは、当所先の御地頭大仏《とうおおさらぎ》様の姫君《ひめぎみ》とうけたまわり、驚《おどろ》き入りまいらせ候ふ。昔《むかし》の御代《みよ》にてましまさば、わらはごとき賤《いや》しきもの拝《おが》み奉ることもなるまじきに、お心安く申せしこと、いかに知りまいらせねばとて、さりとは恐《おそ》れ多く、憚《はばか》り多く存じまいらせ候ふ。かかるやごとなき御方のこの年月の憂《う》き御苦労《くろう》、「さぞやさぞ」と御いたわしく、影《かげ》にてむせび入りまゐらせ候ふ。

一　その夜あられもないこと申し父の方へ参りしこと、さぞや御にくしみ思し召さん。一日の情《なさ》けにさへ百《もも》とせの命惜《お》しまぬならひ。まして御身と馴《な》れ染《そ》めてはや六年《むとせ》に及びまいらせ候ふ。天逆《あまさか》さまなことあるとも、など恨《うら》み奉るべきや。そのうへこれまで露《つゆ》ばかりも恨《うら》み奉ることなく、御器量《きりやう》といひ御才智《ち》といひ、何に一つの不足《ふそく》なく、ふつつかなるわが身にはまことに過ぎたる夫なりと、常《つね》々思ひまひらせしこそ道理《どうり》なれ。かかる御歴《れき》々にておわしますものを、さればいとおしく存じまいらすることは、一子《し》に百倍《ばい》はなれがたなく思ひまいらすることは身をそがるるに増《ま》さらん。

さりながら姫君おせん様の切《せつ》なるお志《こころざし》、義理《ぎり》といふ矢先《やさき》に折れて、倦《あ》かぬわかれをいたしまいらせ候ふ。あまつさへ心に思わぬさがなきことども申し上げ、これまで終《つい》に見奉らぬ御機《き》嫌《げん》を損《そん》じまいらせ候ふ。

さぞやさぞお二方ともに、不届《ふとど》きなる女、さすがは賤《いや》しきものと、おさげしみ思し召《おぼめ》さん。全《まつた》く所存の外なれば、幾重《いくへ》にも御許《ゆる》し願い上げまいらせ候ふ。ただただだいとほしきそなた様に離別《さら》れまいらせたき心ばかりにてござ候ふ。

一　亀寿君様御こと、父が才覚《さいかく》をもつておまんを御身《み》がわりに立て、御奉行所首尾《しゆび》よくあい済《す》み候へば、この上亀寿様をおまんとなされ、お心安くおせん様とおふた方にて末長《すへなが》ふ御守り立てあそばさるべく候ふ。

則ちこの葛籠《つづら》はおまんがむくろにてござ候ふ。腹《はら》は賤しく候へども、御胤《たね》にまがいなければ御不便《ふびん》に思し召し、御力《ちから》も落ち候はんとおしはかりまいらせ候ふ。わらはも何ほどか悲《かな》しく、手足《てあし》をもがれし思ひ、御推量《すいりやう》下さるべく候ふ。

さてこの香箱《かうばこ》は、わらはが幼少《ようせう》より持《も》ちつたへたる香《かう》を入れ置《お》いて候ふ。まことやらん、人死にていまだ生所定《しやうじよさだ》まらぬうちは中有《ちうう》に迷《まよ》ひぬるよし。中有には食物《しよくもつ》なく、ただ香《かう》をのみ食《しよく》しまいらすることと承り候ふ。されば中有の惣名《そうめう》を食香《じきかう》と申すとかや。よつて香《かう》をも添へまいらせ候ふ。女子愚痴《ぐち》な心から、母が乳房《ちぶさ》とも思へかしと、これも不便《ふびん》さの余《あま》りにござ候ふ。

さてまたこの白帷子《しろかたびら》は、近づく盆に着《き》せ候はんとこのほど求《もと》めて仕立《した》て置《お》き候が、今ははや経《きやう》かたびらになり候か。せめてむくろにこれを着せて、いかよふとも御取り置き下さるべく候ふ。

さて明日は七日の退夜《たいや》にてござ候ふ。せめて供《ぐ》仏《ぶつ》施《せ》僧《そう》の営《いとな》みはなくとも、牡丹餅《ぼたもち》にでもなされ、知《し》る人に御施《ほどこ》し下されかし。これもわらはが愚痴《ぐち》ながら、牡丹餅《ぼたもち》と申すは牡丹《ぼたん》の花《はな》に似たるとて申すよし。ぼたんは花の富貴《ふうき》なる草《くさ》にて花王《くわおう》とも申し、富貴草《ふうきぐさ》とも書くよし。さあれば、この縁《えん》にあやかりて富貴なる方《かた》へも宿《やど》らんかと、死《し》んで行く先《さき》々までも心にかかり候ふは、女子の因果《いんぐわ》と思し召し下さるべく候ふ。

この外にまだ申したきことども胸《むね》に満《み》ち心にあふれ候へども、つづまるところは、ただ御名《な》残《ごり》おしさと、闇路《やみぢ》に迷《まよ》ふ娘が不便さの外はござなく候ふ。

返《かへ》す返すも名残おしき筆《ふで》、留《と》めまいらせ候ふ。さりながら、お三人様の行《ゆ》く末《すへ》はひとへに目《め》出《で》たく　かしく

と読むうちよりも勘解由左衛門感《かん》じ入りたるお鶴が心底《しんてい》、娘が不便《ふびん》さ取りまぜて、更《さら》に涙《なみだ》も止《とど》まらねば、おせんも側《そば》から読《よ》み下《くだ》し、ともに袂《たもと》をしぼりけり。

これなん「〽一に香箱《かうばこ》二に葛籠《つづら》、三にさらしの帷子《かたびら》を、誰《た》れに着《き》しよとて買ふて来た。おまんに

着しよとて買ふて来た。おまん死《し》なれてけふ五日。あすは待夜《たいや》の牡丹餅《ぼたもち》に」と唄《うた》ふはここなるべし。

為基まづ使《つか》いのものに心を置きて、

「いかなるものぞ」

と下女に尋ねければ、

「苦《くる》しからぬものにて候ふ」

とそのまま上へあがり灯《あかり》の元へ寄《よ》るを見れば、舅《しうと》太左衛門なり。玉《たま》のごとくなる泪《なみだ》を浮《う》かめて、

「さてさてただ今までは存ぜぬこととて、聟《むこ》殿半平殿と下《げ》さげに申しました。真平《まつぴら》御免下さりませ。さてまたおせん様と申すは、まづ御領主《ごれうしゆ》大仏様の姫君にてわたらせたまふよし。私風情《ふぜい》のものまでも御領内に今日を送りしは、皆あなたの御恩《おん》。すりや御主人も同じこと。娘が帰《かへ》り、御様子《やうす》残《のこ》らず話し、「離別《さら》れましたい、暇《いとま》を取りましたい」と申しますゆへ、娘ながらも「出《で》かしおつた、ういやつ」と誉《ほ》めまして、それゆへこの間御暇《いとま》を申し受けましてござりま

勘解由左衛門おどろく／つづらの内に娘おまんしがいあり／おせんきもつぶす／太左衛門つかいの者になり来る／やらずたちきく

す。「この上は誰《たれ》はばかることなく、おせん様と御夫婦中睦《むつ》ましく、末長《すへなが》ふお栄《さか》へあそばすよふに」と存ずることにつけても、亀寿君の御こと、わきより訴人《そにん》ありて召《め》し捕《と》らるる日には、千非悔《ぴく》へても帰りませぬゆへ、娘と相談《さうだん》いたし、始終《しぢう》の御安堵《あんど》のため、不便《ふびん》ながら、孫《まご》と申すも憚《はばか》りなれど、こりやさられた母につきもの。お前様とは御縁《ゑん》が切《き》れてあれば、「こちの自由《じゆう》にいたした」とお叱《しか》りなされて下さりますな。亀寿様は勿論《もちろん》、その尾《を》につきてお二方様へもどふお祟《たた》りが参らふも知《し》れませねど、おまんが死にましたばつかりで、さつぱりとあとの気遣《きづか》いのないよふにいたしましてござります。この上はもはやお心置きなく亀寿様を御守《も》り立てあそばしませ。しかしお名《な》をもお姿《すがた》をも今よりおまんとなされませ」

と残る方《かた》なき親父《おやぢ》が真実《しんじつ》。為基も感涙《かんるい》ながし、

「さりとてはお鶴といひ、そこ元といひ、詞《ことば》に言われぬ恥《はづ》かしさ。心底《しんてい》、けなげにも忝《かたじけな》く存ずる。その心とはしらず、離別状《さりじやう》書いて今での後悔《こうくわい》。これは反古《ほぐ》にして戻《もど》して貰《もら》ひたい」

と言へば、おせんは猶《なを》また、

「義理《ぎり》といひ、是非《ぜひ》是非元《もと》の通りに呼《よ》び戻《もど》さねばみづからが立ちませせぬ」

と真実《しんじつ》見へし挨拶《あいさつ》に太左衛門首《くび》を下げ、

「冥加《めうが》もないお詞《ことば》。申し聞かせたらさぞ有り難く存じませふ。しかしこの子が菩提《ぼだい》のため発心《ほつしん》の所存にてござりますれば、そこの所はいかがに存じまする。まづかれが願いにまかせ、いかよふとも

おまんがなきがらを取り置き申さん」
と為基諸《もろ》とも寺《てら》に送《おく》り、あと懇ろに追善《ついぜん》し、
「さてお鶴こと、是非《ぜひ》とも呼び帰《かへ》さん」
と色々に申し送りぬれど、終《つい》に帰《かへ》らず。みづから髪《かみ》を切り、近所《きんじよ》なる尼寺《あまでら》へ行きてさまをかへ、永《なが》くおまんが菩提《ぼだい》をとむらいけるとなん。

為基日ごろ情《なさ》けふかく慈悲《じひ》あつきものなれば、召し仕《つか》への下女下《げじよげ》男までもこのこと外へもらさず、難なく亀寿君を守り立て、成長の後《のち》しばらく関東《くわんとう》を興歴《こうりやく》して、天下の大軍《たいぐん》を起《お》こし、中せんだいの大将《たいせう》に相模《さがみ》次郎時行《ときゆき》と名乗《の》られしは、この若君《わかぎみ》のことなり。

その後鎌倉《かまくら》の管領《くわんれう》、基氏《もとうじ》と和睦《ぼく》ありて、伊豆国《いづのくに》を領《れう》し、再《ふたた》び北条家《ほうでうけ》を立てられしは、これしかし、為基が生を全《まつと》ふしたる忠義《ちうぎ》。恐《おそ》らく陶朱公《とうしゆこう》にもおとるまじ。

されば為基は勿論《もちろん》、おせん上臈《らう》の道を守りて憂《う》き艱難《かんなん》せし貞節《ていせつ》といひ、太左衛門が孫を殺《ころ》して先《せん》主《しゆ》の恩《をん》、聟《むこ》への実義《じつぎ》、取りわけお鶴が夫を大切《たいせつ》に思ふ心から血《ち》をわけた娘《むすめ》を身替《みが》わりに立て、またおせん女臈《らう》のさしも貴《たつと》き身を捨て為基を尋ねしたはれし切義《せつぎ》を感《かん》じて、倦《あ》かぬ夫《おつと》にわかれ、再び帰《かへ》らぬ心底《しんてい》。またあるまじき四人の人々唄《うた》に作《つく》りて称美《せうび》せしも、まことにことわりなるか。

宝暦十一辛巳正月吉日

東都書肆　松屋庄　吉
竹川藤兵衛

今《こん》昔《じゃく》雑《ざつ》冥《めい》談《だん》

郷津 正＝校訂

今昔雑冥談序

君子の徳は風なり。小人の徳は草なり。草に風をくはふ。話はかならずふす。楽しいかな。当時のありさま津々浦々まで風にふきさる草もなく、居ながら世々の危難をしり、寝ながら古今の怪異を見る、亦悦ばしからずや。

宝暦十三癸未春

東武清涼井蘇来述

今昔雑冥談総目録

巻之四

狐《きつね》の食《しよく》を取《とつ》て害《がい》にあふ事
荒木《あらき》氏《うぢ》、秋葉《あきば》山《さん》にて勇剛《ゆうごう》の事

巻之五

滝口道則《たきぐちみちのり》、奇術《きじゆつ》にあふ事
河州《かしう》松波氏《まつなみうぢ》、気《き》より幽霊《ゆうれい》を設《もふく》る事

今昔雑冥談巻之一

○渡辺勘解由《わたなべかげゆ》が娘《むすめ》、幽霊《ゆうれい》を射留《いとめ》し事

近頃《ちかごろ》『金集談』といへる書《しよ》に「凡《すべ》て世《よ》に妖怪《ばけもの》・幽霊《ゆうれい》など云ふものは実《じつ》になき事《こと》なり。皆《みな》おのれおのれが心《こころ》の迷ひよりそれぞと見《み》るなり」とて似合《にやわ》しき事ども書きつらねて証《しやう》とせり。尤《もつと》も、機辺《きへん》よりもふくる事も有《あ》るべし。しかれども実《げ》にまた有る事なり。異国本朝《いこくほんてう》、其《そ》の例多《れいおお》し。惣《そう》じて何事《なにごと》も一涯《いちがい》に片寄《かたよ》るべからず。

ここに中国《ちうごく》の一城主《いちじやうしゆ》に仕《つか》へし渡辺勘解由《わたなべかげゆ》と云へるは、文武《ぶんぶ》両道ともに暗からず、一家中《かちう》にも渠《かれ》が振舞《ふるま》いをかがみとする程なり。妻《さい》は娘《むすめ》一人を儲《もふけ》て失ぬ。しかるに此の娘名をば、おりうとなん云へり。第一《だい》器量《きりやう》よく、其《そ》の上発明《うへはつめい》にして心立《こころだて》また父《ちち》に劣《おと》らず。勘解由《かげゆ》もただ独《ひと》り娘の事、殊《こと》に発明者《はつめいもの》なれば又他事《またたじ》なく不便《ふびん》を加《くわ》へ、後妻《こうさい》をもむかへずひとりの手《て》しほにて育《そだ》てけり。常《つね》々おしへけるは、「縦《たと》ひ女なりとも、武士《ぶし》の家《いへ》に生《むま》れては文《ぶん》は勿論《もちろん》、武《ぶ》の道《みち》をも心懸嗜《がけたしな》む筈《はづ》なり。其《その》の方男子《ほうなんし》ならば悉《ことごと》く習《なら》ひ得《へ》たる兵術《ひやうじゆつ》をもおしへ譲《ゆづ》るべきに、女子《によし》なるこそ返《かへ》す返《がへ》す是非《ぜひ》もなし。しかし女なりとも汝我《なんぢわが》家を継で家名《かみやう》を汚《けが》すべからず」

とて射芸《しやげい》、打物等《うちものとう》、折節に教へけり。

然《しか》るにおりう十七歳《さい》の時、父勘解由、仮初《かりそめ》のよふに煩《わづら》ひけるが、俄《にわか》に急変出《きうへんい》で、終《つゐ》にむなしく成りぬ。おりうがなげき云ふも更《さら》なり。さてしも有るべきならねば野《や》葬《そう》の営みをなし、一台《たい》の墓《ぼ》主《しゆ》となしぬ。さて娘一人にて家督《かとく》なければ知行《ちぎやう》を召上《めしあげ》られ、おりうに扶持《ふち》ばかりを下《くだ》されけり。おりう、伯母《をば》なるもの此の家《いへ》に懸人《かかりうど》にて居《い》けるを便《たよ》りに、よふよふ下女一人を仕ひて憂《う》き月日を送《おく》りぬ。

故勘解由、

「死期《しご》まで家督の願ひせざる事、いかなる不覚人か」と思へば、これも子細《しさい》有る事なり。

此娘十歳《さい》ばかりの頃《ころ》、朋輩《ばい》秋山十太夫次男岩之助《じなんいわのすけ》、其の頃中小姓《ころちうこしやう》をつとめ居けるを、後《のち》々養子合《やうしあわ》せにすべき約束《やくそく》にて、内《ない》々相談極《そうだんきわ》め置《お》きけり。然《しか》るにおりう段々成人するに随ひ、いと美《うつく》しくあでやかなれば心をかけぬ者もなく、中にも梶原源次兵衛悴源藤次、これも中小姓役なるが深くおりうに執心《しうしん》して、ひそかに艶書《あんしよ》など送りけれども、手に取《と》つてだに見ねば無念におもひ居けるうち、今はおりうも成人に付き、岩之助家督《かとく》に申し受《う》けべき願ひをも差《さ》し出《いだ》すべき風聞有りけるを、源藤次《げんとうじ》聞《きき》て、

「さてはこれ故《ゆへ》にこそつれなかりけり」とおもひ当《あた》り安《やす》からず、色々落処《おちど》をこしらへ、讒《ざん》を構《かま》へけるにぞ。終《つゐ》に岩之助御暇《おんいとま》たまはりければ、勘解由もちからなく、殊《こと》に其の頃《ころ》岩之助父十太夫は死失《しにうせ》たれば、朋輩《ほうばい》の実《まこと》より約束《やくそく》せし事を今更変《へん》じて外より養子《やうし》せんも心よからず。兎《と》や角《かく》と見合す内、

風の心地のよふなる病気の俄に急変《きうへん》にて死失たる事なり。源藤次は心うれしく、

「岩之助御暇の上にまた勘解由も死《し》したれば、今はおりう頼《たの》む方《かた》なく我《われ》になびくは治定《ちぢやう》」とねんごろに云いよりけれども中々けんもほろろにて取てもつかれねば口惜しく、無念《むねん》に思ふ事限《ことかぎ》りなし。


ここにまたあやしき風説を取はやす事出来《でき》ぬ。其のゆへは、故勘解由《こかげゆ》が墓《はか》は自分《じぶん》の屋敷《やしき》の裏広《うらひろ》くして其の隅《すみ》の方《かた》に築《つ》き置《おき》たり。しかるに此墓より毎夜深更《しんかう》に及びて勘解由が亡霊《ぼうれい》出て泣《な》きわめき、おもやの方にあゆみ行くと云ふ風聞して、専ら一家中の取沙汰となりぬ。源藤次は彼《か》の遺恨《いこん》にいよいよ高上《かうしやう》にとりなし、主君《しゆくん》の御耳《おんみみ》にまで達《たつ》したり。おりうは此の事を聞て、

「さても口惜《くちおし》き事かな。我父上存生《わがちちうへぞんじやう》には人に指され給ふ事《こと》露ばかりもなく、さしも誉《ほめ》られ給ふ身の、いかなれば死《し》後に恥《はづ》かしき名を立て給ふ事ぞ」

と泣《な》いつ口説《くどひ》つ、千々に袂《たもと》をしぼりけるが、

「さるにても子細《しさい》なき事は人もいふべからず。実正《じつしやう》を見届《とど》けばや」とおもひ、其の夜ひそかに大裏《うら》へ出てうかがふに、実《げ》にや人の云ふにたがはず、丑満《うしみつ》過る頃かの墓《はか》とおぼしきあたり、青《あを》き火ほのかにもへて、物のあいろは見へねども、正しく人の泣《な》く声《こえ》聞ゆ。


おそろしさも忘れて悲しく口惜《くちお》しくしばらくたたずみ居るに、こなたへむけて来るにぞ。もの陰《かげ》に身をかくしてうかがへば、おもやの縁《あん》の下に入りぬ。おりうはつくづく見届《とど》けて内に這入《はい》り、寝《ね》るも寝られず、とつ置つおもひ廻らすに、

「そも父上の此の世に執心《しうしん》あつて再《ふた》び出で給はば、我にこそ第一に見へ給ふべき。殊《こと》にや墓《はか》にて泣き惑ふよふなうろたへた父上ならず。これは正《まさ》しく女主《あるじ》とあなどりて、魔魅陰獣《まみいんじう》の類《たぐ》ひの障碍《しやうげ》をなすとおぼへたり。父上御在世《ざいせ》には大勢《ぜい》の人有りてそこそこに住居《すまい》せしが、今なんわづかに女三人此の広《ひろ》き家《いへ》に有るかなきかなれば、其のよわみを窺《うかが》ひて、のつとらんとするや。こはござんなれ、そも女でこそあれ渡辺勘解由《わたなべかげゆ》が忘れがたみ、なんじやう悪鬼邪獣《あつきじやじう》にたぶらかさるべき」と急度《きつと》心をかため明夜をぞ待《まち》たりける。

既《すで》に翌日《よくじつ》の夜にもなれば人にもしらせず、父が所持《しよじ》せし弓箭《ゆみや》の内、手《て》ごろなるを取り出し更《ふく》るを待ちて、其の頃と思ふ時分《じぶん》ひそかに立ち出で、彼《か》の廟所《びやうしよ》にちかちかとすすみ寄《よ》る。あわひ十間ばかりを隔《へだ》て、一村薄《むらすすき》を小だてに取り、いまやいまやと待《まち》かけたり。程《ほど》もなく例《れい》の青火陰《せいくわゐん》々と燃《も》へ上つて、物の姿《すがた》はさだかならねど、泣きまどふ声《こへ》をしるべに弓箭打《う》ちつ

がい、ひいふつと切てはなせば、あやまたずまつただ中とおもふ所にぐすと手ごたへして、たちまち火きえ声止《や》んで、何《なに》やらん、ばたつく音《おと》す。

「すわや」

と声《こへ》をあげ、

「あやしき物を射《い》とめたり。人々おり合い給へよ」

と細《ほそ》き声ながらがんばつてよく響けば、家内《かない》は勿論《もちろん》、隣家《りんか》の人々おどろきあわて、提灯《てうちん》・松明《たいまつ》ともしつれてぞ入《い》り来る。先《ま》づおりうが体《てい》を見るに、振袖《ふりそで》のうへにたすきをかけ、帯高《おびたか》く裾《すそ》みじかにしやんと結《むす》びあげ、白き細帯《ほそおび》にて鉢巻《はちまき》し、弓箭《ゆみや》たづさへ立ちたる風情《ふぜい》、柳《やなぎ》の腰《こし》のたよたよと、誠《まこと》に優《ゆう》にやさしきとはこれをや云ふべし。

さて彼の妖怪《ばけもの》を見るに、数《す》百年経たる古狸《ふるたのき》の五六尺ばかりなるが、胴腹《どうばら》をぐすと射つらぬかれてうごめき居たるを、人々立ち寄り、縛り搦めて上聞《ぶん》に達《たつ》したるにぞ。主君殊《しゆくんこと》の外御《ほかご》感《かん》にて、

「女に珍《めづ》らしき働《はたら》き、実に勘解由《かげゆ》が娘《むすめ》なり」

と御前に召《めし》出され、甚だ御称美《ごしやうび》の上、

「さて、先達て親勘解由存生《ぞんじやう》の内、養子《やうし》をも致べき筈の処、死期《しご》まで其の沙汰《さた》なく、不覚悟《ふかくご》なるに付き、知行をも召上《めしあげ》たれども、勘解由存生の奉公律儀《ほうこうりちぎ》なるにより、折《をり》を見て家督《かとく》を申し付け、知行をも帰しあたへんと思ふ処《ところ》に、此の度其の方が働《はたら》きを功《こう》に先知《せんち》かへしあたふべき間、さつそく家督の願《ねが》ひ差し出すべし」

と仰られければ、おりう平伏して近従の衆中にむかゐ、

「有り難き御上意、此の上や候ふべき。さりながら父《ちち》が存生《ぞんぜう》に家《か》督極《とくきわ》め候はぬ事は不覚悟《ふかくご》のよふに候へども、実《まこと》は私《わたくし》が咎《とが》にて候ふ。先達て御勘気蒙《かんきこふむ》りし秋山岩之助親十太夫と私父とは同朋輩《どうほうばい》ながら殊にしたしく候ひし。これに依て岩之助義、養子《やうし》に貰《もら》ひ受《うく》べき約束《やくそく》、私幼少《ようしやう》の時《とき》より父と父とがかため置き候ふ。然《しか》るところ、岩之《いわの》助《すけ》御勘気蒙り候へば、是非《ぜひ》もなく、さてしも有るべきならねば、余人《よじん》を家督《かとく》に仕《つかまつる》べきやうに私へも申し候へども、一たん契約《けいやく》仕候うへは、岩之助いかなる科人にも致せ、私夫にまぎれなく候へば、また候ふ、二夫はならへ申すまじくと達《たつ》て申し切り候ふ。其の上《うへ》にて家督無之《これなく》ても相済み候ふまじ。別《べつ》に御定《おんさだめ》有りてしかるべしと申し候へば、

「いまだおそからず」

とて見合せ居り候ふ内《うち》、急変《きうへん》にて相《あい》果て候ふ。尤もお上へ対《たい》しては父が不覚《ふかく》に御座候へども、右の

訳に候へば御推察願《ごすいさつねが》ひ上げ候ふ。さて此の度の儀も、父が死後に浮名《うきな》立ち候ふ事口惜《くちお》しく、実否《じつぷ》を正《ただ》し候ふまでにて、御上へ対し忠《ちう》にも功《こう》にも成り不申《もうさず》候へば、やはりただ今《いま》までの通りにて差し置《お》かれ下され候はば有りがたく候ふ。猶《なを》此の上の御慈悲《じひ》には、私年もたけ候ひて後に養子《やうし》をも仕り候はば、其の時御憐愍《れんみん》をも下され候ふやうに願ひ上げ奉り候ふ」

と、事をわけて申すにぞ。

主君聞《しゆくんき》こし召《め》され、

「先《ま》づ以て孝心貞列《こうしんていれつ》の処、奇特千万《きどくせんばん》。さて岩之助事はさのみ重《おも》き科《とが》にもあらず。両三度の間違《まちがい》に止《や》む事《こと》なく暇呉《いとまくれ》たり。いまだ若年《じやくねん》の事なれば、つよく不届《ふとどき》ともおもわず。其の方がごとき貞列《ていれつ》のものになるれば、後《のち》々忠臣《ちうしん》にも成るべし。帰参《きさん》申し付けて、勘解由が家督相続《そうぞく》致さすべし」

と、残る処《ところ》もなき有り難き御上意。誠に孝心《こうしん》の徳《とく》なるべし。彼の源藤次《げんとうじ》は其の後も色《いろ》々悪事《あくじ》をたくみ、終《つゐ》に露顕《ろけん》して御暇をたまはりけり。此の時岩之助を讒《ざん》し、あやまちさせし事まであらはれしとなん。

○野州《やしう》の百姓《ひやくせう》次郎三郎妻《さい》、鬼《おに》に成る事

上野《かうづけ》の国《くに》、利根郡《とねごほり》の片山里《かたやまざと》に与茂平《よもへい》と云へる者あり。元《もと》は狩人《かりうど》にてだんだん仕合《しあわせ》よく、田地《でんち》をかいととのへて百姓となりぬ。娘《むすめ》一人持《も》ちけり。甚《はなは》だ悪女《あくじよ》にして心あくまでひがみ、その上嫉妬《しつと》ふかき事またたぐひなし。

次郎三郎と云ふ者、田地にほれて聟《むこ》に成りしが、彼の娘の我儘邪見《わがままじやけん》なるに愛相《あいそう》も尽《つき》ぬれど、「両親存生《りやうしんぞんぜう》の内はかくする事も有るべし。後々は心も直るべし」と、随分堪忍《ずいぶんかんにん》して過《すご》しけるに、両親死せし後もいよいよ心たけだけしく、男女《なんによ》の家来《けらい》も遣《つか》ひけるが、其のあたりしごく無道《むどう》にして、とりわけ女をば我不器量《わがぶきりやう》なる故《ゆへ》にねたみにくみ、夫《おつと》と目《め》を見合てもゆるさず。増《ま》してや側《そば》へ寄《よ》り、物など云ふ事あれば、甚だ怒《いか》り罵《ののし》りてむごくさいなみけるにぞ。後には奉公する者もなく、次第《しだい》に貧乏《びんぼう》するに随《したが》ひ、猶《なを》々ひがみまがりて、異見《いけん》も評定《ひやうじやう》も更《さら》に聞き入れず。

次郎三郎も思ひ切《きつ》て或時《あるとき》引きよせて急度《きつと》云ひけるは、「其の方《ほう》が邪見《じやけん》なる心に我も愛相尽《あいそうつき》たり。其の心も直《なを》るまじきならば、我《われ》此の家《いへ》を捨《すて》て外へ出べし」

と云ひければ、いとどおそろしき顔《かほ》を朱《しゆ》のごとくにして、眼をいからし、「御身何国《いづく》へ行き給ふとも、我を捨て給はばそも安穏にて置くべきや。生きて取り殺されずは死して取り殺すべし。憎《にく》き事をいふぞや、あら腹立《はらたち》や。定《さだ》めて外によき女房《にようばう》をこしらへてかく云ふなるべし」

と、其の儘《まま》むしやぶり付きたる。其の体《てい》のすさまじさ、一体《いつたい》大がらなる女になまなか男まさりの力《ちから》有りて、次郎三郎もただ一しめにしめ付けられ息《いき》の音《ね》も出ねば、よふよふ侘言《わびこと》するくらひにて遁《のが》れたり。かくの体なればたまたま隣家《りんか》へはなしに行きても其の儘尋《ままたづ》ね来《きた》り、傍若無人《ばうぢやくぶじん》にたけりちらかすにぞ。近所のもの共もあきれ果《は》て、

「か様《やう》に義理《ぎり》も仁義《ぢんぎ》もしらず無法《むはう》至極《しごく》なるも一つは親が元狩人なれば、其の報ひにて畜生の生れ替《かは》り来《き》たるなるべし」

と、とりどり評判《へうばん》して、次郎三郎をば不便《ふびん》に思へど、嚊《かか》がやかましきにこりて、後々は人も寄《よ》せ付けぬ様《やう》に成り行きたり。

次郎三郎、

「今は身も立がたく、元より嚊には真《しん》実《じつ》あき果《はて》て、所詮《しよせん》かくて有らんよりは」と、何国《いづく》ともなくなりければ、彼の女房夜叉《にようばうやしや》のごとくに成りて、あたり近所《きんじよ》を家《や》さがしし、

「さてさて憎《にく》き男《おとこ》めかな。我を捨《すて》て逃

げ失せたり。おのれ何国へ行たりとも、尋ね出さで置べきか。ああらうらめしや、腹立《はらたち》や」
と、昼は終日四方をかけ廻り、夜は終夜泣きくるひてただ、
「にくしにくし、能《よ》くも能《よ》くも捨てたりな。いつまで娑婆《しやば》に置くべきぞ」
と、千度《せたび》百度《ももたび》同じ事をくりかへし、おどりくるひ怒り罵《ののし》るさま、其のおそろしき事いわん方なし。
日を経《へ》るに随ひ、眼《ち》血ばしり、頬骨《ほうぼね》あれて二目とも見られず。既《すで》に次郎三郎出てはや四五十日にも
成りぬるに、髪《かみ》は最初《さいしよ》に振《ふ》り乱《みだ》したるまま、湯《ゆ》水《みづ》つかわず物喰《ものく》ふ体《てい》さへ見へねば、近隣の者共おそ
ろしく思ふ事限《かぎ》りなく、
「此のすへいか成るらん」と、案じ煩《わづら》ふももつともなり。
然るに或日《あるひ》、一日戸《と》を指《さし》たる儘《まま》にて、ひつそりと静まりかへりてあれば、
「さては死にたるやらん」と思ふに、いよいよおそろしく、其の夜子《ね》の刻《こく》ばかりに物音すれども、
常《つね》にかわりたるこわ付き、相手《あいて》有りてしやべるやうなり。すべて此の間夜燈《よるひ》をともしたる事なきに、
内も明《あか》るければ更《さら》に不審《ふしん》はれやらず。其の翌日《よくじつ》も又ひつそりとしてあれば、近隣《きんりん》の者ども寄りつど
ひ、
「さては死にたるに違《ちが》ひなし。昨夜《さくよ》もの音《おと》のしけるは彼の幽霊《ゆうれい》と云ふものならん。今宵《こよひ》は窺《うかが》ひ見る
べし」
とて、気《き》強《つよ》なる若もの共三四人談《だん》じ合せ夜の更《ふけ》るをぞ待ちけるに、昨夜《さくや》の頃にもなれば自然と家内

明《あか》るくなり、物音聞《ものおときこ》ゆ。

「すわや」

と此の者ども壁《かべ》の崩《くず》れより差《さ》し覗《のぞ》きけるが、二目と見もやらず、てんでにころび倒《たお》れ、漸《やうやう》己《おの》が家々《いへ》に帰り、早速《さつそく》話す事さへならず、気つけなど呑《の》みて身をふるわしながら、

「さてもおそろしや。頭《かしら》に二つの角《つの》を生《せう》じ、口は耳《みみ》まできれ、左右《さゆう》に牙生出《きばおひ》、眼きらきらとして、誠《まこと》に絵《ゑ》に書たる鬼《おに》に少しも替《かわ》らず。外に相手は見へねども、やつつかへしつ問答《もんどう》するさま、身の毛もよだつてすさまじく、最早《もはや》我等に於ては此の近隣《きんりん》の住居ならず」

といふほどこそあれ、我がちにと資財雑具《しざいぞうぐ》を持ちはこび、知音の方へ引き移りたり。誠に前代未聞の珍事《ちんじ》と云ふべし。

其の中に一人次郎三郎と至極入魂《しごくじゆこん》なるもの有りてつくづくおもふに、

「此の分ならば次郎三郎終《つい》に命《いのち》を取らるべし。先づ此の様子をしらせばや」とおもひ、尋《たづ》ね求《もと》めて次郎三郎が隠《かく》れ居《い》たる所に来り。右の次第逐一にはなしければ、次郎三郎大きに仰天《ぎやうてん》して彼の、

「生て取りころされずは死て取り殺すべし」

と云ひし事、ひしと胸にたたり、

「さあらば我何国に隠るるとも、終に遁《のが》るべからず。こはいかがせん」と、案じ煩ひけるが、其の頃彼の殺生石《せつしやうせき》を打ちわり給ひし源翁和尚《げんのうおしやう》、諸国行脚《しよこくぎやうきやく》し給ひ、此の所にしばらく足《あし》を止《とど》めおはしける

にぞ。人々うやまひ渇仰《かつがう》すれば、次郎三郎此の草庵《そうあん》へ来り、和尚に対面《たいめん》して一部始終《ぶしじう》残らず咄し、

「何とぞ和尚の御慈悲《じひ》をもつて、我命《わがいのち》御助け下さるべし」

と、五体投地《ごたいとうち》して願ふにぞ。和尚いちいち聞きとどけ給ひ、

「誠に不便《ふびん》の事《こと》なり。しばらく待れよ。我定力《われじやうりき》をもつてうかがひ見《み》ん」

と仏間《ぶつま》へ立ち入り、漸観法座禅《ややかんぼうざぜん》有りて、無程《ほどなく》立ち出で給ひ、

「さてさてあやうひかな。汝《なんぢ》が命今宵《いのちこよい》にかぎれり。彼女の執《しう》ねき悪鬼《あつき》と成りて魔界《まかい》に落《おち》入り、汝を取りころさんとするより外又他念《ほかまたたねん》なし。死してより今日まで六日におよぶ。今宵第六天のゆるしをうけ、三千世界《さんぜんせかい》をただ一夜《よ》にはせ廻《めぐ》る通《つう》を得たり。不便や、汝たとひ鉄《くろがね》の中に隠《かく》るるとも隠るる事有るべからず。しかしながらただ一つの方便《ほうべん》あり。我教ふる通りにせば遁《のが》るべし。さりながら得《ゑ》したがひおふせまじ」

とのたまへば、兼《かね》て期《ご》したる事なれども、今宵《こよい》にせまる命《いのち》と聞き大きにおどろき、

「いかよふなる事なりとも命《いのち》にかへ申さんや。御教《おし》へにしたがふべし。ただただ御慈悲《じひ》をたれ給へ」

とひたすらに願ふにぞ。

「さあらば我《われ》に随《したが》ひ汝が元の住家《すみか》に参るべし」

とて打ちつれておもむき給ふ。

かくて行き着き見れば、実《げ》にや聞きしにたがわず隣家《りんか》も皆あれ果《は》てて、人気《ひとけ》更《さら》になく、折節初秋《をりふししよしう》の事なれば、草茫々と生ひしげり、通《とを》り道さへなき所へ、和尚《おしやう》をともなひて、

「爰《ここ》にて候ふ」

と云へば、

「戸を明て這入《はい》るべし」

とのたまふ。怖々ながら戸を押し開け、内に入て見れば、其のさま悪鬼羅刹《あつきらせつ》とはこれなるべし、髪《かみ》は蓬《よもぎ》を乱《みだ》し、両角左右にわかれ、牙《きば》生ちがひ、手足に三四寸の爪《つめ》を生《しやう》じ、ふんぞりかへつた其の気色《けしき》、二目と見らるる有り様《さま》ならず。其の時和尚、次郎三郎を裸《はだか》にして、明き所もなふ仁王般若経《にんわうはんにやきやう》を書き給ひ、「さてこれなる鬼女《きぢよ》を引き起《おこ》し、うつむけに臥させ、汝《なんじ》其の上に胯《また》がり首筋《くびすじ》にひしとしがみ付きて、たとひいかな

る事に有るとも其の手を放《はな》すべからず。汝が生死《しやうじ》二つは其の手の裏《うち》に有るべし」

との給ふにぞ。死に入るばかりにおそろしけれど教へのごとくする内、はや日も暮《く》れたりければ、

「さこそおそろしかるべきか。唯《ただ》一夜《よ》の事なり。夜明けなばまた我来るべし」

とて立ち帰らんとし給ふにぞ、

「今迄はさしも和尚を頼《たの》みにありしが、和尚帰《かへ》り給はばいかがせん」とあわてまどひて、

「こは我独《ひとり》置き給ふか。これがまあどふひとり居らるべき」

とふるひわななけば、

「さればこそ最初《さいしよ》に「得しをふせまじ」と云ひしは爰《ここ》也。我此の所に一夜を明すは安けれど、それにては命《いのち》を救《すく》ふ事ならず。一生《しやう》一度《ど》の生死《しやうじ》のさかいとおもひ明らめて一夜を明すべし」

と振《ふ》り切《き》つて立ち出で給へば、跡《あと》は次第にひつそりとして更け渡《わた》る秋の夜の景色《けしき》、村立雲よりはこび来る雨の音、そよ吹く風の扉《とぼそ》をおとなふまでにて森々《しん》と物すさまじく、生きて居《い》る時《とき》さへおそろしき者の、まして死て形《かたち》も替り我を取り殺《ころ》さんとする鬼の背中《せなか》に一夜を明す心の内、おもひやらるるばかりなり。

はや初夜も過ぎ、程なく後夜にも成りければ、今までつめたかりし骸《からだ》のそろそろとあたたまり来るにぞ、中々おそろしいの怖《こわ》ひのと云ふ段《だん》にはあらず。いつそに死に入るばかりにて、仏名《ぶつめう》を唱《とな》へ、ひしとしがみ付きて居るに、忽《たちま》ち人肌《はだ》に成るやいなや、気《き》に乗《じやう》じて一声の風、どつと落《おと》してむくむ

くと起き上《あが》り、くわつと見ひらく眼《まなこ》の光《ひか》りに、虫《むし》の這《は》うまであざやかに、ほつと一息《いき》つくよと見へしが、唯《ただ》火を吐くとばかり見へてすさまじ。

「なんとはおろかなり。ああら嬉《うれ》しや。今宵《こよひ》こそ取《と》り殺《ころ》すべきゆるしを得たり。いでいで何国《いづく》に居るらん」

とずつくと立ちてかけ出す。

次郎三郎は
「爰《ここ》ぞ大事」と一心不乱《いっしんふらん》首筋《くびすじ》にしがみつき、

「たとひ腕《うで》はちぎるるとも放《はな》すまじ」と引きそふたり。いづくへ行くともさだかにしれねど、山川谷の隔《へだて》なく、鳥の飛ぶよりも早く、縦横無尽《じうわうむぢん》に走り廻り、漸暁《やうやうあかつき》方に成りぬれば元の家へ立ちもどり、残り多げに打ちしわぶき、

「これ程まで尋《たづぬ》るに見へざるは、さては我より先達《さきだつ》て死失《う》せしやらん。へへへ口惜《くちをし》や、残念《ざんねん》や。ははは」

と云ふかとおもへば、其の儘《まま》打ち倒《たを》れたり。

此の時次郎三郎も共に息絶《いきた》へ正体《しょうてい》なく、夜もほのぼのと明け渡れば、和尚則ち入り来り。先次郎三郎に気付をあたへて、呼び生け給へば人心地《ここち》付きぬ。其の時和尚、

「能《よ》くも我《わ》が教へに従《したが》ひつるよな。さこそおそろしかりつらん。最早《もはや》気遣なし。此の死骸《しがい》を取り置《お》

くべし」
とて其の所に埋《うづ》めさせ、ねんごろに引導《いんだう》し給ひければ、次郎三郎も髻《もとどり》切り、すぐに御弟子《でし》と成りしとなん。

今昔雑冥談巻之一終

今昔雑冥談巻之二

○都の隠士、怪佐に逢事

いつの頃《ころ》にか有りけん、都《みやこ》三条辺《じやうへん》に居住《きよぢう》せし人、蘭秀《らんしう》となん云へり。髪《かみ》を剃《そり》て十徳《とく》を着《ちやく》し、或る時は大小を横《よこ》たへなどして、いと替《かわ》りたる隠士《ゐんし》なり。此の仁一体珍らしき人にて、力量有りて兵法も能《よ》く、さて琴・三味線より初《はじ》めて一切の芸《さい》に通達せり。いづれも中より上へに越《こ》へて、碁《ご》・将《しや》棋《うぎ》などは通例に相手なきくらひなり。元《もと》より能き家屋《いへや》敷《しき》五六ヶ所持て、家内《かない》十余《よ》人家業《かぎやう》なくて暮《くら》しぬ。

然《しか》るにこの蘭秀《らんしう》、持病《ぢびやう》に痔《ぢ》有りて難儀《なんぎ》におもひけるが、都《みやこ》より三十里ばかりを隔《へだて》て痔《ぢ》に至極《しごく》の名湯《たう》あり所名を失す。これを聞き伝《つた》へて趣きけるが、甚だ片《かた》山里《ざと》にて湯入の者ども、猿《さる》のやうなるばかり有りて付き合うべき人もなく、淋《さび》しきに困窮《こんきう》して、「やがて帰り登《のぼ》らん」とおもふ所に、ある日六十有余の禅《ぜん》門、此の蘭秀が仮宅《かりたく》へ尋《たづ》ね来り。

「都の御かたと見受け申したり。此の所は御覧《らん》の通り片辺《かたへん》土にて湯入もすくなく、其の上山家のむくつけき者ばかり候ひて、御咄一つなさるべき相手もなく御淋しく御座有るべし」

といと念頃に云ひければ蘭秀、

「さればにて候ふ。我等も三廻り程《ほど》も入るつもりにて参り候ふが、此の淋しさに退屈《たいくつ》いたし候へば、近々帰り登らんと存《ぞん》ずる也」

と挨拶《あいさつ》すれば、

「さこそ御尤もに候ふ」

とて一つ二つ物語りするに、中々奥《おく》ゆかしき禅《ぜん》門にて、古《こ》往今来《をうこんらい》の事共打つ答《こた》へつ問答往復《もんだうおうふく》して淋しさを忘《わす》れければ、

「さてさて貴殿は所に希《まれ》なるよし有る人に候ふかな。おかげで此の程の積鬱《せきうつ》をはらし候ふ」

と云へば、

「近頃《ちかごろ》、忝《かたじけな》く御挨拶に預りたり。我等も若き時は方々を経《へ》廻り候ひしが、只今は年寄《としより》候ふまま此の四五里奥《おく》に引きこもり居候ふ。誠に昔より見聞致せし事ども談《だん》じ合ふ人もなき者にて候ふ。都には定《さだ》めて能き友も数多《すた》御座有るべし。御うらやましく候ふ。我等は唯《ただ》朝夕沈吟《ちんぎん》致すのみにて、空《むなし》く住果《すみはた》し候ふ」

と、よし有りげに申すにぞ。

「中々おもしろき禅門かな」と思ひ、終日咄《はな》しくらし、

「さて存の外の親友《しんゆう》を得たり。貴殿逗留《とうりう》の間は我等も登《のぼ》るまじ。必ず遠慮《えんりよ》なふ毎日来り給へ」

とて、酒飯《しゆはん》など振舞ひ、ねんごろに饗応帰しけり。

それより毎日来て咄しけるが、或る時、

「貴殿は碁を打ち給ふや」

と問《と》ひければ、

「若き時少々ならへ覚へ候ふが、久しく打ち捨て候へばおぼつかなし」

と云ふ。

「さては我相手には成るべからず」

とおもへど、

「一番《ばん》打ちて見べし」

とて盤石《ばんせき》取寄せ、

「先づ先をして打ち給へ」

と天窓《あたま》から云へば、

「いや置き申すべし」

といふを、

「一番打ての上で石を定むべし」

とて打ちかかるに、中々あなどる碁《ご》にあらず。終《つい》に蘭秀負《まけ》ければ、

「さても貴様は碁も強《つよ》きぞや。都にても我が相手に成るものはすくなきものを」とてまた一番打ちけるに、今度も負《まけ》ければ少しせきごころに成りて、

「碁には負るとも将棋《しやうぎ》は得こそ負じ」

とてまた将棋にかへて指すに、これも二三番負たり。

「さても口惜き事かな。さあらば曲《きよく》で参《まい》ろふ」

とて琴《こと》・三味線《みせん》を取り寄せ、秘術を尽《つく》して弾《ひく》に、これも又一段《だん》上を行《ゆ》けば、

「いかさまにも奇妙《きめう》なる禅門ぞ」と少し不審《しん》におもへど、此の四五日昼夜心を解《とけ》て咄合う内、少しも人に替《かわ》りたる事なければさしてあやぶむ心もなく、なをなをゆかしくおもひていよいよ入懇しけり。

時に或る日来て、

「只今在所へ罷り帰り候ふ。誠《まこと》に此の間は御懇意《こんゐ》にあづかり忝く候ふ。御縁《ゑん》もあらば又かさねて」

と云へば、

「こはあまり急《きう》なる事なり。今少し逗留《とうりう》あれかし」

ととどむれば、

「さん候ふ。参らねばならぬ用事俄に出来申し候ふ。残多く、名残惜《なごりをし》くこそ候へ」

と云ふにぞ。

「さるにても昼《ひる》過ぎなり。おそくも有るべし。明日立ち給へ。今宵《こよひ》はこれにて名残《なごり》の一興《けう》を催《もよを》すべし」

と達《たつ》て留けれども、

「いやわづか五六里の所おそくも候はず。おもひ立ち候へば一刻もはやく参たく候ふ」

ともぎどふに云ひ切りて、さて蘭秀家来に、

「此の程《ほど》は何か世話になり忝《かたじけな》く候ふ。何しんじようとない袖はふるめかしけれど、末広《すへひろ》にこれなりとも」

と扇子一本投《な》げ出《いだ》し、跡をも見ずして出て行く。

蘭秀は俄《にわか》に名残多く、何やらん咄足らぬやうにて四五町見送《をく》りければ、振《ふ》り返《かへ》つて、

「これはしたり。さあさあ御帰り有るべし」

とおさへとどむるにぞ。しばらく立留りしが、

「さるにても彼《かれ》が住所《ぢうしよ》いかなる様子ぞ。五六里とあれば尋《たづ》ねても見たし」

と思ひ煩《わづら》ひしが、一体《たい》気強《つよ》の蘭秀なれば、

「何もなぐさみ」とそろそろ見へ隠《がく》れに跡《あと》よりつけ行くほどに、野《の》道《みち》岨路《そわみち》珍らしき山谷を越《こ》へて、いかさま五六里も来らんと思ふ所に、はや日も暮かかりぬれど人家ありとも見へぬ山中なれば、いぶかしくおもへども所詮《しよせん》今更《さら》帰られもせず。付きしたがひ行くに奇麗《きれい》なる柴垣《しばがき》あつて、一つの家作《やづく》

り見へたり。かの禅門此の内へ這入《はい》りければ、おなじく蘭秀も続《つづ》ひて入りぬ。其の時禅門肝《きも》をつぶして、

「これはいかなる事ぞや。何とて来給ひしが。埒《らち》もなき事なり」

といへば、

「さればよ貴殿に別《わか》るる事の残念《ざんねん》さに、跡をしたひておもわず爰《ここ》まで来たり」

と云へば、

「さてもけしからぬ事や。さりながら最早《もはや》帰り給ふことも成るまじ。今宵はこれにて明されよ」

とて、火を打て柴《しば》打ちくべ、湯《ゆ》などつかわせ我も遣ひ、

「御覧《らん》の通り浮世《うき》をはなれたる我等が境界《きやうがい》、此の所に只ひとり住《す》み候ふ。いで子どもある方より飯取て来て遣し申さん」

とて立出しが、跡ふり返りて、

「それより次《つぎ》の間、かならず明け給ふな」

と云て出ぬ。

　蘭秀、跡を見廻して、

「か様なる方辺土にかく奇麗《きれい》な住居《すまゐ》こそ心得ね。殊《こと》に外に人とてもなき体《てい》なるに」とつくづく思ひくらして、

「今「子どもの方より飯《めし》取て来ん」と云ひしは、さては此の近在《きんざい》の有徳《うとく》なる者の隠居《ゐんきよ》なるべし。さるにても此の辺《へん》に人家有りとも見へざるが」と色々におもひつづけて、「さて「此の次《つぎ》の間明て見るな」と云ひしはいかならん」と心に懸り、毒断《どくたち》をされて其の物の喰《くひ》たきやうに、みるなと云はれたるにてなを見たく、「何かあの禅門の隠《かく》す物も有るまじきに」とおもひながら、さてまた此の禅門待てど暮らせど帰らねば、「さては俄《にはか》に飯焚《めしたか》せ、酒肴《さかな》など用意《ようゐ》すると見へたり。何にもせよ珍《めづ》らしき所に来りしぞ。能き咄のたねなり」とおもふにつけてもかの一間あけて見たく、「ままよ、何程《ほど》の事か有るべし」と立ち上つて、さつとあけて見れば十畳《でうじき》敷程の一間、奇麗《きれい》にして何も見へず。「これはどふじや」と行灯《あんどう》さしよせ、よく見れども塵《ちり》一つなし。其の次の間に又唐紙《から》ひしと立て、灯《あか》りほのかにすくにぞ。「さてはこれなるべし。何にもせよ最早《もはや》見かかつたれば」とてまたそろそろと明けて見れば、女のふたり寝《ね》たるさまなり。能《よ》く寝《ね》入りたると見へて、すやすやと息《いき》ざし聞こゆ。灯のほのぐらきにしがとは見へねど親子《をや》と見へて、ひとりは三十ぐらひ、今ひとりは十三四ばかり。いづれもくつきりと色しろく、夜具なども絹《きぬ》にて奇麗《きれい》に、

「かかる所にかやうの人々有りとはおもひもよらず」と不審《しん》にふしんかさなれど、能く顔《かを》を見ざるも口惜《をし》く、灯をかき置て枕《まくら》元へさし寄《よ》り、よくよく見れば我女房娘なり。

「こはそもいかなる事ぞ、夢《ゆめ》か」と思へばさにもあらず。これに気が付きて見れば夜《や》具も我が夜具、住居《すまゐ》も京の我が部屋なり。傍《かたはら》に琴《こと》・三弦《さみせん》・碁《ご》・将棋《せうぎ》の盤《ばん》等ことごとく例《れい》の道具ありて、けふもあすも醒果《さめはて》たり。妻《つま》はよく寝入りて居たるに、娘、目をさまして蘭秀を見付け、

「父上か」

とて起上《おきあが》る拍子《ひやう》に、首《くび》ころころとこけ落《お》ちたり。はつとおもふ間もなく風吹きさつと来て灯消《ひき》へたり。さすがの蘭秀、気もうろうろして、灯をともしに次へ来るに、こなたの灯は消もやらず。其の元に小僧《ぞう》三人居て手を叩《たた》いて笑ふ。これにも構《かま》わず彼の部屋、心元なく灯をともして行くに、更に

又何もなし。爰《ここ》におゐて蘭秀気もざつくりとして其の儘《まま》そこに打ち臥したり。

かくて禅門、酒・肴・飯など持来り。蘭秀を起《お》こし、元の一間へ連れ出て、

「必ず見給ふなと云ひしを何とて見給ひしぞ。やくたひもなし」

とて叩《しか》りながら、

「さあ先夜食《やしよく》をまゐらせん」

とて何か取《と》り揃《そろ》へて差《さ》し付《つ》くるに、漸《やう》々人心地付きぬれど、兎《と》角《かく》心済《す》まず。飯も酒も見たばかりにて色青《あを》ざめて居れば、

「何とてまゐらぬぞ。せつ角取調《かくととの》へたるに、曲《きよく》もなし」

とて自分ひとり喰ひ、酒引き受て呑《の》みながら、

「はてわるひ所を見られたりな。ああままよ。かわりがわり替《かわ》りて済《す》ませばよしみも立つ」

と独言《ひとりごと》しながらじろりじろりと蘭秀を見る眼《まなこ》付き顔《かを》付き、今までとかわり空《そら》おそろしく、ぞつくぞつくと身ぶるひが出て、更に生きたる心地もなきに、禅門は引《ひ》き受《う》け引き受け、舌《した》打して、

「器用《きよう》な人じやが器用な人じやが、上を見まひぞ上を見まひぞ」

と謡《うたひ》とも歌《うた》ともつかず云ふに、何心なふあほむゐて見れば、かの娘《むすめ》の首きりきりとして上に有り。随分気強《きじやう》なる蘭秀なれど、もはやたまりかね、恐《おそ》ろしさすさまじさたとへん方なく、

「此のしまひはどふなる事ぞ」

と生きたる心地更になくて、さしうつむゐて居れば、

「さう寝給へ」

とて夜具などあたへ、我も引きかぶつてすぐにころりと寝《ね》たり。蘭秀は少しも寝られればこそ、念仏《ねんぶつ》ばかり申して居るに、やうやう夜も明ければ禅門も起《お》きて、

「さあ帰り給へ。道おしへん」

とて送《をく》り出るに、先嬉《うれ》しく足にまかせて急《いそ》ぎけるが、やがてきのふ送《をく》りたる所まで出たり。

「これよりは道もしれて有り。とくとく帰るべし」

と今までと違《ちが》ひ、言葉《ことば》はけんどん横平《をふへい》にて、跡《あと》へ立戻《もど》るとおもへば其の儘《まま》かたちも見へず。

蘭秀はあまの命をひろふたる心地して、湯《ゆ》元へ帰ると其の儘荷《ままに》ごしらへさせて登りけるに、都へ着《つ》く日を先へしらせける故、二三里迎《むか》へ出たり。先心元なき故《ゆへ》、

「皆替《みなかわ》る事なきか。おてるは息才《そくさい》か」

と聞けば、迎《むか》ひの者気の毒《どく》そふに、

「外に別条《べつじやう》はこれなく候へども、おてるさま二三日以前より大事の腫物《しゆもつ》御出来なされ以《もつて》の外《ほか》に候ふ。外療《ぐわいりやう》手を尽《つく》し候へどもよろしからず。首切れ疔《てう》とやらん申す物成るよし。あわれ一刻《こく》もはやく御帰着《きちやく》あつて御対面《たいめん》候へ」

と申すにぞ。胸《むね》にぎつくりとこたへて、飛《と》ぶがごとくに帰りけるが、其の儘《まま》奥へ通つて見れば、妻も此の三四日昼《ちう》夜かん病に労《つか》れしや、病人に引そひふしたるさま、此の間見し体《てい》に少しもかわらず。枕元に寄添《よりそ》ひて、

「いかにぞや」

と問《と》へば、娘おてる、父の顔《かを》見て、苦《くる》しきなるにも嬉《うれ》しそふに、重き枕を少しもたげ、物云ひたげなるが舌《した》さへまわりて其の儘《まま》果けり。首のほとり一面に腐《くさ》れ入て骨《ほね》ばかり残《のこ》り、全《まつた》く首の切れたるがごとく、哀《あわ》れなりし有り様なり。夫婦の悲しみ云ふに及ばず、ねんごろに葬礼《そうれい》をいとなむより外なし。

然《しか》ふして妻《つま》、蘭秀にかたりけるは、

「おてる病《やみ》付く夜、ふしぎの夢《ゆめ》を見たり。常《つね》の通り部屋に伏《ふ》したるに、四つ過る頃御身枕元に来《きた》り給ふ。夢心ながら、「何とて今頃帰《かへ》り給ひしやらん」とおもへど、唯《ただ》何となくおそろしく悲《かな》しき様《やう》

にてつむりもあがらず。其の内《うち》おてるが目を覚《さま》し起《をき》出る体《てい》におもひしが、其の時いよいよ怖《おそろし》く悲《かなし》くて、惣身《そうしん》に汗《あせ》をかき夢覚《さ》めたれば、側《そば》なるおてるも大きにうなさるるにぞ。「こはいかに」とゆり起《おこ》したるに、これも気が付き覚て申すは、「今なん父上の爰《ここ》へ来り給ひし故、嬉《うれ》しく起出《おきいで》んとせしに、あやしき姿の小僧《こぞう》三人、父上にまとひ居《ゐ》たるが一人我方に走寄《はしりよ》りて、襟《ゑり》のあたりをうつとおもひしに、いたみ甚《はなは》だしくてうめき居ると覚へたり。今さめてもなをいたみ候ふ」と申す故、「怖《おそろ》しき夢を見ては覚《さ》めてもしばらくおそろしき物ぞ。夢心につよくいたむと思《おも》ひし故、今もいたきやうにおもふならん」と申せしに、「いやいやしきりにいたみ候ふ。見て給われ」と襟《ゑり》をさし出す故、灯《ひ》を寄《よ》せて見れば、一面《めん》にあかくはれたり。こはそもいかなる事《こと》ぞ。親子《おやこ》一所《しよ》におなじゆめを見るさへふしぎなるに、かく跡《あと》迄しるし有るにぞ。御身の事までおもひやられ、其の時の心ぐるしき事御推量《すいりやう》有れ。なを其のいたみつよきにや、只ひゐひゐとのみ泣《な》きまどひて苦《くる》しがるにぞ、側《そば》で見る目はなをくるしく、問《と》ひ相談《さうだん》すべき御身はおはせず、いつそわらはも気を取りのぼせて血《ち》の道につかへに起《を》こりぬれど、打ちなぐつて「外科《げくわ》よ、本道《ほんどう》よ」と数《かず》を尽《つく》せども、甲斐《かひ》なく、まことにおそろしき腫物《しゆもつ》にて、一時一時に際《きわ》立つほどくされ入りて、わづか三四日の間に骨《ほね》ばかりに成りしぞや」

と更《さら》に泪《なみだ》もせきあへねば、蘭秀一として胸《むね》に当《あた》らぬ事《こと》なく、唯黙然《ただもくねん》としてつくづくおもふに、「かの禅門こそ奇《き》代《たい》の妖怪《ようくわい》なれ。「我命《いのち》を取らん」とおもひしを、湯元にてのよしみにめんじ、娘を替《かわ》りに取りたりと見へたり。さればこそひとり云ふに、「かわりで済《すま》せばよしみも立つ」と云ひたり。さるにてもかの灯をともしに次《つぎ》へ来りしに、小僧《ぞう》三人居て、手を打ちて笑《わら》ひしはいかに」と、これのみ不審《しん》はれぬ所に、供《とも》につれたる家来が立出で、「先頃《せんころ》湯元にて、禅門在所《ざいしょ》へ罷《まか》り帰る時分《じぶん》、呉《くれ》候ふ扇子《おふぎ》、通例《つうれい》の物とも見へ候はず。憚《はばか》りながら御覧下《らんくだ》さるべし」と差出《さし》すにぞ。「実《げ》にさる事有りし」と取りて見るに、唐《とう》扇とも見へず。「いか様希有《けう》なる骨《ほね》なり」と云ひつつひらゐて見れば、十徳《とく》着たる坊主《ばうず》の傍《そば》に、琴《こと》、三弦《さみせん》、碁《ご》、将棋《しやうぎ》、一切《さい》遊芸《ゆうげい》の道具をならべ置《おき》て、いかめしく肘《ひぢ》をはり、「我程芸能《ほどげいのふ》に達《たつし》たる者、世界《せかい》に有るべからず」云はんばかりの顔色《がんしょく》して居る所に、こなたの一間《ま》で小僧三人手を打ちて笑《わろ》ふて居る体《てい》を絵《ゑ》に書たり。これを見てつくづく思ひ当《あた》るに、「此の十徳《とく》着《き》たるは我なり。我日頃これらの芸《げい》に達《たつ》したるを至極《しごく》心に自慢《じまん》して、「我程の者又世に有るべからず」とおもふたり。三人の小僧はこれを笑ふなるべし。「我等は小僧の身なれども、それしきの事に高《かふ》慢《まん》する愚《をろか》なる心にはまさりたり」と云はぬばかりなり。これに依《より》ておもへば、禅門が「きよふな人じやが上を見まひぞ」と云ひしも、「高心《かうしん》をやめて謙退《けんたい》せよ」との事ならん。さては彼の禅門天狗にてやあらん」

とつくづく悟《さと》りひらけて、それより遊芸《ゆふげい》をひしとやめしとなん。

○岩丸氏《いわまるうぢ》、魔所《ましょ》に入る事

さる御方《かた》の近士《きんし》に岩丸何某《なにがし》と云へる人有り。たびたび顔《かほ》にふき出して見苦《ぐる》しく、近従《きんじゅう》の奉公難儀《なんぎ》に付け、療治《りやうぢ》のため紀州《きしう》の龍神《りうじん》となん云へる温泉《おんせん》へおもむきけり。これも淋《さみ》しき所にて徒然《つれづれ》なるまま、

「何がな慰《なぐさ》む事《こと》もや」とおもひ続《つづ》くるに、折《をり》ふし八月の末《すへ》なれば、

「茸狩《たけがり》をせばや」とおもひ、宿《やど》の主《あるじ》に、

「此の近《ちか》きあたりに松山《まつやま》や有る」

と尋《たづね》ければ、主答《こた》へて、

「此のあたりには候はず。菌狩《きのこがり》し給はば、これより三里程奥《をく》に能《よ》き松山の候ふ」

と云ふ。

「さらば明日それへ行くべし」

とて道の案内大涯《あんないたいがい》に聞き置き、翌朝弁当《よくてうべんとう》など家来《けらい》に持《も》たせぶらぶら行くに、中々おもしろく、人まれなる山林《さんりん》の景《け》色珍《しきめづ》らしく、すでに、

「はや三里は来つらん」とおもふに、宿《やど》がおしゑし松山は見へず。

「まだ先《さき》ならんか」と、又一二里行くに、次第《しだい》に山深《ふか》く、もはや爰《ここ》らへは木樵《きこり》さへいらぬと見へて、数年《すねん》の木葉《このは》かさなりて膝《ひざ》を過《すぐ》るばかりなれば、

「さては道の違《ちが》ひたるかならんよし。さりながらこれも一興《きやう》なり。これ程深山《ほどしんざん》へわざと来る事は有るべからず」と主従尻《しゆじうしり》を七の図《づ》までまくり上げ、少し小高《だか》き所に上つて、木の枝たわめて腰打《こしうち》かけ、吸筒《すひつつ》出して自分《じぶん》も呑《の》み、家来《けらい》にも呑《のま》せ、

「武士《ぶし》たる者はか様《やう》な所を見なれ、歩行《あるき》なれて居るもよし。古《いにし》への武将《ぶしやう》達《たち》は山林幽谷《さんりんゆうこく》に入り給ひしためし少なからず」

などとしかつべらしく語《かた》りつつ、四方を見廻《まわ》すに向《むか》ふに見ゆる山の甚《はなは》だ絶景《ぜつけい》にして木も多からず、しかも芝《しば》山にて奇麗《きれい》に見ゆれば、

「いざやあの山へ行きて見ん」

とて谷《たに》一つを越《こ》へて行き見るに、其の景色《けしき》よき事いわんかたなし。数《す》百

年生繁《をいしげ》りたる樹《き》のまがりくねり、無用《むよう》の枝《えだ》など自然《しぜん》と折たる体《てい》、手を入て作《つく》りたる山のごとく、あまり景色《けしき》能《よ》きにめでて我を忘《わす》れてそこはかとなくうかれ歩くに、一つの草庵《さうあん》見ゆるにぞ。

「こわ珍《めづ》らしき事《こと》なり。かかる所に住《すむ》人はいかなる者ならん。まことに仙境《せんきやう》とも云ひつべし」

とそろそろあゆみ近づきて見れば、玉椿《つばき》の生垣よくはさみ立ち、其の中の奇麗《きれい》なる事、たつた今掃きたるごとくにて塵《ちり》一つなし。

「庵主《あんしゆ》はいかならん」と勝手口《かつてぐち》より指《さ》しのぞき見るに、囲炉裏《いろり》に薬鑵《やくわん》をかけ、其のむかふに六十有《ゆう》余《よ》の老僧《らうそう》、只独《ただひと》り座《ざ》禅して居る体《てい》なり。案内《あんない》を乞へど返事《へんじ》もなければ、おして内に入り、

「御茶一つ御無心《むしん》申したし」

と云へば、件《くだん》の老僧、かの薬鑵を指すにぞ。其の元へ寄り、主従弁当《しうじうべんとう》つかひ、

「さてもふしぎなる所に来たる事よ。誠《まこと》に世を厭《いと》ひ入定同前《にうじやうどふぜん》の心にて此の所に行《おこな》ひ済《す》ましておわす人ならん。さるためし聞き及びたり。麟喩《りんゆ》の独覚《どつかく》とやらんは有情世《うじやうせ》間《けん》をいとひ離れ、山林《さんりん》に引きこもつて十二因縁飛《ゐんゑんひ》花落葉《くわらくよう》を観《くわん》ずるとかや。これらも其の類《たぐ》ひなるべし。さても殊勝《しゆしやう》なる事かな。これでこそ覚《さと》りもひらくべし」

と主従物語《ものがたり》して、さて一礼《れい》のべて立出んとする時、老僧また庵室《あんしつ》の後《うし》ろの方を指《ゆびさ》すにぞ。心得ずおもひながら立出て見れば、其の方に当りてはるかに破風《はふ》作《づく》りの堂《どう》見ゆ。其のあわひ五町に過ぎざれば、とても事に、

「これをも見ん」とて程《ほど》なくあゆみ付て見るに、数《す》百年経《へ》し古き堂《どう》の中は土間にして正面《しやうめん》に丈六の釈迦《しやか》の木像《もくぞう》あつて、両側《がは》二行《ぎやう》に十六羅漢《らかん》の像《ぞう》あり。いづれ一丈ばかりなり。其の古《ふる》びて殊勝《しゆせう》なる事、言葉《ことば》にも尽されず。

「これはいづれの時に誰人《たれ》の建立《こんりう》せしやらん。往古は此のあたりに城《しろ》など構《かま》へし人も有りつらん。時かわりてはかかる殊勝の尊像《そんぞう》有る事をも知《し》る者有るべからず。これは古郷へよき土産《みやげ》咄しなり」とて内に這入《はい》り、先釈尊《しやくそん》の前にひざまづき、合掌して礼拝《らいはい》するに、あたりしんしんとして殊《こと》に尊《たつと》くおぼへければ、懐中《くわいちう》より金子一分取出し、参銭《さんせん》に奉り、つくづく面貌《めんめう》を拝むに、さながらただ生くるがごとくなれば、

「これはいかなる名人のきざみたるやらん」とおもひつつ、それよりひだりの方の阿難《なん》の像をみるに、只々、

「生きた羅漢《らかん》とはこれならん。さてさてかふもきざまるる物か」とうつとりと見とれて居る内、彼の阿難《なん》の右の手、そろそろと上るにぞ。

「これはこれは」とおもふ内、ずゐと上げてむかふの迦葉《かしやう》を指したり。

「はつ」とおもひながら振《ふり》かゑつて迦葉をみれば、今迄くすみかゑつたるかしやうのにつかりと笑《わら》ひ給ひし。其の顔《かを》のきみわるくおそろしき事、譬《たと》へん方なく、二目とも見ず表《おもて》へ飛《と》び出《い》でけるが、家来が見へねば、

「こはいかに」とあたり見廻す内、側《そば》の森《もり》の上に物音するにぞ。振《ふ》りあほむいて見れば、はや家来が死骸《しがい》、木の枝にかけたり。あさましく不便《びん》もおもへど、そこ所《ところ》へ行けず、「遁《のが》るるだけは」と一足《あし》出して山谷の差別《しやべつ》もなく、ころんつ起《お》きつ、命《いのち》からがらにてやうやうと湯元へ帰り、右の事ども咄《はな》して、亭主《ていしゆ》を恨《うら》みければ、亭主大きにおどろきて、

「それは私教《をし》へし方とは大きに違《ちが》ひたり。其の山は大魔所《ましよ》にて、古今彼の山へ入りたる者生《い》きて帰りたるためしなし。其のくせ絶景《ぜつけい》にして能き山なるよし申しつたへ候ふ。其の山をおそるる故に、それにつづきたる山へさへ木樵《きこり》も参らぬよし申すなり」

と語《かた》るにぞ。おもひ合せて見れば、

「かの落葉《をちば》の膝《ひざ》を過ぎたるを越《こ》へて行きたるは、誠《まこと》に我誤《あやま》り」と知りぬ。

さても此の岩丸氏、一人無難《ぶなん》に帰りたるは腰《こし》に帯《たい》せし貞宗《さだむね》の威徳《いとく》にや。但《ただ》し又妖怪《よふくわい》にもせよ誠《まこと》の仏《ほとけ》とおもひ信《しん》を起して財施《ざいせ》を奉りし故にや。いづれにも危《あやう》き事になん。

今昔雑冥談巻之二終

今昔雑冥談巻之三

○悪源太《あくげんた》義平《よしひら》邪神《じやじん》退治《たいぢ》の事

悪源太義平といへるは清和源氏《せいわげんじ》の嫡流《ちやくりう》にて、左馬頭《さまのかみ》義朝《よしとも》の一男《なん》なり。強勇無双《ごうゆうぶさう》なる事は叔父《をぢ》為朝《ためとも》にもおとらず。打物取《うちものと》りての早業《はやわざ》は、舎弟《しやてい》義経《つね》にも越《こ》へたり。平治《へいぢ》の乱《らん》に父《ちち》義朝朝敵《ちやうてき》となり、待賢《たいけん》門《もん》の軍《いくさ》に打負け、父子兄弟散《ちり》々に落《おち》給ふ。

此の時義平は、「信濃《しなの》の国へ」と心ざして、美濃路《みのぢ》に懸《かか》りしが、海道筋《かいどうすぢ》は追手《おつて》かからん事を恐《おそ》れて、昼夜《ちうや》山中をおもむき給ふに、はや糧《かて》も尽《つき》ぬれば、「人家に便《たよ》り食を乞《こ》わん」とおぼして、一際《きは》高き峯《みね》に登《のぼ》り四方を見おろし給へば、近きあたりに村里も見へず。はるかに東の方に一在所ありと見へて、煙《けむ》り立ち登《のぼ》るにぞ。

これを目当《あ》てに山を下り給ふに、漸《やうやう》にして落ち付き、とある家に立寄《より》て、「道に迷《まよ》ふたる旅人《たび》なるが、事の外飢《うへ》に及び候ふ。一飯《ばん》を御無心申したし」との給へば、主《あるじ》は留主《るす》と見えて妻《つま》らしきが、

「安きことに候ふ」

とて其の儘《まま》したため差《さ》し出しけるにぞ。これにて飢《う》ゑをたすかり、しばらく休《やす》みおわしけるが、日もはや西にかたむきければ、とても一宿《しゅく》頼《たの》みたきよし申さるれば、女答《こた》へて、

「それも安き事に候へども、今宵に於《お》ゐては成がたき訳《わけ》の候ふ。申すも益《えき》なき事《こと》ながら、情《なさけ》なき田舎人と思召されんが恥《はずか》しさに、一通りかいつまんでおはなし申さん。そもそも此の所は美濃《みの》と飛驒《ひだ》との境《さかひ》にて、他《た》の在とはいづれとも大きに引きはなれたる隠《かく》れ里《ざと》にて候ふ。此の一在所に崇《あが》め奉る氏神はあらあらしく、おそろしき神にて、毎年犠《にへ》を奉らでは田畑《はた》はもとより、人にも害《がい》多く候ふ。故往古《おうこ》より毎年備《そな》へ来り候ふ。則ち今晩《ばん》が其の日にて、今宵の犠《にへ》に当《あた》りしは、我等が主人の娘、当年十六歳になられ候ふ。唯独子《ただひとり》に候へば、両親の悲《かな》しみ申すもさらなり。当所《とうしょ》一番《ばん》の長者にて候へば、「命《いのち》に代《かわ》る者あらば、金銀《きんぎん》は望《のぞ》みにまかせん」とて、当春《はる》より尋《たづ》ね求《もと》め候へども、さても代らんと申す者もなく候ふ。男女には限《かぎ》り候わねど、十五歳《さい》より二十歳までの者をゑらみ候ふ故、我等《われら》を初め数《す》年恩顧《おんこ》の者もあまた候へど、年まさりて成りがたく、終《つい》には今宵《よひ》いたわしくも主人息女《そくぢょ》を備《そな》へ候ふ筈《はづ》に成り行き候ふ。これに依《よ》りて我が夫も今朝より彼《か》の館《たち》に参り、仕度《したく》等取りまかなひ候ふ。かやうの訳に候へば、今宵《よひ》の御やどばかりは成りがたく候ふ」

と打ちしほれつつ語りければ、義平つくづく聞《き》き給ひ、心に思ひ給ふは、

「そも誠《まこと》の神ならば慈悲《ぢひ》をこそ体《たい》とすべきを、ましてや人を伏《ふく》すべきいわれなし。これは定めて業《ごう》

通《つう》を得たる獣《けもの》か、故もなき邪神《じゃじん》なるべし。愚盲《ぐもう》の民《たみ》、百姓をたぶらかし、年々人を取り喰《くら》ふ事、言《ごん》語《ご》同断、憎《にく》き事かな。我きやつを退治《たいぢ》して此の一在所を救《すく》ひ、それを功《こう》にしばらく此の所に身を忍《しの》ばんは又能き幸《さひわ》ひなり」

と思ひめぐらし給ひて、わざと気《き》の毒《どく》なる顔《かほ》をして、

「さても珍《めづ》らしき事を承《うけたまは》る物かな。其の御息女《そくぢょ》こそいたわしく、猶更親達《なをさらおやたち》のかなしみ察《さつ》し入り候ふ。それについて我等事は親兄弟一家一つもなき者にて、何国《いづく》を果《はて》と定《さだ》めなく、かやうに経廻《へめぐ》り候へば、誠にけふ有りてあすなき身、終《つい》には野山にてのたれ死にせん事疑《うたが》ひなし。さすれば此の命《いのち》を以て、其の御息女にかわれば多《おを》くの人の喜《よろこ》び、且《かつ》は又其の価《あたひ》の金子をもつて我が後世をねんごろに弔《とむろ》うて貰《もら》へば、かゑつて今わづかの命《いのち》を生《い》き延《の》びたらんよりは大きにまさるべし」

と誠しやかにの給へば、女大きによろこび、

「実にさやうにて候ふか。いよいよさ思ひ候はば、此の方にては多《おを》くの人のよろこびなり、さあらばまづ我が夫《おっと》に知らせん」

とて其の儘《まま》立ち出しが、間もなく此の家の主、徳兵衛となん云へるが、転《ころ》び倒《たを》れてかけ来り。そこそこにあいさつして、

「さて只今《ただいま》承れば、主人が娘《むすめ》の命に御代り下され候ふよし。近頃もつて忝き仕合せ」

といへば、

「なるほど今お内儀《ないぎ》へも申す通り、とても世に望《のぞ》みなき我が身、只今後世《ただいまごせ》をねんごろに弔《とむら》ひてもらひたきばかりに候ふ」

との給へば、

「其の儀はいかやうにも仕り候はん。まづまづこなたへ御出候へ」

とてともなふて主人の方に行きけるが、誠《まこと》に長者《ちやうじや》と見へて、門のかかり、玄関《げんくわん》の様子、其の外おびただしき住居《すまゐ》と見へ渡りぬ。義平をば一間なる所へ招《せう》じ入れて、徳兵衛は奥《おく》へ入りけるが、右の事云《い》ひ次ぎけるにや、今迄潜《ひそ》まり返りたる家内の、俄《にわか》に賑《にぎやか》に笑《わら》ひどよめく気色、

「誠に現金《げんきん》なる人心」と義平おかしくおもひ居り給ふ内、物縫《ぬひ》らしき女一両人出て、義平のゆき長《たけ》をつもり行きければ、

「さては衣服《いふく》を拵《こし》らゆるならん。先もふけ物なり」とほほゑみておわす所に、程《ほど》もなく、

「風呂《ふろ》にめし候へ」

と云ふにぞ。

「これも願《ねが》ふ所」

と案内《あんない》につれて入り給ふに、此のほど数日《すじつ》湯水を遣ひ給わず、垢《あか》によごれたるを俄《にわか》に洗落《あらいおと》し給へば、一きわ勝《すぐ》れてくつきりと色《いろ》白く上り給ふと、其の儘髪を結《ゆ》ひに来る。これ皆氏神《みなうぢ》へ備《そな》へる例式《れいしき》と見へたり。義平時に十八歳、いまだ角前髪《すみまへがみ》にておわしけるが、一体眼中涼《たいがんちうすず》しくにがみ有りて、さて男

つき能《よ》き事は頼朝義経《よりともよしつね》の舎兄《しやきやう》なれば云ふに及ばず。すでに髪《かみ》も結《ゆ》い仕廻《しま》へば、かの朝《あした》に仕立《した》てたる浅黄《あさぎ》無垢《むく》一重《かさね》、幷に麻《あさ》上下一下り持出《もちい》でて奉れば、これを取りて着《ちやく》し、大小を横《よこ》たへ給ふ其の風情《ふぜい》、威《い》有りてたけく、かかる田舎《いなか》には夢《ゆめ》にも見べき姿《すがた》ならず。最初湯《さいしよゆ》を遣ひ給わぬ時とは、抜群《ばつぐん》のちがひなれば、家内の者共おどろきささやき、今更《いまさら》おしきよふに云ひのしるもおかしく、女子どもなどは物かげよりさしのぞき、取々に仇《あだ》めくけしき。中にも智有《ちあ》る者《もの》は、

「此の頃都に軍《いくさ》有りと聞しが其の負《まけ》たる方の御歴《れき》々ならん。さるにてもいたわしき事よ」

などと云ふもあり。

　しかふして膳部《ぜんぶ》を調《ととの》へ料理《りやうり》を出したり。これも氏神へ備《そな》へるとて、山海《さんかい》の珍《ちん》味を取りととのへ、また犠《にへ》になる者へも喰《くは》する事のよしなり。義平は何もかも十分にて、料理《りやうり》もしたたかに喰《く》ひ、酒も二三盃《ばい》きこしめして、

「先これまではおもひも寄《よ》らぬ仕合せに逢《あ》ひたり。とてもの事に此の家の娘、いかなる姿《すがた》ならん、一目見んも口惜《をし》く、彼《か》の徳兵衛を呼出し、先達《せんだつ》てわれら後世の事は其の元へ頼《たの》み置《お》き候へども、併《しかしながら》　許元《ここもと》親子の衆中《しゆちゆう》へも対面《たいめん》いたし、又候ふ《ゆ》得くと頼《たの》み置《お》きたく候ふ。此の儀いかが」

との給へば、

「何がさて命《いのち》にかわり給ふ程《ほど》の大恩《おん》なれば、いかやうとも御望《のぞ》みにまかせん」

とて其の儘奥《ままをく》へ入りけるが、程なく、

「こなたへ」

とて二間三間奥へ通し、則ち此の家の夫婦《ふうふ》、娘《むすめ》ともに出逢《あ》ひたり。

　義平先づ娘を見給ふに、此の程の物思ひに少しやつれては見ゆれども、中々よし有る体《てい》にて、器《き》量《りやう》もよければ、

「おのれただは置《を》くまじ」

と、はや我が物にし給ふも、さりとは不敵《てき》なり。両親はただ七重の膝《ひざ》を八重に折ての追従《ついしやう》、

「此の度の御恩《をん》、生々世々忘《わす》れ置《を》くべからず。猶更《なをさら》後《ご》世《せ》菩《ぼ》提《だひ》の儀は心の及ぶほどはいとなみ仕り候はん」

とてさて娘にむかひ、

「其の方は別《べつ》して仏事《ぶつじ》、作善《さぜん》は勿論《もちろん》、月々の精進《しやうじん》をも大切に致すべし。たとひ我々死たる後にも精進するに及ばず、只いつまでもあなたを本の親と思

ひ、とひとむらひ、精進等大切に致すべし」

と律儀《りつぎ》に教訓《きやうくん》するにぞ。義平聞き給ひ、

「忝《かたじけな》き仰せにて候へども、御覧《らん》の通り若き我等、今死る命《いのち》ながら親と思はれては何とやら、嬉《うれ》しからず。とても事に男とおもひ下さらば、草葉の陰《かげ》にても喜《よろこ》び候ふ」

とはや遠網《とをあみ》をかけ給ふも、すべて大将は恋《こひ》にもかしこかりき。娘は今さら義平のけたかき男ぶりに心当りて、我が命遁《いのちのが》れたるは嬉《うれ》しひ様《やう》なれど、何とやらいとおしく、奥歯《をくば》に物のはさまりたる心地。とても事《こと》に、

「犠《にへ》もなくて、此のよふな男を持たば」

と云はぬばかりの下心。返事《へんじ》さへ出かねてさしうつむきぬ。

然《しか》る所に例《れい》の徳兵衛出て、

「はや刻限《こくげん》に相成り候ふ。送《をく》りの人々も、とくより門前に相《あい》詰め候ふ。仰せ置るる事も相済《す》み候はば、こなたへ」

と申すにぞ。

「心え候ふ」

とてそこそこに暇乞《いとまご》ひして次へ立出で給へば、広《ひろ》き一間《ま》の真中《まんなか》に棺《くわん》と見へて、新《あた》らしくさしたる箱《はこ》を置き、其のわきに供物《くもつ》おびただしく並《なら》べ置きたり。棺《くわん》の中をさしのぞき見給へば、息《いき》出しと見へ

て前に一つの穴《あな》有り。さて此の棺の中へ大小をも入れたきよし申し給へば、

「其の儀はいかが」

と申すにぞ。

「然《しか》らばこれをば御身へあづけ申す」

とて徳兵衛に渡し、

「死るまでは身を離《はな》さぬ物なれば、ともに持行き、棺の傍《そば》に置きてたべ。死後には直《じき》に神前へ奉納《ほうのう》し給へ。かならず忘れ給ふな」

とてしかと預け、さて棺の中に入り給へば、鉄釘《かなくぎ》にて上を打付け、

「さらば送《をく》るべし」

と云ふより、一在所の者共どやどやと入り来り、棺を持つ者もあり、備へものを持つもあり、其の外、鉦《かね》、太鼓《たいこ》、笛《ふへ》を吹き立て、提灯松明星《ちやうちんたいまつほし》のごとくにともしつれ、ざんざめかして送り出す体《てい》、当《とう》時《じ》祭の御輿《みこし》にも異《こと》ならず。義平息出《いきだ》しの穴《あな》より差《さ》しのぞき見給ふに、

「凡そ道の程《ほど》二十丁も来つらん」

とおもふ所に、むかふに山有りて坂を登《のぼ》り行けば、頂《いただ》きに一つ社《やしろ》見ゆる。拝殿《はいでん》の前に平かなる石の有りけるが其の上に棺を直し置き、さていづれも酒など打ち呑《の》みどやどやとして、やがて打つれて帰る時、件《くだん》の徳兵衛、棺の側《そば》に立寄り、

「唯《ただ》今皆《みな》々帰《かへ》り候ふが、若《もし》も仰せ残《のこ》されし事もあらば、今仰せ聞せられよ」

と云ふにぞ。

「いや何も云ふ事はなし。但《ただ》し大小は持ち来り給ひしか」

との給へば則ち、

「ここに置き候ふ」

とてからりと音《をと》をさせて、さて暇乞《いとまご》ひするやいなや皆一同《どう》に立帰りけり。

かくて義平は、

「皆々一二町も行きつらん」とおもふ頃、件《くだん》の棺に両臂《りやうひじ》を張《は》り、前の方を足《あし》にて、

「ゑいうん」

とふみ給へば、難《なん》なく一方《ほう》打ちくだけたり。それよりそつと出て手頃なる石を中に入れ、破《やぶ》れし所を元のごとくに打ち付け、さて側《そば》なる大小脇《わき》ばさみ、ずつくと立て、

「いでこれからは千人力、譬《たと》へば通力自《つうりきじ》在《ざい》を得たる悪鬼羅刹《あくきらせつ》にもせよ腕《うで》に覚への此の刀、一太刀打てば鉄《てつ》をも二つにせんとおもふ物を」

とて手ぐすみして待ち給ふに、すぐに其の夜も更《ふ》け渡《わた》り、森《しん》々として丑満《うしみつ》にも近づく頃、むかふの山に電《いなびかり》おびただしくして、風すさまじく吹き来たり。神前にともしつれたる灯《ひ》ことごとく吹き消《け》しければ、

「さては神殿より出るにあらず。むかふの山より出来るならん。いよいよ正神ならざる事明《あき》らかなり」と神殿《しんでん》に腰《こし》打ちかけ、心をぐはつておはする所に、次第《しだい》にひかりおびただしく其の中にしかと姿《すがた》は見へねども、七八尺ばかりの真黒《まつくろ》なる異形《いぎやう》のもの、中を飛《と》び来たり、彼の棺《くわん》を引きさらへて一丈ばかり上りしが、落《おと》すと其の儘《まま》石にあたつて微塵《みぢん》にくだけ、中より出るも石なれば、案《あん》に違《ちが》ひし様子《よふす》なりしが、忽《たちま》ち義平を見付け、一文字に飛びかかるを、

「心得たり」と抜打《ぬきうち》にばつさりと切り付け給へば、山谷《さんこく》一度《ど》に動揺《どうよう》し、ぱつとひかりも消々《きへ》に、いづくともなく逃げ失せたり。義平すかさず追《お》ひすがひ給へども、闇《くら》さはくらし、案内《あんない》はしらず、

「討留《うちとめ》ざる事の無念至極《むねんしごく》」と歯《は》をかみ給ひしが、

「さるにても最初《さいしょ》の一太刀、一二尺は切り込《こ》んだりと覚へたり。いかなる悪《あく》獣《じう》にもせよや、わが安穏《あんをん》には有るべか

らず」と夜の明るを待ち給ふに、程なく東もしらみ渡れば、血のたれたる事夥《おびただ》しく、「さればこそしたたかに斬《き》り付けしぞ。これをしるべにきやつが有家《ありか》、たとひ奈落《ならく》の底《そこ》までも尋《たづ》ね出さで置《を》くべきか」と獅子《しし》忿瞋《ふんじん》のいかりをなし、すつくと立ちておわす所に、彼《か》の徳兵衛を先に立て、村中の者共打ちつれ来たり。

義平を見て大きに胆《きも》をつぶし、「これはいかなる事ぞや」とあきれて詞もなき所に、義平面色《めんしよく》を和《やは》らげ、「これ見給へ。夜前氏神《やぜんうぢかみ》をたいらげたり。此れ已後《いご》儀《にへ》におよぶべからず」との給へば、徳兵衛をはじめ皆々けでんして、「こは何たる事ぞ。此の在所《ざいしよ》をつぶさんとし給ふか。此れ祟《たた》り大抵《てい》や大方では有るべからず。詮《せん》なき事をし給ひて、跡《あと》へも先へも行ず」と大きに腹《は》ら立《だ》ちいかりければ、義平大の眼《まなこ》に角を立て、「大たわけの愚人《ぐにん》めら、我を誰《たれ》とかおもふ。忝《かたじけな》くも源氏の棟梁《とうれうさ》左馬頭《まのかみ》義朝の嫡男《ちやくなん》、悪《あく》源太義平ぞ。今一度天下をくつがへし、平家のやつばらを取りひしひで、日本の武将《ぶしやう》にもならんと思ふ。それがし汝等《なんじら》ごときの匹夫《ひつぷ》下郎に安々と命を遣るべきか。くそだわけめ。最初《さいしよ》より此の邪神《じやじん》めを退治《たいぢ》しておのれらが已後の難をすくはんとおもへばこそ、色々の狂言《きやうげん》をしたり。そもそも神は慈悲《じひ》を体《たい》として万民《ばんみん》をあわれみ救《すく》ひ給ふが本意《い》なり。然るになんぞや人に害《がい》をなし、其の代りに犠《にへ》を取りてつかみ喰《くら》ふべきいわれなし。愚盲《ぐもう》の汝等《なんじら》、魔魅妖獣《まみようじう》にたぶらかされて、今まで多くの人を取られし事、後悔《こうくわい》するに堪《たへ》たり。怨《あだ》も祟《たたり》も其の体《たい》が有りてこそ。我此の血をしたひ、きやつをさがし出し、根を断《たち》葉を枯《から》して見すべし。但《ただ》しこれ程《ほど》に云ひ聞《きか》せても合点《がってん》せず、我を恨《うら》みにおもはば力なし。先づ汝等が首《くび》から先へならべん。何百人にても相手はきらわぬ。面《めん》々得物《ゑもの》をひつさげてむかゐ来たれ。一人も残らず討取りて見すべし」

と仁王立ちにつつ立て、はつたとにらみ給ふ。其の勢《いきほ》ひ百万騎《ぎ》の大将にしても惜《をし》からず。左右の前髪《がみ》そうに立て、目《め》尻《じり》切あがり、誠に生きた仁王とはこれなるべし。皆々おそれおののきて唯《ただ》一言《こと》出す者もなく、黙然《もくねん》としていたりしが、中には分別《ふんべつ》あるもありて、つくづく思案《しあん》して、

「これはいか様御尤も」

と独《ひと》りが云へば、ふたり三人皆一同に成りて、

「とても の事に、其の正体《しやうたい》を御せんぎなされ下されかし」

と願《ねが》ふにぞ。

「それは云ふにや及ぶべき。此の血をしたひ行けば、有家のしれるは必定《ひつぢやう》なり。さりながらいかなる大身にて我が独《ひとり》の力をもつて引き出されぬ事もあらん。此の内に力量《りきりやう》ある若者共、我に付添《そ》ひ来たらば、なを便《たより》よからん。それもならずば苦《くる》しからず。斬《き》りさいてなりとも引き出し見すべし」

とすでにはやしたひ行き給ふにぞ。これに勢《きを》わされて、若者《わか》共数《す》十人後ればせに従《したが》ひけり。されば昨夜《さくや》出来りしむかふの山を過ぎて後のかたに数《す》十丈の谷あり。それへ血のたれ続《つゞ》きたれば、義平木の根《ね》、岩角《いわかど》を伝《つた》ひて、難《なん》なく下へ落《お》ち付き給ふに、巌《いわほ》そびへたる間に大きなる洞穴《ほらあな》有りて、爰《ここ》にて血《ち》は止《とま》りたり。

義平いまだ下りきらぬ者共に、

「松明《たいまつ》を持ち来れ」

との給へば、一両人取て返《かへ》し、程《ほど》なく持ち来りぬ。皆々穴の口に立寄《たちよ》りて見れば、はるかの奥《をく》にて何やらん、うめく声《こゑ》の聞ゆるにぞ。身ぶるひしておそれければ、

「汝等は此の中へ入るに及ばず。但《ただ》しきやつをとくとしとめての上、引き出す時には呼《よ》ぶべし。縄《なわ》など用意し置くべし」

とてただ一人松明を振《ふ》りて鳥の飛《と》ぶがごとくに入り給ふ。

穴の中三十尋《ひろ》ほど行けば、最早《もはや》真近《ぢか》く成りぬと見へて、うなり声耳元《みみもと》に聞ゆるにぞ。左の手に松明を持ち、右に刀を振てちかづき給へば、案《あん》のごとく件《くだん》の邪神、火の光におどろき起《を》きあがつて飛びかかる。両の手の長き事熊《くま》手のごとく、つかまれなば大事なるべきを、凡人《ぼんにん》ならぬ義平の早業《わざ》、間にはつと入ず、両腕《うで》共に切て落し、松明投《な》げすて飛びかかつて心元ぐすと差《さ》しつらぬき給へば、昨夜の痛《いた》手によわりたる上なれば、たまりかねてよろめく所を、取て押《をさ》へて又二刀十文字に差し通

し、大声上て者共を呼び給へば、はるかに聞付け、

「すわや」

とて縄《なわ》を持ちてぞ入りにける。難なく縛《しば》りからめて、頓《やが》て引き出しければ、一在所のもの共集《あつま》りてこれを見るに、大さ七八尺ばかり、猿《さる》に似《に》て猿にもあらず。惣《さう》身の毛、針《はり》を植《う》ゑたるがごとくおそろしき形《かたち》なり。

「狒《ひ》々となん云へるものにやあらん」

と人々評《ひやう》しけり。かくてより義平をば皆々尊敬《そんきやう》する事かぎりなく、

「これぞ誠の氏神なり」

と申しあへり。

それより彼《かの》長者が聟《むこ》と成りて、暫《しばら》く此の所におわしけるが、

「御父義朝、尾張《をはり》の国にて討《う》たれ給ひぬ」

と聞き給ひて、

「今ははや力《ちから》なし。せめて清盛《きよもり》父子が内を討ちて父の妄執《もうしう》を晴《はら》さん」

と再《ふたた》び都へ忍《しの》び出給ひけるが、終《つい》に其の節を遂《とげ》ず。微運の程こそ是非《ぜひ》もなし。

○猫死《ねこし》人の骸《からだ》に入る事

元禄《げんろく》の頃、西順《さいじゆん》と云へる芸州出生《げいしうしゆつしやう》の僧《そう》、深《ふか》く念仏を信《しん》じ、諸国行脚《しよこくあんぎや》しけるが、越後《えちご》国前潟《まへかた》と云ふ所にて、五九郎と云ふ百姓の元《もと》に一宿《しゆく》しけるに、此の五九郎も念仏者にて大きに喜《よろこ》び、夜更《ふ》くるまで後世《ごせ》の物がたりしつつ一つ所に臥《ふ》しけるが、五九郎は能く寝《ね》入りたるに、西順は兎《と》角《かく》寝《ね》いられず。

さて西順が寝たるかたの障子《しやうじ》の外に、女房《ばう》が行灯《あんどう》にむかひ苧《を》をうみて居たるが、其の方の、何とやら、物すごくしきりにそろそろとしける故、あやしくおもひ、障子《しやうじ》の破《やぶ》れより差《さ》しのぞき見れば、件《くだん》の女房が顔《かほ》、見る内におとろへはて、目落《お》ち入り、肉《にく》かぢけて、忽《たちま》ち死人の体《てい》となり首をうなだれければ、

「こはふしぎ」と思ふ内、襟《ゑり》のあたりより年経《としへ》たる猫の首さし出て行灯の油《あぶら》をなめる。其のおそろしくすさまじき事云はんかたなし。西順死《し》に入る心地《ここち》して横《よぎ》引きかぶり、終夜《よもすがら》念仏して明し、さて翌朝《よくちやう》暇《いとま》を乞《こ》ひて出んとするに、五九郎たつて、

「今一両日逗留《とうりう》あれ」

と留《とど》め、

「さて私《わたくし》女房事、元はさもなかりしが、去年煩《わづら》ひし後より、大念仏嫌《きら》ひに成り、邪見《じやけん》に見へ候ふ。何とぞ御済度《さいど》下さるべし」

と云ふにぞ。

西順、いよいよ心付きて、

「この程の事をしらさぬも不便《びん》なり」と思ひ、其の日も逗留して、扨《さて》ひそかなる所にともなひ、夜《や》前《ぜん》の様子《ようす》かたり聞かすれば、五九郎大きにおどろき、

「誠におもひあたる事の候ふ。私妻《さい》去年大病《びやう》をうけ、死去いたし候ふ。これによつて一家共へしらせに参り、帰り候ふ所に、思ひの外蘇生《そせい》いたし候へば、先づ悦《よろこ》び介抱《かいほう》仕るに、早速《さつそく》快気《くわいき》致し候ふ。さて又其の頃まで数年飼《か》い置《お》き候ふ大猫《ねこ》の候ひしが、其の節《せつ》よりかつふつ見へ申さず。其の上私方にては油《あぶら》の入り候ふ事おびた

だしく、おもひ合せ候へば、彼《か》の猫め、妻が死骸《しがい》に分入りたりと覚《おぼ》へ候ふ。今一夜ためし見申すべし」とて其の夜ためし見るに、昨夜《さくや》に少しも替《かわ》らねば、両人能《よ》く寝《ね》入りたるふりして居るに、ほどなく妻も仕舞《しまひ》て来り。五九郎が傍《かたはら》に臥《ふ》しけるを、能く寝入るを待《ま》ちて、古長持《ふるながもち》を出し、両人してそつと彼《か》の妻の寝た儘《まま》にていだき入れ、ふたをして細《ほそ》引にて八重にしばり、さて近隣《きんりん》の者共を起《お》こし、かくとしらせてつれ来り。

彼の長持を持出す頃、中にて目を覚《さ》まし、種《しゅ》々さまざまに綱《つな》が叔母《をば》ほど口説けれど更に耳《みみ》にもかけず。広《ひろ》き野へ出して穴を掘《ほ》り、其の中へ入れて居るに木をしたたか積《つ》みて火を付けて焼きけるが、翌《よく》日の九つ時分までに漸《やうやう》焼け仕舞《しまひ》ければ、灰《はい》をかき分けて見るに、妻が骨《ほね》は微塵に焼けくだけたるに、彼の猫は一とかたまり真黒に成りて、いまだ死にきらず、ひこひこして居たりとかや。誠に

性《しやう》の強《つよ》きものなり。

かくて五九郎云ひけるは、「さても念仏の尊《たつと》き事、今思ひしりたり。我常々《つね》おこたりなく念仏を申せし故、かれに喰《くわ》れざるぞや。さればこそ我平生《せい》念仏申すをいみきらひて、「やくにも立たぬ唱へ事かな、止め給へ止め給へ」とすすめけり。おそろしおそろし」と語りしとかや。

今昔雑冥談巻之三終

今昔雑冥談巻之四

○狐《きつね》の食《しよく》を取《とつ》て害《がい》にあふ事

下野《しもつけ》国に太次平と云ふ者あり。一体《たい》おろかにしてしかも気強《きじやう》過ぎたり。常《つね》々人の恐《をそ》るる程《ほど》の事をかきけなし、世を我儘《まま》に暮《くら》す男なりしが、或る時近所の心安き友とつれ立ち、山より帰るさに見れば、はるかむかふの方にて狐《きつね》が雉子《きじ》を取りてたばひ置《を》くつもりにや、穴《あな》を掘《ほ》りて埋《う》める様子見ゆれば、太次平、連《つ》れの男にささやきて、

「能き物を見付けたり。なんでもあの雉子《きじ》を取りて今宵煎《こよひに》て喰《く》はん」

と云ふ。つれの男、

「いやそれは無用なり。渠《かれ》が執心懸《しうしんかか》りたる物なれば、よろしからず」

と云へば、

「なんの埒《らち》もない。きやつが執《しう》心懸《か》かりたるとて何の事の有るべきぞ」

とやがて狐が外へ行きたる跡《あと》へまわり、掘《ほ》り出して持ち来り。

「これ見給へ。しかも能く肥《こ》へたる男鳥なり。これはむまからん。貴様も今宵は我方に寄りて一盃《ぱい》

と云ひつつ打ち連《つ》れ立ちて帰りけるが、日もはや暮れて、灯《ひ》などともし、すでに料《りやう》らんとする時、所の庄屋、門口をあけて、

「太次平内にか。ちと無心有りて来たり。別の事にもあらず。今宵我方に代官、所の御役人を招待《せうたい》するなり。貴殿今方雉子を提《さ》げて戻《もど》られし、と家来が申す故、「幸」とおもひ、無心申すなり。我方に兎《うさぎ》は二疋まであり。依《よ》りて一疋を持ちて来たり。これと替《か》へて給はれ」

といへば、太次平も庄屋の事故《ゆへ》、否《いな》とも云わず、

「何かさて只《ただ》も上《あ》げ申すべきを、替《かわ》りとは御念《ねん》入れ候ふ」

とて則《すなは》ち取替《か》へて遣し、やがてかの兎《うさぎ》を料理《りやうり》、くだんの友達《ともだち》、女房《にやうぼう》にも喰《くは》せて、酒打呑《の》みよひきげんにて其の夜は寝《ね》たり。

然《しか》るに其の隣《となり》の家の小児《に》、一両日已前《いぜん》に死にて両親悲《かな》しみにたへず、毎朝《まいあさ》起ると、先寺も近所なれば墓《はか》へ参りけるが、其の翌朝《よくちやう》も例《れい》のごとく寺へ行きて見るに、墓《はか》を埋めかへして死骸《がい》も見へねば、大きに寺を恨《うら》み、離旦《りだん》もすべき程《ほど》のきつ相にて立ち帰る所に、宿《やど》には又家来が裏《うら》へ出て見れば、隣《となり》の太次平が挨捨《ごみす》てに、此の頃死せし我が主人の子の首と手足が捨《す》ててあれば、大きにおどろきて、内儀《ないぎ》にしらせ立ち騒《さわ》ぐ最中《さいちう》なれば、

「さればこそ寺の墓を掘《ほ》り置《を》きたり。言語道断《ごんごどうだん》の事かな」

と其の儘隣《ままとなり》へ行きて大きにののしり怒《いか》りければ、太次平打ち笑《わら》ひ、

「子にはなれて気ばし違《ちが》ひ給ふか。夕べは兎を喰《く》ひたり。其の首四足は則ち裏《うら》にあり。これ見給へ」

とて誘《いざな》ひ、我も行きて見て大きに仰天《ぎやうてん》し、

「こはいかなる事ぞや。しかしこれは庄屋殿持ち来られしなり。庄屋にて明りを立てん」

とて打ちつれて行き、昨夜よりの次第《しだい》を云ふに、庄や一円呑《あん》み込まず、

「家内《かない》の者も知る通り、夕べにかぎり門へも出ず。殊に客《きやく》などとは思ひも寄《よ》らぬ事」

と云へば、

「さては狐《きつね》に化《ばか》されたり」

と彼《か》の雉子《きじ》を取りし事まで云ひて侘《わ》びければども、隣《となり》の男更に堪忍《かんにん》せず、終《つい》に代官所《だいくわんじよ》へ出でけるに、

剰《あまつさ》へ寺よりも強《つよ》く訴《うつた》へ出て、太次平独《ひと》りの難義《なんぎ》迷惑《めいわく》、元より狐に化されたるに違《ちが》ひなければ、初めよりの次第をつぶさに申し出して謝《あやま》り入れてぞ居たりければ、奉行段々詮議《せんぎ》有りて、

「いかさまこれは太次平が云ふ通り、狐に化されたるに違《ちが》ひは有るまじ。たとひ金《かね》を出して頼《たの》んだとても死人を掘《ほ》り出し喰ふべき様なし。併《しかしながら》親の身にては腹立《はらた》ち怒《いか》るも尤も。猶《な》ほ又寺にても捨《す》て置かれぬ事、これとても尤もなり。其の罪《つみ》は皆太次平がなす所なり。第一畜《ちく》生の取りたる喰物を又取りせんとおもふこそ、畜生には劣《をと》りたるきたなき仕方《しかた》なり」

と大きに恥《はじ》しめ、しかられたる上にて、過料《くわりやう》三貫文出させ、

「それを寺へ納め、これにて彼《か》の小児の追善《つひぜん》を別に営《いとな》むべし」

と初発なる噯《さば》き故、双方共に得心して済《す》みぬ。唯《ただ》太次平ばかり損《そん》をして恥《はぢ》をかき、無念《ねんし》至極《ごく》におもひ、それより狐を深《ふか》くにくみ、目にさへかかれば打擲《ちやうちやく》し追《を》ひ廻しけるが、或る夕暮《ぐれ》、山路を帰る所に、後《うし》ろより、

「申し申し」

と呼《よ》びかかれば、ふりかへつて見るに、油単《たん》かけの釣台《つりだい》をかつぎ、立派《りつぱ》に出で立ちたる男共四五人来りけるが、中にも宰領《さいりやう》らしきが皆々下に居らせ、我も平伏《へいふく》して、

「私共は此の近郷の狐共にて候ふ。先達而《さきだつて》仲間《なかま》の狐、不慮《ふりよ》の事にてあなたへ御難儀《なんぎ》かけ候ふ。其の御腹立《ふくりう》にて我々共をお憎み、御尤もに存じ候ふ。さりながら我々共此の近郷の住居《すまゐ》なりがたき程に

難義仕り候ふ。これに依て何卒御訴訟《そしやう》申し、御腹立を止め申したく候へども、あなたにも御損《そん》なされ候ふ事に候へ。其れただ御侘《わび》ばかり申したとて中々御承引《せういん》は有るまじく、何ぞ御侘の種《たね》を拵《こし》らへて御そせう申し上げんと存じ候ふ所に、今日此の山のあなたなる大庄屋より、そんじよそれなる大百姓へ婚儀《こんぎ》定つて結納《ゆいのう》を送《をく》り候ふ。これに依て我々彼《か》の人々をたぶらかし置き、まんまと結納《ゆいのう》の品奪《うば》ひ取り来り候ふ。これを持ちて先へ参れば、種《しゆ》々馳走《ちそう》に逢ひ、其の上祝儀の金銀出で候ふ。これを取りて御損を償《つぐの》ひ、お侘《わ》び申さんと存じ候えども、我等手にて金銀を取る事はならぬ法にて候へば、何卒《なにとぞ》あなたにも我々と一所に御出でなされ、此の金銀を御取り下され、已後《いご》我々を御免なし下さらば有り難からん」

と地にひれ伏して願《ねが》へば、太次平つくづく聞きて、

「さもあらん。外の者十人に憎《にく》まれたらんより、我一人がおそろしかるべし。中々大体《てい》の侘《わ》びではゆるすまひとおもへど、さ程に願《ねが》ふ事なら了簡《りやうけん》して取らすべし」

とて彼の釣台《つりだい》の油単《ゆたん》を取りて見るに、極《きわま》りたる結納《ゆいのう》の品々、いづれも結構立派《けつかうりつぱ》なれば、誠に大庄屋の結納と見へたり。

「さて我をつれ行かんとは、どふして行くぞ」

と云へば、

「されば此の我《わ》が小袖上下を奉りて宰領《さいりやう》に致し、我は提灯《ちやうちん》持ちに成り候はん」

と云ふ。

「いやいや顔《かほ》を見しられては後日の難儀」

と云《い》はせもはてず、懐鏡《ふところかがみ》を出し、

「そこらはぬかり申さず」

と太次平が顔を草にて撫でて見すれば忽《たちま》ち顔《かほ》かわり、くつきりとした能き男に成るにぞ。

「さても奇妙《きめう》」

と手を打ちて、

「さて名を問われたらば何と云はん」

と念をつかへば、それも彼の宰領《さいりやう》の名を聞き置く心、馬狩兵助《うまかりへうすけ》と申す。あの方にての口上はか様か様。さて又大略《りやく》問はるべき事は此の事、彼の事、とくらめる様に教《をし》ゆれば、

「成程こんだ呑《の》みこんだ。そこらは八幡《まん》ぬからぬ男」

と衣類《るい》上下着替《き》へ、

「此の品々大小まで皆剝《は》ぎ取つたのか」

と問へば、成程、

「これなる者共が着て居るまで皆だまし取りたるにて候ふ」

と云ふにぞ。

「それは重畳《ちやうぢやう》、先づこれからがもふけ物」

といさみすすんで行くに、ほどなく行きつきて見れば、あの方にも待《ま》ちもふけたる様子にて、高提灯出し、玄関前《げんくわんまへ》に水桶《をけ》、盛砂《もりすな》、すべて奇羅《きら》を尽《つく》したる所へ、どやどやと持ちかけて、お定《さだま》りなる受取り渡し相済み、一間へ通して茶《ちや》にたばこ、盃《さかづき》、間もなく料理《りやうり》が出て、時分はよし、したたかに喰《く》ひ、酒も数献《すこん》かたむけて、

「さても思ひよらぬ能き目に逢ふ事かな」と心におもひつつ、すでに膳《ぜん》も取れれば、

「彼の祝儀いか程ならん」と舌打《したう》ちしてたばこくゆらせ待つ所に、挨拶《あいさつ》の男云ひけるは、

「遠路《あんろ》と申し、殊《こと》に夜も更け候へば、今宵《こよひ》はこれに一宿《しゆく》有りて、明日御ひらき有るべし。且つ又御馳走《ちそう》に風呂を申し付け候ふ。御入り候へ。御案内申さん」

と云へば、

「これも好む所」

と直《すぐ》に打ちつれ、湯殿《ゆどの》に行きて見るに、風呂も広《ひろ》く湯もたつぷりとして、這入《はい》りたる心持《も》ちのよさ。手拭《ぬぐひ》にて顔《かほ》をあらひながら不図《ふと》おもひ出しけるは、

「誠に祝儀の時にはたしか謡《うたひ》をうたふ物なるよし。酒盛《さかもり》の時うたわざる事の残念《ざんねん》さよ。由《よし》しらぬと思われんも口惜《をし》ければ、これにて謡《うた》はん」

とよいきげんにて、

「御子孫も繁昌《はんじやう》、御寿命《じゆめう》もながく」

とはり上げて謡《うた》ひければ、女房来りて、

「こは何たる事ぞ、うとましや。気ばし違《ちが》ひ給ふか」

と目鼻《はな》をしかめて云ふにぞ。太次平大きにおどろき、

「何とて爰《ここ》へ来たぞ。つがもない。はやく帰れ」

と少し小声《ごゑ》に成りて呵《しか》れば、

「帰れとは何事ぞ。其の御身の形《なり》わや。あさましや、きたなや。どふで本気《き》では有るまひ」

と云へば、

「なにがあさましひ。これ程馳走《ちそう》に逢ひ、風呂に入りて居るものを」

と云ふ時、

「さては本に気《き》が違《ちが》ふたか。これよく気をしづめて本性に成り給へ。ここは大裏《うら》の溜《ため》なるぞや」

と大声《ごゑ》上げて云ふに、よくよく気が付きて見れば、糞《くそ》つぼに首たけ這入《はいり》て、天窓《あたま》も顔も撫《な》で廻し、くささ汚なさ喩《たと》へん方なく、あきれ果《は》ててよふよふに這《は》いあがり、夜通し水を浴びてへたな行人ほど騒ぎ、一度の損《そん》に二度の恥《はぢ》をかき、無念骨髄《こつずゐ》に通り、じだんだ踏んでくやしがれど、せん方なく、
されども我むしや者なれば少しもこりず、

「是非とも畜《ちく》生めを捕《とら》へて打ち殺《ころ》し、此の近郷の狐共を根だやしせん」

とぞたくみける。されど狐も利口にて、めつたにとらへられず。たまたま見付けて追《を》ひ廻せども、中々捕へる所へ行かず。やうやう棒《ぼう》を投《なげ》付け、或ひは石礫《つぶて》を打ち付くるまでにて、更にいきどをりも休まらず。

然るに有る日、不図《ふと》彼の化されたる山道に行きかかり、つくづく思ひ出して無念さ類《たぐ》ひなく、

「其の時捕《と》らへざる事、かへすがへすも残念《ざんねん》なり。今度《ど》はいかよふにするとも化《ばか》されまじ。どふぞ化しに来れかし。其の儘《まま》捕らへて見せしめにすべき物を」などと心に思ひつづけて居る所に、むかふの方より十七八なる女の風俗清《ふうぞくきよ》らかに出で立ちて、軽《かる》き者共見へざるが、唯《ただ》ひとり静かにあゆみながら、ひたと跡をふりかへりつつ来るにぞ。

「こいつ合点《がってん》のゆかぬものよ。此の度は品を替《かへ》て化すにてはなきか」と思ひ、

「お女郎はいづくへ行き給ふ」

と何気なく問《と》へば、

「此のすこしあなたへ」

と恥《はづ》かしそふに答《こた》ふ。

「さるにても若き人の唯《ただ》一人山道を行き給ふは心得ず」

ととがむれば、

「いやひとりにはあらず。妹《いもと》とつれ立ち出でしが、あの曲《まが》り途《と》にて妹が草履《ぞうり》を切《き》らし、小者にはな

を立てさせて居《い》る内《うち》、そろそろ先へ参りしが、いまだ見へぬはさりとは埒《らち》の明かぬこと」

とて跡をふりかへる拍子《ひやうし》に、裾《すそ》より尻尾《しりを》ちらと見へければ、

「さてこそ狐め」

と飛かからんとする時、忽《たちま》ち形を顕《あらは》して、飛ぶがごとくに逃げ失せたり。

「さても無念千万。先づ捕《と》らへて置きて詮議《せんぎ》すべきものを」

とて歯《は》がみをなす所に、程なくまた今云ひたる妹と見へて、十五六なる振袖形《ふりそでなり》、かたち最前に少しも替らぬが、四十余りの下女、十三四なる小者をつれて静《しづ》かにあゆみ来る。

「こいつこそ籠《かご》の鳥よや。わが捕らへはづすべき」と側《そば》なる松の木の陰《かげ》に隠《かく》れ、腕《うで》をさすつて待《ま》つ所に、三人は何気なふ歩《あゆ》みかかれば一文字におどり出て、先づ娘をひつ捕らへ、

「大盗《ぬす》人の畜《ちく》生め。百年目だぞ、覚《かく》

悟《ご》しろ」

といへば、

「こは狼藉《らうぜき》」

と下女、小者取りすがるを事ともせず、

「しやふとひやつ。おのれらを捕らへんとて今迄いくら骨《ほね》を折たとおもふ。さあ化の皮《かわ》をあらわせ」

と云ふにぞ。娘はいつそあきれ果《はて》て、物も得云へず。下女は大きに腹《はら》を立て、

「更に覚へもなき事を云ふ人かな。理不尽千万《りふじん》」

と引放《はな》さんとするを、

「いやぬかしたるな。そふそふおのれらに化さるべきや。こなどろぼう狐め」

と云ふに、弥《いよいよ》合点ゆかず、

「さりとは気しからぬ事を云ふぞや。気違《ちが》ひならば堪忍《かんにん》して爰放《ここはな》せ」

とだましかかれば、

「糞をくらへ。おのれら化《ばけ》おふせたとおもふても、おれが目には明らかに見ゆる。先此の尋常な形《なり》をしても此の娘めが古狐のこつてう、遠目にしかと白眼《にら》んで置ひた。尻尾がしかも一本や二本ではなひ、三本まで下から出た。こちらな調《てう》布に一筋《すじ》、おのれめも又《また》二股、合せて狐が三疋、尾が七つ。

なんとこふ見ぬかれては一言《ごん》も有るまひ。其の正体《しやうたい》を今見せん」

と娘の帯《をび》引きほどき、無理無体《たい》に赤裸《あかはだか》にして、彼の松の木に縛り付け、同じく下女をも裸《はだか》にすれば、最《も》早《はや》小者はこらへかね、飛ぶがごとくに逃《に》げかへる。ふたりは泣《な》くもなかればこそ、

「こわいかなる災難《さいなん》ぞや。いつそ殺《ころ》さば一おもひに。憂《う》き恥《はぢ》見せず今殺《ころ》しおれ」

と云ひ下すうちも、下女は年だけ、

「これ爰《ここ》な無法《むほう》人とはおもへども人たがへも有りきや。これは何村の何兵衛殿の娘子」

と云はせもはてず、

「たわ云ひぬかせ。直におらが庄屋に成りて失せたてなひか。其の手で行くよふな男とおもふか。どふで松葉でいぶさずば本性《ほんしやう》は顕《あら》はすまゐ」

と松の枝をへし折りへし折り、火口《ほくち》出して火を打付け、既《すで》にいぶさんとする所へ、小者がしらせに血気《けつき》の男、五六人走り来り。先づ太次平を捕《と》らへてしたたかに敲《たた》きのめし、娘下女の縄《なわ》引きほどきて、衣類《るひ》を着《き》せ、さて太次平をば高手小手にくくし上げ、

「さあ、うせおれ」

と大勢《ぜい》して引きずり引きはってぞ行ける。

此の娘の親元は太次平が村とは一村隔《へだて》てよろしき百姓なり。娘は、

「生ても死んでも此の恥《はぢ》は雪《すす》がれず」

と狂気《きやう》のごとく泣きまどへば、太次平は又此の度も仕そくなひ、あきれ果て居る所に、娘の親、以の外に腹を立て、早速《さつそく》代官所へ訴《うた》へけるにぞ。

又々穿鑿《せんさく》の上、此の度もなを狐の業《わざ》とは云ひながら、一度ならず両度におよべば、最早《もはや》云ひ訳立ちがたく、終に家財闕所《かざいけつしよ》になり、其の身は追放《つひはう》に逢ひぬ。誠にあほう払《はら》ひと云ふはこれなるべし。此の類の人、世に有るものなり。無理を押《を》すべからず。

○荒木氏《あらき》、秋葉《あきば》山にて勇剛《ゆうがう》の事

遠江《とふとふみ》国秋葉山は無双《ぶさう》の深《しん》山にして、凡《およ》そ本朝《ほんちやう》にてあらわに天狗《てんぐ》などの住《すみ》する山は讃岐《さぬき》の毘比羅《こんぴら》と此の秋葉山なるよし申し伝《つた》ふる所なり。されば類は友を以て集《あつま》るならひなれば、一切の鬼魅魍《きみもう》魎《りやう》のたぐひ、此の山に止宿《ししゆく》する故にや、麓《ふもと》の者共奇怪《きくわい》の物音、或ひはけしからぬ音声《をんせい》を聞く事度々にしておそれざる者更になし。然《しか》る間申《さる》の刻《こく》過ぎては皆々登山をとどむる事往古よりの制法《せいほう》たり。

爰《ここ》に中国の御歴《れき》々、江戸御参勤《さんきん》の砌《みぎり》、御心願《ぐわん》の事有りて、家士《かし》荒木《あらき》何某《なにがし》と云ふ仁を此の山へ代参《だいさん》仰せ付けられ、尤も日限《にちげん》のつもりも有りて、登山相済《あひすま》ば何の宿にて参会《さんくわい》有るべきよし、仰せ出だされたり。荒木謹《つつし》んで領掌《りやうしやう》し、頓《やが》て打ち立てけるが、折節《をりふし》八月の事にて、風雨打ち続《つづ》き、小川小川も水出て、おもわざるに日をかさね、はからざるに延《えん》引して、心づもりの日を二日はづれ、三日めの初夜《しょ》の頃、やうやう彼の山の宿坊《しゆくぼう》の元に到着《とうちやく》したり。

それより案内《あんない》を乞《こ》ひて寺僧達《ぢそうたち》に出会《しゆつくわい》し、有るべき挨拶《あいさつ》終えて、さて改めて右の日づもり延引のようを咄《はな》し、今晩直に登山仕りたく候へば、御案内頼入る由を申しけるに、僧衆《そうしゆ》聞きて、

「一通り御尤もに候ふ。さりながら当山の儀は聞きもおよばれ候はん。申の刻過ぎては、一向に参《さん》詣《けい》を禁制《きんせい》いたし候ふ。殊更《ことさら》かく更け候へば、猶《な》ほ以て存も寄《よ》らぬ事なり。明日こそ御当山候へ」

と答《こたへ》ぬ。荒木重ねて、

「さる事はかねて承知候へども、今申す通り、日限《にちげん》甚《はなは》だ延引に付け、今晩登山仕り、明朝出立致さねば、主人に参会成りがたく、一所懸《しよけん》命に罷り成り候ふ。法制を破《やぶ》り候ふ儀、千万気の毒《どく》に候へども、爰《ここ》の程を御聞き分け有りて、今晩の登山ばかりは御宥《ゆう》免《めん》に預りたく候ふ」

と申すにぞ。一山会合して、しばらく時を移《うつ》し、然《しか》ふして僧衆より申すは、

「抑々《そも》古より夜中登山を止め候ふ事は、一通りの事にも有らず。全《まつた》く子細《しさい》有る事にて候ふ。然《しかれ》ども是非是非とあれば、ちからなく候へども、先づ第一御案内申す者もこれなく候ふ」

と云へば、荒木又押《お》しかへして、

「元より御制法《せいほう》を破《やぶ》り、夜中登山致す事に候へば、御案内なくとも苦《くる》しからず。また自分の家来をも召し連れ候ふまじ。某《それがし》只一人登山致すべく候ふ間、何分御許容《きよよふ》下されよ」

としきつて申し、とても止まるべき様子にあらねば、

「さあらば兎も角《かく》も」

と僧衆一同に答《こた》へける。

　此の荒木氏は隠《かく》れもなき勇剛《ゆうごう》の士《し》にて、第一男勝《すぐ》れて大きく、力量《りきりやう》有りて、何国へ出しても千石はおしからぬ侍なり。さる程に松明《たいまつ》を用意して、只一人亥《い》の刻《こく》ばかりに登山したり。一山の僧侶《そうりよ》、麓《ふもと》の方に集会《しうくわい》して、一人も寝《ね》る者なく夜明るまで誦経《じゆきやう》したり。すでにして夜の明はなるるころ、荒木事故なく下山し来りければ、家来の面《めん》々大きに悦び、僧衆も又無難《ぶなん》なる事を賀《が》し、

「さて何ぞかわりたる事もこれなきや」

などと問《と》ひける時、

「いや各別《かくべつ》にあやしき事もなく候ふ。さりながら夜中の登山御停止の儀は御尤もに候ふ。此れ已後《いご》共に堅く御制禁《きんせい》有りて然るべし」

と云ひけるにぞ。

「さては何か事有りし」

と皆々おもへども、押《を》しても問《と》われず。かくて荒木氏は其の儘《まま》朝飯を乞ひ受け、さて僧衆へそれぞれの心付け、謝礼《しやれい》して直に出立し、難なく約束《やくそく》の日限に主君に謁《あつ》し奉り、則ち御供して江戸へ下りぬ。

此の頃麻布《あざぶ》辺《へん》に熊沢勇介《くまさわゆうすけ》といふ浪人有りしが、刀の目利をよくして渡世《とせ》のたすけとも成りぬ。元より荒木氏とは入魂《じつこん》なれば、江戸着の事を聞て早速《さつそく》来り。祝儀をのべければ、荒木も喜び、一間へ通して終日馳走し、四方山の物がたりしける席に、荒木云ひけるは、

「貴殿の心当りに長光《ながみつ》の刀はなきか。買売《ばいばい》にあらばほしく候ふ」

と云ふにぞ。勇介ふしぎそふに、

「かわりたる事をの給ふ哉。貴公の御指料《さしりやう》こそ紛《まぎ》れもなき長光にて候わずや」

と云へば、

「されば今一腰《こし》長光を求《もと》めて、これをば払ひたく候ふ」

と云ふに、弥《いよいよ》不審し、

「長光を求めて長光を払ふとは定めて子細ぞ候はん」

と云ふ時、荒木刀を抜《ぬ》いてしばし打ち詠《なが》め、

「これ見給へ。きつ先きに疵《きづ》あり」

と云へば、勇助手に取てとくと見、

「いかさまぼうし際、三寸ばかりに地あれのごとくなる疵《きづ》見ゆれども、これ式《しき》が何の障《さわ》りに成るべきや」

と云へば、

「さればわづかの事でも心懸りに成る時は、必ず大事に望んでおもわざる不覚《ふかく》を取る事有るべし。某《それがし》かねて此の疵心に懸りしが、此の度思ひ当りたり。これを咄《はな》せば何とやら自称《じしやう》のやうでおかしけれども、貴殿におゐて偽《いつは》りかざるべき謂《いわ》れもなし。抑《そもそも》此の度御供のきざみ秋葉山へ御代参仰せ付けられ、子細有りて押《を》して夜中登山しけるに、事故なく御代参も仕廻ひ、「嬉しや」と少し心もたゆみけるが、其の帰るさの道すがら、一村杉の巌《がん》道を通る所に、今まで晴《はれ》たる空、俄《にはか》にかき曇《くも》り、盆《ぼん》をかたむくるがごとく雨風おびただしく、たちまち松明を打ち消し、間近く天窓《あたま》の上へ空の覆《おほ》ひ懸るやうなれば、「こはけしからず」とおもひ「か様の時、心を動《どう》ずればかならず不覚有る物ぞ」と存じ、しかと胸をしづめて杉の繁《しげ》りたる下へ這《は》入《い》りしばらく雨を除《よ》けて居る内、雲中よりけしからぬ声して、「いかに入る事のおそきや。早々入れ入れ」と詈《ののし》る時に、杉の梢にて、あまりに勇気《ゆうき》するどく、「入るに隙《ひま》なし」と答《こた》ふ。又雲中《うんちう》より、「何とていられざる事の有るべき。などきつ先の疵よりいらぬぞ」と呼ばはる。此の時某はつと心付きぬるは、「兼て此の疵心懸りなれば、渠等《かれら》此の雲に乗んとすべし。爰《ここ》にて心たゆまば、ほとんど大事に及ばん」とおもひ返して、刀の柄《つか》をしかとおさへ礑《はた》と空を白眼《にらみ》、「刀にこそ疵はあれども、心中の焼刃《やきば》には疵なきものを。いかで入る事を得ん」と高声《かうじやう》に呼《よ》ばわりたれば、どつと笑ふ様なるが、山谷一度に震動《しんどう》して、しばらくどよめきわたり、漸《やうやう》半時ばかり有りて雨晴雲立ちさり、月差出て明らかなれば、それより何事なふ静《しづ》かに下山したり。これを以《もつ》ておもへば、刀は誠に武士たる者の魂なれば、よくよく磨《みが》き立《た》て、少しも疵なきやうにして置きたきものなり」と語《かた》りしとなん。

今昔雑冥談四終

今昔雑冥談巻之五

○滝口《たきぐち》道則《みちのり》、奇術《きじゆつ》に逢ふ事

陽成院御《ようぜいいんご》在位《ざいゐ》の時、黄金《こがね》御用に付、滝口道則と云ふ人、宣旨《せんじ》を蒙《かふむ》り、従者《じゆうしや》二三十人召しつれて奥州へおもむきけるが、信濃《しなの》国比久仁《ひくに》と云ふ所の郡司《ぐんじ》のもとに宿《やど》をとれり。〔是頃は諸国に郡司を置きて、すべて是を郡司といへり〕尤も先達て案内しける故に、郡司善美《ぜんび》を尽《つく》して、其の設《もうけ》をなし、奇麗《きれい》なる一間へ請《せう》じ入れて、種《しゆ》々饗《きやう》応《おう》し、妻、并に下女等に至るまで、麗《うるは》しく装束《しやうぞく》させ、夜更るまで慰《なぐさ》めもてなしけり。

道則、此の妻女を見るに、都にも珍らしき器量《きりやう》にて、年の程は二十四五にもあらんが、愛敬《あいきやう》あくまでこぼれかかり、目元口もと云ふに云はれぬ所有りて、そぞろに恋ひ侘びつつ、旅《たび》の草臥《くたびれ》をも打ち忘れ、おもひの外夜を更しけるに、主の郡司狩装束《かりしやうぞく》して立ち出で、

「最早夜も更け候へば、御寝《しん》ならせ申すべし」

と妻下女等に云ひ付け、さて道則にむかつて、

「只今より山狩《やまかり》をいたし、明朝の御馳走《ちそう》に備へ申すべし」

とて郎党ども有るかぎり引きつれて出行きぬ。跡にて夜具等も結構なるを出し、道則を休ませ、其

の外従者の面々それぞれなる所に寝せつつ、家内の者共も同じく臥戸に入りたり。

かくて道則は寝ても寝られず、ただただ此の家の妻女の事のみおもひつづけて、気もさへわたりければ、ひそかに起き出て、奥の方へあゆみゆき、

「せめて寝姿をかいま見もや」

とうそりうそりと歩きけるに、空炷《そらたき》などしけるにや香《かう》しき匂ひ、ほのかに薫《かほ》り来るにぞ。いよいよゆかしく、立ち切りたる襖《ふすま》の間より差しのぞけば、所々に下女の臥《ふ》したる体《てい》なり。やがて襖を押して見れば、しまりもなくてさらさらと明けるにぞ。そつと内へ這《はい》入りて見れば、昼よりの草臥《くたびれ》に下女共の能く寝入りて、甚だ取り乱したるなどあり。さて其の次にまた襖一重有るに、薫り近ければ、

「これぞ妻女の臥戸ならん」

とまた指し覗くに、屏風《びやうぶ》引廻して見へず。

「これも明やすからん」

とそろそろ明るに、何の障《さわ》りもなければ、嬉《うれ》しくて内へ入り、屏風を少し押し畳んで見れば、妻女はいまだ寝もやらで少しおどろきたる様子なるが、さのみつよくいなみたる体にもあらず。横《よぎ》の中へ顔差し入れて臥したり。

道則も都人にて公卿《くぎやう》にも立ちまじる身なれば、かかる田舎《いなか》には珍《めづ》らしき男ぶりにて、さのみうとまるべしとはおもはねども、

「かくまで主の丁嚀《ていねい》に馳走し、猶ほ又「翌《あす》の饗応《きやうをう》に」とて狩りに出たる留主へ仕かけ、後ろ闇《くら》き事せんはあるまじき事」とおもへども、心そぞろに成りて彼の柏木《かしはぎ》右衛門の督《かみ》、女三の宮の御物ごしを

聞くまでの思ひ出に忍び来りしに、存じの外御寝所に入りて、思案《しあん》の外なりしごとく〔時代後なれども愚意を以て引き合す〕道則もかいま見までの志《こころざし》なりしに、かく寄り添ひては気も空に成り、胸《むね》だくつきて、むなしく帰るべき心なく、「たとひいかなる非儀非道《ひぎひだう》にもせよままのかわ」とおもひ切りて、帯引きとき肌着《はだぎ》を脱ぎて襀《よぎ》の下へ指し入れば、しばらく押しふさぎ押し出すやうにしけるが、しいて強《つよ》くもいなまず。終《つい》に取入りければ、道則も襀《よぎ》の内へ入るに、何とやらんしきりに前の痒《かゆ》きよふに覚ゆれば、手を遣りてさぐり見るに、陰茎《いんきやう》なくなりたり。

「こはけしからず」と数《す》返《へん》撫《な》でても何もなし。

「これはいかなる事ぞや」とあわてまどひぬるを、女は袖にて口を覆《おほ》ひ、にこにこと笑ひ居るに、色も恋もさめ果《は》ててあさましくなり、其の儘《まま》立ち出で、元の座敷に帰りて灯の元に差し寄り見るに、

ちぎり取れたる様なれどいたみもなくもとより血《ち》の出る体もなし。あまりの不思議さに従者を一人呼び、態《わざ》とさは云はずして、

「これこれなる所へ忍《しの》び行くべし。我も行きたり」

とひそかに教《をし》へければ、よろこびて行きけるが、間もなくいで来り。あさましき面をしてうろたへさわぐに、おかしくも気の毒にも有りて、

「必ず沙汰すべからず」

と口を止め、さてだんだんかくする程に近従八人まで皆《みな》同じさまにて帰りければ、道則もどふか底《そこ》きみわるく成りて、

「宵《よひ》より郡司《ぐんじ》の如在《ぢよさい》なくもてなしけるを嬉《うれし》くはおもへども、かく希有《けう》なる事のあれば所詮《しよせん》長居すべからず」

とて、急ぎ仕度《したく》していまだ夜の明け果《は》てざるに立出でけるが、およそ七八町も来りしとおもふ頃、後《うし》ろより、

「おいおい」

と呼びて飛ぶが如くに馬を馳せて来る者あり。頓《やが》て走り付きて馬より下るを見れば、宵《よい》に給仕《きうじ》しつる郡司が家来なり。

白き紙《かみ》に包《つつ》みたる物を差し出してひざまづき、

「郡司申し候ふは、「今朝も麁飯《そはん》を奉らん」と存じ、かたのごとく取り調《ととの》へ候ふ所《ところ》に、いかなる事にか早く御出立、千万残念《ざんねん》に候ふ。あまりの御急《いそ》ぎにや、御大切の物を落《おと》し置かせられ候ふ。これに依《より》て取り集《あつ》め差《さ》し上げ候ふ」

と云ひも終らず、その儘《まま》さし置きて立帰《かへ》りぬ。

「何やらん」とひらき見れば、松茸《まつだけ》の様《やう》なる物、九本。いづれもはつとおもへば忽《たちま》ちきへ失《う》せぬ。

時に道則をはじめ皆々探《さぐ》り見て互《たが》ひに、

「有り有り」

と答《こた》へつつ、先は安堵《あんど》して陸奥《みちのく》へと急ぎぬ。かくて奥州《をうしう》におもむき御用の黄金《こがね》取り調《ととの》へ、さて又所々にて差し出したる名物珍物《めいぶつちんぶつ》おびただしく所持《しよぢ》して帰り登《のぼ》る時、又彼の郡司の元にやどりて金《かね》、馬《むま》、鷲《わし》の羽、其の外珍器《ちんき》珍物《ぶつ》数多とらせければ、郡司大きに歓《よろこ》びて、

「これはおもひも寄らざる事。何とてかくは仕給ふぞ」

と云ふ時、近々さし寄りて過ぎし夜のことども、有りのままに語《かた》り、

「いかなる術《じゆつ》にか」

と云ふに、郡司物を多くもらひてさりがたく思ひつつ、まず云ひけるは、

「某《それがし》若く候ひし時、此の山奥に一人の隠士《ゐんし》ありしが、自分は年老て甚だ若き妻を具《ぐ》したり。彼の妻美《うつく》しかりければ、某忍び寄りけるにかたのごとく失ひける故、あやしく存じ、其の隠士に懇《ねんごろ》に志

を尽して彼の術を伝へ候ふなり。若《もし》習ひ得んと思《おぼ》し召さば、此の度は公の御使なり。速《すみやか》に登《のぼ》り給ひて、又かさねて下り給へ」

と云ひければ、道則ち嬉《うれ》しく堅《かた》く其の約諾《やくだく》して急《いそ》ぎ都へ登り、取り調へたる黄金《こがね》等、禁庭《きんてい》へ奉り、やがていとまを申し請《う》け、また改《あらため》て下りぬ。

此の時また都の品々持ち来りて取らすれば、郡司いよいよ悦び、

「心の及ばんかぎりは教《をし》へ奉らん。さりながら中々おぼろげの心にては伝《つた》ゆる事ならず。七日水をあび精進《しやうじん》して習ふ事なり」

と云ふ。道則其の教《をし》へのごとくつとめて、さて其の日になれば郡司、道則を伴ひて唯《た》だふたり深《ふか》き山に入り、大なる谷川の流れに望《のぞ》んで、おびただしく誓言《せいごん》を立てさせ、

「さて只今川上よりながれ来る物を、いかなるすさまじき物にもせよおそるる事なく抱き給へ」

とおしへて、其の身は水上へ入りぬ。

さてしばらく有りて、水上のかたより黒雲一村覆《おほ》ひ出て、忽《たちま》ち真闇《まつくら》に成り、篠《しの》を乱《みだ》すごとくなる雨、しきりに降《ふ》り出て、車輪《しやりん》をながし、川の水かさおびただしくまさり、大風吹き起《をこ》つて逆浪《さかなみ》天にみなぎれば、道則気も消々と成り、おそれわななく所に、二十尋《はたひろ》あまりの大蛇《じや》、角を振り立て、鱗《うろこ》をならし、眼のひかりは百千の電光《でんくわう》のごとく、紅の舌をひらめかして出で来るにぞ。なんぞいだくべき心有らん、あまりのおそろしさに、傍《かたはら》に倒《たを》れ臥《ふ》して夢中のごとく成りぬ。

かくて大蛇もいづくへか失せ、空《そら》も元のごとく成る頃、郡司水上より出で来りて引き起《をこ》し、

「いかに。抱《いだ》き給ひしや」

と云ふに、

「あまりのおそろしさに死に入りたり」

と云へば、

「さても口惜《おし》き事かな。最早《もはや》此の事は習《なら》ひ得給わじ」

と云ふ。道則口惜き事かぎりなし。

郡司かさねて、

「さあらば今一度軽《かろ》き法を心見ん」

と又水上に入りぬ。

「此の度はいかなる物にもせよ、命《いのち》を捨て抱かん」

とかた唾《ず》を呑みて待つに、程なく大毘嵐風《びらんふう》起《おこ》つて、樹《き》を抜《ぬ》き、石を飛ばせ、三かかへばかりの大

猪《いのしし》、惣身の毛は針を植《う》ゑたるごとくなるが、牙を以て石をくだき、樹をつき裂《さ》きて来る。其の勢ひ嶽然《がくぜん》としてすさまじけれど、

「これを取りはづしては」と目を眠《ねむ》つて飛《と》びかかり、抱きふせて見れば朽木《くちき》の三尺ばかりあるを押へたり。此の時最前《さいぜん》の大蛇を捕《とら》へざる事を残念《ざんねん》におもへども是非《ぜひ》なし。郡司来りて、

「能くこそいだき給ふ。さりながら最前のを取りはずし給ひし故、大いなる事は習ひ給ふ事ならず。小術《じゆつ》をば伝へ申すべし」

とて段々にならひ得て帰り登りぬ。

それより都にて人々のはきたるくつを、犬の子になしてはしらせ、小掃きを三尺ばかりなる鯉《こい》になして、台盤《だいばん》の上におどらせ、其の外数かぎりもなく種々奇妙《きめう》なる事をせしとかや。

○河州松波氏《かしうまつなみ》、気より幽霊《ゆうれい》を設《もう》くる事

河内国に松波何某《なにがし》といふ人あり。素性《すぜう》尤も貴く、実明《じつめい》なる生れ付きにて、常に仁義の嗜《たしな》みふかく、近隣《りん》の人々もこの松波に対《たい》する時は、自ら形《かたち》を改る程なり。

されども至て心少なく、行きつまりたる気質《きしつ》にして、一とせ上京して遊学《ゆうがく》しけるが、不図朋友《ふとほうゆう》にさそわれ、嶋原へおもむきしに、「恋は心の外」と云ふ諺《ことはざ》誠なるかな、此の松波、花浦と云ふ傾城《けいせい》

に打込みて、例《れい》の行きつまりたる少き心故、此の女ならで外には女なきやうにおもひ、終日《しうじつ》色酒にふけりて魂《たましゐ》をやどがへさせ、長き夜すがも明けなん事をおしみきぬぎぬの別れに心を失ふて、日毎に通ひむつびけるが、女も松波が一筋に誠有るになづみ、互ひに替《かは》るな替らじの起請誓紙《きしやうせいし》を胸《むね》に書き、

「いづくいかなる所までもともなひ給へ。はなれじ」

とふかく契《ちぎ》り、堅《かた》く約《やく》して終に一念《ねん》の志《こころざし》届《とど》き、松波請《う》け出して本国へ連《つ》れ帰りけるに、其の頃松波母一人有りけるが、松波が在京《ざいきやう》の内、母のはからひとして親類《しんるい》中より娘を貰《もろ》ふべき約束《やくそく》して、松波帰りなば云ひ聞せ、早速結納《さつそくゆいのう》をも送《をく》らんつもりなる所なれば、母も気の毒におもひぬれども、右の行きつまりし気質《しつ》、兼《かね》て知りて居れば、

「今さら兎《と》や角《かく》いはばいかなる事か仕出さん」

と心元なく、親類の方へは手を入てことはりすまし、終に望《のぞ》みのごとく、此の遊君《ゆふくん》を本妻《さい》となしぬ。

それよりして松波は何や世の中におもふ事なく、ただ彼女と偕老同穴《かいらうどうけつ》のかたらひ浅《あさ》からず、片時《へんじ》も側《そば》をはなるる事なく、春は庭莚の桜のもとに盃をやりちがへて花に妬《ねた》まれ、夏は沢辺の蛍狩《ほたるがり》に手をたづさゆるの楽しみ、秋はさへ渡る月の扉《とぼそ》にふたりが心を澄《すま》し、冬は鴛鴦《あんをう》のふすまの下に雪の朝を寝続《つづ》け、枕ならべては有りとあらゆるさざめ言に、

「御身我に先だたば、一生妻をむかふまじ」

といへば、

「君自らに先立ち給はば一代男の顔見まひ」

と云ひかへし、世に有るたけのむつ言を横《よぎ》の下にて云ひつくしつつ、けふと暮れ、翌《あす》と立つ内、実にや白馬の隙《ひま》を過ぐる光陰《くわういん》、既《すで》に三とせの春秋をむかへたり。

然るに彼の妻かりそめの異例《いれい》のよふに打ち臥しけるが、次第に枕おもく医療《いりやう》しるしなくして終に空《むな》しくなれば、松波がなげきいふも更なり。彼の馬嵬《ばぐわい》が露と消《きへ》し貴妃がなき魂《たま》をよばひ、反魂香《はんごんこう》を炷《た》きて李夫人《りふじん》がおもかげを招《まね》きし古へも、我身一つに思ひ合されて、恋慕涕泣《れんぼていきう》更に止む時なく、郎、寝食《しんしよく》を忘れ、忙然《ぼうぜん》たる有りさまなれば、一族《ぞく》打ち寄り、或ひは諫《いさ》め、又はなだめつつ、漸《やうやく》月日を過ぎ行けば、去る者日々にうとく、少し忘るる隙《ひま》の有るに、人々、

「兎角後妻をむかふべし」

とて先達《だつ》て彼の母の約束せし親類中の娘、いまだ親の元にあれば、幸《さいわつ》とこれをすすめ、

「且は老母への孝心なり」

と義理づくめにしてむかへさせける。

彼の娘おもよとなん云へるが、器量《きりやう》もよくぼつとり物にて、又傾城《けいせい》とは肌《はだ》合違《ちが》ひ、何事もおむくにて行き過ぎをしらねば、かへつて愛《あい》を催《もよふ》し、先妻の事は忘るるとなく自然に悲しみも薄《うす》らぎ、世事に紛《まぎ》れ暮《くら》しけるが、されども折節はかの、

「後妻を持《も》つまじ」

と云ひしことの葉のさすがに忘られねば、思ひ出す度に心に懸りけるが、今年後妻おもよ懐胎《くわいたい》して、臨月《りんげつ》も近づきければ、

「此の方にて安産《あんざん》させせん」

と親の元へ引き取りけり。かくて松波独寝《ひとりね》の淋《さび》しきまま、うつらうつら過ぎし事共おもひ続けて臥しけるに、夢現《ゆめうつつ》ともなく先妻来りて、

「はやくも約束《やくそく》をちがへ給ふ事よ」

とて恨《うら》みのだんだん云ひならべ、泣きつ笑ひつ口説《くど》きければ、松波、

「さてこそ」

と身の置き所もなく、悲しくて横《よぎ》引きかぶるに、夜明けがたまで、うらみつづけて失せにけり。それより毎夜毎夜かくのごとくにて、次第に恨みつのり、

「後妻を追《を》ひ出し給わずば、御身に仇《あだ》すべし」

などと責《せ》めはたりけるにぞ。

松波もはやたまりかね、次第に顔までおとろへ、食もすすまず、あさましき体にやつれ行けば、老母をはじめ一門の人々気の毒におもひ、様子を尋ぬれども云はず。元より茶も呑まねばせんかたなくて、既《すで》に命《いのち》もあやうき頃、一門の内に入魂《じゆこん》の朋友《ほうゆう》有りて、

「兎角子細あらん」
とおもひ、色々に責《せ》め問《と》ひければ、終に止《や》む事なく右の訳《わけ》を語りぬ。これに依て種々追善祈禱《ついぜんきたう》など
しつれども、更に其の印もなし。
然るに其の頃、
「京都に世こぞつて尊《たつと》み奉る道徳《どうとく》の聖《ひじり》おわします」
と伝へ聞きて、彼の朋友自身《じしん》におもむき、右の次第をつぶさに語りて、加持力《かぢりき》を願《ねが》ひければ、聖聞
き給ひ、
「兎角その人に対してこそ教化《きやうげ》をもすべし。又加持すべき品ならば、およばずながら力を尽さん」
とて、やがて河内へ下り給ひ、松波に面談して本末の次第を又得と聞き給ひ、しばらく黙《もく》しておは
しけるが、傍《かたはら》に将棋盤《しやうぎばん》の有りければ、其の駒を取りて、飛車《ひしや》角金銀歩などまぢへつつ、数十一、松
波が見る前にて紙に封し、
「今宵其の亡霊《ぼうれい》来りし時、此の中を「いかなる物ぞ」と問ひ給へ。我此の家にあらば亡霊来らざる
事有るべし」
とて彼の朋友の方に止宿《ししゆく》し給ひぬ。
さて翌日《よくじつ》来り給ひ、
「昨夜問《と》ひ給ひしや」

と云われれば、松波答へて、

「成程御教《を》しへのごとく尋ね候へば、亡霊申すやう「何の事ぞや。それは将棋の駒なり。中には飛車角金銀歩がいくつ、しめて数十一」と答《こた》へ候ふ」

と云ふ。其の時聖、ふくさに包みたる物を持ち給ひしが、則ちほどき給へば、新《あた》らしき桐《きり》の箱《はこ》の、四方に封をしたるなり。則ち手に持ちながら、奇麗《きれい》なる台《だい》を取寄せ其の上に置きて、

「此の中に一封あり。今宵は此の箱の中を問《と》ひ給へ。必ずひらき給ふな。又女人など近く寄《よ》せ給ふまじ。大切の守りなれば、枕の上になをし置き給へ」

とねんごろに教へて帰り給ひぬ。

さて翌朝《よくてう》また来りて聞き給へば、松波云ふよふ、

「一昨夜のごとく夜前も尋ね候ふ所、幽霊《ゆうれい》此の御封を見るとひとしく、「おそろしの御守りや」などとて跡へしざり、はるかの遠くに居けるが、常よりはやく消へ失せたり。さてさて有り難き御守りかな」とて信感《しんかん》して悦《よろこ》びける時に聖、手を打ちて大きに笑ひ、

「これ全《まつた》く幽霊の来るにあらず。御身の心より設《もうく》るなり。すべて世にはめの霊と云へる事多く、此の類なり。心に深くこれを思ひ、くるしむが故に、心気おとろへて感《かん》じ出すなり。其の故は先達《せんだつ》ての駒は、御身に見せて封じたれば貴殿よく知りて居る故に、幽霊もよくあてたり。これ見給へ」

とて彼の守りの箱を明けて見せ給へば、やはり将棋の駒なり。

「これは御身の護《まも》りと思ひて心におそるる故に、幽霊又おそれたり。実《じつ》は貴殿亡妻《ぼうさい》存生の愛情をわすれず、折々これをおもふ。又後妻を迎《むか》へて約《やく》に違ひし事をぐどぐどと忘れかね、識鏡曇《しききやうくも》り、忘想《もうさう》の妖物《ようぶつ》となりて心の鬼が身を責《せ》むるとはこれなり」と事をわけ、理を正《ただ》してねんごろに教化《きやうげ》し給へば、松波心ひらけて、それよりなに事もなかりしとなん。

また安房《あわ》の国、吉右衛門と云へるは、いまだ吉五郎とておさなき時、隣家《りんか》に娘有りてわりなき友達《だち》にてありしが、漸《やうやう》物心覚ゆる頃より、互ひに隔《へだ》てられ、一所に寄り添ふ事もならず。ただ時折節窓《まど》あるひは垣《かき》越《ご》しに目を流して、恋をふくませ、又は文にて心のたけを云ひかわし、年たけるにしたがひ次第におもひふかく、互ひに命づくの中となりぬ。

元より似合《にあわ》しき中なれば、媒《なかだち》する者も有りしかど、親吉右衛門、堅《かた》き男にて、「いまだ廿《はたち》にも過ぎずして娘所にあらず」とて許《ゆる》さねば、只互ひに心の内にて音《ね》をのみ泣くばかりなるに、隣《となり》にはまた娘のさかり過ぐるを気のどくに思ひ、かれこれ外へ縁《えん》付けんとしけれども、かつて娘承引《せういん》せず。

其の内段々としたけて、吉五郎二十一、隣の娘十九の時、吉右衛門死に失せて、吉五郎、則ち吉右衛門と成る。百ヶ日も過ぐれば、彼の隣の娘を貰ひかけたるに、早速事出来て呼びむかへ、終に比《ひ》翼連理《よくれんり》のかたらひをなしぬ。

何か十年已来の恋女房、恋男なれば、其のおもひ又松波にも越《こ》へて、水ももらぬ中なりしに、いかなるはかなきゑにしにや、いまだ廿日もたたざるに、此の妻病死しければ、吉右衛門が歎《なげ》き、何に喩《たと》へん方なし。

さてしも有るべきならねば、寺に送《をく》りて淋《さび》しき墓の主となしぬ。然るに其の夜、吉右衛門が臥したる部屋の障子《しやうじ》の外にて、

「申す申す」

と云ふ声すれば、あやしく思ひ能く聞くに、正しく妻の声なれば、

「こはいかにぞや」

と云ふに、

「さればこそ忘執《もうしう》にひかれてうかみもやらず、中有に迷《まよ》ひぬるが、あまりの恋しさにこれまで来り候ふ」

と云ふにぞ。吉右衛門も切に恋しきあまり、たとひ変化《へんげ》の物にもせよ、妻の姿《すがた》となり来らば、今一目見たき程なれば、

「我もあまりにゆかしく、死ぬべきばかりぞや。能くこそ来りたる。これへ入り候へ」

と云ふに障子を明けて入る姿、更に常にかわらねば、再《ふたた》び蘇生《そせい》したる心地して、嬉《うれ》しく、抱《いだ》き寄《よ》せてかたらひ明しけるに、毎夜かくのごとくして一年余りも過ぎぬ。

然るに此の吉右衛門、先祖《せんぞ》よりの家例として毎朝非人に粥《かゆ》を施《ほどこ》しけるが、いつの程よりか賤《いや》しき者とも見へぬ女の手足甚だ尋常《じんじやう》なるが、頬《ほう》かぶりにて顔を隠《かく》し、朝々粥《かゆ》を貰ひに来るにぞ。下男共あやしく思ひ、

「いかなる者ぞや。頬かむり取りて顔を見るべし」

と相談して、翌朝来たる時、後《うし》ろにまわり、かむり物を取れば、大いにおどろき、いづくともなく逃げ失せけるが、跡にて両人の下男あきれ果《は》て、

「こはいかにぞや。今のは正しく過ぎし御内儀なり。さてもふしぎ」

とつぶやきけるをも、吉右衛門はしらず。其の夜も、

「かたのごとく来らん」と待ちける所に、はるかおそく来て障子の外より悲《かな》しげなるかを出し、

「最早《もはや》御身となれむすぶ事も夕べをかぎりにて候ふ。かへすがへすも名残おしく、残り多くこそ候へ」

と云へば吉右衛門、

「何とてさは申すぞ」

と云ふに、

「されば此の年月愛執《あいしう》にひかれて中有の身ながら君と契《ちぎ》りをむすびけるに、恥《はづ》かしくも一子をやどし、此の程産《う》み落し候ふ。我身は元より無食なれば、乳《ち》がなくて此の子を育《そだつ》る事ならず。これに依《よ》

りて此の間此の家の粥《かゆ》を貰《もら》ひつつ、乳となしてはごくみけるが、今朝家来共に見顕わされて候へば、最早《もはや》此の界《かい》へ来る事ならず。それに付きては、此の産み落したるおさなき者こそ不便に候へば、御身の方へ返しあたへまいらすべし。みづからはなきかたさまとも思し候ひて養育《よういく》して給われかし。かへすがへすもあら名残おしや、悲しや」

と云ふ声も幽《かす》かにて、其の儘《まま》消へ失《う》せければ、吉右衛門は身も世もあられず、走《はし》り出て障子をあけ
「今一度顔見せよ」

と呼《よ》べどさけべどかひもなく、狂気のごとく取り乱しけるが、程なく夜もあけはなるる頃、寺より人来りて、

「急に御出で候へ」

と云ふに、

「さる事もや」

と早速行きて見れば、彼の妻の墓《はか》四十九陰《いん》と書きて立てし卒都婆《そとば》の元に、赤子の泣《なき》て居けるにぞ。其のまま抱《いだ》き取りて帰り、育《そだ》て上げけるが、此

の小児成人して其の頃の吉右衛門と成りぬ。これよりして彼の卒都婆を名字に呼び、四十九陰吉右衛門とて今に有りとなん。

　此の事は近来名高き説法僧《せっぽうそう》〔現存なれば名を憚る〕の品川にて談《だん》ぜらるる所なり。されば幽霊《ゆうれい》のなきにしもあらざるをや。

今昔雑冥談巻之五 大尾

跋

不《ル》レ語《ラ》二怪-力《ヲ》一之聖-制最《モ》可《シ》レ慎《ム》。然《ドモ》古-老之所レ伝亦不レ忍《ビ》レ捨《ルニ》。予快《メルコト》三　々胸-中《ニ》一召レ年二于茲《ニ》一今-也。不レ得レ止《ムコトヲ》　謾《ニ》加《ヘ》二闇-弁《ニ》一命《ズ》レ工《ニ》。蓋《シ》是覚《ス》二童-蒙之眠《リヲ》一而-已。

宝暦十三癸未年
正月元旦

日本橋通三丁目
吉文字屋次郎兵衛
八丁堀岡崎町
万　屋　庄兵衛

後篇《こうへん》古実《こじつ》今物語《いまものがたり》

紅林　健志＝校訂

後篇古実今物語序《こうへんこじついまものがたりじよ》

豊臣家《とよとみけ》の政所《まんどころ》の召しつかひ給ひし小野のおづう、才智《さいち》勝《すぐ》れければ、『源氏《げんじ》』『栄花《えいぐは》』に比《ひ》して、珍《めづら》しき草紙《さうし》を作るべきよし望み給ふ。かしこまりて『長生殿《てうせいでん》十二段』といふ草紙を書きたり。矢矧《やはぎ》の浄瑠璃姫《じやうるりひめ》の事実《じじつ》を大旨《おも》として書きたるとかや。世《よ》に是《これ》を浄瑠璃本《じやうるりぼん》といふ。岩橋《いははし》といふ検校《けんぎやう》、かの草紙に節《ふし》をつけてかたりけるを、浄瑠璃と言ひ初《そ》めしものとや。

今また童女《どうによ》の問ふにまかせて、毬唄《てまりうた》の濫觴《はじまり》を尋《たづ》ぬれば、是《これ》も矢矧の事跡《じせき》なれば、十五段となして「古実物語《こじつものがたり》」と題《だい》するのみ。

清涼井

後篇古実今物語《こうへんこじついまものがたり》十五段総目録《だんそうもくろく》

巻之四

巻之五

総目録終

後篇古実今物語巻之《こうへんこじついまものがたりまきの》一《いち》

京から雁《がん》が三つくだる。先なる雁に物問《と》へば、おいらは知らぬとつい通る。中なる雁に物問へば、おいらも知らぬとつい通る。後《あと》なる雁に物問へば、おいらはちつと物知りで、あの山崩《くづ》して堂建《どうた》てて、堂のまはりに芥子蒔《けしま》いて、芥子のまはりに菊まいて、今朝のさむさに何花《なにはな》を、仏《ほとけ》に進《しん》ぜる菊の花、一本折《を》つてはお手に持ち、二本折つては腰にさし、三本折る間《ま》に日が暮れて、をぢ御《ご》の長者に泊《とま》ろふか。をぢ御の長者に鬼が居《ゐ》る。をば御の長者に泊ろふか。をば御の長者に牛が居る。姉御《あねご》の長者に泊ろふぞ。朝起《あさお》きて空《そら》を見れば、七つ小女郎が機《はた》を織《お》る、機織るが面目《めんぼく》ないとて烏川《からすがは》へ身を投げて、身は沈《しづ》む、髪は浮く、そこで殿御《とのご》の御心《おんこころ》。

○三州《さんしう》四長者《てうじや》の事 并《ことならびに》 浄瑠璃《じやうるり》姫《ひめ》の事

「天に口なし、人を以《もつ》て言はしむる」とは、世の中の吉凶《きつきやう》。それとは事かはりて女子童《をなごわらべ》の口ずさみ、「手まり歌ながら故《ゆゑ》なき事を唄《うた》ふにしも有るべからず」とさる方のむすめの根問《ねど》ひ葉問《はど》ひ。知らぬといふも口惜《くちを》しく、似《に》よりたる手がかりもがなと、本屋はおろか古家《ふるいへ》の腰張《こしばり》までをはがして詮議《せんぎ》せしに、ふと尋ねあたりてこの唄の来由《らいゆ》を知りぬ。

そもそも頃《ころ》は人皇《にんわう》八十代高倉院《たかくらのいん》の御治世《ごちせい》とや。三河《みかは》の国、矢矧《やはぎ》の長者《てうじや》と申すは音《おと》に聞こえし富人《ふうじん》なりしとかや。この所に四長者ありて、矢矧、岡崎《をかざき》、常陸原《ひたちはら》、烏川《からすがは》とて、四ヶ所の名《な》をすぐに家に呼びて、矢矧の長者、岡崎の長者、常陸原の長者、烏川の長者と唱《とな》へけり。

四長者ながら皆《みな》一門にて、中にも殊《こと》にこの矢矧の長者、すぐれて富貴なれば一郡《ぐん》の司《つかさ》として独《ひと》り長者の名高し。妻《つま》は家《いへ》の娘。夫《おつと》は都より来《きた》りたる聟《むこ》なり。夫婦の中に子なき事を悲しみ、当所峯《たうしよみね》の薬師《やくし》へ願《ぐわん》ごめして一人の娘を儲け、則《すなは》ち浄瑠璃姫《じやうるりひめ》と号《なづ》く。是《これ》は薬師如来《やくしによらい》の浄土《じやうど》を浄瑠璃世界と申すゆゑ、これを表《ひやう》してかくは名づけけるとかや。誠《まこと》に申《まう》し子《ご》のしるしにや、その美《うつく》しき事、玉をのべたるごとく、成人《せいじん》に随《したが》ひていよいよ婉転《あてやか》なれば、夫婦の寵愛詞《てうあいことば》にも尽《つ》くされず。

この娘十歳ばかりの時、文覚《もんがく》法師といふ奇異《きい》の僧、勧進《くわんじん》の為《ため》きたりて止宿《ししゆく》しけるが、姫を見て

「水難の相《さう》有り」

と言《い》ひければ、夫婦大きに驚き、

「いかがせん」

とかなしみ歎きけるにぞ、文覚法師、

「われ往昔《そのかみ》、那智の瀧にて水死《すいし》せる砌《みぎり》、諸大龍王《しよだいりうわう》に謁《えつ》せり。しかれば水難の事は全体にこそ除《よ》けられめ、重きを転じて軽《かろ》きになすの法《ほう》はやすき事なり」

とて、何やらん書きて、

「一生《しやう》身をはなすべからず」

とて、封《ふう》じて渡しけるが、はたして後《のち》たびたび必死《ひつし》の難を遁《のが》れし事、これまたふしぎの事なり。

かくて浄瑠璃姫だんだん成長して十五才の時、父の長者、病《やまひ》の床《とこ》にふして、医薬《いやく》しるしなく、既《すで》に最期《いまは》に及びしとき、妻娘《つまむすめ》を呼《よ》んで、言ひ遺《のこ》しけるは、

「われもと都《みやこ》にて源氏重恩《ぢうおん》の者なるが、当時平家に世を奪《うば》はれ、この所に身を潜《ひそ》めて、この年月を暮《く》らせども、今にても「源氏再興《さいこう》の時節《じせつ》も来《きた》らば、少《すこ》しの御用にも立つべし」と思ひしかど、限りある命は力なし。さて、汝等《なんぢら》もかねて知《し》つたる、都より奥州へ毎年くだる金売り吉次は、これも我と同じく源氏恩顧《おんこ》の者なるゆゑ、その由縁《ゆかり》をもつて我が方《かた》に一宿《しゆく》せしめ、また奥州に逗留中《とうりうぢう》も、都よりの飛脚《ひきやく》、往来《おうらい》ともに我が方《かた》に留《と》めて馳走《ちそう》するも、皆その由緒あるゆゑなり。然《しか》れば我《われ》なき跡《あと》にも懇《ねんご》ろに饗応《もてなす》べし。かならず疎略《そりやく》にすべからず」

と細《こま》々と言《い》ひおきて、終《つひ》にむなしく成りければ、妻娘の歎き、言ふも愚かなり。

されどもさてしも有るべき事ならねば、なきがらを懇《ねんご》ろに取り納めて追善供養《ついぜんくよう》するより外《ほか》なく、親子泣き暮す中にも、去る者は日々に疎《うと》きならひ、月日の経《た》つに随ひて悲しみも当座《とうざ》ほどにはなく、既《すで》にはやその年も明けゆけば、浄瑠璃姫ことし十六才。莟《つぼ》める花の開き初《そ》めたる粧《よそほ》ひ、鄙《ひな》とはいへど、翠帳紅閨《すいてうこうけい》に育ちし身は雲《くも》の上人《うへびと》にも劣らぬ程の気高《けだか》さ。常々の翫《もてあそ》びも詩歌管弦《しいかくわんげん》の外《ほか》なく、陪従《つきづき》

の女房たち、冷泉《れいぜい》、十五夜、更科《さらしな》、空《そら》さゆ、月さゆ、千寿《せんじゆ》の前《まへ》などといへるが、習《なら》ふより馴《な》れと自然と糸竹《いとたけ》の道に長じ、昼夜《ちうや》音楽を奏《そう》して遊び給へば、浄瑠璃姫の住み給ふ別殿《べつでん》こそ天人もあまくだらんかと疑《うたが》はる。

ここに都三条《でう》の吉次といふ者、毎年奥州へ黄金商《こがねあきな》ひに下りけるが、その身もと源氏の被官《ひくわん》なれば、今、平家に世をせばめられ、鞍馬《くらま》におはします牛若丸へ志《こころ》を通《かよ》はし、折《をり》々尋ね奉りけるが、奥州は大国にて大望《たいもふ》を思ひ立ち給ふにはよろしき所なるよしを物がたりしければ、牛若丸これに心づき給ひて、則《すなは》ち領主秀衡《ひでひら》は先祖八幡殿《はちまんどの》より以来《このかた》、由緒あるをもつて頼み下らんと思し召し、吉次としめし合はせ、鞍馬を出《い》でて奥州へ赴《おもむ》き給ふ所に、吉次もとよりこの矢矧の長者と入魂《じゆこん》なるにより、毎年この所に逗留する事なれば、この度もまた立ち寄りて案内を乞《こ》ひければ、母の長者則《すなは》ち迎へ入れて、旅亭《りよてい》へ通し、まづ去年《こぞ》の遺言《ゆひげん》を思ひいたすも、先立《さきだ》つものは涙なり。

○牛若丸浄瑠璃姫相惚《あいぼ》れの事

かくて母の長者は目をこすりながら、吉次に対面《たいめん》して主《あるじ》の長者、去年《きよねん》身まかりし事を物語《ものがた》れば、吉次も大《おほ》いにおどろき、倶《とも》に愁傷《しうしやう》を催《もよほ》し、つきせぬ物語に牛若丸は退屈し給ひ、一間を立ち出《い》で、庭の方《はう》の障子をあけ、外《そと》を見晴《みは》らし給へば、いまだ暮れて間もなき価《あたひ》千金の朧《をぼろ》月も、一しほ春の景

色おもしろく、向かふの方に音楽の声しきりに聞こゆるにぞ、

「かかる田舎にはいとやさしきことかな」とおぼして、そろそろと庭におり立ち給ひ、浄瑠璃姫の住み給ふ籬《まがき》のもとに佇《たたず》み給へば、想夫恋《そうふれん》の真《ま》つさい中《ちう》。簫《せう》、篳篥《ひちりき》、羯鼓《かつこ》、鉦鼓《せうご》、和琴《わごん》等の音声《おんせい》、調子よく揃《そろ》ふて耳をおどろかし給ひ、しばらく聞き入り給ひしが、笛の聞こえざるに心づきて、都より所持し給ひし蟬折《せみをれ》を取り出《い》だして、外面《そとも》に立ちて覚えずも吹きそらし給へば、姫のかたに聞こえて、いづれも不審に思ひ、自然と音声低《ひき》く成る。こなたの笛の音は弥《いよいよ》さえて、いとど名笛《めいてき》に、吹人《ふきて》も名人なれば、余多《あまた》の楽器、音をうばはれて笛の音ばかりぞ聞こえければ、十五夜といふ才発《さいはつ》女房、鉦鼓《せうご》の役を打ち捨てて、障子の穴より外面を覗《のぞ》き、立ち帰つてひそひそ囁《ささや》くにぞ、いづくにもあるならひ。座中《ざちう》なまめきわたつて、ひとり立ちふたり立ち、障子を細めにあけるやら、指窓《ゆびまど》をあけるやら、我もなれもと押し合ひへし合ひ、つひに障子を押しはずし、ばたばたばたと将棋倒し。顔をかくしてうつむくやら、尻を振《ふ》つて逃げ込むやら、埒《らち》もなきありさま。


　牛若丸は心をかしく、このまま逃げ帰らんも初心《しよしん》らしく、

「どうする事ぞ仕舞《しまひ》を見ん」

と、そしらぬ顔にて笛吹きそらして居《ゐ》たまへば、浄瑠璃姫は気の毒の、顔は紅葉《もみぢ》に琴やめて、

「こはけしからず、はしたなき有様《ありさま》」

と立ち出《い》で給ひ、互《たが》ひに見合はす顔と顔。若君見とれて、

「是《これ》こそこの家の娘ならん、あつぱれ見事、女御《にようご》、后《きさき》にそなへても恥《は》づかしからぬ、極上極上」と、じろりとながす目のうちに、照りかかる姫の顔、

「鄙《ひな》珍らしき児出立《ちごでたち》、人品骨柄《じんぴんこつがら》威《ゐ》有《あ》つて猛《たけ》く、なみなみならぬ御方ぞ」と思ひつくより初恋《はつこひ》の降《ふ》つて湧《わ》いたる出来《でき》ごころ。

「どうしてよかろ」と思ふ気の、つぎ穂《ほ》なければ、呉縁《くれえん》の手水鉢《てうずばち》により添《そ》ひて、万年青《おもと》に水をかけながら、

「心の水を汲み取つて、橋をわたせ」と付《つき》々に言はぬばかりの御風情。中にも冷泉、十五夜は年かさといひ、才発者《さいはつもの》。はやくさとつて庭に下《お》りたち、襟《ゑり》かき合はせ会釈《ゑしやく》して、

「そなたにわたらせたまふは、吉次どのの具《ぐ》して下《くだ》らせ給ふ御方とおぼえ候《さふろ》ふ。

「只今の笛の音おもしろく感に絶《た》えて候ふ。とてもの事にこれへ入らせ給ひて、今一曲《きよく》遊ばし候へかし」とわらはが主

人の姫君たつて所望に候ふ」

と唇をかみ、腰をすぢかへよぢつて言へば、若君もそれとさとつて、

「安き事にて候ふ。お望みとあらば幾度《いくたび》も」

と更に臆《おく》するけしきもなく、うち連《つ》れて一間に入りて見給へば、楽器あまたに取り揃《そろ》へ、中に錦のしとねを設《まう》け、

「琴の役《やく》こそかの人の座よ」と推量し、わざとしとねの側《そば》ちかく居《ゐ》させ給へば、姫君は、手水鉢のもとに有りけるが、嬉しながらもどうやらに、さしうつぶき、続《つづ》いて内に入り給ひ、若君の側《そば》にちかきは面映《おもは》ゆく、さすが女の立ちやすらひ、うろうろとし給へば、冷泉、十五夜口をそろへ、

「都の御方を招《せう》じ申せ」との仰せにまかせ、余義《よぎ》なくまねき申したり。いざ一調《しらべ》、とくとく御座へなほらせ給へ」

と申すにぞ、

「心つかざるかたがたや、希《まれ》の御客の入り給ふに褥《しとね》をなぜに取らざるぞ」

と姫の仰せにこころ付き、

「げにげに是《これ》は御もつとも」

と女房達、しとねを取らんと立ちかかるを、若君おさへて、

「苦しからずや、我とても岩木ならねば堅からぬ、褥《しとね》をわけてかり申さん」

と半《なか》ばは姫の座をよけて、しとねの上に座し給へば、冷泉十五夜立ちかかり、姫君を無理におしやりまゐらせて、

「あんまりいやでもござんすまひ」

とおゐどふつつり。

「おお痛《いた》」

とのたまへば、

「痛いはそのはず。少ししんぼうあそばせ」

とどつと笑《わら》ふて琴おしやり、

「かう並ばせ給ふ所は、悉皆《しつかい》お雛さま。よい御夫婦で有るまいか。もう管弦はやめにして、これからは酒事《ささごと》がよござんしよ。酒《ささ》のさの字は酒屋《さか》のさの字、呑んでゆられつゆり給へ」

とあだ口たらたらかたづける、楽《がく》の道具のその跡《あと》へ、三方土器《かはらけ》熨斗《のし》昆布《こんぶ》、加《くは》へ長柄《ながえ》の蝶《てふ》花がた、蓬《ほう》

莱山《らいさん》もよそならず、ここに移して立ちいづる母の長者、はるか末座《ばつざ》に手をついて、

「今宵《こよひ》吉次殿ものがたりに承り候へば、左馬頭義朝公《さまのかみよしともこう》の御公達牛若君《ごきんだちうしわかぎみ》にてわたらせ給ふよし、去年身まかりしこの家《や》の主《あるじ》は、先君《せんくん》の御高恩《ごかうをん》を蒙《かうぶ》りし者にて候へば、等閑《なほざり》ならぬ御若君。かくいやしき所へ入らせ給ふは、冥加《めうが》なき有りがたさ。願《ねが》ふてもなき今宵《こよひ》の時宜《じぎ》。すなはち、それなるは長者がむすめ浄瑠璃と申し候ふ。今宵《こよひ》御つれづれの御伽《とぎ》とも思し召し。御盃《おんさかづき》を下《くだ》しおかれなば、先だちし長者までこの上もなき面目」

とおもひがけなき挨拶《あいさつ》に、牛若丸は優《ゆふ》々と、

「世《よ》にありし身は兎《と》も角《かく》も、落ちぶれし我なれば、木にも草にも心置く、かかる時節に嬉しくも、今夜《こよひ》のもてなし忘れがたし。盛衰《せいすい》は世のならひ、某《それがし》世にも出《い》でし上は、是《これ》なる姫は二世の妻《つま》に定《さだ》むべし」

との御詞《ことば》、聞くに嬉しさますすほの薄《すすき》。ひらしやらしたる浄瑠璃姫、御若君の氏系図《うぢけいず》初《はじ》めて知《し》つてうち驚き、

「実《げ》にただならぬ気高《けだか》さも、美しいこそ道理ぞ」と穂にあらはれて見えにける。母はいよいよ恐れ入り、

「こは冥加なき御詞」

と、姫もろともに歓びの、御盃を頂戴《てうだい》し、ざざめき賑はふ三三九度《さんさんくど》の御加へ長柄《ながえ》のながき末かけて

首尾よく祝ひ納めけり。

○熊鷹鬼《くまたかおに》五郎婚礼の邪魔する事

ここに岡崎《をかざき》の長者と申すは、矢《や》矧《はぎ》の母《はは》長者の為には兄なれども、妾腹《せうふく》ゆへに他家へ出《い》でたり。その一子に鬼《おに》五郎とて、あくまで強欲不敵《ごうよくふてき》にして熊鷹《くまたか》といふ苗字《めうじ》を取りたる悪者あり。その癖に湿深《しつぶか》にて浄瑠璃姫に恋慕《れんぼ》し、いろいろと口説《くど》けども、姫も母も得心《とくしん》せねば、毎日足《あし》を費《ついや》すばかりなるが、今宵もまた入り来《きた》り、この体《てい》を見るよりむつと顔《がほ》、

「叔女《をば》じや人、こりや何事《なにごと》。祝言《しうげん》の座敷を見るやうな。けちいまいましい」

と座敷中《なか》へどつかり居《すわ》れば、母の長者は幸《さいは》ひと、

「おお甥《をゐ》の殿御出《とのおい》でか。急《きう》なことゆゑ、知らす間もなかりしが、知つて通り父御《ちちご》の遺言《ゆいげん》、「姫が望むものを聟《むこ》に定めよ」とのたまひしに、思ひもよらず今宵姫が望みのよい聟がね。都方《みやこがた》より呼びむかへました。歓《よろこ》んで下され」

と、

「思ひきれ」

とて小みじかき詞に、鬼五郎いよいよぐつとして、

「むむそれはまづまづ重畳《ちやうじやう》でゐす。どりや聟殿《むこどの》に近付《ちかづ》きになりましよ」

と若君をじろじろ眺《なが》め、何がな邪魔を額《ひたい》にしわ寄せ、

「いやこれ叔母じや人、去年これの叔父貴《き》が死なれてから、おらが親父、腹がはりでもこたなの兄、あい兄親《おや》に違ひはないは。時にと、当所一郡の惣支配《そうしはい》、今までこれの叔父貴《き》がせられたけれど、後家ではならぬによつて先《ま》づ当分おらが親父がその役目。今でもこの家に聟《むこ》が入《はい》ると、支配役をこちらへもどす約束じやないか。すりや一郡の頭役《かしらやく》、もし大勢の人をも使《つか》ふ者《もの》なれば、小器量《ぎりやう》もなうてはならず。小力《ぢから》もなうては済《す》まぬ。華奢《きやしや》なの、尋常《じんじやう》なのといふは都の歴々の事、ここらではまさかのとき歌《うた》や連歌《れんが》であしろふては済《す》まぬ。譬《たと》へば五人三人の人をも殊《こと》によれば、投げたり縛《しば》つたりせにやならぬ頭役。慮外《りよぐわい》ながらこの鬼五郎などは、まあ見かけでも人がおそれる、力といふたら人の五人や十人は手まりにも取る。まああの聟殿《むこどの》を見るに、どうやら吹いたら飛びさうな形《なり》、あれでは頭役は心もとなひ。おらも家に付いた一家なれば、言ふことは言はねばならぬ。後日に世話かけられては迷惑な。さりながら人は見かけにもよらぬもの。この聟《むこ》殿も白魚《しらうを》の干物《ひもの》見るやうに、ひがいすな形《なり》でも、力が有るも知れぬ。どりや、ちとためして見ませうか。のう聟殿、枕引《まくらひ》きなりと腕押《うでお》しなりと、角力《すまふ》なれば猶《なほ》よし」

と何《なに》がな事よせ、ばらしてしまふ分別《ふんべつ》。若君は、

「きやつ不届《ふとど》きなる慮外者《りよぐわいもの》、につくし」とはおぼせども、わざとさあらぬ体にて、

「むう腕押《うでお》し、枕引《まくらひ》き、角力《すまふ》などが人を治《をさ》める道《みち》になるかな」

とのたまへば、

「いやさ政道《せいだふ》になりはせねど、今言ふ通りに大勢の人を支配することなれば、力がなうては人が怖《こは》がらぬ。さるによつて力をためして見る為《ため》さ」

「いや夫《それ》は貴殿《きでん》の了簡《りやうけん》ちがひ。桀紂《けつちう》天下を率《ひき》ふるに、暴《ぼう》をもつて民《たみ》したがへども、人に怖《こは》がらせて人を随《したが》へるは、面《おもて》ばかり伏《ふく》して心に背《そむ》く。すりや何の益《あき》なし、終《つひ》に乱《らん》の端《はし》となる。仁愛《じんあい》をもつて人を伏《ふく》せしむる時は、親のごとくにしたふ」

と、のたまふ詞もかぶりをふり、

「いやこれおかれいおかれい。それはとつと昔の事、今時それで行くものか。既にこなた都人なりや。知つてであろ。安芸守清盛《あきのかみきよもり》殿、法皇《ほうわう》を鳥羽《とば》へ押し込み、関白《くわんばく》を役替《やくがへ》させ、自身《じしん》に太政大臣《だじやうだいじん》となりて、天下を立てようと伏《ふ》せようと心次第。その強勇《ごうゆう》におそれ勢《いきほ》ひが強いによつて草も木もなびきしたがふ。それになんぞや仁《じん》をもつて民随《たみしたが》ふなどとは。はははは。腹の皮がよれかへる。そんな事は神武天皇《じんむてんわう》の時分《じぶん》に言《い》はれい。今どき仁愛に帰伏《きふく》するとは。まあこの熊鷹は随《したが》はぬ。おれが様《やう》に合点《がてん》せぬ者が有つたら、なんと召さる」

「ほほう仁《じん》をやぶり義《ぎ》にちがひ、掟《おきて》をそむく悪党は刃《やいば》を以《もつ》てこれを罰《ばつ》す」

「なに刃をもつて。こりや面白い。見事こなたが刃で罰するすべ知つたか」

「いや知《し》つた知らぬの論は無益《むやく》。その方《ほう》ごとき愚昧《ぐまい》の者、五人や十人むかふとも、物その数に入るべきや」

とのたまへば、

「いやこりやうまい相談《さうだん》、青《あを》い嘴《くちばし》で大に出たな。先《まづ》、この熊鷹、一番に義そむき仁にたがふ、さあ刃をもつて罰して見しやれ。角力《すまふ》より腕押《うでお》しより重畳《てうでう》の真剣勝負《しんけんせうぶ》。おりや長刀《なぎなた》が得手者《えてもの》」

と長押《なげし》に掛けたる姫が長刀おつとり延《の》べ、横に車を押し勝負。姫と母とは興覚《きようざ》まし、

「こりやまあ何事。了簡《りやうけん》して今宵は延《の》ばして」

と、しがみつくを振りはなして、

「やあ邪魔せまい邪魔せまい。慮外《りよぐわい》ながら緩怠《くわんたい》ながら、この熊鷹の鬼五郎、言《い》ひだしてからは、その座《ざ》は引きはせぬ」

と力《りき》みかへつてつつ立てば、若君心をかしくも、

「いやこれ、熊鷹殿。真剣《しんけん》を以て罰《ばつ》すとは、その罪きはまりたる罪人を罰す時の事、勝劣《しやうれつ》を試るには木刀《ぼくとう》にて立ち合はん」

とのたまへば、鬼五郎つきあがり、

「いや卑怯《ひきやう》至極《しごく》。今の口をどこへかへす。未練《みれん》千万。是非《ぜひ》是非真剣勝負《しんけんせうぶ》。はて、こなたを切《き》るかおれが斬《き》られるか、さつぱりと鋸商《のこぎりあきな》ひ。さあおぢやれ。この次の間《ま》の百畳敷《ひやくぢやうじき》、天井《てんじやう》は高し。上々の

勝負所」

と先に立ち、次の間を押しひらき、進みてこそは立ち出《い》でたり。

後篇古実今物語巻一終

後篇古実今物語《こうへんこじついまものがたり》巻之二

○牛若丸熊鷹鬼五郎と太刀《たち》打ちの事

「洪波《こうは》谿《たに》に振《ふ》るふとき川に静かなる鱗《うろこ》なく、驚飆《きようひよう》野を払ふとき林に静かなる枝なし」とかや。

さしもめで度《た》く祝ひつる矢矧《やはぎ》の家内、熊鷹一人にて以ての外騒動し、母の長者姫をはじめ女房たちに至《いた》るまで、「こは何事ぞ」と安き心もなき所に、牛若君はさらに驚き給はず、続いて一間へ立ち出《い》で給ひ、

「左《さ》あらば御辺《ごへん》は勝手次第、それがしは木刀にて向かはん」

と則《すなは》ち木太刀《きだち》を取りよせて、

「用意《やうゐ》よくば」

とのたまふ所に、熊鷹は尻七《しりしち》の図《づ》までひつからげ、玉だすきにかけて姫の長刀《なぎなた》抜きそばめ、障子雨戸を小楯《こだて》に取りて、牛若君をねらひよる。若君は優々と木太刀をさげて、畳《たたみ》の間《あひだ》五畳《じやう》隔てて待ち給ふ。互ひにかかるを待ちけるが、いらつて熊鷹座敷をふみ、てつぺんから梨子割《なしわ》りと、打つ長刀《なぎなた》をひらりとはづし、木太刀の稲妻てうてうてう。獅子奮迅《ししふんじん》、虎乱飛鳥《こらんひてう》のかけりの、手をくだき働き給へば、堪《こら》へずして、面《おもて》もふらず、十三ヶ所、おなじ頭《かしら》を切り付けられ、蛙《かいる》に水のむくりを煮やし、

追つかけすかさずこむ長刀《なぎなた》にひらりと乗れば、刃向《はむ》きになし、追つとり直《なほ》して上をはらへば、下をくぐつては、すかを食《く》らひ、退《しさ》つて引く手に下を突けば、飛びよつてその儘《まま》見えず。ここやかしこと尋ぬる所に、おもひもよらぬ後《うし》ろより、はせおり上げたる着《き》るもののすき間《ま》、尻《しり》の素肌《すはだ》をしたたか打たれ、

「こはいかに。あの聟めに打たるる事の無念さよ」

と言へども天井《てんじやう》にあがり給へば力《ちから》なし。

「打物業《うちものわざ》にて叶《かな》ふまじ。手どりにせん」

と、長刀うちすて大手をひろげ、ここの面廊《めんろう》かしこのつまり、追つかけ追つつけ取らんとすれども、かげろふ稲妻《いなづま》水の月かや。姿は見れども手に取れず、次第次第に重《おも》たい体をあせり廻《まは》つて、目まひは来る、打たれし疵《きず》はひりつき出《い》だす。やきもち心も弱《よは》り行きて、

「うろつく足《あし》もと打ちよし」と、一当《ひとあ》てあてて蹴《け》かへし給へば、真《ま》うつむけにずでんどうと、のめる所を起こしも立てず、木太刀をもつてりうりうりうと腰骨背骨《こしぼねせぼね》の分《わ》かちなく敲《たた》き伏せ給へば、姫と母とは気の毒やら能《よ》い気味やら、顔をしかめて片頬《かたほ》に莞爾莞爾《にこにこ》、化けそうな婆《ばば》が死んだ所へ、悔やみに行きし如くなり。

若君は首元《くびもと》にて声あららかに、

「なんとから罰《ばつ》したらどうであろう」

とのたまへば、熊鷹は一言もなくて有りけるが、漸々《やう》にして起き直《なほ》り、腰をさすりながらもまだ口は減らず、

「叔母《をば》じや人、あつぱれな聟殿《むこどの》でござる。中々味《あぢ》をやらるる。我等《われら》負けまいとおもへば、負けはせねど、大人気《おとなげ》なくさうもならず。わざと打たれて手の中《うち》を試《こころ》みたもの。誠《まこと》この熊鷹が秘術とふるふならば、いかなる天魔鬼神《てんまきじん》なりとも、中《ちう》につかんで微塵《みぢん》になし、うたれたる腰《こし》があ痛《いた》あ痛、こりや女《め》ろうども、何を笑ひをる。ここへ来て腰でもさすろふとはしをらいで、惣体《そうたい》ここの引きさかれどもめら、おれが気に入つた奴がひとりもない」

とせう事なさの八つあたり。女房達は目を見合はせ、

「お気に入らいでいかい仕合《しあ》はせ」

とをかしさを堪《こら》ゆれば、

「あれまだ笑つてけつかる。こりやこりやせめて杖でも持《も》つて失せおろう」

と杖とりよせて漸《やうや》うに立ち上《あ》がり、顔をしかめてよろめきながら、我が屋へこそは帰りけり。

後《あと》見送りて女房達、堪《こら》へ堪へしをかしさを、一度にどつと吹き出《い》だし、

「さあ一《ひと》勝負まづ済《す》んだ。是《これ》から後《あと》が勝負の関門《かんもん》。お姫さまも自身には言ひにくかろう。したがあの牛若さまのお手際《てぎは》では終《つひ》に乗り勝ち給はん。お姫さまも翌日《あす》はお杖が要《い》りましよ」

とあだ口々も聞かぬ顔なる母親は、気を通《とほ》し、

「やれやれ若君はお眠《ねむ》かろ、姫よきやうに差図《さしづ》して御寝《ぎよしん》ならせまゐらすべし。わらはも眠うなりました」

と挨拶もなく奥ふかき臥戸《ふしど》へ入り給へば、後《あと》はざわめく若い同士《どし》。

「そりやお夜着《よぎ》よ、お布団《ふとん》よ。お長枕《ながまくら》はかう置いて、姫君は北の方」と床《とこ》をとるのもてつとり早《ばや》く、屏風《びやうぶ》くるりと引きまはし、面々《めん》臥所《ふしど》へ入りければ、あとはひつそと物音も、静かなりける四海波《しかいなみ》。いかなる夢をや結ぶらん。

○鬼五郎謀計《ぼうけい》を以て難題を言ふ事

「槿花《あさがほ》に紅閨《こうけい》の灯《ひ》はまだ消えず」とさる人の発句《ほく》。

既《すで》にその夜《よ》も明けはなれ、日は東山《とうざん》に登り給へど、姫の寝所《しんじよ》はまだ夜中《よなか》にて睦言《むつごと》の真《ま》つ最中《さいちう》。三《さん》条《でう》の吉次は旅装束《たびしやうぞく》して来《きた》り、若君を起こしまゐらせければ、兼《か》ねて期《ご》したることながら、姫は名残をぐとぐとと、諸《もろ》ともに起《お》き出《い》でて、

「必ず早《はや》うお登り」

と顔をそむける別れの涙。牛若丸も尽《つ》きせぬ名残、

「奥州へおもむかば、早速無事の便りをせん。随分まめで、やがて登るを待たれよ」

と母の長者にも念比《ねんごろ》に暇乞《いとまご》ひ。つきせぬ思ひをふり切りて、奥州へと赴き給ふ。

かくともしらず熊鷹鬼五郎は、夕《ゆふ》べの事を無念におもひ、釣針《つりばり》太郎、深山《みやま》の小猿、びつこの九郎などといへる、無宿同前の悪党どもをかたらひ、夕べの仕返《しかや》しに来《きた》りしが、はや今朝《けさ》立ち給ひしと聞きて、案に相違し、歯をかんで帰りけるが、色々と邪謀《じやぼう》を廻《めぐ》らし、ある日来《きた》つて、いつにない肘《ひぢ》をはつて、叔母《をば》に対面し、

「先達《さきだつ》てより、度《たび》々申す通り、是非とも浄瑠璃姫を女房に下され」

と藪《やぶ》から棒《ぼう》を出《だ》したやうに言へば、叔母もあきれて、

「さりとは聞きわけのない。日外《いつぞや》見らるる通り、都《みやこ》の人の妻となりたる姫、何とてそなたとまた夫婦になるべきや。その上もとより、そなたとは縁《えん》がないやら、初めより姫が得心《とくしん》せねば、是非がないとあきらめて、またどれぞ、外から気に入つた妻をむかへられよ」

となだめかかれば、

「いやいやいや、是《ぜ》でも非《ひ》でも浄るり姫はおれ様《さま》が女房にせにやならぬ。あつちへ下さるかまたこつちへ聟《むこ》に来《こ》よふか。さあ返答《へんとう》さつしやれ」

と無理無体《むりむたい》に横《よこ》にかかれば、叔母の長者大《おほ》きに腹たて、

「詞《ことば》を甘くすれば付けあがり、無体至極《むたいしごく》な事を言ふ。母が「ならぬ」と言ふ娘を、是非女房にするとは何の事、よもや兄岡崎長者がそうせいとは言はれまい。金輪際《こんりんざい》ならぬならぬ。かさねてそんな

事言ふ気なら、ここの内へ来ること無用」

と、吃相《きつそふ》変へて言へば、

「むう、すりやどうあつても、くだされぬの」

「知れた事、決《けつ》してならぬ」

「おおそれ聞《き》こうばかり、この度《たび》平家の大将宗盛《むねもり》公、色を好み給ひ、日本国中を女の詮議《せんぎ》。「器量《きりやう》よき女あらば、宮仕《みやづか》へに差し上げよ」と則《すなは》ち当国《とうごく》へは難波《なんば》の次郎常遠《つねとほ》といふ侍《さむらい》、知つての通り今では我等《われら》親父が当所の頭役《かしらやく》たるによつて、今日突きかけて我等方へ見へた。時に親父は面倒がる。我等すなはち出《い》でむかひ、御用の筋を承《うけたまは》る所に、「これなる浄るり姫器量よきといふ取りざたを聞いたゆゑ、早速差し上げよ」とのこと。所で我等了簡《りやうけん》には、姫を我等に下さると難波の次郎を一ばいくはせて、言ひやうはさまざま、「悪い病《やまひ》が有る」となりと、「小町の生まれがはり」となりと言ふて少々難波に袖《そで》の下をつかませて、さらりと事が済むによつて今の通り言ふて見たもの。下《くだ》されざ、はてせうことがなひ。今まで難波を我等が舘《やかた》で馳《ち》走《そう》して置いただけが損《そん》。さらばこれから難波を同道いたして、こなさまと、じき相対《あひたい》。先今《まづいま》はお暇《いとま》申す。なんぼ来るなと言はれても、公用《こうよう》なれば百度も来《こ》にやならぬ。おしつけまた参《まゐ》る」

とにがり切《き》りて立ち帰れば、母ははつと当惑の、影に聞きゐる姫も立ち出《い》で、

「その宗盛《むねもり》とやらは父に劣《おと》らぬ悪人と聞く。そんな所へゆく事はわたしやいや。そしてまあ、牛若

様とあれほどに堅《かと》う約束して今更なんとどう行《ゆ》かりやう。どのやうに言はうとも、かならずやろふと仰《おつしや》つて下さるな。もし是非是非行《ゆ》かねばならぬ品ならば、わたしやすぐに死にます」

と声ふるはしてのたまへば、

「はてさて気づかひしやるな。金輪際《こんりんざい》この母がやりやしませぬ。とは言ふものの憎いやつは鬼五郎。ちいさい時から欲ふかく爪が長いといふ事から自然と熊鷹といふ悪名《あくめう》を取りて、それを是《ぜ》と心得《こころえ》、おのれが口からも熊鷹鬼五郎と言ふては強《つよ》い者のやうに覚《おぼ》えてよろこびをる大だわけ。まことを言へば、このたびも上手《じやうず》を言ふて、難波の次郎をだましてなり共《とも》そなたをやらぬやうにして呉《く》れをるはづ。それをおのれが横恋慕《れんぼ》から、たとへこちで言ひ抜けしてからが、あからさまに内証《ないしやう》を、言ひさがしをるは知れた事、いつそあかして、

「何事も御免《ごめん》なされて下されと、何処《どこ》がどこまで言ひはつて只《ただ》いつまでも、「なりませぬ」と命にかけて言ふより外に」

女子同士《をなごどし》、思案もなにもあらなみだ、親子額《ひたひ》をすりよせて、泣くより外の事もなく、互《たが》ひに背中をなでさすり、道理道理も哀れなり。

○難波《なんば》の次郎矢矧《やはぎ》の母を殺す事

非理法権天《ひりほうけんてん》のことはり、理の上をも法でおし、法を破るは時の権柄《けんぺい》。親子なみだのその中《なか》へ、上使《じやうし》と呼ばはり難波の次郎、鬼五郎を引きつれて、厳《いか》つがましく入り来《きた》れば、姫を一間《ま》へ母親はむかへ入れて、手をつけば、難波上座におしなほり、権威《けんい》を甲《こふ》に唇《くちびる》そらし、「先達《さきだつ》てこれなる鬼五郎をもつて言ひ送る通り、この家《や》の娘浄るりとやらん、器量よきよし、主君宗盛公の上聞《じやうぶん》に達し、「御寝間《おんねま》の伽《とぎ》に召しつれ来《きた》れよ」との御上意、ありがたくお受け申し上げ、さつそく差し上げよ。用意よくば、身が同道いたさん」とさも横柄《わうへい》にののしれば、母はむつとしけれども、わざと面《おもて》をやはらげ両手をつき、「かかる田舎の賤《しづ》が家に育ちし身を雲井《くもゐ》にちかき御方へ召されんとの御仰《おんおほ》せ。ありがたいと申《まう》さふか、冥加《めうが》ない仕合はせ。此方から願ふても差し上げたき所。さりながらそれなる鬼五郎も存《ぞん》じの通り、この間聟《むこ》を極《きは》め婚礼を取りむすび候へば、残念ながら」と言はせも立てず、「いやいや夫《それ》は少しも苦しうない、「婚礼はまだしも五人三人子の有る中でも、器量さへよくば引き分《わ》けて連れて来い」との御上意。「後家は勿論《もちろん》、尼でも器量よくば髪をたてさせよ。親子器量よくば親子とも、兄弟《きやうだい》器量よくば兄弟ともに引きつれ来《きた》れ」との御仰せ。日本国中ひとりとして宗盛公の上意に背《そむ》く者はない、はやはや用意致すべし」

と傍若無人《ばうじやくぶじん》の言葉に、母はぐつとせき上げ、

「こはまたあまりなる無体《むたい》の仰《おほ》せ。主《ぬし》ある者を引き分けて、召させらるるとは、邪《よこしま》非道《ひどふ》、この上やあるべき。その上日本国中をしろしめすは、天照太神《あまてらすおほんがみ》の血筋、帝《みかど》さまこそしろしめさん。清盛《きよもり》公やうやく受領《じゆりやう》の地下《ぢげ》人より昇進し給ひ、今源氏衰廃《すいはい》して独り権威をふるふ我儘《わがまま》、この矢矧の長者こそ、代々今まで平家の恩禄《おんろく》を蒙《かうむ》らず、仮令《けりやう》御挨拶《あいさつ》なればこそ、「ありがたい」の「冥加ない」のとは申せ、なんのこれが忝《かたじけな》いこと、此方の娘も田舎にこそ生まれたれ、何一つふそくなく余多《あまた》の人を召しつかひ、朝夕《あさゆふ》糸竹《しちく》のなぐさみに、あかし暮らせし身の上を今更《いまさら》宗盛公の御伽《とぎ》に出《い》だすは、傾《けい》城《せい》遊女に売るも同前《どふぜん》。極楽と地獄とほどのちがひなれば、この上是非にとあれば、姫も生きては居ぬ覚悟。死んだものを召されてからが益なき事」

と女ごころの一すぢに思ひつめたる心より、歯《は》に衣着《きぬき》せずすつかりと言へば、難波大きに腹を立て、

「言はせて置けば、出るままの雑言《ざうごん》。当時宗盛公の御威勢《ゐせい》、帝《みかど》をも自由にせらるるほどの事。汝等《なんぢら》ごとき下﨟《げらふ》の身として上を恐れぬ慮外緩怠《りよぐわいくわんたい》。所詮《しよせん》汝に言葉をつひやすも面倒なり。姫はいづくにある。引つとらへ召し連れゆかん」

と立ちあがり、奥の一間へふんごむ所を、

「こは狼藉《らうぜき》なり」

と立ちふさがり、

「やらじ」

と留める母の長者、

「につくき婆《ばば》め」

と引つぱづし、

「邪魔ひろげば、もうゆるされぬ」

と抜くよりはやく、氷《こほり》の刃《やいば》を胸先《むなさき》へ、ぐつと突き込むつばもとまで、あつとばかりに一ゑぐり。あへなき最期《さいご》ぞ是非もなき。

「こはこはいかに」と家内の騒動。有りあふ男女かひがひしく、

「主人のかたき、のがさじ」

と詰《つ》めよるを、鬼五郎は立ちふさがり、

「こりやこりや、血迷《まよ》ふたか汝等。御上使に向かひ壱人でも手ざしせば、忽《たちま》ちこの家の滅亡をまねかん」

と言《い》はれて今は何とせん。「現在御主《げんざいおしゆう》の敵《かたき》ぞ」と歯《は》をくひしばり控《ひか》へ居る。

姫は一間《ひとま》をまろび出《い》で、むなしき母にいだきつき、

「わらはもともに南無阿弥陀」
と難波が刀《かたな》をとらんとする手を、しつかと握り、
「いやそふはならぬ」
と刀《かたな》もぎとり鞘《さや》にをさめ、姫を引き立てゆかんとするを、鬼五郎、
「まづしばし」
と押しとどめ、
「先達《さきだつ》て内談《ないだん》いたせしごとく、今にも姫が得心《とくしん》いたし、拙者《せつしや》の妻にならんと申さば宗盛公の御前《ごぜん》は
貴公《きこう》よろしく頼み上げる」
「ををさそれは兼ねて貴殿《きでん》と某《それがし》内談の約束なれば、御前事は気づかひなし。但《ただ》し是非とも貴殿に
なびかぬ時は、都へ引き立てゆかねばなるまい」
「なるほど左様《さやう》。さりながら今ははや、母もばらしてしまふた上はこの家は拙者が内も同前。猶《なほ》も
つて姫を女房にすれば、矢矧岡崎両家のあるじはこの鼻。慮外ながら御よろこび下さるべし。この
上は今宵《こよひ》この家に御一宿《しゆく》あつて、姫と我等が中、御取り持ち下されませ。もしその上にも得心《とくしん》いたさぬ
ときは、是でも非でもおつすくめ、縛《しば》りあげてなりとも抱《だ》いて寝る思案《しあん》。もしそのとき我等ひとり
の手にあまらば、貴公のお手をかり申すこともあらん。そのかはりに今宵貴公への御馳走《ちそう》には御覧
の通り、大勢ある女子《をなご》ども御のぞみ次第に進上いたす。一人《ひとり》で御不足ならば二人《ふたり》でも三人でも、乃《ない》

至《し》みんなでも御気根《きこん》次第に召しあげられよ」

と口から出《で》しだい軽薄追従《けいはくつゐしやう》。難波大きに笑《ゑ》つぼに入り、

「これはこれは何よりの御馳走。最前《さいぜん》よりひらしやらと見かけ申すが、見るほどの顔つき、落《お》ちはすこしも見え申さぬ。殊更《ことさら》身どもこの一しゆは大好物《こふぶつ》。それゆゑか大概《がい》の善悪は知れ申《まう》さぬ。なかなか一人《ひとり》二人《ふたり》とより出しては、越後屋店《みせ》で雛形《ひながた》を見るやうで、目うつりがして埒《らち》が明《あ》くまい所を、のこらずとはきつい御馳走。おそらくたべかねはいたすまい」

と鼻をいからしてよろこべば、側《そば》に聞き居る浄るり姫、

「「かかる憂き目を見せんより、いつそ殺して死なして」とたのんでくれよ、十五夜よ。わしや死《し》にたい、冷泉」とあせり給ふぞ、鬼五郎はや我がもの顔に、

「これ浄るり、どうて一度は死ぬる老《お》いぼれ、御袋《おふくろ》が死なれたとて、そのやうに泣く事はない。見ず知らずの宗盛公、京三界《さんがい》へ行《ゆ》かうよりおさな馴染《なじみ》のこの熊鷹、いとこ同士《どうし》の水入らず、我等がお御台《みだい》さまになれば、好きな事してあそばせる。なんと悪《わる》うは有るまいが」

といだき付くをふり放《はな》さんも女のちから。見かねて立ちよる十五夜冷泉《れいぜい》。難波の次郎は目をほそめ、

「これこれ、ふたりの年増《としま》達《たち》、鬼五郎が馳走のもてなし、今宵《こよひ》一夜はこの難波がいづれも達をみな惣揚《そうあ》げ」

ちよと手つけに抱《だき》つくと、傍若無人《ぼうじやくぶじん》のふるまいに十五夜と冷泉は姫君をうしろに囲《かこ》ふて身構《がま》へし、

「こは御無体《むたい》なる御仕かた。我々は傾城《けいせい》にては候はず、不作法の御ふるまい。御仁体《じんたい》に似合はず」

と思ひつめたる女の一念、吃相《きつそう》かはつて見えければ、鬼五郎声あららげ、

「どりやどりや、女子《をなご》ども御上使の御意にそむくと老いぼれどのがよい手本《てほん》。御上《おかみ》の御権威違背《けんいいはい》はならぬ。命が惜しくば御意次第に御馳走《ごちそう》申せ。なに御上使、ひんしやんとしてお気に入らぬやつらは、かたつぱしからばさりばさりといさぎよく遊ばせ。またあれなる浄るりも口の強《こは》いあら馬《むま》、ひとりでは中々乗《の》りしづめられますまい。貴公《きこう》のお手をかり申《まう》さん」

と女ばらを踏みのけ蹴《け》たて、両方より姫のかよわき小腕《こがいな》をあらけなく引き立て、既《すで》にかうよと見えける所に、堪《こら》へ堪へて控《ひか》へ居る姫の傅《めのと》、加川兵蔵《かがはひやうぞう》一間《ひとま》の内より飛んで出《い》で、二人を左右《さゆう》へ突《つ》きのけはねのけ、二人が中にどつかと座《ざ》し、

「最前《さいぜん》母君殺《ころ》され給ふ時飛んで出《い》で、主君の敵《かたき》ただ一討《ひとう》ちと存《ぞん》ぜしかども、何にもせよ上使を殺さば御家の滅亡と、無念をこら飛へて隠れ聞くに、ご麁相《そそう》なる御上使様。御主人宗盛公へ差し上げらるべきはずの浄瑠璃姫を、鬼五郎殿へ恋のお取り持ちなされ、また、岡崎の家で饗応《もてな》すべき鬼五郎殿の御馳走《ごちそう》を、この家でお受けなさるは門ちがひ、また召《め》し仕《つか》ひの女どもへ不義《ふぎ》を言《い》ひかけらるるが、但《ただ》し上使の御役目かな。公用《こうよう》の御上使へ対《たい》し、過言《くはごん》の誤《あやま》りをもつて討《う》たれ給ひし上はこの場はゆるす。しかし御上使様が役替《やくがへ》なされて私《わたくし》ごとの宿意《しゆくゐ》をもつて我がままの八百。さあ返答あらば一言でも言ふてお見やれ、言ひぶんが悪いとあごたを切つて切りさげる」

と刀《かたな》の柄《つか》に手をかくれば、両人案に相違し目と目を見合はせ、

「いやさそれなれば姫を宗盛公へ差し上げ申す」

と言ふに兵蔵吹きいだし、

「また御上使の御麁相《そそう》な。たつた今母は討たれ忌服《きぶく》血忌《ちいみ》の穢《けが》れある姫君を、貴人《きにん》へは差し上げがたし。まづこの場《ば》はおとなしくお帰り有《あ》つてしかるべし。それとも「いやだあ」とあればこの兵蔵がたましひを、御上使の肝《きも》さきへお目《め》にかける」

と反《そ》り打てば、熊鷹難波も色真《ま》つ青《さを》、がたがたとふるひ出《い》だし、

「なるほど是は兵蔵がお言《い》やるがもつとも。さあ、さう事をわけて言ふをまた、聞き入れるが上使の役目さ。立ち帰つてその段言上申《まう》す。いざ鬼五郎委細《いさゐ》はまた追つての事。まづ今宵《こよひ》は罷《まか》り帰る」

と手持ちぶさたに天窓《あたま》をかき、こそこそこそと帰りけるこそ、心地よき事に覚え

ける。

後篇古実今物語巻之二終

後篇古実今物語《こうへんこじつのいまものがたり》巻之三

○常陸原《ひたちはら》牛太郎上使を討つ事幷兵蔵切腹の事

「ひとり慈母《じぼ》の喪《も》をかなしんで、泪河水《なんだかすい》とともに流るる」とは、母の死を歎くの詩なり。天然の寿《いのち》をつくして定業《ぢやうごう》に終はるをすらかくのごとく。況や浄《いはん》るり姫は思ひがけなき母の最期。のこり多いの悲しいのといふ段をうちこえて、正体《しようだい》もなく取り乱せば、つきづきまでも袂《たもと》をしぼらぬものもなく、死骸を取り納むべき方角さへなきに、鬼五郎はぐずぐずとして居《ゐ》れば、兵蔵は目に角《かど》たて、

「鬼五郎殿にも御用の筋は相済《す》んだり、早《はや》々お帰り有るべし」

と言へば、

「いや左にあらず。我がためにも叔母の横死。せめて取り納めの御供」

と真顔になつて言へば、

「左ほどに思《おぼ》し召す人が、この歎きの中で無道《ぶどう》の振舞《ふるまい》、最前の体《てい》たらく畜生《ちくしやう》同前のしかた、あはれ御一家でなくは一寸もゆるすまじ」

とにがにがしく恥《はぢ》しめらるるを、兵蔵が面魂《つらだましひ》どうやら底気味《そこきみ》わるく、猿のつら見るやうに面《かほ》をあかめて、立つにも立たれずうろうろするこそ心地よき。

ここに常陸原《ひたちはら》の長者と申すは、浄瑠璃姫の叔母《をば》にて母長者の妹なり。その一子牛太郎とて血気の若者有りけるが、伯母の横死《わうし》を兵蔵が知らせにて聞くとひとしく真《ま》一文字に馳《は》せきたり、余《よ》の事を聞かず、

「なになに宗盛《むねもり》公の上使難波の次郎とやらんが伯母人を殺せしとや。いかなる子細《しさい》ぞ、難波は何所《いづく》に。牛太郎見参せん」

と急《せ》きに急いて言へば、鬼五郎引きとつて、

「さればとよ。宗盛公浄るり姫が器量よきを聞きおよばれ、難波の次郎に仰《おほ》せて召させられんとある所、叔母じや人の例《れい》の一徹《てつ》から、さまざまの雑言過言《ざうごんくはごん》聞きかねて、難波の次郎が叔母じや人を刺《さ》し殺《ころ》し、その上姫を引つ立て行《ゆ》かんとするを、某詞《それがしことば》をつくして、漸《やう》々と帰したり」

とおのれが勝手《かつて》よきやうに言へば、牛太郎、

「はや帰りしか。さりながら遠くは行《ゆ》くまじ。追《お》いついて見参《けんざん》せん」

と駈《か》け出すを、

「こりや聊爾《りやうぢ》すな。上使なるぞ」

と声をかけれど、耳にも入れず、飛ぶがごとくに馳《は》せゆきしが、程なく難波が首《くび》引きさげて立ち帰り、

「これこれ浄るり姫、さぞ口惜《を》しかろふ。せめてこの首切りさいなみてなりとも腹をいられよ」

と座敷の中へ投げ出《い》だせば、姫喜び立ちあがつて、守り刀を取り出《い》だし、

「母の敵おぼえたか」

と丁々《てう》はつしと、切り付け切り付け、

「嬉《うれ》しや本望や」

と言へば、女房達も走りより、

「こいつがこいつがさつきの憎《にく》さ、思ひしつたか思ひしつたか」

と蹴《け》たり踏《ふ》んだりするうちに、鬼五郎いきり出《い》で、

「こりや牛太郎、上使を切りて跡《あと》をどう納めふと思ふ。大きな事をしだしたなあ」

と言へば、

「某《それがし》もあながち討つ所存《しよぞん》でもなく、「何《なん》にもせよ伯母の敵、つらを見知つて置けば、この度にかぎらず討つべき時節も有るべし。また一つは伯母を殺されむだむだとその分《ぶん》に帰すも口惜しく、委細を聞いて、一きめきめて帰さん」と思ひ、「御上使待たれよ。矢矧の甥牛太郎見参せん」と呼ばはりしに、物をも言はず、引き抜いて取つて帰し、某が挑灯《てうちん》を切り落とし、透間《すきま》もなく、討つてかかる。これに依《よ》つてやむことを得ず抜き合はせ、二打ち三打ちつひに切りふせて首討《くびう》つたり。しかし言へば途中のこと。この家をば、首尾《しゆび》能《よ》く帰りたれば、途中の事は知らぬで事済む」

と言へば、

「いやいやいやさうでない、天知る地知《し》る、況《いはん》やこの家内みな知つたる事。押し隠して後日に尻がわれては某《それがし》まで滅亡、一家でも親類でも背に腹は替《か》へられぬ、殊《こと》に某は当所の支配役、さし付けて我等《われら》が方へ来た難波の次郎、討たれたるも討つた人も知りながら、「存ぜぬ」と言はりやうか。何でも某が方より明白に訴へる」

と何がな見付けてこねかへしたがる意地《いぢ》わるめに、悪い事を見せて、牛太郎も今更当惑《いまさらとふわく》、

「こりや鬼五郎。その方《ほう》とは、皆一家同士《どし》、その方が訴へると、某は勿論《もちろん》、この矢矧の家までが滅亡。それでも訴へるか」

ときめつくれば、

「おおさ訴へでは。なんぼ一家がつぶれてもおれが家が大事。こんな所で涙もろいと得て巻添《まきぞ》へにあふ物。そこで急度《きつと》御訴へ申す」

とさも憎体《にくてい》に言へば、若気《わかげ》の牛太郎ぐつとせき上げ、

「今にはじめぬその方が根生《こんじやう》、相談もへちまも要らぬ。さあ一刻もはやく都へ訴へよ、我もまた覚悟あり、さあさあさあ」

とせきたつれば、

「おおさ言ふにやおよぶ」

と鬼五郎立ちあがる所を、兵蔵、

と押しとどめ、

「しばし」

「難波の次郎を討つたるは、この加川兵蔵なり」

と言《い》ふよりはやく指しぞへ抜いて我が腹へぐつと突き立て、

「上使を討《う》つたる申し訳」

と言ふに驚く娘の更科《さらしな》、

「父上これは。どうぞ外に思案《しあん》はない事か」

と取りつき歎《なげ》く娘を突きのけ、

「かなしいはもつともなれども、牛太郎様の今の御難儀《なんぎ》はもとこの兵蔵が身の上にあること。そもそも難波の次郎が母君を害せし時、某《それがし》一打ちにと思ひしかども、上使といふ名に免じて堪忍したり。また難波めが我がまま不作法、尾籠《びろう》の振舞、もはや堪忍ならずと、刀の柄《つか》に手を

かけし勢ひに恐れ立ちかへりしが、その時異議におよべば討ち果たすべきこの命。またひとつにはこの騒動を某《それがし》が、牛太郎様へ御知らせ申さねば、かうした事は出《で》来《き》ぬ道理。すりや何《いづ》れのみちにもこの兵蔵が難波を討ちしも同じ事。姫君の御悦《よろこ》び、難波が首を御切り被成《なされ》た時のお姿、女房達の意趣《ゐしゆ》晴《ば》らしを見る上は、もはやこの世に望みはなし。もうし姫君様ずいぶん御機嫌よう。娘も歎《なげ》くな。さあ鬼五郎。さあ某が首打ちて、御自分様の家を大事にたてさつしやりませ。それとも人が違《ちが》つたなどとむつかしき言ひだてなさるると犬死《いぬじ》にはいたさぬ。御自分様とさしちがへて死にます」

とくわとにらみし怒りの眼《まなこ》。鬼五郎は気味わるく、

「いやさ何のそのやうにねちみやくいふそふ、その方が首をもつて、某《それがし》よろしく取りはかろふべし」

と終《つひ》にない、よき挨拶も、

「盗人の昼寝も当てがござる」

と心にうなづき、兵蔵かさねて牛太郎に向かひ、

「心がかりは姫君に、鬼五郎殿、無体《むたい》の恋慕《れんぼ》。この上いかなる凶事《きよじ》が出来《でき》ん。これが一つの迷ひ種《だね》」

と言へば、

「なに鬼五郎姫に恋慕とや。はてそれは」

としばらく思案の体《てい》、

「さりながら、有るまじき事にはあらねども、得心なき姫を無体のわざは、この牛太郎がさせ申《まう》さぬ。心やすかれ兵蔵」

とさも頼母《たのも》しき一言《ごん》に、兵蔵くるしさうち忘れ、にっこと笑ひ、

「いざ母君のなき御から、野辺の送りの御用意と、すすめて我も冥途《めいど》の御供《とも》。この世にまします姫君は牛太郎様へたのみ奉る。ああう心嬉《こころうれ》しやかたじけなや」

と言ふよりはやく刀をぐつと引きまはし、あへなく息を引きとれば、「わつ」と泣き出《だ》す娘の更科《さらしな》。

父にわかれて悲しきも母上にわかれ給ひて悲しきも、歎きはおなじ主従《しうぢう》のわかちもなみだいやまさる。主従親子がなきがらを、送るあゆみは隙《ひま》の駒《こま》。菩提所《ぼだいしよ》へこそ送り行《ゆ》く。

鬼五郎もさすがは人のかたちにて、泪《なみだ》をうかめし顔つきは、見る人ごとに言《い》ひ出《だ》して、「鬼の目に涙」と言へる世のたとへ、この時よりぞ言ひけるとかや。

○京《きやう》から雁《がん》が三つ下《くだ》る由来の事

さても浄るり姫、いままで富貴《ふうき》の家に生まれ、栄花《えいぐわ》にあまりし身なれども、いかなる過去の罪業《ざいごう》にや、父には去年わかれ、今また母に横死《わうし》の別れをなし、おそろしき鬼五郎が横恋慕。頼みにおもふ牛太郎さへ、何とやらん我に心ありげのもてなしなれば、この末いかがならん身の果《は》てと覚束《をぼつか》なく、その上またもや都より召されなば、

「何とせんかとせん」と女のこころの後《あと》や先《さき》、胸をいたむるのみならず、鬼五郎悪心《あくしん》にて、矢矧の所領《しよりやう》を押領《をうりやう》して、郡司《ぐんじ》の権威をもつて、色々の難題を言ひかけ、姫の家をくるしめければ、召《め》し仕《つか》ひとても日々に失せて、かなしき事の数々なれば、

「所詮《しよせん》自害して死なん」とは思へども、牛若君に今一度、逢ひたいばかりの輪廻《りんゑ》にひかされ、憂き月日を暮らす所に、都吉次が宿より奥州への飛脚来《きた》りければ、牛若君へ便りをもしたく、今またかうした悲しき身の上をも知らせたく思へども、むさと打ち明けて言はれもせず、奥へ招き入れて酒肴《さかな》種々《しゆ》馳走して、その上にて、

「奥州へおもむき給はば、頼みたき子細《しさい》あり。過ぎし頃、吉次殿同道にて下られし、児《ちご》の御方へ文《ふみ》一つ届けてくれられんや」

と言へば、飛脚かぶりを振りて、

「我等は吉次家来《けらい》ではなく、頼まれて書状《しよじやう》を持ちくだるが、吉次殿その児《ちご》を同道にて下られしゆゑ、都にて事むつかしき。その児こそ鞍馬《くらま》の牛若丸といふて源氏の胤《たね》なれば、出家になさんと先年清盛公鞍馬へつかはし置かれしに、それを同道にて下りたりと、当時宗盛公より吉次方へお尋《たづ》ね、その訳《わけ》につき我等書状を持《も》つて奥州まで下るなり。左すればその牛若殿への文遣《つか》はし、いかなる祟《たた》りにか逢ひ申すべき、おそろしやおそろしや。この義《ぎ》ばかりは御免《ゆるし》あれ」

とて請《う》けつけねば、重ねて言はん言葉もなく、いよいよ胸をいたむるばかりなり。飛脚は翌朝早々立ちて、東へ赴《おもむ》けば、後《うし》ろかげを見送りて、

「翅《つばさ》がな欲しや」と袂《たもと》の乾《かわ》く間もなくおはせしが、また一両日も過ぎぬれば、飛脚来《きた》りて泊《とま》りければ、若《も》しやとおもふてまた頼みけれども、これも同じく取り合はぬ挨拶して、

「おいらも知らん」

とつい通りければ、頼みも力も絶え果てて、

「いかがはせん」といとど思ひをかさぬるこそ是非もなき。

「京から雁《がん》が三つ下る、先《さき》なる雁《がん》に物問《と》へば、おいらは知らぬとつい通る。中なる雁に物問《と》へば、

おいらも知らぬとつい通る」とはここの事なり。この頃飛脚の事を雁《がん》と言ひける。
謂《い》はれを尋ぬるに、昔唐《もろこし》にて都の家臣蘇武《そぶ》といふ人、胡国《ここく》征伐の大将として赴《おもむ》きけるが、その軍《いくさ》利あらずして終《つひ》に胡国の囚籠《とりこ》となり、都と和睦《わぼく》して帝《みかど》より、

「蘇武を帰すべし」

と言ひ送らるといへども、胡人《こひと》蘇武が才智勝《すぐ》れたるを以て、都へ帰すことをそねみ、

「蘇武は死したり」

と偽りて帰さずして、蘇武に、

「胡国の臣下となるべし」

とすすめけれども、蘇武さらに従はず。これに依《よ》つて荒野《ひとなきところ》に放《なが》してぞ置きける。されども蘇武命を全《まつと》ふして、十九年を経《へ》たり。明け暮れ友とするものとては、鳥獣《とりけもの》より外なき中に、常々蘇武が庵《いほり》に雁《がん》三羽来《きた》りて恐るる気色《けしき》なく、馴れしたしみける。蘇武つくづく雁《がん》にむかつて、

「汝等は我にまさりてうらやましき身なり。春の末よりこの所にありて、秋にいたれば都へ赴くなり。我は古郷《ふるさと》へ帰ることは叶はずとも、せめて古郷の人々へ便《たよ》りをだにする事ならず。既に十九年この所にあり。汝《なんぢ》鳥類なりといへども、心あらば我数年《すねん》の馴染《なじ》みを思ひ、この文《ふみ》を都へとどけくれよ」

とて認《したた》め置きたる文を一羽の雁の足に結《むす》び付くれば、ふしぎやこの雁そのまま飛びあがれば、二羽《は》

の雁も続いて、都の方をさして飛び行きける。終《つひ》に都にいたり、蘇武が家の軒端《のきば》に三羽とも居《を》りて更に立たざれば、蘇武が妻めづらしくおもひて見るに、彼の足《あし》に文のあるを取りて見れば、「我が夫《つま》のいまだ存命にて胡国にありや」と涙と共に家内の喜び騒ぐ音に、雁二羽は飛び去《さ》りけるに、彼《か》の一羽の雁も既に飛ばんとする気色《けしき》におそれ、妻は返事書く間《ま》もなく、首《かしら》にさしたる笄《かうがい》を抜いて、文の届きたるしるしにと、手ばしかく足に結ひ付けやれば、この雁そのまま飛びゆき、先に飛びし雁に追いつき、真つさきに立ち、三羽ならびたるすがた串に刺したる物のごとくなれば、「雁《がん》、雁、三つ串《くし》、あとのが先《さき》いたら笄《かうがい》とらそ」といふ事も、この故事より始るとかや。かくて蘇武がいまだ死せざる事、帝《みかど》へ聞こえければ、かさねて厳しく胡国《ここく》へおほせて、終《つひ》に都へ召しかへし給ふ。

この故事をもつて、唐《から》もやまとも一同に、文の使ひのことを「雁《かり》の使ひ」といひ、「雁《かり》の便り」などといひはやらせけり。取りわけ遠国《あんごく》あるひは古郷《こきやう》への書通《しよつう》を「雁書《がんしよ》」、あるひは「雁札《がんさつ》」と書き初《そ》むるなり。これによつて今のうたにも「京から雁《がん》が三つ下る」といふは、雁の三羽下る事にはあらず。都吉次が宿より奥州への飛脚《ひきやく》三人が三度に下るを、雁《がん》によせていふなりとかや。飛脚と書いて「とぶあし」とは読むなり。

○姫飛脚源蔵《げんぞう》に身の上を語る事

姫は両度《りやうど》の飛脚になま中の事言ひ出《い》だして、かへつて胸をいたむる折から、間もなく、また奥州への飛脚と名乗つて一宿せしは吉次が手代源蔵《げんぞう》といふ者なり。毎度の飛脚に懲《こ》りて、言ひ出《い》だすべき心もなかりしが、

「されども若《も》しや人によりて、情ある事もや」

と思ひて、またもや、

「今の身の上の、くるしき胸の有様をせめて」

と止《や》む事を得ず、またぞろ源蔵を招き入れ、

「間《ま》もなくうち続きての飛脚、何事に候ふや」

と余所《よそ》ながら問《と》ひかかれば、源蔵答へて、

「さればとよ。先年《せんねん》伊豆の国蛭《ひる》が児島《こじま》へ流され給ひし源氏の大将義朝《よしとも》公の三男兵衛佐《ひやうゑのすけ》殿、このたび謀反《むほん》を企《くはだ》てられ、同国北条《ほうでう》の時政《ときまさ》と同意して八牧《やまき》の判官《はんぐわん》を夜討《よう》ちにし、勢《いきほ》ひ漸《やうや》く振《ふ》るひ給ふよし、また信濃《しなの》の国にては木曽《きそ》義仲《よしなか》殿旛《はた》を上げ給ふよし、両所の飛脚都へ到来《とうらい》し、宗盛殿以《もつ》ての外《ほか》の腹立《はらだ》ちにて、「父清盛の助け置かれし常盤腹《ときはばら》の今若《いまわか》、乙若《おとわか》、牛若丸、三人共に搦《から》め取るべし」と、洛中《らくちう》

を尋ねらるる所に、独《ひと》りも都には居《ゐ》給はず。その中に、「牛若君をば、三条の吉次が奥州へ具《ぐ》して下りたり」と訴人《そにん》する者あつて、主人方へ御尋ねある所、吉次、「もとより家業《かぎやう》のため、奥州へ下る折から、牛若丸奥州一見のため同道仕度《した》きとあつて、道づれとなられ候ふ」と申し披《ひら》く所に、「左あらば吉次に牛若を同道して登るべし。左なきに於《おい》ては曲事《きよくじ》たらんと申し送るべし」と無体《むたい》の厳命に依《よ》つて、先達て両度まで飛脚を下し候へども、書通《しよつう》ばかりにては心もとなく、またぞろ拙者《せつしや》罷《まか》り下り候ふ」

とその詞の端《はし》々、どうやら源氏贔屓《ひいき》のやうに聞こえければ、姫はすこし便りを得て、

「さてはさやうにて候ふや、何を隠さん過《す》ぎし頃、吉次殿その牛若丸を伴《ともな》ひ給ひて、この所に一宿あり。みづから不図見初《ふとみそ》めてより、わりなき妹背《いもせ》を結び参らせ、別れの折から、「やがて帰り登るべし。若《も》し奥州にとどまらば、早速迎《むか》ひを指《さ》し越《こ》さん」と、仰《おほ》せもかたき御約束《やくそく》。それに今まで御便りなきはいかがの事やらん、おぼつかなく、殊《こと》にみづから思ひよらぬ災難にて、母に別れ中々命ながらへ居《ゐ》ん」とは思はねども、「若君の御便り今日《けふ》か明日《あす》か」と、つれなくも命をながらへ侍《はべ》るぞや。御身何とぞ情と思ひ、牛若君へ文一つ、とどけて得《え》させ給はらば、生《しやう》々世《せ》々《ぜ》の高恩《こうをん》ぞ」

と折《を》り入つて頼《たの》めば、源蔵聞いて、

「安き御事。文はおろか何なりとも届けまゐらせん。我とても実《じつ》は吉次が家来にあらず。源氏譜代《ふだい》の者なるが、当時平家の世となれば、かく世をしのびて、吉次が方に身をよせ、則《すなは》ち主君と申すは

牛若君の御事なり。御心置きなう何なりとも仰《おほ》せられよ」

と真実《しんじつ》見えし物がたりに、姫は大きに悦びて、

「今は何をか包み申さん、去る頃宗盛殿よりみづからを召さるるとて、難波の次郎とやらいふ侍《さむらひ》、上使として来《きた》りし所、みづからはもとより母様とても承引《しやうゐん》なく、「お請《う》け申さぬ不届き」と無体《むたい》に母を刺《さ》し殺《ころ》したるその時の悲しさ。まだその上に岡崎の長者とてみづからが叔父《をぢ》なれども、母上と仲睦《むつ》まじからぬさへあるに、その子鬼五郎といふ悪党《あくとう》もの、みづからに恋慕《れんぼ》して、日々《にち》夜《や》々の憂き思ひ、また常陸原とて叔母《をば》の長者の一子牛太郎とて、頼母《たのも》しき従弟の候ふがこれも同じくみづからに、心有《あ》り気《げ》に見えければ、わざと疎遠《そえん》にもてなして、誰《たれ》に言ふべき人もなし。みづからが便りとするは烏川《からすがは》、姉の長者の方《かた》なれど、これは女の事なれば、有るに甲斐《かひ》なき、みづからが一家余多《あまた》に候へど、頼みにすべき人もなく、召《め》し仕《つか》ひたる者共はみなちりぢりに成り行《ゆ》きて、所領は残らず鬼五郎に押領《おうりやう》せられ悲しき中に、またぞろ宗盛殿より召さるるとの、噂を聞くも口惜しく、いつそ自害し死ぬ覚悟。この一ことを若君へ申してたべや、源蔵どの。文にも角《かく》と書きながら、唯《ただ》なつかしき牛若さま。今の別れに今一目《ひとめ》、見まゐらせぬが冥途《めいど》の障《さは》り、あらうらめしの浮世《うきよ》や」

とまたさめざめと泣き給ふ。源蔵始終《しじう》を聞くに倶涙《ともなみだ》、

「かならず短気な事なかれ。某《それがし》思案を廻《めぐ》らして、再び逢はせ奉らん。思ひとどまり給ふべし」

と姫君をおしなだめて、源蔵は我が臥所《ふしどころ》おし明けて、眠りもやらず夜もすがら、思案工夫をめぐら

しける。

清涼井蘇来集

後篇古実今物語巻之三終

後篇古実今物語巻之四

○源蔵 謀《はかりごと》を教《をし》ゆる事幷姫両親の菩提《ぼだい》を弔《と》ふ事

既にその夜も明けければ、源蔵起き出《い》でて姫に問ひけるは、

「父御《ちちご》にはいつ頃離れ給ひしや。また常々父御の弄翫《もてあそ》びには何をか好み給ひしや。又御墓所《はかしよ》はいづくぞや」

と尋ねければ、姫涙ながら、

「父には去年《こぞ》別れまゐらせしが、父は芥子《けし》の花の色よきとて夏を好み、母は秋を楽しみて、菊を愛し給ひける。葬《はふむ》りし処は、これよりあなたに小山あり。則《すなわ》ち手前の山なればこれへ納め、しるしの木を立ておき候ふ」

と具《つぶさ》に答ゆれば、その時源蔵、姫に教えけるは、

「今にても宗盛殿より迎《むか》ひの使ひ来《きた》りなば、一つの願ひを立て給ふべし。「自ら両親《ふたおや》に離れ、いまだ間もなく候へば、さしたる供養追善もなさず都へ参りなば、またと弔《と》ふべき便りなし。唯《ただ》願はくは両親《ふたおや》を、納めし跡の小山を崩し、平地《ひらち》となして小さくも御堂《みだう》を建《た》てて両親《ふたおや》のいのり給ひし安置仏《あんちぶつ》をさめて、父が存生《ぞんじやう》に好みなれたる草なれば、堂のまはりに芥子を植ゑ、又々母が愛したる菊の花、

芥子のまはりに植ゑならべ、自ら毎朝《まいてう》この堂へ参りて、親の追善をいとなむうちに芥子の花、盛りにならばこれを折り、父に手向《たむ》けて弔《と》ひ納め、菊の花咲きそろひなば、これを手折《たを》りて母上に、手向けて菩提を弔《と》ひ納め、今生後世《こんじやうごせ》の追善をこの所にて弔《と》ひしまひ、都へ登り候ふべし。若《も》しこの願ひ叶はずは、ただ今自害し果つべし」とのたまふべし。左すれば恋人を殺して詮《せん》なき事なれば、極《きは》めてこの願ひ叶ひ申すべし。然《しか》らばその間の日数《ひかず》およそ百日かかるべし。その内に拙者奥州へ罷《まか》り下り、若君に謁《えつ》し奉り、右の次第を申し上げ、引きかへして御迎《むか》ひに来るべし。または若君御直《じき》に登らせ給ふか、兎《と》も角《かく》もよきやうに、某《それがし》はからひ奉らん。それまで日延《ひの》べの謀《はかりごと》よくよく申させ給ふべし」と、いと懇《ねんご》ろに教えまゐらせ、源蔵は奥州へ下りける。

「後《あと》なる雁《がん》に物問へば、おいらはちつと物知りで、あの山崩《くづ》して堂建《どうた》てて、堂のまはりに芥子まいて、芥子のまはりに菊まいて」とは、ここの事を唄《うた》ふたり。

さて一両日を経《へ》て案のごとく鬼五郎入り来《きた》り、宗盛公よりまたまた上使としてこの度は瀬尾《せのを》の太郎といふ人来《きた》りたり。

「いか様《やう》に辞退するとも遁《のが》るべからず。前もつて言ふ通り、我等が女房にならるれば、上使の手前は金銀をもつて取り繕《つくろ》ひ事済《す》ます。とくと思案を極《きは》め返答しめされ」

といへば、姫は源蔵が教《をし》えにまかせ、

「なるほど御返答こそ御上使瀬尾殿へお直《じき》に申し上ぐべし」

と思ひの外の挨拶に、鬼五郎詮方《せんかた》なく、

「左あらば」

とて、頓《やが》て瀬尾をともなひ来れば、姫は立ち出《い》で、会釈《あしやく》して源蔵が教えのごとく願ひを立て、

「この願《ねが》ひ叶はずば、唯今《ただいま》自害し果つべし」

と守刀《まもりがたな》を抜きはなし、思ひつめたる有様《ありさま》に、瀬尾の太郎しばらく思案し、良《やや》あつて鬼五郎にうちむかひ、

「所詮《しよせん》殺しては益《えき》なきこと、この義《ぎ》いかが」

と相談すれば、

「いかさま仰せの通り、御寵愛《てうあい》なされんとて、召させ給ふ恋人を殺しては詮《せん》ないこと。今より菊の花咲くころまで、僅《わづ》か百日ばかりの事なれば、この願《ねが》ひ御聞き届け下されても然《しか》るべし」

と、一生にない取りなしも心当《こころあ》ての有る事とは瀬尾も心つかず、

「しからば願ひの通り聞き届けつかはすべし。その時違背《いはい》あるべからず。七月中旬は菊の花ひらくべし。某《それがし》またも迎《むか》ひのため、駕籠《かご》をもたせて来るべし。浄瑠璃姫の願ひ、山をひらき堂を建《た》て、芥子菊を植ゑる事、宗盛公の御用も同前。なあ鬼五郎心得《こころえ》しか。百姓どもに言《い》ひ付け、人夫《にんぶ》をもつて早く成就《じやうじ》するやうに、宜《よろ》しく指図《さしず》いたすべし」

と一々《いち》に言《い》ひわたし、上使瀬尾は先《さき》に立《た》ち、鬼五郎を引きつれてこそ帰りける。姫はしばらく安堵《あんど》の思ひ。この上は源蔵が便り、今や今やと待ち暮《く》らす。

月日はいとど経《た》ちやすく、願ひの堂も成就《じやうじ》し、芥子菊も植ゑならべ、既《すで》に芥子の花も今は盛《さか》りと見ゆれども、若君の便りもなく、

「もしや登らせ給ふかや。但《ただ》しは迎《むか》ひに源蔵がきたる事か」と指を折り、今日か翌日《あす》かと待ちわびて、或《ある》ひはうらみ、あるひは託《かこ》ち、

「さては契りし睦言《むつごと》は偽りなるか。源蔵が言ひし言葉も空ごとか。さうとは知らず今までに、幾瀬《いくせ》

の思ひせし事は、さすが女のはかなさ」と伏《ふ》し沈《しづ》む折からも、はや咲きいづる菊の花。翁草《おきなぐさ》とて祝《いは》ひつる、むかしの身には引きかへて、

「あら怨《うら》めしの菊の花。もはや都の迎《むか》ひとて今にも来たらどうしよう」と、案じ煩《わづら》ふ折からに瀬尾の太郎乗物《のりもの》つらせ、

「迎《むか》ひ」

と呼ばはり入りきたれば、頼みも力もつきはてて、涙ながら上使に向かひ、

「御やくそくの事なれば、早速都へまゐるべし。しかしながら亡《な》き父母へ今一度《いちど》供養なしたく候へば、今一日の御日延《の》べ」

と約束きはめ、わづかに残る召《め》し仕《つか》ひ、皆それぞれに暇《いとま》をつかはし、

「とても存《なが》らへあらぬ身に、何か財《たから》の惜《を》しからん」

と有り合はせたる家財まで分かちとらせて、兵蔵が娘の更科《さらしな》ただひとり連れて詣ずる父母の墓所《はかしよ》の、堂に植ゑおきし菊を手折りて、これぞこの今を限りの憂き命。もはやこの世の秋風も、身にしみじみと思ひある、いとど寒さの朝嵐。露の玉ちる菊の花、一本折るにも経陀羅尼《きやうだらに》、二本折るにも弥陀《みだ》の号、唱《との》ふるたびに憂き涙。足はかどらぬ手向草《たむけぐさ》。既にその日は暮れにけり。

「今朝のさむさに何花《なにばな》を、仏に進《しん》ぜる菊の花、一本折りてはお手にもち、二本折りては腰にさし、三本折る間《ま》に日が暮れて」とはここの事を唄《うた》ふたり。

かくて浄瑠璃姫は、

「今をかぎり」と思ひつめ、

「深き谷へも身を投げん」と心がけ給へども、更科が気をつけて、思ふ甲斐《かひ》なきやるせなさ。更科にうちむかひ、

「今宵館《やかた》へ帰りても、上使の迎ひある中に、女ばかりは自らとそもじと二人居るならば、心置かれて寝もならず。これよりすぐに岡崎の伯父の長者へ近《ちか》けれど、鬼五郎が居合《ゐ》はさば、またも難儀のかかるべし。左《さ》あらば行かん常陸原《ひたちはら》、叔母の長者に泊《とま》らんと、思ひまはせどこれとても、牛太郎殿みづからに、心ありげに見えければ、一夜《ひとよ》ながらも泊られず、道は遥かに遠けれど、啼《なく》々わたる烏《からす》川《がは》、姉の長者に泊るべし。いざやいそがん更科」

と主従《しうじう》手に手を取りかはし、涙の露や道芝を、分けつつ歩行《あゆむ》下心。姉の長者へ今生《こんじやう》の、暇乞《いとまご》ひとぞ知られけり。

「叔父御の長者に泊ろふか、叔父御の長者に鬼が居る。叔母御の長者に泊ろふか、叔母御の長者に牛が居る。姉御の長者に泊ろふぞ」とはこの時のことを唄《うた》ふなり。

○烏川《からすがは》にて鬼五郎と牛太郎争ひの事

さても浄瑠璃姫はその夜、姉の長者に対面ありて、

「明日は都へ参り候へば、これが今生の御別れ」

と、互《たが》ひに涙ながらの物がたり。姫の言葉の端《はし》々を、姉の長者聞きとりて心におもふやう、

「かかる難儀重《かさ》なれば、もしや短気も出《で》ようか」と、さきだつものは涙なり。

そもそもこの姉の長者と申すは、矢矧《やはぎ》の長者が妾腹《てかけばら》なれば、惣領《そうりやう》ながら烏川へかたづきたり。然《しか》るに、この烏川の長者も身まかりて、今は後家にぞ成りけるが、姫にうちむかひて、

「みづからとても便りなき身の上、そもじに別れまゐらす事、何々よりも悲しけれ。せめて都は遠けれど、この世に有りと思ふなり。もしやこの世になき人と、聞く悲しさはいかならん。命ながらへあるなるならば、又もや目出度《めでたき》事あらん。必ず短気な心から、憂き目を見せて給はるな」

と倶《とも》に涙を催《もよほ》して、唯《ただ》よそながら教訓し、袂《たもと》をしぼる折からに、岡崎の鬼五郎案内もなく入り来り、

「さてさて姫の帰り遅きゆゑ、日暮《ひぐ》れより迎《むか》ひの為墓所《ためはかしよ》まで行く道《みち》で百姓どもが取り沙汰《ざた》。浄瑠璃様は烏川の方へと聞くやいなや、取つて返《かへ》し、たつた一飛《ひとと》び、ああ草臥《くたびれ》た」

と両人が中へ両足なげだし、

「まづ何か差し置き、姉御聞き給へ。われら浄瑠璃姫には首だけほの字《じ》は知つての事、この鼻《はな》が奥《おく》様にならるれば、やはり古郷に居《ゐ》て、父母の問《と》ひ弔《とむら》ひも自由になる。その上一家一門一所で、互ひに力になつてよし。それを嫌ふて都へのぼり、宗盛《むねもり》どのの慰《なぐさ》みものにならうとはわるい物ずき。ま

た日外《いつぞや》我等と太刀打ちしたる若衆《わかしう》の軽業師に義理を立てらるるか知らねども、このごろその若衆が噂をきけば、あんまり軽業をしすごして、死んだとの評判。その訳は東へ下る道すがら、武蔵《むさし》の国浅草川の舟わたし、連れの舟に乗りおくれ、川中まで漕ぎだした所で、かの例《れい》の軽業を出《い》だして、舟八艘《はつそう》を飛びこえて、連れの乗りたるその舟へなんの苦もなく乗りければ、「さては天狗の若衆《わかしゆ》か」と人が誉めたで乗りが来て、奥州の衣《ころも》川といふ所で、「向《む》かふの岸へ飛んで見しよう」と高慢し、つい飛びそこなふて川中へ、ずぶずぶずぶと水の淡《あは》」

あとかたもなき偽りをまことらしく言ひなして、

「哀《あは》れな事ではないかいの」

と言ふに驚く浄瑠璃姫。女心に、

「今までも便りのなきはそれゆゑか」と、俄《にはか》に思ひ増鏡《ますかがみ》、胸もくもりて目に涙、見て取る鬼五郎笑《ゑ》つぼに入り、

「なんと姉御《あねご》は思はるる、死んだ者を恋にしたり、遠い都の宗盛の、手かけ足かけになろうより、思案しかへて我等と夫婦になる気なら、上使の前は金づくめ、我等引きうけ、事済ます。この談合《だんがう》にのる気はないか。これどうでえす。これ姉御」

とあやなしかける折からに、常陸原の牛太郎これも同じく姫の跡を尋ね来て、鬼五郎を見るよりも、

「さてこそさてこそかくあらんと思ひしゆへ、某《それがし》も来《きた》りたり。得心もせぬ浄るり姫に無体《むたい》の恋慕、

姉御を頼んで往生《わうぜう》づくめる。この牛太郎も心をかけし姫の事、今にても某《それがし》に随《したが》ふ心あるなれば、上使の手前《まへ》はこの牛太郎が事済《す》ます」

と広言《こうげんい》言ふに、鬼五郎ぐつとして、

「いやこりや牛太郎。そちや見事宗盛公の上使を済ますか」

「おおさ言ふにやおよぶ。いや済まさいで。そちやまたなんで済ます」

ときめつくれば、鬼五郎鼻いからし、

「ああ慮外ながら、熊鷹《くまたか》と名を取つたわれら、つかみ仲間で瀬尾と御懇意《ごこんゐ》。姫の身がはり丸いもので拵《こしら》へる」

「いや皆まで聞くに及ばぬ。その方が済ますほどの事、某が得しせまいか。馬鹿つくすな鬼五郎」

と争ふを、姉の長者はおししづめ、心につくづく思ひけるは、

「矢矧の家は源氏代々、御恩を蒙《かうむ》りし事なれば、浄るり姫がこころざし、宗盛殿にしたがふて、都へ登らんやうはなし。今宵のうちに自害して、死ぬる覚悟」と見えければ、何とぞ命助《たす》けたく、牛太郎にうちむかひ、

「そもじさまは現在に、母の敵《かたき》を討ちたまひ、姫が為には大恩《だいおん》の、恩を報ずるその為と、みづから達《た》つて申しなば、義に引かされて姫が気も、解ける心のあるやらん。鬼五郎さまも浅からぬ、深き思ひの御深切《しんせつ》、一かたならぬ思《おぼ》し召《め》し。姫もいやとは思ふまじ。さはさりながら身ひとつを、二人

に分《わ》けんやうもなし。みづから一つの方便《てだて》あり。是非一方へこの姉が、母にかはつてまゐらせん。しづまり給へ」

と両人《りやうにん》にあたり障《さは》らぬ挨拶は流石《さすが》に姉の長者なり。

○熊鷹鬼五郎最期の事

されば姉の長者は元より、牛太郎が射芸兵術《しやげいへいじゆつ》鬼五郎に遥かにまさりたる事を知りければ、自ら立ちて縁側の障子をさつと押しひらき、浩《かう》々たる庭の面、鳥川の流れを堰《せ》き入れ、残る暑さも遣水《やりみづ》に、つれて涼しき築山《つきやま》の、向かふに茂る森の中、ねぐら求めて鳥の声。

「あれ御覧ぜよ。あの梢に鳥《からす》のとまり候ふを、お二人《ふたり》ともに射《い》給ふべし。射通《いとほ》し給ふ御方へ、姫をば進《しん》じまゐらすべし」

と言ふに両人よろこびて、

「それこそ望む所よ」と弓矢取りよせ押しならび、庭に下り立ち、梢の鳥を見わたせば、頃《ころ》は七月六日の夜。西にかすかの月影にあざやかならぬ烏羽玉《うばたま》の、夜のからすを両人が、射損《いそん》じまじと拳《こぶし》をかため、弓引きしぼり、ひいふつと、切つて放《はな》せし牛太郎。矢は過《あやま》たず鳥の羽《は》、射きつて鳥を射おとしたり。鬼五郎が矢は逸《そ》れたり。

「南無三宝《さんぽう》」とせき上《あ》がり、

「こりや牛太郎。所詮《しよせん》両人ともに生きて居ては始終心が済まぬ。汝われを殺して、心置きなく姫に添《そ》ふか、我また汝を打ち殺し、姫を女房に持つか。一つ二つは真剣勝負。さあ抜け」

と我慢の朱鞘《しゆざや》引きぬいて、

「さあさあ抜け」

と気をせいたり。

「おお望みならば」

と牛太郎、二尺三寸引き抜いて二打《ふたう》ち三打《みう》ち打ち合はせ、たがひに眼《まなこ》をくばり、しのぎを削り戦《たたか》ひしが、牛太郎が手練《しゆれん》の太刀先《たちさき》、受けはづして鬼五郎、肩先ずつぱと切り込まれ、弱る所を太刀打ちおとし、取つて押《お》さへ、うちまたがり、

「人の手を借り叔母を殺せし大悪人。天罰思ひ知つたか」

と高声《かうしやう》に呼ばはれば、鬼五郎くるしき眼《まなこ》くわつ見ひらき、

「やあ存外《ぞんぐわい》なり牛太郎。なにを証拠《せうこ》に叔母を殺した、さあそれ聞こう」

「問《と》はずとも言ひ聞かせん。姫も姉御も聞き給へ。当春宗盛の上使、叔母人を殺し立ち帰りしと、聞くとひとしく追ひかけ声を懸けし所に、取つてかへすは上使か知らねど、某《それがし》を打ちてかかる、闇《くら》さはくらし、刀の光《ひかり》をしるべに、受けつ流しつ、終《つひ》に首を切りおとし、あたりを見るに、家来とて

は一人もなし。「上使たる者が唯《ただ》一人、こは心得ず」と思へども、首引き提《さ》げて立ち帰れば、上使を討《う》つては事済《す》まぬと某《それがし》が替《かは》りに、不便《ふびん》や加川兵蔵腹切りて死ぬる時、我を深く頼みしは、鬼五郎が姫に恋慕し、無体《むたい》の振舞と聞くにつけ、上使といふも疑はしく、子細をとくと正さんため、某も姫に心ありと偽り、つけつ、まとひつ、鬼五郎が邪魔をして、様子を窺《うかが》ひ見る所に、「瀬尾の太郎上使として、姫が願ひを聞きとどけ、日数《ひかず》を延《の》べ、この度迎《むか》ひに来《きた》りし」と聞くやいなや、瀬尾が家来を招きよせ、都の様子を尋ぬる所に、武士の作法も知らぬ奴。「しやきやつめ、拵《こしら》へものに違ひなし」と上使瀬尾めを、何《なん》の苦もなく取つて押さへ、刀を胸にさしあて、「さあ真《ま》つすぐに白状せよ」と責め付くれば、某《それがし》が推量に違《ちが》はず、「鬼五郎に頼まれ、上使難波と偽り叔母御を殺せしやつは、深山《みやま》の小猿《こざる》といふ盗人。叔母御が有りては恋の邪魔。姫が心ぼそく便《たよ》りなき所をくどく謀《はかりごと》、またこのたび、迎《むか》ひと偽り連れて立ちのき、無理に得心さすたくみ」と白状して、「命をおたすけ下されと泣き泣き出《い》だせしこの一札」

と懐より取りいだし、

「『一つこの度宗盛の再上使、瀬尾の太郎と成りて首尾よく事を仕おほせなば、褒美《ほうび》として金五十両つかはすべきものなり。釣針《つりばり》太郎へ熊鷹鬼五郎判《はん》』なんとこれでもあらがふか」

と白眼《にらみ》おろせば、鬼五郎、

「無念無念《むねんむねん》」と歯をかむばかり。側《そば》に聞き居る姫更科姉御も倶《とも》に、

「さては」と驚くたくみの一々《いちいち》。にくさもにくしと姫更科、

「さあ一の太刀はこの浄るり」

「二の太刀はこの更科」

「さあ姉さまも諸《もろ》ともに」

「親の敵《かたき》おぼえたか」

と思ひ思ひのなぶり切《ぎ》り。心地よくこそ見えにけり。牛太郎はとどめをさし、

「親族《しんぞく》ながらこれほどの悪人もあるものか。血《ち》で血を洗《あら》ふ恥《はぢ》さらし。己《おのれ》が罪己《おのれ》を攻《せめ》る大悪人。せめて未来を助かれ」

と流石《さすが》は従弟《いとこ》づからとて、ほろりとこぼす涙にて、この世の縁は切りはてたり。牛太郎が武勇のほど感ぜぬものこそなかりける。

後篇古実今物語巻之四終

後篇古実今物語巻之五

○浄瑠璃姫七夕に思ひ合ひて身を投げる事

さても烏川《からすがは》姉の長者が館《やかた》にて、鬼五郎打たれ、事納まり、女心の気づかひにほつと草臥《くたびれ》、牛太郎浄瑠璃姫も御休みと、各々《おの》臥所《ふしど》に入りにける。

かくて浄るり姫は親の敵《かたき》を討つといひ、都《みやこ》宗盛が方《かた》へ行《ゆ》く事も今まで偽りとは露しらず、幾瀬《いくせ》の思ひに袂《たもと》の乾く隙もなかりしが、

「牛太郎が武勇にて事鎮《しづ》まりけれども、今ははや矢矧の家も滅び絶え、悲しき中にせめてまた、若君のつてもがな聞くならば、少しは歎きも薄からん」

と死ぬる覚悟の今までも名残惜《を》しきは牛若君。

「姉の長者の余所《よそ》ながら、「命ながらへ有るならば、またもや花の咲くもの」と仰《おほ》せはあれど、問ふも憂し、問《と》はぬもつらき牛太郎殿の心底《しんてい》。「自らに心をかけしと偽りて悪事の元を窺《うかが》ひし」と言ふは実《まこと》か偽りか。もしや恋慕と有るなれば、かくまで世話になりながら、無気《むげ》に答へん言葉なし。もし難面《つれなく》言ふならば、「情《なさけ》を知らぬ女じや」と蔑《さげし》まれんも口惜しや。これに付けても若君が世をはばからぬお身なれば、明白《あからさま》にもうち明けて、牛若君といふ夫《つま》を持つたわたしと知るならば、かうし

た事はよも有るまじ。「鳥《とり》を射とめたその人に、自らが身を任《まか》せん」と姉さまのお言葉も自らが身の上に、ふかき契りのある事を知らせ給はぬ故《ゆゑ》なれど、仮初《かりそめ》ならぬ誓言《せいごん》をたがへ給はば、恐ろしき妄語《もふご》の罪を姉さまにかけて未来の父母に、何と答へん言葉なし。ただ兎《と》に角《かく》に、自らが命は今日が限りぞ」と思ひ染《そ》めたる筆の跡。かたみとなれやする墨も薄き縁《ゑん》とぞ書き残す。

過ぎにし春の夕間暮《ゆふまぐ》れ、母さまのゆるしを受けて世の中を忍ばせ給ふ御方と深き契りの御情、うけて別れしその事を、語り給はん母様は身まかり給ひ、語るべき人なきゆゑに自らが言ひ出《い》ださんも恥かしく、つつみて暮す今日といふ今日の難儀に姉さまが誓ひを立てて、「自らを牛太郎殿に添《そ》はせん」とのたまふ事をつれなくも「否《いな》」といはれん。数々のお世話になりし従弟子《いとこご》のもしや偽りならずして、実に恋慕とあるならば、憂《う》しや心のさなきだに我がつまならぬ小夜衣《さよごろも》、かさねん事の悲しさに、死ぬ悲しさを忘れやり、この川水に身を沈めまゐらせ候ふ。唯《た》だ姉さまの御教訓用《もち》ゐず死ぬる罪科《つみとが》をゆるさせ給へ。数々の思ひは筆につくもがみ、永き別れと成りまゐらせ候ふ。かしく。

思ふ事一つ遁《のが》れてまた二つ三つ四つ五つ六《む》つかしの世や

と書き残し、庭の流れの烏川《からすがは》、水の深みを尋ぬるに、はや明けちかき空の色、「かささぎのわたせる橋」と詠みかけし天の川、雲冴《さ》えわたり思ひ出《い》だせば、今日の日は七月七日。

この七夕様といふ事は、昔唐土《もろこし》に夫婦の者あり。夫は耕作を勤め、妻は機《はた》を織つて睦まじく、その志《こころざし》正しく、終に死《し》して天にあがり、二つの星となると聞く。その男星を牽牛《けんぎう》と号《なづ》けて、種《たな》つものとて、五穀《ごこく》を守り給ふ。その種《たな》つものの「種」の字を「七《たな》」と書き、また女星を「織女《しよくじよ》」と号けて、機《はた》つものとて、蚕糸綿《かいこいとわた》を守り給ふ。その機《はた》つものの「機」の字を「夕《はた》」と書くとかや。この星常に天の川を隔てて住み給ふ。昔の情《じやう》を忘れず、夫婦たがひに逢ひ見んと思ひ給へども、帝釈天《たいしやくてん》この川を守り給ふゆゑ、渡る事叶はず。今日七月七日は、帝釈天善法堂《ぜんぽうどう》へ入り給へば、この時を得て、二つの星天の川を渡り、年に一度の契りたがはず逢ひ給ふ。

「かほど目出度《めでたき》契りこそあるが中にも自らは、「過世《すぐせ》の罪のあればこそ、かかるつたなき契りぞ」と織女星《おりひめぼし》の機おりて、雲のあなたで嘸《さぞ》や嘸、さげしみ笑ひ給ふらん。恥づかしや面目《めんぼく》なや」と涙と倶に早川の流れに入らんとし給ひしが、せめてこの世の菩提《ぼだい》の種、一子出家の功徳《くどく》にて九族《きゆうぞく》天に生まるとや。かかれとてしも烏羽玉《うばたま》の我が黒髪のたけなるを元結際《もとゆひぎは》より押し切つて川へざんぶと我が身も倶に、惜しや二八の花盛り、水のあはれと消え給ふ。彼《か》の浮舟《うきふね》のそのむかし君もかくやと哀れなり。

「朝起きて空を見れば、七つ小女郎《こじよろ》が機《はた》を織る。はた織が面目ないとて烏川へ身を投げて」とはここを唄ふたり。「七つ」は七《たな》つなり。「小女郎が機織る」は則《すなは》ち織女の星の事なり。

○牛太郎剃髪《ていはつ》して常陸坊《ひたちぼう》と名乗る事

「星は平野《へいや》に随《したが》つて闊《ひろ》く、月は大江《たいこう》に湧いて流る」とは旅夜《りよや》の思ひを書《か》く詩なり。牛若丸の家来、横田源蔵は矢矧《やはぎ》まで来《きた》りしが姫の行衛《ゆくへ》を尋ねて、思ひの外に夜を更《ふ》かし、夜半過ぐる頃、やうやうと烏川《からすがは》へたづね来《きた》り。門をほとほとと叩《たた》きければ、玄関番《けんぐはんばん》起き出《い》で、誰と問ふに、「拙者は都より奥州へ飛脚に参り、只今《ただいま》帰り候ふ源蔵と申す者《もの》。憚《はばか》りながら苦しからぬ者にござ候ふが、些《ち》と内々の子細あつて、浄瑠璃姫さまにはよく御存知の者なるが、これに姫御入りと承《うけたまは》り矢矧より遥々《はる》と罷《まか》り越し候ふ」

と明らかなる口上に、心置きなく門をひらき、内玄関《ないげんくわん》へ通しければ、源蔵手をつかへ、「隠密《おんみつ》の義には候へども、この御館《やかた》の義は外ならず奉り存じ候ふゆゑ、申し上げ候ふ。浄瑠璃姫様へ仰《おほ》せ上げられ下さりやうには、先達《さきだつ》て御約束の義段々延引仕《えんにんつかまつ》り、さぞさぞ御うらみ察《さつ》し上げたてまつり候ふ。さりながら、奥州へ罷《まか》り下《くだ》り、早速かの御方へ御文をも差し上げ、また委細の訳を申し上げ候ふ処《ところ》、幸《さいは》ひこの度都の様子うかがふため、窃《ひそか》に御登りの思《おぼ》し召しこれあり。その用意に付き隙どり候ふ。また奥州の国主秀衡《ひでひら》がすすめにしたがひ、彼《か》の館《たち》において、かの御方御元服《ごげんぶく》あそばされて」

とあたりを見まはし小声になり、

「御名をあらためさせられ、唯《ただ》今は九郎判官《ほうぐわん》義経公と申し奉り、則ちこの度某《たびそれがし》御供つかまつり吉田の宿《しゅく》まで御着きにて、「明日はこの舘《やかた》へ入らせらるべし」、との御事なり。定めて姫君には久々《ひさ》待ち侘《わ》びさせたまはん事を思し召しはからせ給ひ、某《それがし》に、「一刻も早く此の段知らせ奉れ」との御仰せ」

と述べければ、姉の長者へかくと申せば初めて聞きて、驚きながら源蔵を奥へ通し、姫の臥戸《ふしど》を押しあけて呼べど答へず口なしの、花色衣《はないろごろも》ぬぎすてて、彼《か》の空蟬《うつせみ》にあらねどももぬけの殻《から》と立ち騒ぐ。牛太郎更科も、

「お姫さまお姫さま」

と手燭《てしょく》ともども呼びまはる。

「庭の一木《ひとき》に何やらん怪《あや》しき文の候ふ」

と取り上げ見れば、

「こはいかに。書き残すとは何ゆゑ」

と読む目に涙はらはらと、源蔵もあきれはて、四人一所に顔見合はせ、八つの袂《たもと》をしぼりける。

夜《よ》ははや明けに近けれど、まだ夜ふかきに義経公《よしつねこう》、かかる歎きの通《つう》じてや、まだ世をしのぶお身なれば供をも連《つ》れず唯《ただ》ひとり、長者が方に入り給ひ、事の様子《やうす》を聞こし召し、

「女心の一すぢに便りのなきを待ちわびて身を投げすてしか、残念や」

と川のおもてを見給へば、さしもに長き黒髪の岩の間《はざま》に浮きながれ漂淪《ただよ》ふさまを御覧《ごらん》じて、

「あれ取りあげて得させよ」

と猛《たけ》き心の御目にもあまる涙の水かさもまして

「不便《ふびん》」

とのたまふに、姉の長者は涙ながらに鬼五郎がたくみの事、はじめ終りを申し上げ、かきくどきて

泣きければ、義経公は涙をとどめ、

「皆々がなげきはもつとも。さる事なれど、かかる歎きも有ればこそ、「憂《う》き世の中」といふなるぞ。我が身も今は世の中に有るにかひなき日《ひ》蔭《かげ》の身、水に沈みし心ぞや。何とぞ武運の冥利《めうり》に叶ひ、ふたたび源氏の代となさば、今のなげきをかたり草《ぐさ》、かならず歎く事なかれ。伽藍《がらん》供養《くよう》し、ねんごろに跡《あと》とぶらひて得させん」

と自然と備はる仁智《じんち》勇《ゆう》。寛仁大度《くはんじんたいど》の御いさめ。牛太郎感じ入り、

「ははあ誤《あやま》つたり誤つたり。口はこれ、禍《わざはひ》の門《かど》とかや。某《それがし》若気《わかげ》のはかりごと、姫に恋慕と偽りしその一言《ごん》より事起こり、命をすてる姫のため、鬢髪《びんぱつ》《かみ》を剃除《ていぢょ》《そり》して永く離るる煩悩心《ぼんのふしん》。黒髪切りて法師《ほうし》武者《むしや》、苗字をすぐに常陸坊《ひたちぼう》。父が法名海園《ほうめいかいゑん》の「海《かい》」をとり、母妙存《めうぞん》の「存」の字を合はせて我が名を今日よりは海存《かいぞん》と名乗るべし。義経公今にも義兵をあげ給ひ、御父義朝《よしとも》公の御為に、弔《とぶら》ひ軍《いくさ》は坊主の役、身不肖《ふせう》には候へども今日より某《それがし》を御家来となし下さらば有りがたからん」

と申すにぞ、義経公御悦喜《えつき》あり、

「頼母《たのも》しし、頼母しし。貴殿《きでん》がごとき勇士をば、たづね求むる折なれば、今日《けふ》より味方に頼むべし」

と御底意《そこい》なき御ことば。側《そば》に聞き居る長者がよろこび。更科は目に涙、

「自らも女でなくば、お味方とも申し上げたき心ざし。今の今まで姫君につき参らせしが、今日よ

りは誰につかへん人もなし。親には別れ、住む甲斐もなき浮世や」と既に自害と見えけるを、義経公御覧じて、

「あれ留《と》めよ。更科には主親の菩提《ぼだい》のために出家して、今より仏に仕ゆべし」と義経公の御差図《さしづ》。自然と威《ゐ》ある御詞に、有りがた涙はらはらはら、はらりと黒髪押し切りて、矢矧の宿《しゆく》の尼寺は、この更科が開基《かいき》とかや。

「身は沈《しづ》む、髪は浮かむ。そこで殿御の御心」といふはここの事なり。「心」といふは何《なに》から何までよく心づき給ふといふ事をこの「心」といふ字一字にこめたること、この唄の作者の妙なり。

かくて既に夜は明けはなれけるが、さしもに早《はや》き烏川のながれ、不思議や水の音なく、いつの間にやら河原となつて水一滴もなかりければ、人々奇異の思ひをなし目と目を見合はせ、これは凶事の天災かと驚く色目を見給ひて、義経公は騒ぎたまはず、

「しばらく事の様子を窺《うかが》ひ見るべし。これしきの変、何等の事やあるべき」とて制し給ひけるこそ、誠にゆゆしかりける御大将と、後にぞ思ひ合はせける。

○浄瑠璃姫ふたたび義経公に廻《めぐ》り逢ひ給ふ事

むかし唐土《もろこし》晋《しん》の毛宝《もうほう》といふもの、軍《いくさ》に打ち負け、大江《たいこう》とて山川の流れ早き水に落ち入りしが、岩

の上に落ちけると覚えしが、大きなる亀の背中にて死を助かりけるとかや。これらの事、不思議ともいふべし。

さても浄瑠璃姫は、さしもに早き烏川《からすがは》の流れに身を投げしに、不思議なるかな、川の水浅くなり、流れも静《しづ》かになりければ、漸《やう》々二三丁ばかり川下《しも》へ行けば、早《はや》河原のごとく成つて、唯茫然《ぼうぜん》として、

「これは夢かうつつか。但《ただ》しは死んで、冥途の道に聞きおよぶ三途川《さうず》とは是なるか。または賽《さい》の河原といふ所か」

とあたりを見廻し給ふに、常に見なれし山つづき、山のこなたが矢矧の宿。

「さては死ぬにも死なれぬか。浅ましの身の上や」

と、

「歎きても帰らぬ事とは言ひながら、父母常に自らをいとほしがりて、この守《まもり》、水難に逢ふべき相の見ゆるとて、文覚《もんがく》様より授《さづ》かりし、その奇特《さどく》にて有るべし」

と漸々に心づき、首にかけたる筒守《つつまもり》、

「死ぬる覚悟の身の上に何かは守《まもり》の要《い》るべきぞ」

と持ちたる守なげ捨てて、

「海の藻屑《もくづ》となるべし」

とまた海辺の方《かた》をさして行き給ふ心のほどぞ痛はしき。

然《しか》るにこの文覚上人といふは、元来遠藤武者盛遠《もりとほ》といふ源氏の武士なるが、年若き時の友だちに源《みなもと》の渡《わたる》といふ者の妻袈裟《つまけさ》御前に恋慕して、渡を討たんとはかりけるが、袈裟御前これをかなしみ、渡が衣服を着て臥《ふ》し居たりけるを、盛遠しのび入りて渡と思ひ首打ちたり。袈裟御前が貞心《ていしん》を感じ、煩悩心《ぼんのうしん》をひるがへし、菩提心《ぼだいしん》を起こして出家し、文覚上人となりけるが、当時平家の政道よこしまにて、民百姓の患ひ難儀するを見て、一天下の為と思ひ、都にかくれ居て、時の気を伺《うかが》ひ、清盛が我儘《わがまま》にて鳥羽《とば》の離宮《りきゅう》に押し籠めたてまつりし法皇の御所《ごしょ》へ参り、窃《ひそか》に平家追討《ついとう》の院宣《いんぜん》を申し下《くだ》し、伊豆の国蛭《ひる》が小嶋《こじま》に流されおはします兵衛佐頼朝《ひやうへのすけよりとも》公へ渡し、

「北条《ほうでう》一党を手下につけ、藤九郎盛長《もりなが》をもつて、源氏の残党余類《よるい》をかりあつめ義兵《ぎへい》を上げ給へ」

とすすめ申す。御兄弟の中にも牛若君こそ幼少《いとけなき》より武芸《ぶげい》の達人と聞きおよべば、これを軍《いくさ》の大将とし給ふべく、都にて牛若君の噂をきけば、

「奥州の秀衡《ひでひら》が方におはします」

と聞きて、文覚上人尋ね行《ゆ》きしが、

「都方《がた》へ登り給ふ」

と言ふに力なく、あて所《ど》もなく東海道へ出《い》で、何心なく烏川を渡らんと思ふに、

「川の浅き事こそ不審なれ」

とてあたりを見るに、

「彼《か》の先年矢矧《せんねんやはぎ》の長者が娘に与《あた》へし水難除《なんよけ》の守の有るこそ合点《がてん》ゆかず」

としばらく思案しけるが、道徳兼備《どうとくけんび》の文覚上人なれば、たちまち観音薩埵《くわんおんさつた》の天眼通《てんげんつう》の法を修《しゆ》しければ、妙智力《めうちりき》の功徳《くどく》にて浄瑠璃姫の身の上《うへ》ありありと心に徹《てつ》し、

「さては海辺の方へ行きしか」

と飛ぶがごとくにぞ追つかけたり。

　浄瑠璃姫は既《すで》に身を海へざんぶと投げ給へば、またも不思議なり、風波《ふうは》なく静かにゆられ磯ばたへ打ちあげられ給ひし所へ、文覚上人来《きた》り給ひて姫を助け顔見合はせば、姫はおどろき、悲《かな》し涙にわかちなく衣《ころも》の袖に取りついて、

「上人様の御守、ありがたけれど自らが今の身にては有難《ありがた》からず。何とぞ死なして殺して」

と歎き給ふぞ理《ことはり》なり。上人重《かさ》ねてのたまふやう、

「姫の身の上聞くにおよばず。吾観世音《われくはんぜおん》の妙智力をもつて、よく知つたり。再び牛若君に逢はせ参らすべし」

とうち連れて烏川姉の長者の舘《やかた》へ行き給へば、家内の下部《しもべ》ども姫を見て、

「やあ幽霊《ゆうれい》様がござつた」

と坊主の連れなれば囁《ささや》き言ふももつともぞかし。

　かくて文覚上人は義経公御対顔《たいがん》と披露《ひろう》して、常陸坊《ひたちぼう》も席をあらため初めて見参《げんざん》の御挨拶こと終《をは》り、

御兄佐殿《おんあにすけどの》義兵を上げ給ふ事ども、浄瑠璃姫の再び逢ひ給ふ不思議の事、御互《たが》ひに物がたりて悦《よろこ》び給へば、姉の長者も皆々が嬉し涙ぞ理《ことはり》なり。文覚上人詞《ことば》をあらため、

「浄瑠璃姫は今日より義経公のお側《そば》さらず、猶《なほ》大切にし給ふべし。一旦《いつたん》死したる名をあらため、川と言ひ、海と言ひ、波静かなる縁《ゑん》を取り、今よりは静御前《しづかごぜん》とあらためられ、弥《いよいよ》御不便《ふびん》かけ給ひ、源氏の末葉《すゑば》栄《さか》え在《ま》します御寿《ことぶ》き。四海波《かいなみ》静かに」

と、姉の長者は熨斗《のし》こんぶ、君にすすむる御盃《さかづき》めぐりめぐりて尽《つ》きせぬ御縁《ゑん》、尽きせぬ御代の例《ためし》をここに五巻となし、目出度く語り納《をさ》めける。

後篇古実今物語巻之五大尾

口上

前篇古実今物語《ぜんぺんこじついまものがたり》　全部六冊

右先達而板行いたし置き申し候ふ。御覧被遊可被下候ふ。

明和二乙酉年初春吉日

東都書肆

喜多久四郎

竹川藤兵衛

梓

当《とう》世《せい》操車《みさをくるま》

宍戸 道子＝校訂

当世《とうせい》操車《みさほくるま》序

列女伝女訓故事等《れつぢよでんによくんこじとう》に、賢女貞女《けんぢよてい》孝《かう》女等あまた載《の》せるとゐゑども、和漢《わかん》共に是皆古代のことにして当時に無《な》き事《こと》とおもへり。左《さ》にあらず、今世は太平にして珍《めづ》らしき事《こと》有りといゑども、自 秘《おのづからひ》して他《た》に洩《も》らさざるが故《ゆへ》に知《し》る人なし。近来《きんらい》予見聞《きき》せしこと共捨《す》つるに忍《しの》びず、筆《ふで》にまかせて五巻《ごくわん》となしぬ。蓋《けだ》し其《き》才厥貞《さいそのてい》、其実《そのまこと》を蒙《かうむ》り有《あ》る所を称《しやう》して操車《みさをぐるま》と題《だい》す。

清涼井蘇来

明和三戌春

当世《とうせい》標《みさお》車《くるま》惣目録

巻之一

福徳《ふくとく》屋富《とみ》左衛門倅《せがれ》が事
我《わ》が脈《みやく》のわが落《お》ちつかぬ十九《つぐ》はたち
朝《あさ》風さむく目のさめる旅《たび》
にくからぬ恋《こい》を裏《うら》から問《と》ひおとし
闇《やみ》とやみとて聟《むこ》と呼《よ》ばせる

巻之二

唐物《とうもつ》屋久左衛門娘《むすめ》が事
むつかしい顔《かほ》の向《む》き合ふ三つ鉄輪《かなわ》
児手《このて》がしわや夜の婚礼《こんれい》
尤《もつと》もと道理を唀《さば》く義の一字
磨《す》つてもはげぬ無垢《むく》の金鍔《きんつば》

巻之三

浮橋《うきはし》頼母《たのも》妻女《さいじょ》の事

言訳《いいわけ》のくらい所《ところ》にふたり寝《ね》て
みさほ涼《すず》しく朽《くち》はてる胸《むね》
この人のここに聞くとは神のわざ
帰る錦《にしき》は温泉《ゆ》のみやげにて

巻之四

物部《もののべ》新蔵《しんぞう》娘《むすめ》お弓《ゆみ》事

毒喰《どくく》はば皿《さら》をねぶれと乱《みだ》れ染《そめ》
我《われ》ひとりなくふりの下風
身を捨てこそ浮《う》かむ瀬《せ》で呑《の》みおふせ
押込《おしこみ》なれば蔵《くら》へおしこむ

巻之五

お弓才智《ゆみさいち》を以《も》つて出世《しゆつせ》の事

夜半《よは》過《す》ぎて土圭《とけい》のさゆる物思ひ
江戸むらさきの女一疋《ひき》
源氏《げんじ》にもこれ程の智《ち》は書《か》きもらし
栄《さか》ゆる末《すへ》も孝《かう》がもとなり

当世《とうせい》操《みさを》車《くるま》 巻之壱

○福徳《ふくとく》屋富《とみ》左衛門倅《せがれ》が事

富《とみ》と貴《たつと》きとは人の欲《ほつ》する所なり。人間《にんげん》わづか五十年とは云《い》へど、誰《たれ》かふうきを好《この》まざらん。去《さ》れば過《す》ぎにし頃《ころ》、江戸の眼《まなこ》と呼《よば》るる日本《にほん》橋辺《ばしへん》に、福徳屋富左衛門とて富貴《ふうき》身《み》にあまりしが、子宝《こだから》少なく夫婦が中に唯《ただ》ひとり、富之助《とみのすけ》と名《な》を呼《よ》びて蝶《てう》よ花《はな》よと育《そだ》て上《あ》げ、へたな若殿様《わかとのさま》も及《およ》ばぬ結《けつ》構《かう》ずくめ。元《もと》より母譲《ははゆづ》りにて男付《おとこつき》よく心《こころ》も発明《はつめい》なれば、両親《りやうしん》の寵愛《てうあい》筆《ふで》にも尽《つ》くされず。十六歳《さい》にて前髪《まへがみ》に角《すみ》を入れたる若衆《わかしゆ》ぶり、あづま業平《なりひら》と近隣《きんりん》の評判《ひやうばん》奔走《ほんそう》のあまり、御きげん取《と》りの若《わか》手代共、お気慰《きなぐさ》めなどと拵《こしら》へて吉原《よしはら》へ連行《つれゆ》

きしが、贔屓《ひいき》の引倒《ひきたを》しにて女郎《じやうらう》が男付に打《う》ち込《こ》めば、我《われ》も又身帯《しんだい》を打込む気に成《な》り、夥《おびただし》く金銀を遣捨《す》て、剰《あまつさ》へ昼《ちう》夜《や》内へ帰らず。

初《はじ》めの程《ほど》は夫婦《ふうふ》も愛《あい》におぼれ、少々《せう》の事は打捨《す》て置《を》きけるが、次第《しだい》にあほうに実《み》が入り、牽頭末社《たいこまつしや》を引《ひ》き連《つ》れての馬鹿《ばか》遣ひに箱《はこ》の四つ五つもなくしければ、これでは済《す》むまひと重《をも》手代共一列《れつ》して、親父《をやぢ》富左衛門へ急度《きつと》訴《うつた》ゆれば、初めて肝《きも》をつぶし引《ひ》き寄《よ》せて厳《きび》しく異《い》見《けん》しけれども、いくらも有《あ》る事《こと》にて登《のぼ》り懸《かか》つてはとまらぬ色の道、次第《しだい》に募《つの》りければ、今は是非《ぜひ》なく懲《こらし》めの為《ため》にとおしきせの勘当《かんどう》。両替町《りやうがへてう》の家守銀《やもりぎん》兵衛が引き取つて先浦賀《まづうらが》へ遣《つか》わし、お蚕《かいこ》を引はゐで素布子《すぬのこ》一てんにして塩をふませ、憂《う》いめつらいめを見せほつとりと懲《こ》りの来る時分、一門一家の訴訟《そせう》にて勘当《かんどう》ゆるし、十九歳の夏江戸へ呼び返《かへ》しけるが、燃杭《もへぐゐ》には火が付きやすく、以前の友達《ともだち》牽頭《たいこ》のたぐひがそろそろとそそなかし、間もなく又大どらを打ちければ、もはや両親もあきれ果《は》て

てもひきり、一家一門も愛相《あいさう》つかし、誰ひとり訴訟する者もなく、この度は箔《はく》の付いた勘当にあい、たちのままにて追《を》い出され、面目《めんぼく》なくて家守《いえもり》共の方へも立寄れず、あさましき体《てい》にて又浦賀へ趣《おもむ》きけるが、ここにても今は貢《みつ》ぎなければ以前の様には行かず。

せん方なさに乞食同然《こつじきどうぜん》の身分にて大坂へ登《のぼ》り、高麗橋《かうらゐ》辺《へん》に以前召仕《めしつか》ひし彦兵衛と云ふ者の住みけるを尋《たづ》ね、案《あん》内乞《こ》うて内に入り、右のあらましを咄《はな》せば、大いに肝《きも》をつぶし、先我方にかくまい置き、江戸表へ状通にて申し下せし処、親父よくよくの腹立にて、

「富之助事はきうりを切りぬれば今は他人にて、この方には一向構《かま》いなく、元よりみつぎなどとは存じもよらず。その方にて世話《せわ》致うといたすまいと勝手《かつて》次第、固くはいらぬものなり。はたばりもない小身代に穴明けられて気の毒《どく》」

と、利刀《かみそり》で何やら切つた様な返事。披《ひら》いて見て彦兵衛もあきれ果てけるが、今まで旦那《だんな》様あしらいにしたものを俄《にわか》に追《を》い出されもせず、右の返事を持つて富之助が側《そば》により、

「さてさてお前にはいかなる事をなされてこれ程までのお腹《はら》立には逢《あ》い給ふぞ。最早《もはや》この分なれば一向手も入れられぬと申すもので御座る」

と云へば、富之助、

「去《され》ば今更初《はじめ》て本性《しやう》に成り、千非《ひ》後悔《こうくわゐ》致す。一言も親達《をやたち》を恨《うら》む事なく、皆我身より致す不届《ふとどき》、かく有るべき事なり。何を隠《かく》さう、我身ことは幼《よう》少より豊《ゆたか》にそだちて不自由《ふじゆう》なる事を知らず。何事も

世の中は我心の通に成るものとばかりおもふたは、自分《じふん》のおろかなる故なり。一たん勘当にあい、浦賀《うらが》に三、四年居けるが、これとてもさのみふじゆうな事なく、母の内証《ないしやう》より金子を送《をく》られ、一家共手代の貢《みつ》ぎが有つて、寒《さむ》いめもひだるいめもせねば、勘当と云ふものをなかなか大事ない物じやと高を括《くく》つたは、我ながら大だわけ、今更後悔《こうくわい》しても益《ゑき》なし。この上は最早《もはや》訴詔《そしやう》したりとも、二度三度の事なれば誠にはし給ふまじ、と云ふて死《し》ぬにも死なれず。何卒《なにとぞ》これからは、奉公は勿論《もちろん》、何をしてなりとも今日を過したき外《ほか》はなければ、今までのよしみに世話《せわ》致して呉《くれ》らるべし。如何様《いかやう》なる事なりとも苦《くる》しからず遠慮《えんりよ》なふ頼み奉る」

と泪《なみだ》をこぼして云へば、彦兵衛夫婦もなみだぐみて哀《あわ》れにいたわしく、

「左様の思し召しならば何しに如在《じよさい》致すべき」

と、それより夫婦《ふうふ》深切《しんせつ》に世話《せわ》して、先《まづ》富之助と云ふ名を茂兵衛《もへゑ》と改《あらた》めて、ここかしこ手代奉公の口など聞き合はすれど、当分おもわしき所もなく、一月二月と日を過《すぐ》す内、近所《きんじよ》に近付《ちかづ》きもだんだん出来、元より人に憎《にく》まれぬ男、愛敬《あいきやう》の有る上一体発明《いつたいはつめい》にて、十露盤《そろばん》も下地少しなるを彦兵衛方にて稽古《けいこ》し、手はもとよりよく書ければ、あそこここにて人の調法《ちやうはう》になり、その日その日の口過《くちす》ぎ位《ぐらい》の事は出来、身に引はる物あなたこなたの世話にて一つづつも着《き》、どふやらこふやら小一年も彦兵衛方にぶらりとして居る内、又近所《きんじよ》に長崎屋甚兵衛と云ふ人、長崎へ用事有て下りけるが、道連《づ》れをほしく、茂兵衛と心安《やす》きまま呼《よ》び寄《よ》せて云ひけるは、

「我等《われら》この度長崎へ下るが、貴様《きさま》も行き給わぬか。とても当分用のない貴殿《きでん》、一見旁《かたがた》よろしかるべし。路用は我等まかない申さん」

と云ひければ、茂兵衛聞きて、

「誠《まこと》に長崎は聞き及びたる繁花《はんか》の地《ち》。幸《さいわ》いかな一見仕りたく、殊に路用までお世話下さるとは旁《かたがた》以《も》つて忝《かたじけな》し。御供《とも》仕るべし」

と、早速宿《さつそくやど》へ帰り彦兵衛に咄《はな》し、何にもせよ指当《さしあた》つての口過《くちすぎ》、殊にはあの衆へ親《した》しくすれば始終《しじう》の為《ため》にもよしと、そのまま旅用意《たびようい》して念頃《ねんごろ》に暇《いとま》を乞《こ》ひ、甚兵衛《ぢんべえ》と同道《どうどう》して長崎へおもむきけり。

ここに長崎にて唐物屋《とうもつや》久左衛門《きうざえもん》と云ふは、これも有徳人《うとくじん》にてその頃隠《かく》れもなき薬種屋《やくしゆ》なり。彼《か》の長崎屋甚兵衛為《ため》には兄《あに》なれば、この所へ落《を》ち付き、所用弁《しよよふべん》ずる内凡《およ》そ二十日あまりも逗留《とうりう》しけり。この折節《をりふし》久左衛門、手代壱人病死《びやうし》して事を闕《か》きたるよしなれば、甚兵衛兄久左衛門に云ふ様、

「我等この度同道致したる茂兵衛儀《ぎ》は、実体《じつてい》にして算筆《さんひつ》よく、大坂表《おもて》にて手代奉公の口を望《のぞ》み候へども、おもわしき方もなく浪《らう》人して居る故、道連に雇《やと》い参り候。これをかわりに召し抱《かか》へられ候はんや」

と云ひければ、久左衛門聞て、

「夫《それ》は幸《さいわゐ》の事なり。この間中とくと立《た》ち振舞《ふるまゐ》も見請《う》けたり。面体如法《めんていによはう》に静《しづか》なる所、身共《みども》気に入たり。かけ構《かまい》なく自身《じしん》も得《とく》心ならば、抱《かか》へ申すべし」

と云ひければ、

「さん候ふ。一向《かう》かけ構《かま》いはこれなき者、我等請合申し候ふ。夫《それ》とも一往《わう》申し聞かせ返答《へんとう》承《うけたまわ》らん」

と、かたへなる所へ茂兵衛を呼びよせ、右の段《だん》を云へば大いに喜《よろこ》び、

「御存じの私《わたくし》、たとへ大坂へ帰り候ふ共、急《きう》に口の在るべきや。そこの程もおぼつかなく、その上又候《またぞろ》彦兵衛夫婦の厄介《やくかい》に成り候ふも気の毒。召し抱へ下されんと有るこそ幸なれ、御奉公仕るべし」

と、早速首尾《さつそくしゆび》して茂兵衛は久左衛門手代《てだい》になれば、甚兵衛は用事調《ととの》へ大坂《さか》へ登《のぼ》りけり。

光陰《くわういん》のはやきこと今更云ふに及ず。茂兵衛はかりそめの様に久左衛門方に手代奉公つとめしが、既《すで》に四年の春秋《はるあき》を経《へ》たり。その間随分実体《ずいぶんじつてい》にして、奉公大事と心がけければ少《すこ》しの仕落《しをち》もなく、元《もと》より発明者《はつめいもの》なれば久左衛門の気《き》に入つて、大勢の手代の内にてもわけて秘蔵《ひぞう》しけり。然《しか》るに久左衛門娘《むすめ》一人有りけるが、おみちと名を呼びて器量《きりやう》もよく、その頃十七歳に成りぬ。いづくにも有る事、誰《たれ》おしゐねど自然《しぜん》と智恵《ちゑ》の付くは色《いろ》の道《みち》、彼《かの》茂兵衛が男付よく心ばへのやさしきに恋慕《れんぼ》して、目顔《めかほ》でしらせ、夫《それ》でも届《とど》かねば文《ふみ》など書《かい》て送《おく》り、後《のち》にはこらへかねて直《ぢき》に口説《くどく》などしけれども、元《ぐはん》来今《らゐいま》までの事を後悔して居る茂兵衛なれば、この上ここなどしくぢりては、大坂おもて彦兵衛夫婦の者へ言訳《いいわけ》なく、何分にも承引《しやういん》せずして日を過す内、親父も次第に年《とし》がより、娘も成人《せいじん》のことなれ

ば家督《かとく》の相談《さうだん》にかかり、一家共などたのみ、誰《たれ》のかれのと談合《だんがう》する内、娘おみちは母親の前へ出て、

「私《わたくし》は男を持つ事はいやにて候ふ」

と藪《やぶ》から棒《ぼう》を出した様に云へば、母親もびつくりして、

「そりや又なぜに」

とおしかへして尋《たづぬ》れど、何故と云《いふ》わけも云はず、

「兎角《とかく》一生《しやう》ひとり身で尼《あま》にでも成りたい」

などと述懐《じゆつくわい》めきたるのぞみ。

「これは気《き》の毒《どく》なる事」

と親父へはなせば、これもおなじく額《ひたい》に皺《しわ》よせ、

「何共《なにともが》合点《てん》の行ぬ事」

と再三《さいさん》に勧《すす》めても、いかな事いやいやと云ひ切《き》れば、先聟《むこ》の相談《さうだん》もやめにして見合わす内、娘がそぶりさのみ浮世《うきよ》を捨た体共《ていとも》見へず、何とやら茂兵衛を見てはあぢな眼付《めつき》をし、後《うし》ろ姿《すがた》を見送りてはおもひ有りげな体たらく。さてはと母も親父も大方に推量《すゐりやう》し、ひそかに夫婦内談を極《きわ》め、さて一間なる所へおみちを呼《よ》び寄《よ》せ、母云ふ様《やう》
「前かどより幾度《いくたび》も云ふ通《とをり》、兎角《とかく》養子《やうし》せねば家《いへ》も立ず。そなたが有りながら他人《たにん》にゆづるも残念《ざんねん》なれど、男持《もつ》がいやと云へば是非《ぜひ》もなし。尤《もつと》もこの上は誰《たれ》にゆづるとも構《かま》やるまゐことなれども、一

通り聞かせ置《を》くなり。わらはも親父殿も同じ心にて、誰かれと云はんより、人柄《ひとがら》もよく発明《はつめい》で実体《じつてい》なる者なれば、茂兵衛を家督《かとく》に立てる」

と、いまだ云ひきりもせぬ内より、おみちは俄《にわか》におどろゐて、

「ええあの茂兵衛をかへ」

と云ふを云はせず、

「はてまあだまつて聞きやれ。尤《もつと》も家来《けらゐ》じやに依《よつ》てそふは在るまいこととおもやろけれど、はてとてもそなたは男持たぬ身なれば構《かま》わぬ筈《はづ》の事。「どふで他人に譲《ゆづ》るものなら、こちの好《すい》た者にするがよい」と親父殿も云はしやれば、わらはもその心、家来なればとてさのみ賤《いやし》め ぬ物でござる」

とわざと意地《いぢ》わるく裏《うら》をくわせて云へば、お道《みち》は詞《ことば》のうちより気をもだもだして、

「いいゐゐなあ、なんのわたしが茂兵衛をわるいと申しませふ。それはそれは結構《けつかう》なよい思し召し。おつしやる通《とを》り、利《り》発で器用《きよふ》で発明《はつめい》で柔和《にうわ》で、すなをでやさしうて」

と、むしやうに誉《ほめ》上げていそいそするにぞ、そうもござるまゐと心に思ひながら、

「したがそふは云ふものの、主《ぬし》の血筋《ちすじ》の絶《たゆ》るも気《き》の毒、いつそ甥子《をゐこ》の久太郎夫婦《ふうふ》を呼《よ》び入れうかともおもふ」

と云へば、

「いゐいゐいゐ、夫《それ》はわるふござんせふ。はて血筋が絶ゆるとおつしやるなら、私《わたくし》がどふなりと

も」

と俄《にわか》に替《か》わる口裏《くちうら》も、憎《にく》い半分可愛《はんぶんかあい》い半分、さすが恩愛親《をんあいおや》心、腹《はら》一ぱい気をもませたを腹いせに、

「そんならそなた、茂兵衛なら添気《そふき》か」

と云はれて嬉《うれ》しく、「さあ私はその気でござんすけれども、あの人がどふであろふか」

と白状《はくじやう》したる口裏で茂兵衛が律義《りちぎ》も顕《あらわ》れ、弥《いよいよ》相談極《さうだんきわま》り、日をゑらんで婚礼調《こんれいととの》ひ、親父夫婦も安堵《あんど》すれば、おみちが喜《よろこ》び茂兵衛が仕合《しあ》はせ、千秋万歳《せんしうばんぜい》の目出度《めでたき》中に、めでたくないは江戸の親父。たつたひとりの倅《せがれ》を勘当《かんどう》して外に子とてもなければ、初めのほどこそ、

「あれ憎《にく》いやつ不届者《ふとどき》」とおもひしが、一年立ち二年立つ内、腹立は何処へやら、不便《ふびん》さ可愛《かあい》さ思ひ出さぬ日もなく、次第に年が寄つて我《が》もなくなり、取わけて母親が云ひ出しては泣《な》き、語《かた》り出してはしくしくすれば、いとど忘《わす》れる間もなく、はやわかれて七年に成りぬ。ほのかに聞けば今は心も改《あらた》まり、長崎《ながさき》にて手代奉公《はうかう》をつとめ、主人の目にとまりて家督《かとく》までゆづられしとの噂《うわさ》。弥《いよいよ》忍《しの》ばしく、こらゑ兼《かね》て状《じやう》したため、

「勘当《かんどう》をゆるす程《ほど》に何とぞ立ち帰り呉《くれ》よ」と細《こま》々と書《かけ》ば、

「母もともども、半切《はんきり》三尋程涙《ひろほどなみだ》をこぼしこぼしまいらせ候ふ」などは、にじんで読《よ》めかねるくらい。

両親の書状一つに巻《ま》き込《こ》み、便《たよ》りをもとめひそかに送《をく》れば、茂兵衛も今は唐物《とうもつ》屋の家督相続《さうぞく》して、何に不足《ふそく》なく暮《くら》すに付け古郷忘《こきやうぼう》じがたく、江戸表《おもて》の事思ひ出し、若気《わかげ》の不孝《ふかう》を後悔《こうくわい》し、何卒《なにとぞ》勘当の

訴訟《そせう》をもしたくおもふ折から、状の届《とどき》たるを見ておどりあがるほど嬉《うれ》しく、先押戴《まずおしいただ》いて披《ひら》いて見れば、

「勘当《かんどう》ゆるす立ち帰れ」との親父の自筆《じひつ》、おなじ事をぐどぐどと繰《く》り返《かへ》したる母の真実《しんじつ》。はつと嬉《うれ》しさ有《あり》がたさ、飛立《とびた》つばかりにおもひしが、恩《おん》有る主人の家督《かとく》をつぎ、殊《こと》にはおみちが切《せつ》なるなさけ振《ふ》り捨《す》てても行《ゆか》れず。とつつ置きつの思案《しあん》のただ中、なまなかむかしの手代ならばと、うしと見し世ぞ今は恋しく、

「如何《いかが》はせん」と胸《むね》に手を置き、急度《きつと》心におもふ様、

「尤《もつと》も大恩の主人ながら譜代相伝《ふだいさうでん》と云ふにもあらず。元より我なくとも家相続《いへさうぞく》すべき者いくらも有るべし。女房《にようぼう》お道《みち》がわりなき情《なさけ》、便《びん》なしとはおもへども親には替《かへ》られず。一日の孝《かう》もつとめず、生れて以来《このかた》不孝ばかりせし両親に、せめてこの度立ち帰り、及ばずながらも孝行《かうかう》をはげむべし」と思案をかためて、その夜ひそかに欠《か》け落《を》ちし、江戸表《おもて》へ下りければ、両親の喜び大方ならず。一家一門の安堵《あんど》、日毎《ひごと》の問《と》いおとづれ、

「兎角前方《とかくまへかた》にも懲《こ》りたれば、はやく嫁《よめ》をむかゆるがよかるべし」

と、あなたこなたと聞き合はせ、母方の親類《しんるい》にて去《さる》大家の御家中、石川治部左衛門と云ふ七百石取《こくどり》の娘、器量《きりやう》もずんどおよしとて、十八歳に成るを呼《よ》びむかゆる約束《やくそく》にて、奥《おく》の普請《ふしん》をするの結納《ゆいれ》を送《おく》るのと、俄《にはか》にこの方は目出度《めでたく》成つて混乱《こんらん》すれば、又長崎《ながさき》では打かゐて、ろくなことにもあらぬ大

混乱《こんらん》。茂兵衛かけ落《を》ちはまだしも、娘おみちがなくなりしとて、手わけをして尋《たづ》ぬれど終《つゐ》に尋ね逢《あ》わず。去《さり》とは苦《にが》々しき体《てい》なり。このおみちと云へる娘、至極発明《しごくはつめい》なる女にて、茂兵衛欠《か》け落《お》ちせし翌《あした》より、江戸表《おもて》へ下りたりと云ふ事早速合点《さつそくがてん》したり。その故は、かねて江戸表の事共《ども》、夫婦寝《ね》のわりなき中に聞き置きたる上、前日《ぜんじつ》茂兵衛涙《なみだ》をこぼしながら書状《しよじやう》を読《よ》みて居たるをちらと見たれば、「親元より状が来て江戸へ下りたるに違《ちが》ひなし」と、しつかりとむねをすへ、何気《げ》なき体《てい》にて一両日を過し、二日めの夜深更《しんかう》におよびて、顔《かほ》を鉄漿《をはぐろ》にて所《ところ》々染《そ》め、その上へ煤《すす》をぬり付け、髪《かみ》をほどき、くるくる巻《まき》にして固く煤をもみ付け、下女の古袷《ふるあわせ》の二階《かい》に押込《おしこみ》て有りけるをひそかに取り出して、四月のことなればこれを着《ちやく》し、自分《じぶん》の着《き》物をば当分見ゑぬ様に掾《ゑん》の下へ隠《かく》し、小玉銀《こだまぎん》を五六十粒懐《つぼくわい》中し、門を出るより直《すぐ》に道中にかかり、そのさま乞食非人《こつじきひにん》か、路金《ろきん》持《もた》ぬ伊勢参《いせまいり》の体《てい》にて、あやしの破《やぶ》れ菅笠《すげがさ》を着《き》たれ

ば、追手《おつて》の者《もの》たとへ見付けたりとも更《さら》に気《き》が付かず。往来《わうらゐ》にて喰《しょく》をもとめ、若《もし》飢《う》へに及《およ》ぶ時は彼《か》の銀《ぎん》を一つ取出し、

「慈悲《じひ》なる旅《たび》人に貰《もら》ふたり、かへてたまわれ」

と道すがら五十百に替《か》へてもらひ、それにて飢《う》へをしのぎ、船渡《ふなわた》し等《とう》にても今のごとくして難《なん》なく渡《わた》りこし、関所《せきしょ》にかかりては所《ところ》の乞食《こじき》の気《き》の違《ちが》ひたるふりをして往来《わうらい》に立ち、あられもないことを高声《かうしやう》に云ひて一両日ぶら付き、気をゆるさせて首尾《しゆび》よく通《とを》り、はるかの日数《かず》を経《へ》て終《つゐ》に江戸まで来りしは、誠《まこと》にたぐひ有るまじき女なり。

当世操車巻之壱終

当世《とうせい》操《みさを》車《ぐるま》巻之二

○唐物《とうもつ》屋久左衛門娘が事

紫《むらさき》の門《かど》と尋《たづ》ねたる物草《ものぐさ》太郎が身にも替《かわ》らぬおみちの形《なり》そぶり、あさましき乞食非人《こつじきひにん》の姿《すがた》となり、永《なが》々の日数《かず》を過《す》ぎ、はるばるの艱苦《かんく》を経《へ》て終《つゐ》に江戸まで来たり、かねて聞き置きたる江戸の中《なか》にて福徳屋富《とみ》左衛門と尋《たづ》ね付き、両替《りやうがへ》見せに差《さ》し懸《かか》り、

「これなる若旦那《わかだんな》にお目に掛《かか》りたし」

と云へば、廛《みせ》の者共おかしく思ひ、

「その方ごとき者に逢《あ》い給ふ若旦那にあらず。戯言《たわごと》いわずと通《とを》れ」

と云へば、

「いや左《さ》にあらず。是非《ぜひ》ともお目に懸らん」

とひたすらに云へば、

「不届《ふとど》きなる乞食《こじき》め。おのれは気違《きちが》ひならん」

と無理《むり》に引き立て突《つ》き出《いだ》さんとするを、柱《はしら》にしがみ付きてはなさず。

「たとへ殺《ころ》さるるとも、お目に懸《かか》らずはここはなるべからず」

と一途《いちづ》に成つて云ふにぞ皆《みな》々興《けふ》を覚《さま》し、

「さのみ気違ひとも見へず。但《ただ》し若旦那《わかだんな》流浪《るらう》の間につくされたる尻《しり》のきたるにはあらんか」と疑《うたが》ひ、

「何にもせよ外聞《ぐわいぶん》よろしからず。だましていなさん」と、重手代《をもてだい》の差図《さしづ》にて金子壱分取出し、

「これを持つていね」

と云へど、いかな事見向《みむ》きもせず。不足《ふそく》なるかとおもひ、小判一両出してわたせば取てほうり、

「兎角《とかく》御目に懸りたし。一目逢はせてたまれ、おなさけお慈悲《じひ》」

と手を合はせて云ふにぞ、去《さり》とは合点《がてん》ゆかず。かれこれする間に奥《をく》へ聞ゑて、

「何ごとやらん」

と親父夫婦尋ぬれば、斯様斯様《かやふ》の次第と云ふに、親父もその意得ず。茂兵衛に覚《おぼへ》や有るかと聞けば、

「さらさら覚《おぼへ》なし、人違《たが》ひにもや。納得《なつとく》させて帰すべし」

と立ち出でて顔《かほ》とかほ見合するに、なんぼうやつれ垢《あか》づきたりとも、物ごし恰合《かつかう》夫婦の間を見忘《わす》るべき様《やう》なく、

「これはまあどふして来た」

と、そのままはだしで庭《には》へ飛下《とびを》り、手を取つてはだきよせ、

「てもさてもこれはまあまあ夢《ゆめ》か現《うつつ》か」

とおどろき、更《さら》に止《や》まぬも尤《もつと》もなり。

おみちは今までの難行苦行《なんぎやうく》、一目逢《あわ》ふばつかりの気のはり弓《ゆみ》、恨《うら》みつらみの数《かず》々、一度に胸《むね》もふさがりて、泣《なく》より外は詞《ことば》も出ず。親父を初め家内の者共、更に不審《ふしん》もはれやらず、たまりかねておやぢ、

「これ茂兵衛、何者なればその体《てい》たらく」

と云はれて気が付き、

「成程《なるほど》御存じなければ御不審《ふしん》は御尤《もつと》も。これこそ今までの主人唐物《とうもつ》屋久左衛門娘にて候ふ」

と聞きて皆々仰天《ぎやうてん》し、親父夫婦も二度びつくり。

「やれ夫《それ》ならば先こちへ」

と、勝手《かつて》へ入れて洗足《せんそく》よ手水《てうづ》よと立ち騒《さわ》ぎ、俄《にわか》に風呂《ふろ》を立てるやら、母の小袖《そで》を出して着《き》せるやら。旅《たび》やつれはせしかど、風呂に入りてあらい揚《あ》げた所は、又恥《はづ》かしからぬ素顔《すがほ》のくつきり、

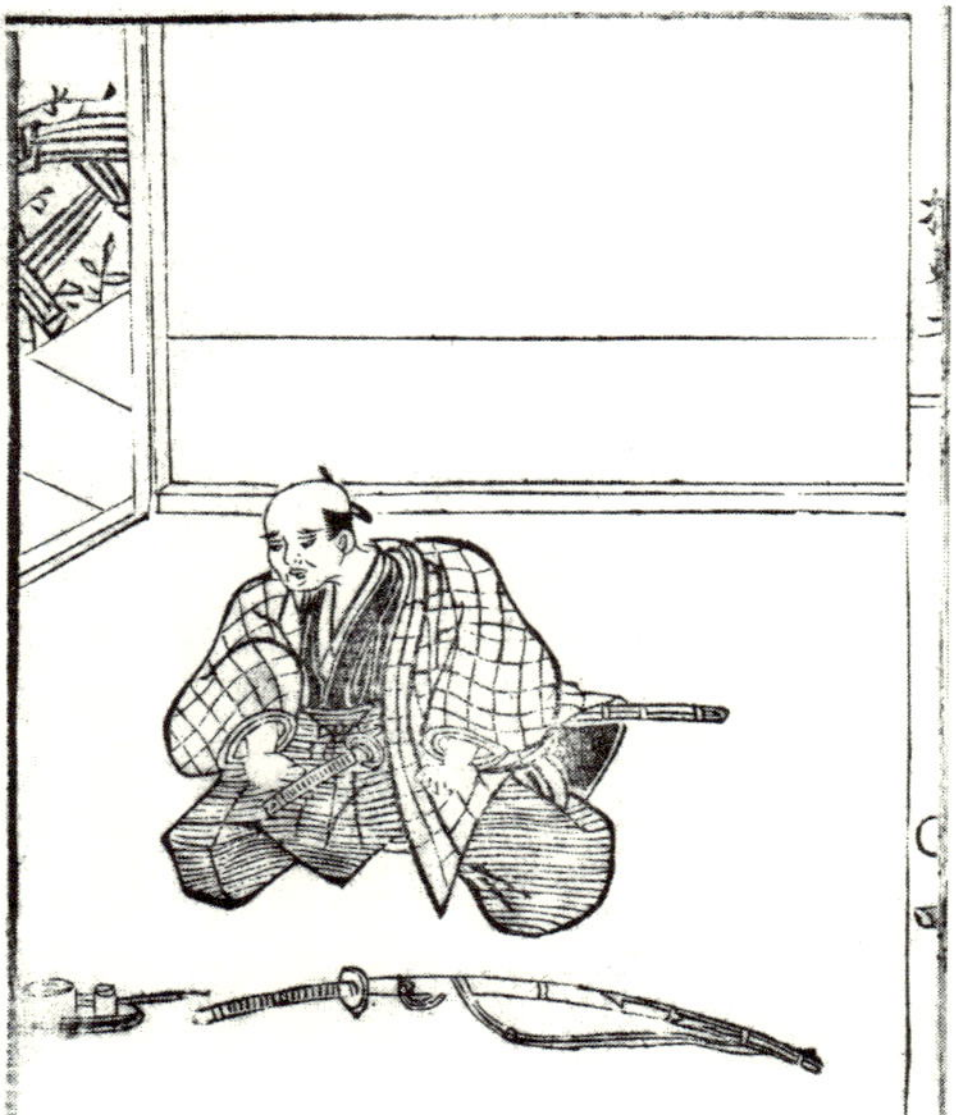

何処《どこ》へ出しても賤《いや》しからず。去《さ》りながら気の毒《どく》なるは、先達《さきだつ》て約束《やくそく》したる治《ぢ》部《ぶ》左衛門娘《むすめ》明晩婚礼《みやうばんこんれい》の約諾《やくだく》。

「これはどふしたものであろふ」と、天窓《あたま》をわりても分別《ふんべつ》にあたわず。先一《ちよ》寸遁《つとのが》れに云ひ延《の》べての思案《しあん》と、俄《にわか》に邪《じや》魔《ま》を拵《こし》らへて云ひ延べしては見たれど、十日立つても二十日立つても、仕《し》様模《ようも》様《やう》の出来るにこそ、と云ふて今更からした中ひき分《わけ》ふとは、鬼《をに》の様な者でも云はれず、こちらの娵《よめ》を変替《へんが》へとも先《さき》が先なれば云ひだされず。あぐみ果《は》てたる親父夫婦、娵《よめ》の方からはせがみ立てられ、翌《あす》もあさつても云ひつくせば、誰《たれ》云ふとなくこのわけ嫁《よめ》の方へも聞《きこ》へて、名《な》さゐ石川治部《いしかわぢぶ》左衛門、四も五もくわぬ偏屈《へんくつ》親父。合《あわ》せ鬢《びん》に青髭《あをひげ》を剃《そ》り立《た》て、乗物《のりもの》にて若党《わかとう》四人遣持挟箱《やりもちはさみばこ》もたせて仕《し》かけ、物申乞《ものもふこ》うて座敷へ通れば、あたまかきかき親父出合ひ、一通り挨拶《あいさつ》済みで、治部左衛門云ふ様、「手前《てまへ》娘およしこと、そこ元子息《しそく》茂兵衛へ婚儀《こんぎ》の約諾《やくだく》は、申さずとても御合点。段《だん》々と延引《ゑんいん》、何と

もその意得ざる処《ところ》、承れば茂兵衛長崎にて妻《つま》を持ち、その妻この度尋ね来りたる由、これ故に延引致さるると見へたり。去《さり》ながら夫《それ》は長崎にて流浪《るらう》せし内の夫婦、その事はこの方曾《かつ》てしらず。何分《ぶん》身共《みども》方今更変替《へんが》へ有つては娘壱人捨つるも同前、身共も顔《かほ》が立ち申さず。是非《ぜひ》とも今晩送《こんばんをく》り申すべし。夫《それ》に付きとくと申しふくめる子細《しさゐ》もあれば、この度長崎より見へたるおみちとやらに面談《めんだん》致したし」

と、人を除《のけ》て一間へ呼《よ》び出し、何やらやつつ返しつ半時《はんじ》ばかり問答《もんどう》して、そのまま引き立て、いやがる者を無理無体《むりむたい》に我《わ》が乗《の》つて来た乗物にのせ、さて富左衛門親子にむかい、

「この娘ここに有つては身共《みども》娘が参るまじと申す、これは又尤《もつと》もなり。去《さ》るに依てこのおみちをば身共《みども》方へ引きとり、則《すなわ》ち長崎へ送り帰し申すべし。弥《いよいよ》今晩手前むすめをばここ元へ送り遣す程に、その用意《ようい》致されよ。少しも不道理《ふどうり》にては有るべからず。但《ただ》しそこ元親子不得心《とくしん》ならばちからなし。身共《みども》も二本指役《さすやく》目、この座《ざ》をさらずそこ元父子を相手に致し、皺腹《しはばら》一つ見せ申す分《ぶん》の事」

と、刀の柄《かたなつか》に手をかけて、りきみ返《かへ》つて云へば、富左衛門も何と返答《へんとう》なく、茂兵衛が引き取り、

「御尤《もつと》もの仰《おほ》せ、委細《いさゐ》承知仕り候ふ。成程今晩《ばん》およしどのを遣さるべし」

とさつぱりと返答すれば、治部左衛門おもてを和《やは》らげ、

「その方さへ得心なれば、少しも云《い》ひ分おりない。然らば弥今宵《いよいよこよゐ》送るべし」

と、則《すなは》ち駕《かご》を先《さき》に立て、取急《いそゐ》で立ち帰りけり。跡にて富左衛門、茂兵衛にむかゐ、

「その方が云ひ分あまりさつぱり過ぎたり。それではおみちへ義理《ぎり》が立つまい。ひと通りの夫婦でも有ることか、恩有る主人の娘と云ひ、殊には女の身で成《なろ》ふ事か、はるばるの海山越《うみこ》へ、長崎《ながさき》よりここまで来た心、命《いのち》一つはおろかな事、十も二十も捨つる心でなければならぬ切《せつ》なる心底。それを又むだむだと長崎へ帰さりやうか」

と母もろ共に涙《なみだ》をこぼして云へば、

「去《され》ばにて候。返答《へんとう》致さねば親父さま私《わたくし》を相手にして切腹するとの治部左衛門殿のきつそう、何と致すべき。ひよつとお前に怪我《けが》有つてはと、是非《ぜひ》もなく答《こた》へ候ふ。一たん先およしを呼びむかゐて、その上では又分別《ふんべつ》も有るべし」

とは、後《のち》の事迄おもひ過されて弥《いよいよ》親達《をやたち》の気遣《きづかい》、去《さり》とはにがにがしきことなり。

既《すで》にその日も暮《くれ》かかれば打捨てても置《おか》れず、面白《おもしろ》からぬ婚礼《こんれい》の用《よふ》意を取《と》り繕《つくろ》ふ内、はや服部安賢《はつとりあんけん》老《らう》の内儀おせわ殿、仲人《なかふど》にて先乗《さきの》りし、続《つづ》いて娵御《よめご》の乗物すぐに奥《おく》へかき込み、戸を明くれば内より出づる白綾《あや》の大振袖《ふりそで》、丸綿《まるわた》すつぽりしほしほとした取なりは、孔子に見せても一口は大事有るまい装いなれども、心のくつたくに見もやらず、しめりかゐつた祝言《しうげん》にて、座敷《ざしき》はほんのさんざん九度。去《さ》れどもどふやらかふやら、おせわ殿の差図《さしづ》で盃《さかづき》もしまい、さて色直《いろなお》しと云ふ時、娵《よめ》御の丸綿《まるわた》取るを見れば、おもひも寄らぬおみち。

「これは」と茂兵衛も肝《きも》をつぶし、親父夫婦も案に相違《さうい》、

「どふしてそなたが来た事」

と指《さ》し寄つて尋ぬれば、おみち云ふ様、

「昼程《ひる》治部左衛門様私《わたくし》にお逢《あ》いなされ、「その方事、女の道を立て、はるばるの海山をこへて来りしは、又《また》と有るまい真実《しんじつ》。しかし我《わ》が娘を茂兵衛へ遣す約束にて結納《ゆいれ》まで取りたれば、世間体が済《す》まぬに依つて、その方を我が娘にして今宵《こよい》この方へ送る程に、何事も身共《みども》次第にせよ」と仰せ有りし故、「去《さ》りとは有難き思しめしなれども、夫《それ》にてはおよしさまへ気の毒、かくある事を存ぜず尋《たづ》ね来て今更後悔《こうくわゐ》、わたくしは兎もかくも捨て置かれておよしさまを」と再三《さゐ》に申しぬれど、「はていらざる小癪《こしやく》、我次第にすべし」と、手を取つて無理に乗物《のりもの》へ乗せ給ひし故、是非《ぜひ》なくあの方へ参つて見れば、およしさまおふくろさまも心置なき美《うつく》しき御挨拶《あいさつ》。是非とも私が参らねばならぬ義理づめに成つて、ぬしの仕度に拵《こし》らへた諸道具着類《しよどうぐきるい》まで皆私《みなわたくし》へたまわり、何ともいたみ入つて気のどくなり」

と云ふにぞ、親父夫婦茂兵衛も治部左衛門の心底《しんてい》をかんじ、

「かく有るべきとは夢《ゆめ》にもしらず、暫《しばら》くもあまり偏屈《へんくつ》なる人の様に申せしは誤《あやま》り入りたり。忝《かたじけな》いとも嬉《うれ》しいとも、この上の有るべきや」

と、よろこぶ事はかぎりなく、今までしめり返《かゑ》りたる祝言《しうげん》の座敷、俄《にはか》に目出度《めでたく》成つて来て、勝手《かつて》の者共にも、

「今宵はゆるす、酒《さけ》を過《す》ぐせ。肴《さかな》が不足《ふそく》ならいくらも取りよせよ。何もかもふんだにせよ」

と、新場《しんば》へ人橋《ひとばし》をかけてのをやぢが喜び。

かかる折も折、案内乞《あんないかふ》て入り来るは大坂の長崎屋甚兵衛、供《とも》の者共四、五人召連《めしつれ》、彦《ひこ》兵衛を案内者《しや》に頼《たの》み来り、奥《をく》へ通《とを》つて富左衛門夫婦に挨拶一通りして、さて茂兵衛に向《むか》ひ、

「貴殿《きでん》は去《さ》りとは聞《きこ》へぬ人なり」

とて大に恨《うら》み、さて又富左衛門に云ふ様、

「御子息《しそく》茂兵衛殿流浪《るらう》の間、我等《われら》長崎《ながさき》へ同道《どうどう》致し、兄《あに》久左衛門方へ我等請《う》け合《あ》いに立つて手代奉公《てだいぼうかう》に差置《さしお》き候ふ処、だんだん気に入り、久左衛門家とくを譲《ゆづ》り候ふ。しかるにこの度長崎を欠《か》け落《を》ちゆへ、兄久左衛門以ての外の腹立《はらだ》ち、剰《あまつさ》へ娘おみちまで跡《あと》をしたひての家出故、弥《いよいよ》の立腹《りつぷく》。夫婦気違《きちがひ》の様に成つて我等を長崎まで呼《よ》び付け殊《こと》の外恨み、さてその上にて「茂兵衛義は是非もなし。おみちをば何分《なにぶん》取かへし来れ」と、急度《きつと》申し付け候ふ。この上は茂兵衛殿にも数《かず》々申分御座れど、夫《それ》は水に致し、おみちをば何分我等つれ返《かへ》り候ふ間、この方へ御わたし下さるべし」

と云へば、富左衛門聞きて、

「いちいち御尤《もつと》も至極《しごく》。先以て茂兵衛流浪《るらう》の節《せつ》よりだんだん御世話《せわ》、別して長崎にての厚恩詞《こうおんことば》にも尽《つく》されず。そこをふり捨《す》て当地《たうち》へ参り候ふは、憎《にく》い奴《やつ》ともふとどきとも、お腹立《はらだち》は重《ぢう》々御尤《もつと》も、申しわけもなき仕合。ここは親子の情《じやう》を汲《く》みわけられ、御有免《ゆうめん》下さるべし。それにつき御息女《そくじよ》おみち

殿をつれ帰らんとの仰せ、これ又御尤《もつと》もなり。茂兵衛共に呼《よ》び返《かへ》さんと仰せられても一言も申分なき所、これをば御用捨下さるは、近頃《ちかごろ》御了簡深《りやうけんぶか》いと申し、忝《かたじけな》く存じ候ふ。この上はおみち殿をば何分帰し申さねばならぬ訳《わけ》に候へども、定《さだ》めし御推量《すいりやう》もこれ有るべし。女の身で長崎より当地迄のひとり旅《たび》、思へば思へばよくもよくもつつがなく来られたる事なり。その心底《しんてい》の切《せつ》なる所、どふもどふも引きわけがたく、これに依《よつ》てこの間も斯様《かやふ》斯様の処を斯様斯様と、婚《こん》礼のわけ一部《ぶ》始《し》終残《ぢうのこ》らずかたり、この上を無理《むり》に引きわけなば、定めし命にも懸り候はんと、鏡《かがみ》にかけて推量《すいりやう》仕り候ふ。それとも是非是非とあればちからなく候へども、何とぞ其元様《そこもとさま》の思し召しで御了簡《りやうけん》なり候はば、この上のおなさけにおみちをも留《とめ》置かれ下さるまじきや」

と云へば、甚《ぢん》兵衛始終をとくと聞きて、

「さてはおみちを茂兵衛殿同道にて下られしにてはなく、跡《あと》よりひとり来り候ふぞや。さてさてあやうきことなり。

あの方にては茂兵衛欠《か》け落《を》ち以後《いご》二日《ふつか》めにおみちも出奔《しゆつぽん》、早速追手《さつそくをつて》かけ候へども尋ね逢《あ》はず。さては茂兵衛と談合《だんがう》づくにて跡より欠け落ちさせ、道にて待《ま》ち合《あは》へせ同道にて下りたると推量《すいりやう》し居《を》るなり。その訳《わけ》なれば引わけがたきと仰せらるるも又御尤《もつと》もなり。然《さ》れどもあの方の両人、拙者へくれぐれの頼《たの》み、「是非是非同道して来れ」とくりかへし、何分独《ひとり》の娘にはなれちからなく、「その方帰らば顔《かほ》見んと、夫《それ》を力《ちから》に待《ま》つなり」と幾度《いくたび》か幾度かぐどぐどと申せしは、これ又尤《もつと》もなり。そこ元の茂兵衛殿を恋《こい》しうおぼし召して呼《よ》びかへされしも、畢竟《ひつきやう》は恩愛《おんあい》のはなれがたなき所、さあれば右申すごとく、両親指《ゆび》を折り日をかぞへて待ちて居る所へ我等手ぶりで帰りては、何とも顔がむけられず。斯様斯様の去りがたなき訳《わけ》故、差し置きたと云わけぐらいにては合点致すまじ。たとい命に及ぶとも、是非一たんは連《つれ》て登《のぼ》り候はでは拙者身分が立ち申さねば、是非同道致したし」

と、兎《と》角《かく》済《すま》ぬことに成つて又六つかしく、尤《もつと》も変化《へんくわ》は世界《せかい》の常《つね》なれど、この様に一夜の内にかわることも又なきものなり。親父も十面《じうめん》は作《つく》つても九面が出来かね、

「先何にもせよ旅《たび》のおつかれも有るべし、暫《しばら》くこの方に御逗留《とうりう》有つて、その上で兎も角も」

と甚兵衛をとどめ置く。

翌日《よくじつ》早々茂兵衛は治部左衛門方へ聟《むこ》入りながら立《た》ち越《こ》へ、治部左衛門の心底《しんてい》忝《かたじけな》き段《だん》ひたすらに礼を云ひて、さて甚兵衛来《きたり》し件《くだん》のわけ委《くわ》しく咄《はな》せば、得《とく》と聞きて、

「これも又尤《もつと》も至極《しごく》、おみちを一端《たん》我娘にしたれば聞き捨てにはならず。何分分別《ふんべつ》して身共《みども》明日立越へ、甚兵衛に御意得申さん」

とて茂兵衛を帰し、その翌日治部左衛門茂兵衛方へ来り、甚兵衛に逢《あ》ふて一通りの挨拶終《おは》り、

「さてこの度遠路《ゑんろ》の処御出は、偏《ひとへ》に久左衛門殿息女《そくじよ》おみちをむかゐの為のよし、段《だん》々昨日様子《さくじつやうす》を承り、御尤《もつと》もに存ずるなり。定《さだ》めてお聞きも有るべし、ここ元子息茂兵衛は身共聟《みどもむこ》に仕る約束《やくそく》にて、則《すなわ》ち一昨日手前娘およしを差越婚礼《さしこしこんれゐ》相調《ととの》へ候ふ。その折からおみちここに有つては何か心よからざるに付き、身共《みども》方へ引き取り、長崎へ送り帰すつもりにて、則ち身共《みども》同道致《いた》し、宿《やど》元へ呼び取り置き候ふ。然《しか》れば幸《さいわゐ》の事、御自分《じぶん》へおわたし申さん。何時なりとも当地《とうち》御発足《ほつそく》の時分誘引《じぶんゆういん》致されよ」

と、存じの外なる挨拶《あいさつ》に、甚兵衛更に合点《がてん》ゆかず、

「いやおみちはここに」

と云ふを云はさず、

「はてこれなるは某《それがし》娘およしなり。久左衛門殿息女おみちは某方へ引き取り置きたり。引き合せ申さん」

とて、硯《すずり》取りよせさらさらと何やら認《したた》め、若党《わかとう》にもたせ宿《やど》へ帰し、しばらく待《ま》つ間、程なく乗物にて送り来るは治部左衛門むすめ、誠《まこと》に何処《どこ》もかしこもおよしなれば、云分一つもなく雪《ゆき》の様なる手を取て甚兵衛に引き合《やわ》せ、

「御自分《じぶん》の為《ため》には姪《めい》、久左衛門殿息女《そくぢょ》おみちはこれなりと申すはおもて向《む》き。内証《ないしやう》を打割《わ》つて申さばお聞き有る通りの訳《わけ》、結納済《ゆいのふすん》だ手まへ娘をさへやめるほどの仕義《しぎ》なれば、何分長崎へ帰す事罷りならず。併《しか》しながらそこ元の御一分立たざる訳とくと承れば、これ又尤《もっと》も至極せり。これに依《よっ》て身《み》共《ども》娘を進上《しんじやう》致す。おみち替《かわ》りに長崎へ御同道あられよ。尤《もっと》もおみちは茂兵衛と云ふ当も有り、残し親達《たち》も娘の覚悟《かくご》にて欠《か》け落《を》ちせしと云ふあきらめも有るべし。身《み》共《ども》娘は西《にし》も東《ひがし》もしらぬ長崎まで参る者の心、遣《つかわ》す親のおもひ御推量《すゐりやう》有つて御得心あられよ。昨晩得《さくばんとく》と申しふくめたれば、「兎も角も仰せに随《したが》はん」と、むすめながらも愛《う》い奴《やつ》。母もさつぱりと明らめて遣し申す」

と云へば、甚兵衛横手《よこで》を打つて、

「さてもさても貴《き》公様《こうさま》の御心底感《かん》じ入り奉り候ふ。此《こ》の上は一言も申し分なし。長崎の兄夫婦もこの御心底を聞せなば、何しに不足《ふそく》申すべき。まことの娘おみちと存じ、随分大切《ずゐぶんたいせつ》に仕らん。我等《われら》に

於《おい》ても慮外《りよぐわい》ながら真実《しんじつ》の姪《めい》と存じ、少《すこ》しも疎略《そりやく》致すまじ」

と云へば、

「夫《それ》は兎も角も、進上致すからは最早《もはや》この方構《かま》いなし。但しおみちをば真実の身共《みども》娘と存ずる間、この段は得《とく》と申し通《つう》ぜられよ」

とは、さすが恩愛《おんあい》の鎹《かすがい》、詞《ことば》やや有つて甚兵衛、彦兵衛に申し付け、用金三百両取りよせ、

「貴公様より打ち割《わ》つて仰せられ候ふ間、拙者も打ちわつて申し上げ候ふ。おみち事婚儀に付き、何か御世話《せわ》千万忝《かたじけな》く存じ奉り候ふ。何とやらおかしき様に御座候へども、これは仕度《したく》金と思し召し、御受《う》け下されなばこの上の拙者が大慶《けい》、ひとへに頼み奉る」

と差し出せば、治部左衛門請《う》け取り、

「御深切《しんせつ》なるお心付け、成程受け置き申さん」

としばらく片《かた》わきに差《さ》し置《を》き、

「一埒済《らちす》んで又近々御発足《ほつそく》の時分、御意得ん」

と、わかれをなして次へ立ち出で、彦兵衛をまねき小声《こごへ》に成つて、

「その方義は当家に縁《ゑん》有る者、大儀ながら長崎まで供《とも》致してくれられよ。尤《もつと》も甚兵衛殿如才《じよさい》は有るまひなれども、万事不自《じ》由《ゆう》になき様に、これを路用《ろやふ》に頼む」

と、彼《かの》三百両を返《か》へしあたへ、

「近頃《ちかごろ》未練《みれん》らしく面目《めんぼく》もおじやらぬが、娘が不便《ふびん》におじやる、かならず沙汰《さた》なし沙汰なし」とて帰られしは、誠《まこと》に花は桜《さくら》、人は武士《ぶし》と申すが、又たぐひ少《すく》なき侍《さむらい》なり。

かくて仕度も調《ととの》ひ、甚兵衛はおよしを同道し、念頃《ねんごろ》に暇乞《いとまご》ひして長崎へおもむけば、久左衛門夫婦も治部左衛門のはなれ切つたる仕方に感《かん》じ入り、およしをおみちに倍《ばい》してのいとおしみ。程なくよい聟《むこ》を取つて目出度《めでた》く栄《さかゆ》れば、江戸表《おもて》も日を追《お》つて繁昌《はんじやう》せりとなん。まことに珍説《ちんせつ》とはこれ等をや云ふべき。

当世操車巻之二終

当世操車巻之三

○浮橋頼母《うきはしたのも》妻女《さいじょ》の事

仲尼《ちうじ》南子《なんし》に見《まみ》ゆ。子路《しろ》喜《よろこ》びず。柳下恵《りうかけい》女を宿《やど》す。人更《さら》に疑《うたが》わず。蓋《けだ》し夫《それ》疑《うたが》わるべき身《み》有《あ》り、疑わるまじき身あり。その疑わるべき身に於《お》ゐては用捨《ようしや》有るべきことか。

これも過ぎにしことにや、江戸御府内《ふない》去る大家《たいけ》の御家中《かちう》に、浮橋頼母《うきはしたのも》と云ふ人有り。同役清嶋丹《どうやくきよしまたん》三郎と云ふ人、竹馬《ちくば》よりの念頃《ねんごろ》にて、役儀《やくぎ》の隙《ひま》には互《たが》いに打ち寄つて、兄弟同前《きやうだいどうぜん》に親《した》しみけり。然《しか》るに丹三郎は妻《つま》有りしが、不幸《ふかう》にして先達《さきだつ》て失《う》せぬ。頼母にはお石とて器量能《きりやうよ》き妻、辰之助《たつのすけ》とて五才《さい》に成る倅《せがれ》壱人有りけり。

或《あ》る時丹三郎用事有つて来りしに、頼母留守《たのもるす》なれば、兼《かね》て心安《やす》きまま帰るを待《ま》ちて座敷に居けるが、折ふし四月の事にて夕立雲《ゆふだちぐも》にわかにかかり、雷《かみなり》しきりに厳《きび》しく鳴《な》れば、この丹三郎至極《しごく》のきらいにて、いつも宿《やど》にては押《お》し入《い》れへ這入《はい》り、鳴《な》り止《や》むまで夢中《むちう》同前の事なりしが、この節《せつ》も例《れい》のごとく夢中同前《どうぜん》に成つて、頼母部屋なる押し入れへはいり、かがみ居たり。時に頼母妻《さい》お石《いし》は用足《よふたし》に行《ゆ》きて居けるが、これも同じく嫌《きら》いなれば、俄《にわか》にはためきけるに驚《おどろ》き、前後《ぜんご》の分別《ふんべつ》もなく閑処《かんじよ》を出てその儘《まま》押入へ這入りたり。

暫《しばら》く有つて雷も鳴《な》り止《や》む頃、頼母帰りて、

「扨々《さてさて》厳《きび》しき雷《かみなり》かな」

と云ふ内、空《そら》も晴渡《はれわた》れば、下女が雨戸《あまど》など明《あ》ける音《おと》にて押入《おしいれ》の内なる両人初《はじ》めて気が付き、

「誰《たれ》やらん今ひとりここに、扨《さて》は丹三郎殿ならん」

とお石は驚《おどろ》けば、丹三郎も同じく心に、

「さては内義お石なるべし」

と思ひ、去《さ》りとは気の毒なる体なれども、是非なく押入を明けて立ち出で、

「頼母殿お帰りなるか。例《れい》のきらい故、前後《ぜんご》もしらず押入を借《か》り申したり」

と云ひきりもせぬ内、お石跡《あと》より出でて丹三郎に向ひ、

「御身の這入《はい》り給ふ事夢《ゆめ》にもしらず、おそろしきままかけ込《こ》みしが、去《さ》りとはひよんな所に両人居て気の毒なり」

と云へば、頼母も何とやらとおかしく気が廻《まわ》りて、いつにない不興顔《ふけふがほ》。

「丹三殿も丹三殿、侍《さむらい》たる身がいかに嫌《きら》ひなればとて、これは有るまじき事なり。女房《にようぼう》も女房、人の押入《おしいれ》へ這入《はいり》たるを、しらぬと云ふはあまりなる怖《こは》がり様《やう》」と更に心開《ひら》けねば、両人の気の毒さ、消《きへ》も入りたき風情《ふぜい》。しばらく有つて丹三郎、

「成程《なるほど》貴殿《でん》の御疑《うたが》ひ尤《もつと》も至極《しごく》。存じもよらぬ事なれども、このまま不義者《ふぎもの》と有つてお手にかけられ

ても是非なし。去《さ》りながら我等が心底《しんてい》も貴殿御存じの事。お石殿にも常《つね》々貞節《ていせつ》なるみさほ、年月《としつき》心安く付き合ふ間、たわぶれにも浮気《うはき》めいたることさへのたまわぬ気質《きしつ》。我等故に疑ひをうけ給ふ事、千万《せんばん》いたわしく存ずるなり。仏神《ぶつじん》も照覧《しやうらん》あれ、互《たがい》に潔白《けつばく》なる心底《しんてい》は自然《しぜん》としれ申すべし。必《かなら》ず必ず疑《うたが》ひ給わるな」

と云ひて、さて自分《じぶん》の用向《よふむき》一と通り咄《はなし》て、その日は別《わか》れて帰《かへ》りけるが、つくづく宿《やど》にておもふ様、

「今迄《まで》頼母と水魚《すいぎよ》のごとく心安《やす》くせしに、不慮《ふりよ》の難《なん》出来たり。然《しか》しこの分にて遠《とを》ざかりなば弥疑《いよいようたが》われん。我は不《ふ》通《つう》するまでなれど、お石《いし》ひとりの迷惑《めいわく》なるべし。やはり今までの通りにおして出入りすべし。その内にはいづれ曇《くもり》なき筋《すぢ》あらわれ、頼母がうたがひも晴《はれ》なん」

と、その後は猶《なを》しげしげ行《ゆ》きて常の通りに挨拶すれど、頼母は何《なに》とやら奥歯《おくば》に物のはさまりたる風情《ふぜい》なり。

或《あ》る日お石《いし》と指《さ》し向《む》かひなる時、丹三郎云ふ様、

「誠にこの間は存じよらぬことにて、御身も我等も迷惑《めいわく》致したり。夫《それ》より以後、頼母殿心とけぬ体に相見へ候ふ。我等身を引き申さんとは存じ候へども、弥《いよいよ》疑われんことの無念さに押《お》して参るなり」

と云へば、お石こたゑて、

「成程左様なり。今更遠《とを》ざかり給はば、疵持足《きづもつあし》と弥《いよいよ》不義に落《おち》入り申さん。ただ主《ぬし》の挨拶は如何様《いかやう》なりとも、今までの通りになされかし。いづれ正直《しやうぢき》なる所は終《つゐ》には顕《あらわ》るるものにて候ふ」

と云ふにぞ、丹三郎も打ちうなづき、

「我等所存も左の通なり」

とて、やはり相替らず出入りして打ち過《すぎ》けり。その後頼母しばしば心を付けて見けれども、更に不

義がましき体見へねば、終《つい》に心解《と》けて、又もとの水魚《すいぎょ》の交《まぢわ》りとなりぬ。

然るにその年の七月下旬《じゅん》のことなりとや。お石留守《るす》なる所へ丹三郎来かかれば、頼母云ふ様、

「けふは内の者留守《るす》にて淋《さみ》しきに、能《よい》所へ来給ひたり。遊《あそ》び給《たま》へ」

とて両人座敷《ざしき》に寝転《ねころび》て咄《はな》し居けるが、晩景《ばんけい》におよび頼母行水《ぎやうずい》して、

「さてさてけふは暑《あつ》き日なり。汗《あせ》を取て快《こころよ》し。貴殿《きでん》も湯《ゆ》をあび給わぬか」

と云へば、丹三郎、

「いかにも」

とて同じく行水しける内、家老《かろう》木《き》村《むら》三太夫《だゆふ》方より頼母を呼《よ》びに来れば、頼母聞きて、

「大方何《なに》々の事なるべし。丹三郎しばらく留守して給はれや。つい行つて来るなり。浴衣《ゆかた》はここに置くぞ」

と、我着《き》たる格子《かうし》嶋のゆかたを脱《ぬ》ゐで、帷子《かたびら》を着んとせしが、さてさてきつくくたれたり。

「妻が居《ゐ》ねば着替《きがへ》を出すも面倒《めんどう》なり。貴殿が帷子をかりるぞ」

と、心安きまま丹三郎がかたびらを引《ひつ》かけ、いそがわしく出で行きけり。

跡《あと》にて丹三郎湯《ゆ》を遣ひ仕舞《しまゐ》、彼《か》のゆかたを着《ちゃく》し、南請けなる座敷《ざしき》に夕《ゆふ》風そよそよと快《こころよ》きまま、木枕《まくら》をしてとろとろと眠《ねむ》りけるが、はや暮《くれ》々にて蚊《か》にうるさく、頼母が帷子を首《くび》にまとひ、前後《ぜんご》も知《し》らず寝《ね》入りたる所へ、女房《にょうぼう》お石帰りてその儘《まま》下女に湯を取らせて遣ひ、自分《じぶん》の湯衣《ゆかた》桜の大模様《もやう》にこぼれ

松を染《そめ》たるを着《き》て、

「さて暑《あつ》かつたり暑かつたり」

と云ひながら座敷へ出で、

「これはよくおよつたり」とて、丹三郎とは夢《ゆめ》にもしらず側《そば》に涼《すずみ》て居けるが、次第に蚊《か》がおびたたしく敷《しく》、

「これはならぬ」

と独言《ひとりごと》して大ぼろの蚊屋を持ち出で、丹三郎に打かけ、その身も直《すぐ》に中へ這入《はいり》て同じく一と寝《ね》入りしたるは、知《し》らぬこととは云ひながら、一度ならず二度の災難《さゐなん》、去《さり》とは是非《ぜひ》なき事なり。

お石帰る少し前に、倅辰之助《せがれたつ》下男《げなん》七助を連《つ》れて遊《あそ》びに出けるが、暮《くれ》て帰りて下女を見て、

「かかさまはお帰りか」

とそのまま座敷へ行《ゆ》きけるが、この体《てい》を見て、

「やあかかさまとおぢさまと、一つに寝《ね》てほうやほう」

と大な声《こへ》をして云へば、下女も行灯《あんどう》を持《も》ちながら肝《きも》をつぶして立ち出づる時に、両人目さめて白《かほ》と顔見合《みやわせ》、何と云ふべき詞《ことば》もなく、その儘裏《ままうら》の切戸《きりど》より直《すぐ》に欠落《かけおち》したるはおもひもよらぬ事。おさん茂兵衛が身の上もかくや有《あ》らんと、笑止千万《しやうしせんばん》いたわしき事なり。彼是《かれこれ》云ふ間に頼母帰りて大にいか《かへ》り、そのまま追手《おつて》をかけぬれども、最《も》早行衛《ゆくゑ》もしれず。その分《ぶん》にも指《さ》し置《お》かれねば、翌朝家老《よくてうからう》三太

夫まで内訴訟《そせう》を願《ねが》ひ出《だ》し、武士道《ぶしどう》の立ち難《がた》き故御暇《いとま》を申し請《う》け、妻敵討《めがたきうち》に罷り出で、討《う》ちをふせなば又立ち帰り、御奉公《ほうかう》をも仕り度きよし、委細《いさゐ》に願《ねが》い出しければ、三太夫聞届《ききとど》け、その由殿《よしとの》へ言《ごん》上《じやう》せし所、発明《はつめい》なる殿にて、

「左様なる畜類同前《ちくるいどうぜん》の者を討《う》つたとて、何の手柄《てがら》にならぬ事。武道《ぶどう》の立つたたぬは戦場《せんじやう》の剛臆《がうおく》に有り。壱人の女ごときに迷《まよ》ひさわぐは大丈夫《だいじやうぶ》のせぬ所。かならず打ち捨て置きて奉公仕るべし」

と大まかなるおさばきに頼母も安堵《あんど》し、ことゆへなく納《おさま》りぬ。

さて又その夜《よ》、丹三郎はお石を伴《ともな》ひ、夢路《ゆめじ》をたどるおもひにて、漸《やうやう》四つ谷《や》まで立ち除《の》き、ここに少しのゆかりを頼《たの》み、暫《しばら》くしのんで居けるが、兎角《とかく》江戸表《おもて》には長《なが》き住居《すまい》成りがたく、箱根《はこね》の温泉場宮《ゆばみや》の下《した》に親類《しんるい》の有りけるを便《たよ》りにおもむかんと思へど、路金《ろきん》とてもなければ、とても武士道《ぶしどう》は立難《たてがた》しと、大小を五両二分に売代《うりしろ》なし、これを路用

にして宮の下へ立越《こ》へ、親類《しんるい》の世話《せわ》にて小借屋《じやくや》をかり、厚鬢《あつびん》を薄鬢《うすびん》に剃《そ》り落《おと》し、平人となりてきざみ多葉粉《たばこ》を売れば、お石は縫物《ぬいもの》が上手《じやうず》にて洗《せん》たく仕立を受け取り、結句《けつく》丹三郎が挊《かせ》ぎよりお石が針《はり》のまわりがよくて、ゆるゆると今日を過《す》ぐしけり。

　或時《ある》丹三郎お石に云ふ様、

「誠《まこと》に御身と我等は不慮《ふりよ》な事にてかく成《な》り果《は》てたり。しかしこれも先生《さきしやう》の約束事《やくそく》にてあるべし。今はおもひ出すも無益《むやく》なり。もはやとてもかく成りたる事なれば、いつその事我を夫《おつと》と思ひたまへ。我も又御身を二世の女房《にようぼ》とおもふべし」

と云へば、おいし聞《きい》て、

「いや左は致すまじ。おもひもよらぬ災難《さゐなん》にてかくは成果《なりはて》たれ共、実《じつ》は不義《ぎ》にあらず。一生顔《かほ》見ることもならずとも、我は頼母《たのも》といへる夫《おつと》有り。たといこの世《よ》で曇《くもり》は晴《はれ》ずとも、未来《みらい》にては急度《きつと》あか

りを立てんと思ふなり。今更《さら》御身と夫婦《ふうふ》に成らば、今までの事も皆実に成るべし。但しわらは故御身も流浪《るらう》し給ひぬれば、この世にあらん程は糸針《いとはり》を取つて御身を貢《みつ》ぎ申さん。妹背《いもせ》の所は決《けつ》してゆるし給《たま》へ。人の心は闇《くら》くとも、神仏《かみほとけ》は明《あきら》かなり、その恥かしさいかばかりぞや。御身も左《さ》のたまふは、いつぞやの詞《ことば》と違《ちがい》て近頃《ちかごろ》未練《みれん》なり。尤《もつと》も御身は男ぶりもよく、心立も和《やわ》らかに、女の好《す》く風《ふう》にて、わらはも好いた所は夫《おつと》よりも増《まし》ておもへど、それは一通りの上のことなり。一度頼母と云へる夫《つま》を持ちしわらはなれば、たとゐば死《し》にわかれたりとも異男《ことおとこ》に見《まみ》ゆべき様《やう》なし。ましてやこの世に有る夫、この上たとひ頼母が癩病乞食《らいびやうこつじき》の身と成り給ふとも、わらはに疑《うたが》ひを晴《は》らして呼《よ》び返《かへ》したまはば、いかばかり嬉《うれ》しく、手鍋《なべ》を提《さ》げ落穂《をちぼ》を拾《ひろ》ふてなりとも、介抱《かいほう》致さんと存ずるなり」と、道理《どうり》を正《ただ》し、割膝《わりひざ》に成つて急度《きつと》云へば、丹三郎も恥《はぢ》入つて、

「さてもさても御身の様なる貞女《ていじよ》は唐《から》にも天竺《てんぢく》にも又と有るまいぞや。去《さ》りとは誤《あやま》り入つたり。左程の心底《てい》にてこふした難《なん》に逢《あ》ふとは、世には神《かみ》も仏《ほとけ》も無《な》いか。これをおもへば菅家《かんけ》の遠流《おんる》も有るまじきこととはおもわれず」と心にふかく感《かん》じて、夫《それ》よりはたわぶれをも云はず、表向《おもてむき》は夫婦の様に見へて、夜《よる》は互《た》がいに後《うし》ろ向きての物語《ものがたり》。その癖《くせ》随分《ずいぶん》中よく、ここにて三、四年経《ふ》るうち一度の物云《ものい》いもせざりしとや。

さて又江戸表には木村三太夫娘お岩、先達《だつ》て他《た》へ嫁《か》して有りけるが、夫《おつと》に死《しに》わかれして親元《おやもと》へ帰り居けるが、頼母今は無妻《むさゐ》なれば、幸《さいわゐ》のことなりとて彼《かの》お岩《いわ》を頼母《たのも》方へ後妻《こうさい》に遣しけり。その後三

太夫少々《せう》いたみ有つて宮《みや》の下《した》へ湯治《とうじ》に趣《おもむ》きけるが、三太夫借《か》りたる座敷の唐紙一重《からかみひとへ》隣《となり》は、これも侍《さむらゐ》と見へて、両人尤《もつと》も二廻《まわ》りも先より居《い》ける体なり。丹《たん》三郎今はきざみ多葉粉《たばこ》売《うり》の喜八《きはち》と云ひて、口合《くちあい》よく湯入《ゆいり》の者共に可愛《あい》がられて商《あきない》もよく仕《し》、その上碁将棋《ごしやうぎ》の相手《あいて》に成つて、あきないがてら我も慰《なぐさ》みけり。かの三太夫隣座敷《となりざしき》の若侍《わかさむらゐ》両人も常《つね》々喜八を相手にしければ、喜八が煙草《たばこ》を持つて来るより、はや壱人が声《こへ》をかけて、

「喜八来りしか、一昨日《おととい》の意趣《いしゆ》をはらすべし。いや夫《それ》につき、きのふたばこが切れた故、その方所へ尋《たづ》ね行《ゆ》きて見たるが、さてさてその方はよい女房《にようぼう》を持ちたり。羨《うらやま》し」

などとたわぶれて云ひければ、今一人の男聞きて、

「それは我もちと尋て御面貌《めんそう》拝《おが》まん」

などと云ひける時、喜八云ふ様、

「必《かなら》ず麁《そ》相《さう》仰《おお》せらるるな。拙者《せつしや》が妻《さい》にてはなし」

と云へば、

「いやこれは嘘《うそ》を云ふぞ。妻《つま》ならぬ者を我方に置くべきや。なんでも晩《ばん》には近付《ちかづき》に成りに行《ゆ》くぞ」

とて、ふたりして嬲《なぶ》りければ、少《すこ》し小声《こごへ》に成つて、

「全《まつた》く偽《いつわ》りならず。いと堅《かた》ぐるしき女なり。おどけなど仰せられて恥《はぢ》かき給《たま》ひては気《き》の毒《どく》なる故かく申すなり。何《なに》を隠《かく》さう我等も本名《ほんみやう》こそ申されね、二本も指《さし》たる身なれども、不慮《ふりよ》の間違《まちが》いゆへか

く成《な》り果《は》てたり。彼《か》の女は我等念頃《ねんごろ》なる者の妻にて、斯様《かやふ》斯様の間違《まちが》い、二度の災難《さゐなん》ゆへふたり欠《か》け落《を》ち致したり。依《より》て、とても斯《かく》成りはてたる身の上の事、一生垢《しやうあか》は抜《ぬけ》ねば道《みち》を立ても無益《むやく》なり。毒喰《どくくは》ば皿《さら》をねぶれなれば、今《いま》は我妻にもなれかしと申したれば、かくのごとくかくのごとく申して、我等を恥《はぢ》しめたり。我等この詞に恥入つて、夫《それ》よりはたわぶれをも申さず」と始終《しぢう》つぶさに咄《はな》せば、両人の若侍《わかざむらゐ》も手を打つて、

「夫《それ》は珍《めづ》らしき貞女《ていじょ》なり」

とて驚《おどろ》き入りぬ。

三太夫は襖一重《ふすまひとへ》こなたにて委細《いさゐ》に聞《き》き取《と》り、覚《おぼへ》ある咄《はな》しなれば初《はじ》めて誠《まこと》の不義《ふぎ》にあらざる事をしり、その上お石云《い》ひ分の貞節《ていせつ》なる所を感心《かんしん》しけるが、左《さ》あらぬ体にて指《さし》のぞき見れば、髪《かみ》は糸鬢《いとびん》になりても丹三郎にまがひなければ、弥違《いよいよちが》ひなくおもひ、三廻《まわ》り湯治《とうじ》して江戸表へ帰り、我が娘なれば頼母後妻《かうさい》お岩が来りし折から、彼《か》の聞きたる事共咄《はな》して聞かせければ、おいわも大にかんじ入り、

「さてさてそれなればいたわしきことなり。末《まつ》代女の鏡とも成るべき人を空《むな》しく埋《むも》れ樹《ぎ》となさんは、去《さ》りとは去りとは残り多し。わらは両人の衆《しゆ》に見知《し》られぬこそ幸《さいわゐ》、宮《みや》の下へ立越《こへ》て得《とく》と実事《じつじ》を探《さぐ》り、致《いた》し方《かた》も有るべし」

とて宿《やど》へ帰り、湯治の願《ねがい》を立て、宮の下へ趣《おもむ》き、湯は付《つ》けたりにして先たばこ売喜八と、余所《よそ》なが

ら聞きて多葉粉《たばこ》を調《ととの》へ、二度も三度も買《か》いての上、扨《さて》お岩喜八に云ふ様、

「わらはちと仕立《した》てたき物有るが、針《はり》の功者《こうじゃ》なる女中に直に頼《たの》みたし。その方近付《ちかづき》にはこれなきや」

と云へば、喜八答《こた》へて、

「成程《なるほど》功者なる者御座《ござ》候ふ。則《すなわ》ち私《わたくし》方に出居衆《でいしゅ》に居《を》る女中なり。お気に入るいらぬは存ぜず、御相談《さうだん》次第になされかし」

と云へば、

「夫《それ》は幸なり」とて則《すなは》ち喜八方へ尋ね行き、お石にまづ近付になり、仕立物を頼みてそれをおとりに一両度も行つて心安くなりて、さてお岩云ふ様、

「わらは湯治《とうぢ》に来りて久《ひさ》しく居るつもりなるが、女のことなれば相手なく、去《さ》りとは淋《さみ》しきなり。御身は縫《ぬ》い物も功者なれば、何か聞きたき事もあり。まだ頼みたき縫《ぬ》い物もあり。逗留《とうりう》中は心安くわらは仮宅《かりたく》へも来り給へ。又この方へも参るべし」

とて、夫《それ》より打解《とけ》て随分親《ずいぶんした》しく互《たがい》に心置なく成りたる上にて、或《あ》る時何となく問《と》ひけるは、

「御身は元よりここらにそだちたる人とも覚へず。その上喜八殿と夫婦の様にて、又《また》互ひの挨拶《あいさつ》を聞けば、いと義理《ぎり》ふかく他人向《むき》なり。去《さ》りとは合点《がてん》ゆかず。わらはに於《お》ゐては他言《たごん》すべからず。つつまず語り給へ」

と云へば、お石答《こた》へて、

「成程左《さ》の給ふも尤《もつと》もなり。喜八殿とわらは夫婦にはあらず。恥かしき事ながら、わらはも人らしき者の妻なりしが、ちと子細《しさゐ》有つてかく成《な》り果《は》てたり。併《しか》しこれも前生《さきしやう》の約束《やくそく》ごとかと、是非なく明らめて居るなり」

と云ひければ、お岩わざと驚《おどろき》たるふりして、

「さては喜八殿と夫婦にてはなきや。道理でこそ合点《がてん》行ぬ挨拶《ゆか》なりし。左《さ》あらばわらは知りたる人に、手の利きたる妻をほしがりて頼まれ候。尤《もつと》もゆたかに暮《くら》す人なり。御身行き給へば結構《けつかう》な身と成り給ふなり。わらはが兄弟分《きやうだい》にして遣し申すべし。御身が器量《きりやう》といい針と云ひ、あの方の望《のぞ》みに合《あ》へば、十が十ながら調《ととの》ひ申すべし。わらはも末頼《すへたの》もしき兄弟をもとむることなれば、いかばかり嬉しく候ふ。必ず必ずわらはにまかせ給へ」

と云ひければ、お石云ふ様《やう》、

「それは忝《かたじけな》き仰せなり。去《さ》りながら、わらはに於ては一生男持所存《もつしよぞん》はなく候ふ。若《も》し男を持つほどならば、今の喜八殿と夫婦にも成るべき身なり。その故は、喜八殿とわらはは、間違《まちが》いながら不義《ふぎ》の罪《つみ》に落《お》ちて今この体に成りたり。されど夫《それ》さへ堅《かた》く云ひきりて女夫《めうと》にならず、ましてや外へとては決《けつ》してまいる間敷《まじく》候ふ。私風情《ふぜい》の便《たよ》りなき身を御世話《せわ》なされんとのお志《こころざし》は千万忝《かたじけな》く嬉《うれ》しく候へども、妹背《いもせ》の事は今申す通りなれば、かならずお世話下されな」

と云ひきれば、お岩、

「左《さ》あらば先《せん》の夫《おつと》はいまだこの世に居給ふか、但《ただ》し死給しか。それをば知《し》り給ふや」

と尋《たづ》ぬれば、お石、

「さればわかれて四、五年音信《おとづれ》を聞かねば、生死《しやうじ》の程はしらず。たとひ死《し》し給ふとも、異《こと》男にまみゆる所存はさらさらなし」

と云へば、お岩又、

「御身が先の夫《おつ》とは浮橋頼母《うきはしたのも》とは云はざるか」

と云へば、大に驚《おどろき》たる体にて、

「いかがして知《しり》給ふ」

と云ふにぞ、

「子細《しさい》有つてわらは知る人なり。この人は今後妻《こうさい》を迎《むか》へて御身に倍《ばい》してわりなくむつまじくかたらゐ給ふ。左《さ》あれば御身何程《いかほど》義理を立て給ひても無益《やく》なり」

と云へば、

「それは左《さ》有るべきことなり。わらはが事をば嘸《さぞ》かし憎《にく》しみ思ひ給ふべし。然し後《のち》づれをむかへ給ひしはせめての事、わらはがにくしみをも少しは忘《わす》れ給ふことも有るべしと、影ながら嬉《うれ》しきなり。唯《ただ》わらははこの儘埋《ままむ》もれ死《し》んで、未来《みらい》にて云ひ訳《わけ》を致さんとおもふ外はなく候ふ」

と云へば、お岩たまりかねて、

「何を隠《かく》さう、みずからこそ頼母が後妻《こうさい》なり。御身が不義ならざる事をば先達《さきだつ》て得《とく》と聞き置きたり。誠《まこと》に御身が様なる人は三千世界《せかい》に又と有るまじ。兎《と》も角《かく》もわらは次第にまかされよ」

とて、無理に駕《かご》に乗《の》せて江戸表へ立帰り、先親《をや》三太夫方へ預《あづ》け置き、我身は頼母方へ帰りて何となく暇《いとま》を願ひ出しければ、思ひも寄らぬこと故、頼母もおどろき返答《へんとう》さへせざるを、達て願《ねが》ふに付き、

「いかなる訳ぞ」

と尋ぬれば、

「成程、訳知り給わねば合点し給わぬも尤《もつと》もなり。別《べつ》のことにもあらず、わらは暇を取りて先妻お石殿と夫婦に致さんが為なり」

と云へば、頼母以《もつ》ての外顔色《ほかがんしよく》をかへ、

「その方は気ばし違《ちが》ふたか。今にも目に懸らば討《う》つて捨てんとおもふ畜生《ちくしやう》めを、何しに再《ふたた》び妻にすべき。存じもよらぬ事なり」

と云ふ時、

「去《さ》ればにて候ふ。お石殿全《まつた》く不義ならざる由《よし》、親《おや》三太夫宮《みや》の下にて聞き出し帰られ、わらはへはなしにて候ふ故、実正《じつしやう》を探《さぐ》り見ん為、又わらはも御身が知《し》り給ふごとく湯治《とうぢ》におもむき、余所《よそ》ながら近付《ちかづ》きに成つてだんだんと窺《うかが》ひ候ふ所、実《じつ》に不義ならず」

とて、三太夫が聞きたる丹三郎が口は斯様《かやう》斯様、わらは直《ぢき》にお石どのに問答《もんどう》せしは斯様斯様と、見《けん》聞《もん》せしこと共委《くわし》く云ひ聞かせ、

「斯様の心底《しんてい》なる人は世界《せかい》にふたり共有るべからず。おそらく女のかがみとも成るべき人なり。これを虚《むな》しく打ち捨て、不義の悪名《あくみやう》を付けて置かん事、去《さ》りとは去《さ》りとは情《なさけ》なく残《のこ》り多《おお》し。その上わらは親達《おやたち》の達《たつ》てすすめ給《たま》ふ故、御身へ再縁《さいゑん》したれども、死《し》にわかれせし先の夫《おつと》の事は露忘《つゆわす》るる隙《ひま》なし。左《さ》あれば御身を大切《せつ》におもふことは思へど、実《じつ》を云ふ時は二心有り。又お石殿は一途《づ》に御身の事ばかりおもふて、「このまま朽果《くちはて》るとも異男《ことおとこ》に添《そう》べからず」と一筋《ひとすじ》におもひこがれ給ふ心底なれば、御身の方に取つても、わらはに添《そ》い給ふよりは、お石殿を呼《よ》び返《かへ》したまふがよき筈《はづ》なり。とにもかくにも是非《ぜひ》是非わらはにいとまをたまわりて、お石どのと再《ふたた》び添ひ給へ。則《すなはち》親三太夫方まで伴《ともな》ひ来り置きたり」

と云へば、頼母も初《はじ》めてお石が不義ならざる訳《わけ》を知《し》り、猶《なほ》又心底の一筋《すじ》に実《じつ》有る所《ところ》を得《とく》と聞きて、今更《いまさら》不便《ふびん》には成りぬれど、何程願《ねが》へばとてお岩《いわ》に暇遣《いとまやろ》ふとはどふも云はれず、殊更《さら》かく云ふお岩が心底も又々忍《しの》ばしく、返答《へんとう》に行《ゆ》き付《つ》きてうぢうぢすれば、お岩その儘《まま》立ちて納戸《なんど》へ這入《はい》り、元結際《もとゆいぎわ》より髪押切《かみおしきつ》て立ち出で、

「これ程に申しても暇を給《たまわ》らぬは、若外《もしほか》心にてもあらんかと疑《うたが》ひ給ふか。お石殿の心底《しんてい》を聞きては、みづから御身へ再縁《さいゑん》せしことさへ口おしく恥《はづ》かしくおもふことなれば、ましてやこの上誰《たれ》にかまみ

ゆべき。これ御覧《らん》候へ。この体《てい》に成り候へば、すぐにさまを替《か》へ、過《す》ぎ行《ゆ》かれし先《せん》の夫《おっと》の菩提《ぼだい》を訪《とふ》より外はなし。今まで御身に馴《な》れ染《そ》めしは、川竹《かわたけ》の一夜妻《ひとよづま》とおもひ明《あき》らめ下されかし」と云ひ捨《すて》て、その儘親《ままおや》三太夫方へ行《ゆ》き、お石を同道《どうどう》して来り、我《わ》が身《み》仲達《なかだち》して元の夫婦となし、自《じ》分《ぶん》はすぐに先夫《さきおっと》の寺《てら》に詣《もふ》でて尼《あま》に成り、袈裟衣《けさころも》をまとい、ねん頃《ごろ》に後世《ごせ》をとひしとなん。

このこと三太夫より委《くわし》く殿《との》へ申し上げければ、殊《こと》の外の御感にて、「先《まづ》お石が貞節感《ていせつかん》ずるに詞《ことば》なし。さてお岩《いわ》が賢徳誉《けんとくほ》めても尽《つく》されず。世界《せかい》の女の鏡《かがみ》、まことの貞女賢女と云ふはこれなるべし」と甚《はなは》だ褒美《ほうび》し給ひ、その上にて、「丹三郎事も左《さ》すれば罪《つみ》なし」とて、半地《はんち》にて召し帰されけるが、次第に立身《りっしん》して本地に帰《かへ》り、頼母丹三郎両家共に目出度《めでた》栄《くさか》へけるとかや。

当世操車　巻之三終

当世操車《とうせいみさをぐるま》 巻之四

○物部新蔵娘《もののべしんぞうむすめ》お弓《ゆみ》事

詩《し》に云《い》わく、「窈窕《ようてう》たる淑女《しゆくぢよ》は君子《くんし》のよきたぐひなり」とは、女中の惣巻頭《そうくわんどう》。乱《らん》は天《てん》より降《くだ》すにあらず、婦人《ふじん》より為《な》るとはその裏《うら》なり。これも久しい物部新蔵《もののべしんぞう》とて、芝辺《しばへん》なる去《さ》る御方の家士《かし》なりしが、同《どう》家中に竹沢権之進《たけざわごんのしん》と云ふ若男《わかおとこ》有り。新蔵妻女《さいじよ》はお鳴《なる》とて、その頃三十四、五歳《さゐ》にも成《な》りつらんが、彼《か》の権之進と密通《みつつう》して、初《はじ》めの程は人目にも懸《かか》らざりしが、しげしげのことなればおのづと諸人《しよにん》の口の端《は》にかかり、家中専《もつぱ》ら評判《ひやうばん》にて危《あやう》き事旦夕《たんせき》あれども、互《たがい》に遠《とを》ざかる心みぢんもなく、取《と》り訳《わけ》お鳴方よりしつこく、新蔵泊番《とまりばん》その外留守《るす》とさへ云へば人を遣りて呼びよせ、互のいたづらが高上《かうじやう》に成つて、後には傾城遊女《けいせいゆうじよ》かなんぞの様に口舌《くぜつ》など云ひ合ひ、言語道断《ごんごどうだん》有るまじき身持、終《つい》には両人の命《いのち》ばかりか両家の滅亡《めつぼう》にも及ばんこと目前《もくぜん》なれども、思案《しあん》の外とはここなるべし、たがいに夫《それ》までと高《たか》を縊《くく》つて、命を投《なげ》出しての事なれば手の付け様もなく、家内の者共も一日暮《ぐら》しの心に成つて、はあはあとのみおもふて居れば、下女などは身に災《わざわ》ゐの来らんをおそれて暇《いとま》を取るもあり。

ここに新蔵娘お弓《ゆみ》、時《とき》に十七歳《さい》なりけるが、この事をひたすら苦《く》におもへども、母の事なれば異《い》見《けん》もならず、元より親父その外一家一門へも咄《はな》すべきことならねば、我心一つにて案《あん》じ煩《わづら》ひけるが、この分《ぶん》ならば終《つゐ》には母の命《いのち》にも及び、夫《それ》のみならず家の断絶《だんぜつ》にもならんことを悲《かな》しみ、昼夜《ちうや》心をいため寝食《しんしよく》をわすれけるが、得《とく》と分別《ふんべつ》して文《ふみ》を認《したた》め、彼《か》の権之進《ごんのしん》が来りし時、母の見ぬ間を考《かんが》へ、権之進が側《そば》へ寄添《よりそ》ふふりして密《ひそ》かに袂《たもと》へ入れければ、権之進も合点《がてん》ゆかず思ひけるが、宿《やど》へ帰りてかの文を披《ひら》き見るに、その文言《もんごん》べつだりと、

「あまりおもひに絶《たへ》かね候ふまま、ふみにて申し上げまいらせ候ふ。そもじさま御事はわらはかねがね命にかけて思ひそめまいらせ候ふ故、幾度《いくたび》か目顔《めかほ》でしらせ申し候へども、更《さら》に御心にもかけたまわず。去《さ》りとは去とは気強《きづよき》なされ方、ひとへにひとへに御うらめしく存じまいらせ候ふ。この上はこのままこがれ死《し》に候ひておもひ知《しら》せまいらせん」

などと、くり返《かへ》しくり返しぐどぐどと書たる文体《ぶんてい》、権之進《ごんのしん》もびつくりして、

「これは存じもよらぬこと、さては今まで色々《いろ》なるそぶりも有りつらん。なれども母お鳴《なる》にばかり心ひかれて一向気《かう》が付かざりし」

と、つくづく思案《しあん》して見れば、莟《つぼ》める花《はな》の娘《むすめ》ざかり、殊《こと》に器量《きりやう》も十人並《なみ》に勝《すぐ》れければ、気の移《うつ》るまい様はなく、くり返しくり返し思《おも》ひまわす程嬉《ほどうれ》しく可愛《かあい》くなりて、細《こま》かに返事《へんじ》をしたため、折《おり》を見合《やわ》せて渡《わた》しければ、お弓《ゆみ》も嬉しげなる顔付《かほつ》きにて請《う》け取《と》り、人なき所にて披《ひら》き見れば、

「今までのことは露《つゆ》しらず、実《じつ》に我等《われら》を思ひ給はば、何しに否《いな》と申さん。うれしく忝《かたじけな》くこそ候へ」

などと有りけるにぞ、お弓嬉しくぢつと心におさめて、夫《それ》より後《のち》は色々《いろ》なる顔付《かほつき》、さまざまなるそぶりして、或《あるい》は悋気《りんき》する様《やう》にも見せ、或は述懐《じゆつくわゐ》めきし風俗《ふうぞく》して、権之進に腹《はら》一ばいもがらせければ、後にはたまり兼《かね》て権之進方より又候《またぞろ》文を認《したた》めて、「先達《さきだつ》ても云ふがごとく、我等が方に少しも偽《いつわ》りなし。たとへば二つなき命《いのち》なりとも進《しん》じまゐらせん」と書《かい》て送《おく》りけり。

この時お弓返事《ゆみへんじ》しけるは、

「わらはが恋《こ》い慕《した》ゐまいらせ候ふ処、打捨《す》てられず思し召し下され候ふ事、千万有がたく御うれしくこそ候へ。まこと左《さ》思し召し下され候はば、わらはを連《つ》れて立《た》ち除《の》きたまわり候へ。とてもこの処《ところ》にては一夜《や》の契《ちぎ》りも成りがたく候ふ。わらはも金子三十両盗《ぬす》み出し置き候へば、これを持ちて御身と立ち除き、いづくにも身を忍《しの》び申さん。たとひ如何《いか》なる悲《かな》しき暮《くら》し致し候ふとも、朝夕《あさゆふ》御身と添《そい》まいらせばこの世の本望《ほんまう》、何かこの上の候はん。かならずかならず、くれぐれ頼《たの》み上げまいらせ候ふ」と書《かい》て送りければ、権之進も最早迷《もはやまよ》ひきつて、

「いかさまこれは尤《もつと》も」

と我も欠け落《を》ちする気《き》になり、先小石川辺《こいしかわへん》にて密《ひそか》に隠《かく》れ家を拵《こし》らへ、人しれず道具《だうぐ》などこかして、さて欠け落ちするばかりの一段に成つて、お弓権之進に云ふ様は、

「御身明日なりと明後日なりと芝居《しばゐ》を振舞《ふるまゐ》給へ。その過頃にはづし逃《に》げ申さん。但しわらはも書《か》き

置《を》きを残《のこ》し申すなり。若《もし》、死にもすべきやと親達《たち》の案《あん》じて方々尋《たづ》ねさがされん事の気の毒なれば、明《あき》らかに御身と馴《な》れそめてかけ落《お》ち致すなり、最早《もはや》再《ふたた》び帰る所存御座《ござ》なく候へば、必ず必ず御尋御無用と、さつぱりと書《か》き残《のこ》し申すべし」

と云ひければ、権之進、

「成程これも尤《もつと》も。夫《それ》は兎も角も、左《さ》あらば芝居のもくろみ肝要《かんよう》」

と、その翌日《よくじつ》来りて何げなく、

「お弓どのにねだられ明日芝居《しばゐ》をふるまゐ申す。母御《ははご》もお出であられよ」

と云ふにぞ、お鳴《れゐ》は例の悪性者《あくしやうもの》なれば、芝居と聞くとおこり懸《かか》つた痞《つかへ》さへ下がる程の大好物《かうぶつ》。殊《こと》に我が恋男《こいおとこ》と行くことなれば飛《と》び立《た》つ程に嬉しく、

「よくこそねだりたり」

と、内証《ないしやう》の事は夢《ゆめ》にも知らず、いそいそして一間居《い》る仏性《ほとけしやう》なる夫《おつと》新蔵へ、

「明日お弓がねだりて芝居をふるまわれ候ふ。参り申さん」

と云ひければ、なんぼ結構《けつかう》なる男でもあまり度々の芝居なれば、そうそう気をよくはあらず、しぶこぶ云はるるを、お鳴《なる》は影《かげ》へ廻つてお弓が腰《こし》を押《を》して、

「親父殿《おやぢどの》をねだれねだれ」

と云ふにぞ、お弓はなをさら内証《ないしやう》の訳《わけ》あれば是非《ぜひ》ともゆかねばならず、親父の前へ出て、

「今度の替《かわ》り狂言《きやうげん》は殊の外当《あた》り候よし、何とぞ見物《けんぶつ》致したさに権之進さまへたつてねだり、やうやう桟敷《さじき》を貰《もら》ひ候ふ。どふぞどふぞおやりなされて」

と一向《ひたすら》に云へば、子に甘《あま》いは親のならひ、殊に独《ひとり》むすめの事なれば、それならばとておふくろを呼《よ》ばれ、

「早《はよ》ふ帰りやれ」

とのゆるしが出て、

「さあして取つた」

と、お鳴ひとりの心喜び、お弓は、

「親の皃《かほ》見るもけふをかぎり」

と目もはなさず打ちまもりて、落《おつ》る涙《なみだ》を袖《そで》でかくし、

「母の機嫌顔《きげんかほ》もあすの暮《くれ》には忽《たちま》ち替《かわ》らん」と、おもひ過《す》ぐして悲《かな》しさつらさ、

「これと云ふも道《みち》ならぬ母の身《み》持《も》ちゆへ」と、恨《うら》めしさ名残《なごり》おしさ、いとしさ大事《だいじ》さ、何もかも少《ちい》さい胸《むね》に畳《たた》み込《こ》んで、悲《かな》しひ顔《かほ》を無理《むり》に嬉《うれ》しく見せ、出《で》ぬ笑《わら》ひを無理に笑ひて、口と心はふたへ三《み》重《あ》、その夜も母は嬉しくて寝《ね》られねば、お弓は悲《かな》しくて寝入らず。

さて翌日《よくじつ》になれば、早々に仕度して木挽町長太夫《こびきてうちやうだゆふ》が座《ざ》へ行《ゆ》き、市川団十郎《いちかわだんじゆうろう》が矢《や》の根五郎の狂言《きやうげん》大あたりにて夥《をびただ》しき群集《ぐんじゆう》。されどもお弓は狂言も目に付かず、唯《ただ》母の顔ばかり打ちまもり、絶《たへ》ぬ泪《なみだ》も

芝居《しばゐ》にては目に立たず。既《すで》にその日も七つ下りの頃、おゆみ権之進に向《む》かひ、

「用足《よふた》しに参《まい》りたし。あまり人群集《ぐんじゆ》なれば、女子《おなご》をつれて参らんより、御身御苦労《くろう》ながら見送《おく》りてたまわれ」

と云へば、

「成程この人込《ごみ》に女ばかりは馬鹿《ばか》にするなり。大事の御療《りやう》人、我等伴《ともな》ひまいらせん」

とて桟敷《さじき》を出れば、女子共は狂言《きやうげん》に見とれて居る最中《さいちゆう》の事にして聞かぬふりして居たり。はるかに時刻《じこく》うつりて両人帰《かへ》らねば、母は気遣《きづか》いにおもひ、

「いかなる用もたしぬらん、心元《もと》なし」

と女子共を遣つて見せけれども、元より閑所《かんじよ》に居るべき様《やう》なければ、立ち帰りて、

「おふたり共に御見へなされず」

と云ふにぞ大いにおどろきけるが、よ

もや権之進とそふした事有るべきとはおもわず。去《さ》りながら打《う》ち捨《す》てては猶《なお》置かれず、そこよここよと目をくばる内、側《そば》にお弓が鼻紙《はながみ》の有りけるが、立ちさわぐとて障《さわ》りける故、三つ折の間より、

「書残《かきのこ》す壱通《つう》」と上書したる封じ文出ければ弥驚《いよいよおどろ》き、としやおそしと披《ひら》ゐて見るに、

「なになに私《わたくし》事権之進どのと馴初《なれそ》め欠《か》け落《を》ち致しまいらせ候ふ。必ず必ず御尋ね御無用に御座候ふ。最早再《もはやふたた》び帰る所存は曾《かつ》て御座なく候ふ。とても不孝《ふかう》のわたくし、御勘当《かんどう》遊《あそ》ばし下され候はば」と読《よみ》も終《おわ》らずはつとばかり、しばしあきれて居たりしが、

「あの権之進の畜生侍《ちくしやうざむらゐ》め」

としきりに腹《はら》を立ててもせんかたなく、娘の事も可愛半分憎《かあいはんにく》い半分にて胸《むね》はしゆらくら、痞《つか》へを起《おこ》して駕《かご》で帰《かへ》りけるぞ尤《もっと》もなり。

さてお弓権之進はその夜小石川《こいしかわ》の裏《うら》借屋へ落ち付き、先づ一息つきけるが、兼て少々こかし置きたる道具《だうぐ》等《とう》あれば不自由《じゆう》にもなく、先行灯《あんどん》をともして火《ひ》など焚《た》き付《つ》け、漸《やうやう》有つて権之進おゆみに向《むか》ひ、

「今と云ふ今、互《たが》いの願成就《じやうじゆ》したり。今宵《こよい》こそ二世の契《ちぎ》りを結ばん。御身も嘸《さぞ》嬉しかるべし」

と云へば、お弓はふところへかほ指《さ》し入《い》れて挨拶《あいさつ》もせず。権之進笑《わら》ひながら、

「御身は誠《まこと》に親のふところ子なり。今更親の手をはなれて心ぼそきや。今よりは我等《われら》を親とも夫とも思ひたまへ。去《さり》とは少《ちい》さき心」

などとたわむれて膝《ひざ》に打ちもたるるを、つきのけて割膝《わりひざ》に成れば、

「これはきやうがる。さてはけふ芝居にて何ぞ腹立《はらた》つ事の有りしや。我等毛頭覚《もうとうおぼ》へなし。近頃迷惑《ちかごろめいはく》千万《せんばん》、去《さ》りながら早々《さう》からの悋気《りんき》、我等が身に取つてはひとへに忝《かたじけな》し。いやそれはそふと、かの三十両の金子は持ち来りしや」

と尋ぬれば、お弓云ふ様、

「何しに持《も》ち来《きた》るべき。白紙《しろかみ》一枚《まい》にても隠《かく》して取るべき謂《いわ》れなし。金子を盗《ぬすみ》置きしと云ふも偽《いつわ》りなれば、元より御身に惚《ほれ》たと申せしも偽りなり。御身はわらはが母と不義《ふぎ》し給ふ事、人はしらずともおもひ給ふや、家内の者はもとより、一家《か》中皆評判《みなひやうばん》するよし。左《さ》あればとて、母の事なればわらはが口から何と云ふべきやうもなく、終《つゐ》には母の命《いのち》にも及《およ》び、又は家の断絶《だんぜつ》にも成るべきかと悲歎《かなしく》、所《しよ》

詮《せん》御身を遠《とう》ざけるより外はなき故、かくははからひたり。去《さ》るに依《よ》つて、御身とわらは密通《みつつう》して欠《か》け落《を》ちせし」

と云ふ明《あき》らかなる書《か》き置きを残したり。これは一つは最早《もはや》御身の屋敷へ帰ることのならぬ為《ため》。又一つには、人の口と云ふものはたちまち替《かわ》るものにて、今まで母と御身と不義せしと評判《ひやうばん》せし者も、「さては母にてはなく娘との恋慕《れんぼ》なり」と取沙汰《とりざた》せば、母の悪名《あくみやう》はきへると云ふものなり。元よりわらはは定《さだ》まる夫《つま》もなき身なれば、誰《たれ》が恥《はぢ》にもならず、我身独《ひと》りの恥に成つて事済《す》むなり。さてわらは事は今申す通《とを》りいまだ男なき身なれば、誰れに身をまかすとも苦《くる》しからず候へども、御身は正しく母と不義せし人なれば、御身ばかりには妹背《いもせ》をむすぶこと決《けつ》して成るべからず。斯一部始終《かくいちぶしぢう》だまされ給ひて嘸《さぞ》かし口惜《おし》く腹立《はらたち》給はん。その腹いせには、わらはを殺《ころ》しなりと、ためし者になりと、存分《ぞんぶん》にし給へ。元より親の為《ため》家のために捨つる命、さらさら惜《おし》き事露《つゆ》ほどもなし。去《さ》りながら一通り申すことの候へば、暫《しばら》く胸《むね》をさすつて聞き給へ。別《べつ》のことにもあらず、御身もわらはが謀《はかりごと》にて数《す》代《だい》の竹沢氏《たけざわうぢ》を滅《めつ》し給ふこと、何ともいたわしく気の毒《どく》に存ずるなり。去《され》ばとて、今申すごとく、たとひどのやうに成るとても、母と馴《な》れ染《そ》め給ひし御身にわらはが枕《まくら》かわすことは畜類《ちくるい》も同前《どうぜん》なり。これは金輪際《こんりんざゐ》致すまじ。そのかわりにわらはを傾城奉公《けいせいぼうこう》にも売《うり》給ひてその身の代《しろ》を取つて、せめての腹《はら》いせに御身の後世《ごせい》の為《ため》にし給はんや。左《さ》あらばわらはを殺《ころ》し給ふにはまさらん。今殺し給ひたり共、御身の為に成る事有るべからず。かく申せばとて命惜《いのちおし》むにはあらず。傾城遊女《けいせいゆうぢよ》と云ふものは苦《くる》しく悲《かな》しきものと聞けば、御身をだませしかわりに身の代《しろ》をまいらせんとおもふばかりなり。その上ではとても親達《をやたち》には一生逢《しやうあ》ふべき身にもあらねば、親方の損《そん》もせざる程につとめなば、その時自害《じがい》してなりと首縊《くびくくり》てなりと、打果《はて》んと存ずるなり。申す事はこれまで。契情《けいせい》に売《う》り給ふとも今殺《ころ》したまふとも、御身の心次第にし給へ」

と、さつぱりと云ひてわるびれもせず居たり。権之進も手を組《くみ》て半時《はんとき》程物も云はずに居たりしが、一念発起《ほつき》して、

「誠《まこと》に鹿《しか》を追猟師《をふりやうし》は山を見ずとは我が事。初めは御身が母に道ならぬ不義して、終には身を亡《ほろぼ》すことをもしらず。今は又御身に恋《こい》して、かくだまされ家を失《うしな》ふたり。遠藤武者盛任《ゑんどうむしやもりとう》が袈裟《けさ》を恋こがれて、嬉しそふに恋人の首《くび》を討《う》ちしも、今我が御身に恋して身上を滅《めつ》し、あまつさへ恋は叶《かな》わず、この上は御身を殺《ころ》さんより外なし。これ元皆邪《みなよこしま》なる恋より起《をこ》りたり。夫《つま》有る袈裟に恋せし盛任《もりとう》、男有る御身が母に不義せし我《われ》、毛頭替《もうとうかわ》る事なし」

とて、その夜は互《たがい》に無言《むごん》にて明《あか》し、翌日《よくじつ》権之進、親《した》しき者《もの》の方へおゆみを同道して、

「これは我が妹《いもと》なり。武家方へ奉公に出しくれられよ。我身は仏道修行《ぶつどうしゆぎやう》の望《のぞ》みあれば、出家《しゆつけ》して廻《くわゐ》国《こく》するなり。かならずかならず頼み入る。疎略《そりやく》して給わるまじ。折節《おりふし》は当地《とうち》へ立帰りて左右を聞き申さん」

とて懇《ねんごろ》に相たのみ、我身はすぐに出家して諸国修行に立ち出でけり。かくてお弓は奉公の口を聞き

合す内、もとより器量《き》よくおしたてよければ、妾奉公《めかけ》などに出でなばよい所いくらも有りつれど、夫《それ》をば嫌《きら》ひて本庄辺《ほんじやうへん》なる去る小家《しやうけ》の奥方へ出でけり。勿論生得発明《もちろんしやうとくはつめい》にして心直《すぐ》なれば、主人の気にも入り、諸朋輩《しよほうばい》の付合よく、ここにて一年あまりつとむる内、その頃盗賊《とうぞく》はやり、所々に押《お》し込《こ》みて難義《なんぎ》する者多《おお》かりけり。お弓主人わづか千石余の小身なれども内証甚《ないしやうはなはだ》よく、おびただしき金持なるよし風聞《ふうぶん》有り。然《しか》るにこの本家《ほんけ》は八重洲河岸《やゑすがし》にて十余《よ》万石の大家なりしが、御隠居《いんきよ》かくれさせ給ひて、夜中の葬送《そうそう》にお弓主人も供致され、少々有る家来を残《のこ》らず引つれられければ、跡《あと》には家《か》老分《らう》の者壱人、仲間《ちうげん》、門番《もんばん》、この外は男ぎれなく奥《おく》方の女中ばかりなり。かの盗賊《とうぞく》これをよく知《し》りたるにや、その夜亥《ゐ》の刻過《こくすぐ》る頃、小山のごとき大男、黒装束《くろしやうぞく》の出立にて、塀《へい》を乗《の》りこし都合《つごう》七人入来り。先《まづ》門番を縛《しば》り、さて家老夫婦仲間までしばりて猿《さる》ぐつわをはめ、程なく奥へ這入《はい》りて奥方《おくがた》を初め女中残らず縛《しば》り上げ、同じく猿《さる》ぐつわはめて、

「この中にて誰《たれ》なりとも金の有る所をしらせよ。左《さ》あらば皆《みな》の命《いのち》をたすくべし。しらせざるに於《おゐ》ては壱人ものこらず殺《ころ》すべし」

とおどしけれども、つぼねを初め動《うご》きもやらで居けるを、お弓ひとりうなづきければ、猿轡《さるぐつわ》を取り、縄《なわ》を解《と》きて、

「さあいづくぞ知《しら》せよ」

と云ふにぞ、先へ立ちて内蔵《うちくら》へ連《つ》れ行《ゆ》き、二階《かい》へあがり、

「金はこの内より外にはなし。夫《それ》につゐてわらはも少し願《ねが》ひ有り。若金《もしかね》を取出し給ひなば、わらはにも分《わけ》てあたへ給へ。子細《しさい》有つてわらはも近《ちか》々欠《か》け落《を》ちせねばならぬ身なれば、この紛《まぎ》れに逃《にげ》んとおもふなり」

と云へば、頭《かしら》らしき盗賊《とうぞく》うなづきて、

「少々は分《わ》けあたゑん。はやく金子の入りたる箱《はこ》を差図《さしづ》せよ」

と云ふにぞ、

「去《さ》れば有る所はこの内なれども、いづれの箱に入りたりともしらず。皆ひらゐて見給へ。但《ただ》し打こわしなば近所《きんじょ》へ音《おと》も聞え手間もとれん。この内の鎰《かぎ》はお局《つぼね》の部屋《へや》にそんじよそれなる所に有るなり。誰《たれ》ぞはやく取つて来給へ」

と云へば、壱人走《いちにんはし》り下《を》りて行きけるが、元よりなき物なれば何程さがしても有るべき様なし。暫《しばら》く手間とる内、お弓気をせきたる体《てい》にて、

「ええつゐしれる所に有る物を」

とて、自身《じしん》二階《かい》よりぐわたぐわたとかけ下り外《そと》へ出《で》ると、その儘《まま》戸《と》を引きて錠《ぢやう》おろし、その上に観音《くわんおん》びらきを押《お》し立《た》て、褄《つま》引き上げて腰帯《こしをび》しつかり、玄《げん》関《くわん》へ走《はし》り行《ゆ》き、鑓《やり》おつ取つて鞘《さや》はづし、取つて返《かへ》して奥《おく》とこなたの暖簾《のれん》のかげ、身を堅《かた》めて待《ま》ちけるとは夢《ゆめ》にもしらず、鎰《かぎ》を取りに行きし男、どふさがしてもあらばこそ、せんかた尽《つき》て立ち出づる処《ところ》を、横合《よこやい》より脇腹《わきばら》ぐつと、女ながらも一心かためてつく勢《いきを》ひ、何かに以てたまるべき。うんとばかりに倒《たを》るるをぐつぐつとゑぐり、鑓《やり》先《さき》の板敷《いたじき》にこたへる程に突《つ》き通《とう》し、その儘《まま》打《う》ち捨《す》てて表《おもて》へかけ出、両隣屋敷《りやうどなりやしき》の門《もん》を扣《たた》き、

「盗賊《とうぞく》が入りて候ふ。御助勢《すけぜい》を下され候へ」

と云ひ捨ててはしり帰《かへ》り、人々の縄《なわ》をほどきける内、両屋敷より挑灯星《てうちんほし》のごとくともしつれてどやどやと入り来るにぞ、お弓、

「御苦労《くらう》なり」

と挨拶《あいさつ》して、

「扨盗賊《さてとうぞく》はすかして蔵《くら》へ入、外《そと》より戸《と》を〆《しめ》置き候へども、いかなる事をなし打破《うちやぶ》り出んもはかられず、何を申すも人御座なく候へば、主人帰られ候ふまで御大義《たいぎ》ながら御堅《かた》め下さるべし」

と云へば、

「御尤《もつと》もに候ふ」

とて、両どなりの人々四方を取囲《かこ》みてぞ居たりける。その内に仲間《ちうげん》の縄をとき、子細《しさい》を云ひふくめて走《はし》らせければ、主人何左衛門殿すぐに捕手《とりて》の役《やく》人を乞《こ》い請《う》けて早速《さつそく》帰られ、いちいち召《め》し捕《と》つてこと故なく相済《すみ》ぬ。これより近隣《きんりん》のぬすびとなくなりて、諸人歓《しよにんよろこ》びあゐりとかや。この時のお弓が智恵《ちゑ》と云ひ働《はたら》きと云ひ、言語《ごんご》を絶《ぜつ》せしことなれば、主人何某并《なにがしならび》に奥《おく》方、殊《こと》の外《ほか》の褒《ほうび》にてぞ有りける。


この事早速《さつそく》本家何の守《かみ》殿へ聞《きこ》ゑて、達《たつ》ておゆみを御所望《しよもう》に付き、惜《おし》くはおもわれけれども、第壱大家へ行く事その身の出世することなれば、止《や》む事を得《え》ず。則《すなは》ち送《おく》られける本家にては、奥方の中《ちう》老役《らうやく》に使番《つかいばん》を兼《かね》て仰せ付けられたり。多《おほ》くは男女にかぎらず、至《いたつ》て器量《きりやう》よく発明《はつめい》なる者は、身持よろしからざるものなり。このお弓は天性清潔《てんせいせいけつ》なる志《こころざ》しにて、何国《いづく》へ御使《つかい》に出ても一つとしてあやまちなく、又諸朋輩《しよほうばい》の分別《ふんべつ》にあたわぬこと有つて智恵《ちゑ》をかりるに、その云ふ所、首尾符節《しゆびふせつ》を合せたるがごとくなれば、当時《とうじ》の女楠《くすのき》とて、主君奥方《しゆくんおくがた》をはじめ大勢《おほぜい》の女中達《たち》、奔走《ほんそう》せぬはなかりけり。

当世操車巻之四終

当世《とうせい》操《みさを》車《ぐるま》巻之五

○おゆみ才智《さいち》を以《も》つて出世《しゆつせ》の事《こと》

心だに誠《まこと》の道《みち》にかなひなば祈《いの》らずとても神《かみ》や守《まも》らん。当時《とうじ》の女、夫《おつと》を袖《そで》にし、舅をそしり、親《おや》の云ふ事をきかず、或《あるゐ》は主《しゆ》人の目をかすめ、身持《みも》ち濫行《らんぎやう》にして、神やほとけを祈《いの》るとも、そのしるし有るべき様なし。神仏《かみほとけ》をいのらんより、心正直《しやうぢき》に道をまもりなば、行末《ゆくすへ》目出度《めでたき》事疑《うたが》ひ有るべからず。お弓《ゆみ》は神も仏も祈らねども、心正《ただ》しく親に孝行《こうこう》、主《しゆう》に忠《ちう》なる故《ゆへ》に、死《し》ぬに極《きわ》めし身なれども生《い》き存《なが》らへ、契情《けいせい》にも売《うら》れずして段《だん》々と立身出世《りつしんしゆつせ》して、今は自分に下女をも二人遣《つか》ひ、何の守殿《かみどの》の奥方《おくがた》にては大派利《おほはきき》ともてはやされ、何に不足《ふそく》なき身とこそは成りたれ。

然るに当御館《やかた》には御男子なく、お姫《ひめ》さま御一人にて当年十六歳に成らせ給ふ。先達《だつ》てより御養子《ようし》の願《ねが》い有つて、御一門の大家より聟《むこ》君入らせ給ふ約諾《やくだく》なれども、いかがのことにや、お姫さますぐれさせ給はず、針灸薬《しんきうやく》の三つの療治更《りやうぢさら》にしるしなく、一日一日と薄紙《うすがみ》をへがすごとくに衰《おとろ》へ給ふ。これに依つて御婚礼《こんれゐ》もだんだんと延引《ゑんいん》して、両家の気の毒《どく》云ふばかりなし。いかなる御病症《びやうしやう》にやあらんと、その濫觴《らんしやう》をよくよく尋《たづぬ》れば、薬《くすり》も灸《きう》もきかぬこそ道理《どうり》なれ、物おもひといへる病《やまい》にて、家老進藤将監《からうしんどうしやうげん》が一子辰十郎《たつじゆうろう》は天性《てんせい》の美《び》男《なん》にて、冶容端麗《ややうたんれい》なる事おそらく又《また》と有るまじき男なり。去《され》ば異国《いこく》に衛玠《ゑいかい》と云ふ美男《びなん》有り。よくよくの美《うつく》しき男にや、予章《よしやう》と云ふ所より都《みやこ》へ趣《おもむ》くに、名《な》を聞き及びて集《あつま》りたる者、男女にかぎらず数《す》千人、男は衛玠《ゑいかい》が姿《すがた》の麗《うるは》しきをうらやみて目もはなさず、女は肝魂《きもたましい》を失《うしな》ひ癪《しやく》を起《おこ》し、こがれ死《し》する者多《おほ》かりしとかや。三日三夜が間、衛玠を取り囲《かこ》うて路《みち》をふさぎけるに、終《つゐ》に衛玠も病《やまひ》を起《おこ》し死にけるとなん。時の人皆云《みないわく》、

「都下《とうか》の男女衛玠を見殺《ころ》す」

と云ひあゐりと唐《とう》の本《ほん》に見へたり。

当御館《やかた》にてもこれに異《こと》ならず、辰《たつ》十郎が奥御殿《おくごてん》の御機嫌《きげん》を窺《うかが》へば、女中達《たち》ここかしこより指《さ》しのぞき、気をいため心を迷《まよ》わさぬ者ひとりもなく、取次挨拶《とりつぎあいさつ》せらるるおとし寄《より》までおもわぬ罪《つみ》をつくり、腰《こし》をふるつかす程のことなり。去《さ》ればにや、お姫《ひめ》さまこの噂《うわさ》取々なるを聞かせられ、一両度も垣間見給《かいまみたま》ひて、初めて痞《つかへ》と云ふ病《やまゐ》を覚《おぼ》へたまひ、一日ましに忘《わす》れ給ふことなく、次第《しだい》次第のおとろへにて斯《かく》は成り行きたることとなり。

殿様奥方《とのさまおくがた》さまの御心遣《づか》ひ大方《おほかた》ならず、

「いかなる病気《びやうき》やらん。癆症《らうしやう》と云ふ病にもあらば弥《いよいよ》心元なし」

と千《ち》々にむねをいため給へども、みづから夫《それ》とも云ひ出し給はねば、恋病《こゐやみ》とは夢《ゆめ》にも知《し》り給わず。御側《そば》付の面《めん》々は極《きわ》めて夫《それ》と推量《すゐりやう》はしつれども、誰《たれ》有つて斯様《かやう》斯様と申す者もなく、いたづらに日を過《す》ぐす処《ところ》に、御両親日毎《ごと》の御心苦労《ぐろう》に不図《ふと》御心付せられ、御側付の女中達をひそかに召《め》され御尋《たつ》ね

なさるるに付き、皆一同に、

「たしかに左様とは申し上げにくく候へども、辰十郎を恋遊《あそば》す様に相見へ候ふ。常々辰《たつ》十郎が器量《きりやう》よきことをお誉遊《ほめあそ》ばし、或《あるい》はかよふかよふなることを仰せられ候ふ事も御座候ふ」

などと包《つつま》ず申し上げければ、さてはと御二方も思し召し付かせられけれども、これ又いかがともなさるべき様なく、先達て上聞《じやうぶん》に達《たつ》せられ、御婚儀《こんぎ》定《さだ》まりし上なれば、弥《いよいよ》案《あん》じに案《あん》じを重《かさ》ねさせらるるばかりにて、御二方の御了簡《りやうけん》にあたわず。

この時お弓を召させられ、

「その方分別《ふんべつ》もあらば申し上げよ」

と仰せられけるにぞ、お弓も、

「これは何ともむつかしく、私《わたくし》分別にはおよび申すまじく候へども、とくと工夫《くふう》仕り候はん」

とて我部屋《へや》へ下《さが》りけるが、しばらく有つて何やらん細《こま》かに書立て差《さ》し上げたり。殿《との》様ちくと一御覧《らん》なされ、

「これはいかさま奇妙《きめう》なる智恵《ちゑ》なり。左《さ》あらばこの通りにはからわん」

とて、奥《おく》方様と御相談《さうだん》の上にて、先奥さま先へ姫君の病床《びやうしやう》へ入らせられ、常《つね》に替《かわ》らず御挨拶《あいさつ》有つて、かたわらに御座なさるる時、漸暫《ややしばら》く有つて殿《との》様も入らせられ、御病気の様子奥さまその外付々の者にだんだん御尋ねなされ、しばらく眉《まゆ》をひそめて御座なされけるが、あたりの女中を除《の》けさせられ、

姫君の御枕《まくら》元なる屏風《びやうぶ》の外《そと》へ奥さまを伴《ともな》ひ出させられ、差《さ》し向《むか》ひにて小声《ごへ》に作られけるは、

「姫が病気何とも心元なし。今までは御身にも曽《かつ》てあかさねども、あまり心細《ぼそ》さにあかすなり。某《それがし》いまだ部屋住《へやずみ》にて有りし時儲《もふ》けたる一子あり。その臨月《りんげつ》にあたりて御身と婚儀《こんぎ》定《さだ》まり、大殿への遠慮旁《えんりよかたがた》にて、出生《しゆつしやう》するとそのまま家老将監《からうしやうげん》が方へ養子《やうし》に遣したり。尤《もつと》も将監実子《じつし》と披露《ひろう》さする為《ため》なれば、堅《かた》く秘《ひ》して人にしらさず。この事を知《し》りたる者は将監《しやうげん》とつぼねより外にはなし。今の辰十郎こそ正《まさ》しく我嫡子《ちやくし》なり。成人《せいじん》するに随《したが》ひ、人品勿体《じんぴんもつたい》見れば見る程残念《ざんねん》にて、取かへしたくおもふ事幾《いく》度となく有りつれど、今更そふもならず。これと云ふも畢竟《ひつきやう》子と云ふものの少《すく》き故なり。いかなればかく某《それがし》には子なきことにや。けにもはれにもただ姫壱人にて心細《ぼそ》きに、又斯《か》く病《やま》ひにふしぬれば、いとど辰十郎が事残念《ざんねん》なり。若千《もしせん》に一つ、姫がむなしくもならばいかがせん。いつそ今の内辰十郎を取りかへし、改《あらた》めて披露《ひろう》すべきや。これとても表向《おもてむ》きいかがあらんと心元なく、但しは家督《かとく》に立てずとも引取つて地《ち》を分《わけ》、上聞《じやうぶん》に達《たつ》して一城主《じやうしゆ》にもすべきやとも思ひ、御身に相談《さうだん》におよぶなり」

と、姫君の方へ聞ゑぬ様にて聞ゑる様にのたまへば、奥さま初めて聞こし召されし風情《ふぜい》にて、

「さてはあの辰十郎は御胤《たね》にて候ふや」

と暫《しばら》く驚《おどろ》きたる様子に挨拶《あいさつ》も止《や》みて有りしが、漸《やうやく》有つて奥様こたへ給ふは、

「全《まつ》くみづからが腹《はら》をかさぬ故にかく申すにてはなけれども、今更左様なされなば、思ひがけなき

事ゆへに家中の者共の心もよかるまじ。姫が病気も左《さ》のみ心元なき程にもあらねば、先しばらくおひかへなされたら」

と、いまだ云ひきりもし給わぬに、殿様甚《はなはだ》御不興《ふけふ》の体《てい》にて、

「誠に女の情《じやう》は皆かく有るものなり。無益《むやく》の相談に及びたり」

とて、少々詞《ことば》あらくその儘《まま》立つて御表《おもて》へ出させ給へば、奥さまもしほしほとしてお部屋《へや》へ入らせ給ふ。姫君は初めより屏風《びやうぶ》一重こなたにて委《くわし》く聞き取り給ひ、

「さては辰十郎は正《まさ》しく我が兄《あに》なり。今まで恋せしはいかなる事ぞ。恥《はづ》かしや面目《めんぼく》なや。あらわに口へ出さぬこそまだしもの仕合なれ。既《すで》に畜生《ちくしやう》にひとしき身と成らんとせし」

と大いに驚《おどろ》きたまゐければ、今までの恋もさつぱりとさめ果《は》て、元より病《やま》ひなければ胸《むね》もひらけお食《しよく》も進《すす》み、四、五日の内にたちまち快気《くわいき》し給ひたり。

これに依つて兼約《けんやく》の聟君《むこぎみ》入らせられ、事故なくお家納《おさま》つて目出度《めでたき》御中と成りぬ。大殿御夫婦の御歓《よろこ》び大方ならず、

「これ偏《ひとへ》にお弓が智恵《ちゑ》より事成《な》りたり」

とて、御褒美《ほうび》かずかぎりもなく、この事家老将監《からうしやうげん》も聞きて、

「才智《さいち》発明《はつめい》なる女なり」

と大いに感《かん》じ入り、

「則《すなわ》ち倅《せがれ》辰十郎が妻《つま》に下し置《をか》るべし」

と達《たつ》て願《ねが》ひ出しければ、御二方も尤《もつと》もに思し召して、則ち下し給はりたり。

この時お弓二十歳にて、辰十郎は一つましたれども、器量《きりやう》風ぞくよければ海棠《かいどう》と桜《さくら》のごとく、二人並《なら》んだ所は恐《おそ》らく又と有るまい美《うつく》しき夫婦、一対《つい》の雛《ひな》のごとく、別して辰十郎は珍《めづ》らしき美男《びなん》なれば、お弓が身に取つては上もない男を夫《つま》に持ち、大身の奥もじと呼《よば》る事、これ併《しかし》ながら自分の発明《はつめい》故とはいへども、全《まつた》く忠孝《ちうかう》の二つをそなへ、道を正しくせし故《ゆへ》なり。

かくて権之進は入道して問学法師《ぶんがくほうし》と名乗《なの》り、諸国行脚《しよこくあんぎや》して江戸へ立もどり、以前おゆみを頼みたる者の方へ来りて様子《やうす》を聞けば、段々と御出世故《しゆつせゆへ》我等までも仕合仕《つかまつ》るよし委《くわし》く咄《はな》すにぞ、問学《ぶんがく》も共に喜《よろこ》び、今は我身も浮世《うきよ》に露《つゆ》ばかりも心懸《がか》りなく、専《もつぱ》ら後世《ごせ》一筋《すじ》にかかり、本庄辺《じやうへん》なる去寺《さるてら》へ這《は》入《い》り、常念仏《じやうねんぶつ》をつとめ行《おこな》ひ済《すま》して有りけるが、或《ある》日お弓が実《じつ》の母お鳴、この寺《てら》へ参詣《さんけい》して問学《ぶんがく》と目《め》と目見合せければ、問学もはつとおもひ、さしうつむきけるにぞ、

「弥《いよいよ》権之進入道《にうどう》なり」とおもひ、むかしのことを思ひ出し、憎《にく》さはいやましけれど、かくさまを替《かへ》たる事の不審《いぶかし》く、猶又娘お弓が行衛《ゆくゑ》聞きたく。さすが恩愛《おんあい》にてしきりに心元なく、門前《もんぜん》なる茶屋《ちやや》の二階《かい》をかりて人を遣し、

「夫《それ》におわするは権之《ごんの》進入道《しんにうどう》殿と見請《うけ》たり。わらは事御見忘《わす》れは有るまじ。ちよつと御目に懸《かか》りたき事候ふ間、これまで御出下されよ」

と云はせければ、問学《ぶんがく》も止《や》むことを得《ゑ》ずして面談《めんだん》に及びけるが、今ははや自分も悟道《ごどう》して浮世《うきよ》の事夢《ゆめ》のごとくにおもふ境界《きやうがい》なれば、過ぎしこと共残《のこ》らず語《かた》り聞かせ、

「これ故にこそ我等も発心《ほつしん》したり。誠《まこと》に仏種従縁起《ぶつしゆぢうゑんぎ》と申し候ふ。御身やお弓どのの影《かげ》にて我身後世《ごせ》の一大事《だいじ》をもとめて、これ程忝く嬉《うれ》しき事は候わず」

と云へば、お鳴は初《はじ》めてお弓が身を捨《すて》て我に替《かわ》りし志《こころざし》を聞き、大いに驚《おどろ》き又は恥《はぢ》入つて詞《ことば》もなくて有りけるが、夫《それ》より別《わか》れて帰り、夫新蔵《おつとしんぞう》の前へ出て、

「わらは覚悟《かくご》極《きわめ》たり。御手にかけられ下されよ」

と云ふにぞ新蔵おどろきて、だんだん子細《しさゐ》を尋《たづぬ》れば、自分《じぶん》の前かたの不義《ふぎ》を顕《あら》わに懺悔《さんげ》し、今日聞きたるおゆみが事残《のこ》らず咄《はな》し、

「かくまで孝行発明《かうかうはつめい》なる子を産《うみ》出せしこの母は、いかなればかく不身持《みもち》致せしや。今は悔《くや》みて帰らず。せめては御手にかかり候ふが申しわけなり」

と誠におもひ切つて云ふにぞ、新蔵落付きて、

「「伯夷淑世旧悪《はくいしゆくせいきうあく》をおもわず、恨《うら》みこれを用いて希《まれ》なり。過《すぎ》去りたることを正《ただ》すべからず。今汝が懺悔《さんげ》は過《あやまつ》て改《あらた》むるに憚《はばか》ることなかれ」と云へる処《ところ》なり。我も以前の汝《なんぢ》が不義《ぎ》は粗知《ほぼしり》たれども為《す》べき様なく、物の見事に両人を討《う》ちたるは、一たんは潔《いさぎよ》き様なれども、これ又闇《くらやみ》の恥《はぢ》をあかるみへ出す道理《どうり》にて、おしはれて世上の風聞《ふうぶん》に逢《あ》い、主君《しゆくん》の御名《みな》まで出すことなれば、返《かへ》つてたわけの沙《さ》汰《た》なり。又目をねむつてその方離別《りべつ》せば、討《う》ちし程に広《ひろ》く取沙汰は有るまじけれども、これ又不義せしに依て離別《さり》しと、諸親類《しよしんるい》一家中、今までは疑《うたが》ひて有りし者共も「さてこそ不義せしに違《ちが》ひなし」と専《もつぱ》ら曠《は》れての風聞《ふうぶん》に及び、知音近付《ちいんちかづ》きまでに恥《はぢ》をさらす道理なり。ここを押はかつて思案のほぞを噛《か》み、折を待ち時節をまちし処に、おもひもよらず娘が権之進と欠《か》け落《お》ち。こいつも母に似《に》て不届《とどき》者なり、いかなれば斯《かく》あさましき者ばかり妻子《さいし》と成りたるぞ、これ皆我身の業《ごう》なり不祥《ふしやう》なりと明《あき》らめたる内にも、権之進を払《はら》ひしは一つの悪縁《あくゑん》を以て今一つの悪縁を払ひたりとおもふて居

たり。然るにお弓は実《じつ》のいたづらにあらずして、親の為《ため》家の為にかくはからひしは、娘ながらもうゐやつなり、発明《はつめい》者なり。その 志《こころざし》故にこそ、左様なる目出度《めでたき》身分と成りたれ」

とて歓《よろこ》びければ、おなるは、

「さては今までのわらはが科《とが》を御ゆるされて下さりようや。先《ま》ず以て有難く候。左《さ》あらばとてものことに暇《いとま》を給り候へ。とてもこの身この姿《すがた》にては、人に顔《かほ》も合されず。尼《あま》と成つて娘《むすめ》が方へ尋《たづ》ね行《ゆ》き、身の懺悔《さんげ》をして親子の対面《たいめん》致したし」

と云へば、新蔵暫《しばら》く工夫《くふう》して、

「その方が心、左様に騒敷《さわがしく》やるせなきは常《つね》の癖《くせ》なり。あからさまに娘が方にて身の懺悔《さんげ》をせば、我とその方ばかりの恥《はぢ》にあらず、娘にも恥をあたゆる道理なり。よくよくここの程を心得に、たとひ尋ね行きたりとも、さんげせんことは無用なり」

と云へば、

「去ばこそいとまをたまわり候へと願《ねが》ひ候ふなり。我身の事を云はずしては、何とて娘に逢《あわ》るべき。先には舅 姑《しうとしうとめ》も有るよし、何故に親子今迄引わかれて有りたるや、さてはお弓がよくよくの不孝《ふかう》者か、但しは不義いたづらでもして逃《に》げ走《はし》りたる者ならんと疑《うたが》ひ立つは治定《ぢぢやう》なり。可愛《かあい》そうに、みさほ正《ただ》しく孝行《かうかう》なる娘を一生連《しやうつ》れ添《そ》ふ男にもあしくおもわせ、舅姑にも疎みおもわするこそ、かゑすがゑすも不便《ふびん》なり。去《さ》るに依つてわらは暇《いとま》を取り、尼《あま》に成つてあからさまに身の懺悔して逢なば、娘が孝行なる程をもあの方にしり、さて又縁《あん》きり給へば、尚更《なをさら》御身の恥《はぢ》にも成るまじきと存ずるなり。是非《ぜひ》是非この願《ねが》ひかなへて給り候へ」

と達《た》つて云へば、新蔵も是非なく、

「左《さ》ほどにおもひつめし事ならば我も所存《しよぞん》あり。しばらく待ち候へ」

とてなだめ置《お》き、元より先達《だつ》て養子《よふし》を致し置きぬるに付き家督《かとく》をゆづり、自身《じしん》も老衰多病《らうすいたびやう》を云ひ立て隠居《いんきよ》の願ひかなひ、夫婦諸《もろ》共菩提所《ぼだいじよ》へ行《ゆき》て剃髪《ていはつ》し、深川《ふかがは》に柴《しば》の扉《とぼそ》をむすびつつ、

「今こそその方が心次第に致せよ」

とゆるしてお弓が方へ遣しけるは、一つは我身も音信《おとづれ》を聞きたく、無事なる顔をも見たき故、悪《あ》しき子でさへ年経《としへ》ぬれば床《ゆか》しく逢《あ》いたく思ふは親のならい、まして発明孝行なる娘なれば、かくおもふも尤《もつと》も至極《しごく》なり。

妻《つま》は嬉《うれ》しくその儘《まま》下女下男各《おのおの》一人つれてお弓が方へ尋《たづ》ね行き、案内乞《あんないこふ》て、

「これなる嫁御寮《よめごりやう》の母にて候ふ。子細《しさゐ》有つてただ今まで通路《つうろう》致さず候へども、床《ゆか》しさなつかしさままこの度尋ね参り候ふ。何卒《なにとぞ》一目逢ひましたく候ふ」

と云ひ入れければ、取次の者その意得ずはおもへども、さのみ賤《いや》しき人とも見へねば麁相《そさう》も云はれず、

「その段申し通《つうぜ》ん」

とて奥へ這《はい》入り、腰元《こしもと》を以《もつ》て云ひ通ずるにぞ、お弓がおどろき、

「扨《さて》は我が行衛《ゆくゑ》を尋ねて母の来り給ひしや」

と飛《と》び立つごとく嬉しく、一間なる所へ招《せう》じ入れて早速《さつそく》出逢《あ》いけるが、絶《たへ》て久《ひさ》しき対面《たいめん》、盲亀《もうき》の浮《ふ》木《ぼく》にて、挨拶《あいさつ》さへろくろくにならぬくらい、互《たが》いの涙《なみだ》に顔《かほ》さへ見とどめられぬ時宜《じぎ》、誠《まこと》に女の情《じやう》はかく有るべき事なり。互に云ひたき尋《たづ》ねたき事共海山《うみやま》なれども、更に口へ出でず、たださしうつむきて鼻《はな》かむばかりなりけるが、暫《しばら》く有つて後《ご》、漸《やう》々母が発言《はつごん》して、

「御身が事、権之進入道《にうどう》に得《とく》と聞きたり。さてさておどろき入りたる孝行、兎《と》にも角《かく》にも恥《はつ》かしく面目《めんぼく》なきは我身ひとり。依《よ》つて懺悔《さんげ》には十罪《じうざゐ》を滅《めつ》すと云へば、有りのままにつれあひ新蔵殿へ懺悔して、斯《かく》さまをも替《か》へたり。今はむかしの不埒《ふらち》なる姿《すがた》をば打《う》ち捨《す》てぬれば、これにめんじて母とおもふて給われ」

と泣《な》きしみづきて語《かた》りければ、

「こは勿体《もつたい》なき仰せにて候。親《をや》を捨て家出せし不孝者の科人《とが》は、みづからにて候ふ。その科を御ゆるされて御尋《たづね》下されたる有りがたさ、父上にもこの上は御侘《わび》申して、御きげん能《よ》きお皃《かほ》見まゐらせん」

とよろこびいさめば、

「夫《それ》はやすき事なり。元より誤《あやま》りなき御身が事、何とて否《いな》と申さるべき。去《さり》ながらわが身今日来りたるは、御身が連合《つれあ》ひ又は舅御《しうとご》、如何《いか》なる訳《わけ》にて今まで通路《つうろ》なきやと不審《しん》し給はんは必定《ひつぢやう》なれば、我身有りのままに昔《むかし》を懺悔《さんげ》して、御身も賤《いや》しき町人風情《ふぜい》の娘ならぬ訳《わけ》をもしらせたく、一つはなつかしさ顔《かほ》が見たさ、この上共に末長《すへなが》ふ親子の対面《たいめん》したさのままなれば、この訳をここ元親子の人々へ通じてたまわれ。対面の上にてあからさまにさんげせん」

と云へば、おゆみ、

「それは存じもよらぬ事にて候ふ。御身の恥を顕《あらわ》して、わが身どの顔にてしうと夫《おっと》に逢《あ》いまいらせんや。かならずその事は露程《つゆほど》ものたまふまじ。今まで通路《つうろ》なき事は、みづからがいか様にも申すべし。少しも苦《くる》しからず。必々御身の懺悔《ざんげ》は御無用。若千《もしせん》に一つもその事をのたまはば、みづから身を捨て申すべし。私《わたくし》を不便《ふびん》に思し召し、末《すへ》長ふ逢はせ給はんと思し召さば、決《けつ》して御無用なり」

と堅《かた》く口を止《と》め、さて夫《それ》より奥に入りて、舅夫の前に出、

「ただ今までは包《つつ》み隠《かく》し候へども、私《わたくし》実《じつ》の親は何の守様《かみさま》の御家中にて、物部《もののべ》新蔵と申し候ふ。恥かしき事に御座候ふが、私若気《わかげ》の至《いた》りに跡先《あとさき》の分別なく、不身持《みもち》致せしに付き、勘気《かんき》をうけてただ今まで通路《つうろ》致さず候ふ。然るに今日母が尋《たづ》ね参り、右の勘気をゆるし候ふ。これに依て御立《りう》所ながら御逢なされて下さらば有がたく候ふ」

と、我身に恥を引き受けて云ひけるは、これ全《まつた》く子は父の為《ため》にかくす、直《なを》き事その中にありと孔子《こうし》ののたまへる所に自然《しぜん》と附合《ふがう》せり。舅将監《しうとしやうげん》聞きて、

「尤《もつと》も若気の不思案《しあん》はだれしも有るまじき事ならず。先はその方賤《いや》しき町人の姓《うぢ》かと残念《ざんねん》におもひしに、急度《きつと》した親元を聞きてよろこび申すなり」

と云はるれば、辰十郎も喜《よろこ》んで早速《さつそく》親子対面《たいめん》におよび、目出度《めでたき》事に成り行きけり。されどお弓が不身持《みも》ちせしと云ふ事、辰十郎ひとりは誠《まこと》にせず、

「こればかりは偽《いつわ》りならん」

と、その後度々根《ね》を押《お》して問《と》ひけるは、何ぞ心に覚《おぼ》へ有っての事なるべし。

さて又お弓は権之進入道の当地に立ち帰りたることを聞きし故、種《しゆ》々送《をく》り物をせしかど、更に一種《しゆ》も請《う》けず。これ又おもしろき法師《ほうし》と成りたり。それより後は新蔵入道方へも問学《ぶんがく》出入りして、さながら渡《わた》る盛任《もりとう》が世を捨《すて》し体《てい》。新蔵法師は了源《りやうげん》と改名《かいめい》して、さる寺の濡仏《ぬれほとけ》を建立《こんりう》し、権之進入道問《ぶん》学《がく》は荒果《あれは》てたる寺を再興《さゐこう》して、おびただしく紅葉《もみぢ》を植《う》へ、諸人《しよにん》の足《あし》をとどめて今現《げん》に繁昌《はんじやう》せり。誠《まこと》に高雄《たかを》文学《もんがく》俊《しゆん》 乗《じやう》坊《ぼう》重源《てうげん》のむかし語《がた》りにおもひ合されて、これ又珍《めづ》らしきことどもなり。

当世操車巻之五大尾

清涼井蘇来集

明和三戌春

書林　八丁堀岡崎町
門田庄兵衛
日本橋通弐丁目
竹川藤兵衛
馬喰丁壱丁目横丁
彫工　町田平七

解説

井上泰至・木越秀子・紅林健志・郷津正・宍戸道子

解説

蘇来の怪談

忠義の武士には一人娘しかいなかった。男子のみが家系を継げる武家の社会では、婿養子を迎えるほかない。父も相手は決めていたが、相手の家は罪を被り逼塞、その渦中に父もこの世を去った。娘は評判の美人で、悪人の権力者も目をつける。さてこの娘の運命やいかに。ところが、ここで物語はやおら怪談の色を帯びる。

……故勘解由《こかげゆ》が墓《はか》は自分《じぶん》の屋敷《やしき》の裏広《うらひろ》くして其《そ》の隅《すみ》の方《かた》に築《つ》き置《おき》たり。しかるに此墓より毎夜深更《しんかう》に及びて勘解由が亡霊《ぼうれい》出て泣《な》きわめき、おもやの方にあゆみ行くと云ふ風聞して、専ら一家中の取沙汰となりぬ。源藤次は彼《か》の遺恨《いこん》にいよいよ高上《かうしやう》にとりなし、主君《しゆくん》の御耳《おんみみ》にまで達《たつ》したり。

娘は泣きわめく父の亡霊の登場を、慄いたり悲しんだりせず、家の不名誉と悔しがり、女ながらに幽霊の正体を確認しようとする。娘に似合わぬこの男性性が、物語のカタルシスを支えるキャラクター設定であった。

……其の夜ひそかに大裏《うら》へ出てうかがふに、実《げ》にや人の云ふにたがはず、丑満《うしみつ》過る頃かの墓《はか》とおぼしきあたり、青《あを》き火ほのかにもへて、物のあいろは見へねども、正しく人の泣《な》く声《こゑ》聞ゆ。おそろしさも忘れて悲しく口惜《くちお》しくしばらくたたずみ居るに、こなたへむけて来るにぞ。もの陰《かげ》に身をかくしてうかがへば、おもやの縁《えん》の下に入りぬ。

怪異を見ても、娘は動じない。父の亡霊がこの世に思いを残して現れるのなら、まず自分に姿を見せるはずだし、そもそも父は迷い出て泣きわめくような人ではなかった。これは、女主である自分を侮った妖異の仕業に違いないと、冷静に判断、むしろ妖異の退治を志す。翌日の夜、待ち構えた娘は、青白い陰火と共に出現した、泣きわめく亡霊に弓を射かける。

……「すわや」と声《こゑ》をあげ、「あやしき物を射《い》とめたり。人々おり合い給へよ」と細《ほそ》き声ながらがんばつてよく響けば、家内《かない》は勿論《もちろん》、隣家《りんか》の人々おどろきあわて、提灯《てうちん》・松明《たいまつ》ともしつれてぞ入《い》り来る。先《ま》づおりうが体《てい》を見るに、振袖《ふりそで》のうへにたすきをかけ、帯高《おびたか》く裾《すそ》みじかにしやんと結《むす》びあげ、白き細帯《ほそおび》にて鉢巻《はちまき》し、弓箭《ゆみや》たづさへ立ちたる風情《ふぜい》、柳《やなぎ》の腰《こし》のたよたよと、誠《まこと》に優《ゆう》にやさしきとはこれをや云ふべし。さて彼の妖怪《ばけもの》を見るに、数《す》百年経たる古狸《ふるだぬき》の五六尺ばかりなるが、胴腹《どうばら》をぐすと射つらぬかれてうごめき居たる……

水際だった娘の、凛々しくも美しい姿の描写には、講談口調の効果がうかがえる。妖異退治の評判は、殿様の耳にも届き、召し出されて、悪人との縁談を持ちかけられると、娘は決然と先に約束した婚約者を紹介、家を再興し、悪人はその後讒言が露顕するという結末に至る。

本書に収められた作品の中で、唯一怪談噺が正面に据えられた『今昔雑冥談』の冒頭話である。善なる女主人公の危機を、怪異退治譚を経て、家の再興というハッピイエンドで結ぶ話の展開、女ながらに男勝りの性格設定の「意外性」や健康的な色気などは、近代の時代劇にも通じる「通俗」性を指摘したくなるかもしれない。「怪異」を通して人間存在を結果的に問うた「文学」としての『雨月物語』を知ってしまっている我々から見れば、それは致し方のないことではある。

蘇来作品の語り口

江戸中期の怪談「小説」の最高峰に『雨月物語』が位置することは、否定しようのない事実であり、それは芥川龍之介・谷崎潤一郎・佐藤春夫・三島由紀夫ら、錚々たる近代作家たちが、「小説」としてこれを発見したからであった。しかし、それは近代の「小説」に最も近い世界を探索した結果の「発見」でしかない。この巻に収められた清涼井蘇来の作品群は、近代の「小説」という観点から見れば、確かに『雨月物語』には及ばないものと言えよう。しかし、その高度な達成が作者上田秋成の天才による部分が多いのだとすれば、江戸中期に多くの人々が「説話」から脱したやや長い「物語」を生み出し、読者もこれらを繰り返し楽しんだという事情とは、別の問題であることが見えてくる。

なるほど『雨月物語』は「花」であるが、「土」なしに「花」は咲かない。娯楽、特に大衆への娯楽という観点から見た時、本巻に収められた物語は、近代小説につながるものとは別の「可能性」を示すものだった。

本巻では、実験的試みの多い、錯綜した江戸中期の小説史のなかで、そうした「可能性」の輝きを最も持っていると評されてきた清涼井蘇来の作品四点を初めて全文翻刻する。[1]四点のうち、いわゆる今日でいう「怪奇小説」に当たる「奇談」に分類できるのは、後に『怪異夜話』と改題されて再度出版された、この『今昔雑冥談』だけであって、他は実録風の、「史書雑文の知識なくして鑑賞できる」「道理や人情を尽くす対話の多い小説文体[2]」であるが、この両面を細かく分類・対比するより、この作家の雑多な面と、通俗的ではあるが巧みな話の運びと文体に光を当てる時こそ、その「可能性」はより明らかになるものと思う。

以下、清涼井蘇来の仕事について、その概要を述べてみよう。

清涼井の書いた読み物は、刊行順に『古実今物語』(宝暦十一年〈一七六一〉)『今昔雑冥談』(宝暦十三年〈一七六三〉)『後篇古実今物語』(明和二年〈一七六五〉)『当世操車』(明和三年〈一七六六〉)の四点であるから[3]、その活躍期は六年に過ぎない。伝記の全くわかっていないこの作家を語る上での資料は、この残された四点が全てということになるが、何といっても、最初の『古実今物語』の成功が大きかったのだろう。書誌の項で触れるように版を変えて何度も刊行され[4]、続編『後篇古実今物語』も出され、安永十年(一七八一)正月には浄瑠璃(江戸肥前座「むかし唄今物語」、大原和水・双木千竹作)にもかけられている。この作品は三話からなる。いずれも冒頭において童唄の故事付の由緒を語る趣向で統一しているが、まずは成功の契機となったはずの、第一話の魅力を分析しておこう。

物語の発端は、読者の同情を買う主人公の危機、あるいは危機の清算の先延ばしにある。奥州伊出家に仕える忠義の武士である、松前長兵衛は、男ぶりもよく人柄・器量に優れた人物である。主君の命で禁野に雉を狩りに行った折、薬草を採取していた医師・笹藪意安を鉄砲で誤射し、殺してしまう。ここで長兵衛は一旦自首を考えるが、主君への忠功を立て、老母が身罷るまでは生きて孝行し、その務めを果たした後意安の遺族に自ら討たれようと思い直す。長兵衛は忠義の志を成すと同時に、自らの罪を清算して死ななければならない。読者は、忠義の士長兵衛に活躍してほしい一方で、その結果の彼の死は望ましくないというジレンマに直面することになる。

作者が長兵衛に用意した試練はそれだけではない。意安の遺族の生活を心配した長兵衛は、たびたびこれを訪ね、何くれとなく相談に乗るうち、娘お松に恋していると誤解されて、結果これを妻とする。長兵衛の心の中では、自らが殺してしまった家の大黒柱役を、代わってつとめるという「名分」があるにはあるが、仇敵との交情は江戸時代の通念からして、最悪の不道徳であるから、長兵衛は決してお松を抱こうとしない。夫婦になったお松は、それを知るよしもなく、二年経っても神仏に願を立てていると偽って指一本自分に触

れようとしない長兵衛を慕い、

「いまだ願望《ぐわんもう》は満《み》て候わずや。精進《しやうじん》にも中落《なかお》ちと申すこと候ふぞや」

と、純情を以てかき口説く。

こうした筆の運びにうかがえる蘇来の語り口の特徴とは、読者を宙づりにする主人公の危機や不安を設定し、興味を引き付ける一方で、情話のような甘い話を入れて読者の緊張感をほぐすものであった。以下、笑いを誘うロマンス的要素の後には、大蛇退治の大功を長兵衛がたてる「怪談」的要素、さらには、お松の母に討たれる用意ができたにもかかわらず、主君の急な呼び出しで長兵衛が出かけた隙に、恩義を感じる兄弟分の民五郎がわざと代わりに討たれる、浄瑠璃調のどんでん返しなど、新手の話が次々と繰り出されて行く。

辛いものの後に甘いものを出すように、読者の気持ちを飽きさせない。サスペンスを主筋に、脇筋を違うトーンの話で彩る方法と言い換えてもいい。これは実録物・舌耕芸といった、大衆相手の口演を行う娯楽文芸の本質でもある。江戸期に形成されたこの手の読み物を少し紐解けば、類例はいくらも拾える。また、蘇来の話の運びがそのようなものであると気づいてみれば、その会話の精彩も当然だ、ということに思い至る。

さらに、蘇来作品の本質的な特色は、善なる主人公が重い試練を課されるも、その真摯な努力・善行によって、結局はハッピイエンドとなる、その安定した世界観にある。第一話の後段は、家老横田内記の甥横田伴助が、内記の一人娘お村に横恋慕し、内記殺害の悪行に至る。対する長兵衛は、伴助を捕え、君命により横田家を相続、お松・お村の双方に情けを掛けよとの仰せを受ける結びとなる。一夫多妻が通念であった江戸の社会において、この結末は、長兵衛がその善心・志・徳行・武勇によって、家を興した「幸福」の結末ということになるが、こうした展開・結末こそ浄瑠璃のお家騒動物や、歌舞伎・中本・人情本の定型であった。読者は安心してその世界観に身を委ねればよいわけだが、蘇来の作品は小説史の中では、そのかなり早い例であることが、文学史上重要なのである。

末期の浮世草子が解体してゆくこの時期、新たな「定型」を求める時代がやってきていたわけだが、蘇来作品は、いわばその「定型」を小説に持ち込んだ源流として位置づけられよう。その成功によってか、二年後に『後篇古実今物語』が同じ竹川藤兵衛から刊行されることになる。手毬唄の故事付由緒譚である点も同じで、お馴染みの牛若丸・浄瑠璃姫・熊鷹鬼五郎らの物語を使って長編を仕組んだ点が、新味であった。

ヒーローからヒロインへ

同じ竹川藤兵衛から出た『当世操車』は、この作者の最後の作品である。タイトルにもある「操」、すなわち各話のヒロインの「貞節」と、そこに込められた一途な思いが核となっている。それは家を背負った夫への愛（巻一〜三）や、親を思い家の存続をねがうもので、やがて幸運を得て出自の家より階級上昇する縁を持ち、ヒロインの周囲にいた「悪」は改心したりする（巻四・五）。ヒロインは、浮世草子の気質物の流れを受けて並々ならぬ頑張りを見せつつ、一計を案じたりして、危機を乗り越え、困難を解決し、家や絆の保持・回復・上昇という「幸せ」を得て、一編は幕を閉じるというのが、この作品に収められた各話の、物語世界を為す論理であり、機構である。新機軸は、デビュー作が男主人公だったのに比して、それを女主人公に転じたところだろう。人気作であったことは、今日残る本の多さからも知れる。

こうした物語の展開を、「家」という江戸の社会構成の基本倫理の側に与する、「教訓」を展開する大衆作家の方法として低く見ることは、今日の目から見てたやすい。確かに、そのような通俗的教訓・倫理は、冷静な判断と強い力で世の中を動かす厳しい現実世界を忘れさせ、その微温的な心地よさで読者を麻痺させるという意味では、批判・嘲笑の対象になる。しかし、大衆とは個々に弱き存在であり、通俗的倫理はそうした人々に匿名・集団で崇拝される、一種の宗教に似たものであると気づけば、大衆的文学がこれを重要な資源とすることは、文学が商品である限りなくならないことがわかる。

人間は、金銭や法律といった一種非情な、強者の論理とも言える合理性だけでは生きられない場合が多く、そうした多くの人の心の弱さを受け入れ保障するような「信頼」「絆」といった宗教にも似た言葉が、今も人の心を捉えて離さない魅力を持ち続けている現状を想起すればいい。むしろ、こうした江戸中後期の小説に多く見られる、小説の娯楽的機能を持つ倫理性が、本作に明確に見てとれることの方が、考えるべき問題だろう。(5)

この作者の本質が、おそらくは講釈の経験から得た、津田眞弓の言う「甘口の教訓」、即ち「時に人たる道が受け手の感情の起伏を増幅して心に深く感動を刻み、あるいはまた体に染みこんだ正しさは繰り返し認知するに足る安心感や快感をもたらす(6)」、小説の秘薬にあることを示すものなのだろう。江戸後期には演劇・講釈といった芸能にも小説にも共通して見られるこのメロドラマ的要素が、小説に見えるかなり早い例として、記憶にとどめておいた方がいいのかもしれない。事実、本作の巻三は山東京山の合巻『教草女房形気』(三世歌川豊国画、初編弘化三年刊)に再利用されているのである。(7)

さらに、近年では、ロングセラーであった『古実今物語』『当世操車』が人情本化して出版されたり、写本もの人情本として享受されていたことも報告されている。(8)このように「可能性」に満ちた蘇来の語りには早く世に出過ぎた面もあった。

（井上泰至）

（1）水谷不倒『選択古書解題』(『水谷不倒著作集』第七巻、中央公論社、一九七四)、中村幸彦『近世小説史』(『中村幸彦著述集』第四巻、中央公論社、一九八七)、浜田啓介「古実今物語」(『日本古典文学大辞典』岩波書店、一九八四)。

（2）中村幸彦『近世小説史』「第6章　初期読本の作家達」(前注参照)

（3）作品の成立時期については、樫澤葉子「清涼井蘇来の著作をめぐって」（「雅俗」三、一九九六）に詳しい。
（4）天理図書館綿屋文庫に、安永四年「狗井庵」の書写による「清涼井木公」の自序を冠した『芭蕉翁句解三百吟』なる一書がある。内容は、芭蕉句の典拠を西行歌引用句七十、その他の和歌引用句八十、「諸説」引用句百、漢詩文引用句五十に分類して示したもので、これ自体、芭蕉受容の階層分化を示す興味深い資料だが、木公と蘇来を同一人物とする決め手を得ることはできなかった。
（5）井上泰至「「いき」の行方」（『恋愛小説の誕生　ロマンス・消費・いき』笠間書院、二〇〇九）
（6）津田眞弓「教訓――甘口の教訓という娯楽」（「江戸文学」三四、二〇〇六）
（7）内田保廣「「不才」の作家」（水野稔編『近世文学論叢』明治書院、一九九二）
（8）鈴木圭一「写本『古実今物語』・『当世操車』考」（『中本研究』笠間書院、二〇一七）

○『古実今物語』書誌

所蔵者　東京大学国語国文学研究室
体裁　袋綴　半紙本五巻六冊（各巻一冊、巻三のみ上下二冊）
表紙　紺無地　縦二二・五cm×横十七・〇cm
題簽　四周単辺子持枠。各巻左肩に「童唄／古実今物語　長之始一（長之末二、絹之始三ノ上、絹之末三ノ下、仙之始四、仙之末五）」。
本文　匡郭　有枠四周単辺　縦一八・八cm×横一三・四cm　一〇行
板心　古実今物語一巻（～五巻）。なお、書名の読みは、内題に「童唄古実今物語《わらべうたこじついまものがたり》」とあるのによるべきだろう。
挿絵　各冊一丁（底本の残存状況に鑑み、新潟県胎内市黒川地区公民館本を使用した）
序文　末尾に「清涼井」と署名があって、「蘇来」の印記。

諸本と刊記　諸本については、前頁注（3）樫澤論文に詳しい。初印の刊記は、「宝暦十一年辛巳正月吉日／東都書肆／松屋庄吉／竹川藤兵衛」（中村幸彦本・酒田市立光丘図書館本など）、再板本の刊記は、「宝暦十一年辛巳正月吉日／安永八年己亥正月再版／筆者　禾山鼎峨／東都書肆／松屋庄吉／竹川藤兵衛」、さらに後の印として「享和二年壬戌九月／江都／石綿佐助／天満屋喜平」。さらに、「文化元歳甲子七月求版／書林　東都／日本橋通四丁目／上総屋忠助」の刊記を有する求版本（国文学研究資料館本）がある。

安永本の巻末には筆耕者の禾山鼎峨の名があるように、字配りは初版と同じながら、仮名の字母が一部変更され、フリガナを追加した部分もある別版である。挿絵も巻五の画中に「画工北川豊章画」とあるように、喜多川歌麿のものである。ただしその構図や詞書は初版のものを踏襲している。

享和本も字配りは初版とは同じながら、巻一と巻四の各巻末が異なっており、初版および安永再版本で一～二行はみだしているところを、字を詰めて処理している別版であるが、挿絵の図柄は初版と同じ。文化の求版本は、享和本の刊記を改めただけである。

（木越秀子・井上泰至）

○『今昔雑冥談』書誌
所蔵者　東京大学総合図書館
体裁　袋綴　半紙本五巻五冊合一冊
表紙　改装縹色無地表紙　縦二二・二cm×横一四・六cm
題簽　左肩後補四周単辺子持枠。題簽（書）に墨書「今□雑冥談」。
内題　今昔雑冥談巻之一（～五止）

序　宝暦十三癸未春／東武清涼井蘇来

本文　匡郭　四周単辺　縦一七・七㎝×横一二・八㎝　本文一〇行

挿絵　各巻二丁　二〇面（東大本は虫損など残存状況が悪く、関西大学図書館中村幸彦旧蔵本『怪異夜話』のものを使用した）

諸本と刊記　「宝暦十三癸未年／正月元旦／日本橋通三丁目／吉文字屋次郎兵衛／八丁堀岡崎町／万屋庄兵衛」

本書には『怪異夜話』なる改題本がある。中村幸彦旧蔵本によれば刊記は、「天明三癸卯秋／東都書肆／前川六左衛門」とあり、『割印帳』の天明三年正月の項に本書を挙げて「板元売り出し　前川六左衛門」とあるのと符合する。改題本は他に国立国会図書館に所蔵が確認されている。今回底本とした東大本『今昔雑冥談』と国会本との関係については、樫澤葉子前々頁注（3）論文にすでに指摘がある。それによれば国会本は、序題・各巻の内題を「怪異夜話」にし、序の年次・序者の前の「東武」の二字・尾題・総目録を削り、題簽は新たに「古今／奇説／怪異夜話　一（〜五）」を付した。

また今回、底本と中村幸彦本、国会本とを比較したところ、次のような異同が確認できた。

七〇丁オ六行目（巻五の二）「陰茎《いんきやう》」は、中村幸彦本、国会本では「へそ」に改められている。同話におけるその他の「陰茎」の語もすべて同様に改められている。卑猥な語の使用を憚ったものであろう。また底本における同話の挿絵には男性器のない男たちが描かれている。中村幸彦本では挿絵は底本のままだが、国会本では本文の変更に連動して男たちのへそが削られている。

七四丁ウ八行目（巻五の二）「はしらせ」は、中村幸彦本、国会本ともに「はくたらかせ」と改められている。「はたらかせ」と読めなくもないが、ほとんど字をなしておらず判読が難しい。卑猥な表現・語句が用いられていた箇所でもなく、入木の失敗であろうか。

加えて、中村幸彦本では第二巻の内題に「巻之三」とあるが、国会本では「巻之二」と修正されている。

また三八〇頁注（1）の水谷不倒『選択古書解題』に掲げられた安永版のものと思われる序文の影印をみると、「宝暦十三癸未春／東武清涼井蘇来述」とあり、中村幸彦本、国会本では削除されていた序の年次、「東武」の二字がある。それらの削除は天明三年の中村幸彦本に至って行われたようだ。

また改題の理由に関しては近藤瑞木の「改題本考」（『読本研究』第十集下、一九九六）、「怪談物読本の展開」（『西鶴と浮世草子研究』第二巻、二〇〇七）に指摘がある。それによれば、天明頃に改題された怪談系読本には「古今〇〇」や「〇〇夜話（野話）」などといった表題をもつものが多く、これは十八世紀中頃の翻案系怪談の流行に乗り、本来翻案物ではなかった作品においても翻案系怪談的な題に改めるようになったものとのことである。

〔典拠・類話〕

本作を主として取り上げた論文はまだ数少ない。作者・清涼井蘇来の伝記の解明や、典拠の捜索が今後の課題であろう。本解説では、『今昔雑冥談』所収の作品について、既に指摘されている典拠・類話について紹介しながら、適宜新たに典拠・類話を提示した。その中でいくつか昔話を典拠・類話として挙げた。『今昔雑冥談』の成立以前に、すでに当該の昔話を基にした作品が執筆されている可能性もある。だが、本作の最終話、巻五の二「河州松波氏、気より幽霊を設る事」の二話目、四十九陰吉右衛門の姓氏由来譚の末尾には、「此の事は近来名高き説法僧《せっぽうそう》〔現存なれば名を憚る〕の品川にて談《だん》ぜらるる所なり」と、最終話が説法僧によって伝えられた話であることが述べられている。他の作品についても口承によって伝えられたものがあるのではないか。さらなる典拠の博捜が求められるが、典拠の候補として昔話の類についても挙げた。

・巻一の一「渡辺勘解由が娘、幽霊を射留し事」

幽霊や仏の正体を狐狸と見抜き、それを射殺する話としては、『宇治拾遺物語』下・一「猟師仏を射る事」、平仮名本『因果物語』巻六の五「狐産婦の幽霊に妖たる事」、『宿直草』巻三の三「古狸を射る事」、『諸国百物語』巻五の八「狸廿五ぼさつの来迎をせし事」、『本朝二十不孝』巻四の四「本に其人の面影」があること、堤邦彦の『江戸の怪異譚』「怪異との共棲」[1]に指摘がある。堤はそこで「各章武勇の士による狐狸の怪の謎解きが行われる」と述べている。

本話の女主人公・渡辺勘解由の娘が、亡父の幽霊が現れるという墓を見ると、「かの墓とおぼしきあたり、青き火ほのかにもへて」と、墓に炎が灯っていたことが述べられているが、堤邦彦はここから本話に墓火済度のモチーフを読み取っている。[2]堤の論を略記すれば次のようになる。鈴木正三の唱道話材を集めた片仮名本『因果物語』上巻・巻十二「塚焼事付塚ヨリ火出ル事」をはじめとして、墓に灯る妖火を鎮める墓火済度をモチーフとした高僧伝は全国的に伝播していた。炎に形象化された執念の恐ろしさと、それを鎮める僧の禅定力を示すことを主眼とした墓火済度の説話は、仮名・浮世草子時代に至って、高僧伝的性格を失い、奇談文芸の一趣向となった。堤は宗教説話が趣向化していく流れのなかに本話を位置づけ、「墓火伝承のナゾ解きに少女の智勇をからめようとする奇談作者の文芸的意図」を読み取っている。

・巻一の二「野州の百姓次郎三郎妻、鬼に成る事」

本話の類話として『今昔物語集』巻二十四・第二十「人妻成悪霊除其害陰陽師語《ひとのめあくりやうとなりそのがいをのぞくおんやうじのこと》」が挙げられる。その梗概は次の通り。

長年連れ添った妻と離縁した男がおり、女は男を恨み歎き死んだ。女の死体は家の中に放置されていたが、死体から髪は落ちず骨は一続きになっていた。その様子を覗いた隣家の者はその異様な姿に恐れおののいた。元夫は遠く離れた所に住んでいたが、女の噂を聞き、殺されるに違いないと怯える。陰陽師に助けを求めると、「救う手立てはあるが、大変恐ろしい目にあうことになる。十分覚悟し我慢するように」と言われる。陰陽師と男は女の死体のある家に向かう。陰陽師はそこで男を死体の背に馬乗りにさせ、死体の髪をつかませる。陰陽師は呪文を唱え、自分が戻るまで決して髪を離さないようにと教え、その場を立ち去る。夜になると女の死体が動き出し、男を背に乗せたまま、男を探し京を走り回る。女に男は見えず、朝になると再び動かなくなった。陰陽師が戻ると再び呪文を唱え、「もう恐れることはない」と男に言う。

言辞においては『今昔雑冥談』所収の一話との一致は見いだせないが、次の場面は両話に共通する。隣家の者が死んだ妻の異様な姿を目撃し逃げ出す場面、また陰陽師が男を悪霊の「背ニ馬ニ乗ル様ニ乗セツ。然テ、其死人ノ髪ヲ強ク引カヘサセ、「努々《ゆめ》放ツ事ナカレ」」と、男を悪霊の背に馬乗りにさせ髪（『今昔雑冥談』では首筋）をつかませる場面は、『今昔雑冥談』所収の一話に近い。その他、

① 夫に離縁された女が恨みのあまり鬼（悪霊）となる。
② 僧（陰陽師）の術によって男の姿は鬼（悪霊）には見えなくなる。
③ 夜になると鬼（悪霊）が走り出す、朝になると鬼（悪霊）は動かなくなり、成仏する。

というあたりが類似する。

『今昔雑冥談』の話は鬼に姿を見えなくさせる方法として呪文ではなく、『曽呂利物語』巻四の九「耳切れうん市の事」、『諸国百物語』巻一の八「後妻うちのこと、付《タリ》法華経の功力」にみえるような、経文を体中に書くという方法を取り入れ、陰陽師ではなく源翁和尚を登場させている。

また本話について水谷不倒は『選択古書解題』のなかで、「嫉妬深い女房が鬼となる『解脱物語』に類する話」と述べているが、たしかに男が田畑や財産目的で女の聟となるという設定などについては『死霊解脱物語聞書』と近似するか。

・巻二の一「都の隠士、怪佐に逢ふ事」

本話の主人公・蘭秀が妻と娘の夢の中に入り込み、娘の首が落ちる所を目撃する。家に帰ると間もなく娘は病死する。娘の首の肉は腐りかけており、まるで首が落ちているようだった。この夢中怪異談的趣向については、類話として『伽婢子』巻六の六「死〻難先兆」が挙げられる。その梗概を述べれば次のようになる。

細川勝元の家来・磯谷甚七の妻が、太刀を持った男が夫の首を持って自分の家から走り出ていく所を目撃する。家に入ると夫は寝ており、起こしてみると、妻が目撃したものと同じ光景を夫は夢で見ていた。その月の末に、磯谷は主家の罪をなすりつけられ斬首される。近親者の見ている夢と同じ光景を現実のものとして目撃する。近親者の死に様が、首が落ちる（持ち去られる）という形で暗示されている点、本話と類似するか。

・巻二の二「岩丸氏、魔所に入る事」

侍とその従者が鬼に襲われる。従者は殺されその死骸が木の上にかけられる一方、主人の侍は刀剣の威徳のために助かる、という本話の趣向については、類話の一つとして『諸国百物語』巻二の一一「熊野にて百姓わが女ぼうを変化にとられし事」が挙げられる。『諸国百物語』所収の一話の梗概を挙げれば次のようになる。

百姓が妻を連れ、とある堂の中で一夜を明かす。女が一人現れ妻を連れ去る。百姓が妻を探すと妻の体は二つに裂かれ、木の上に掛けられていた。そこに男が一人来て、「腰の大小をくれれば妻を木からおろしてやる」という。刀だけを男に渡すと、男は木に登り妻の死体を喰う。辺りの者に尋ねるとこの堂は女人結界の堂であった。百姓の差した脇差は三条小鍛治の打った名物であった。

従者の死体が木にかけられ、主人の方は刀剣の威徳のために助かるという点、『今昔雑冥談』所収の話に近い。

・巻三の一「悪源太義平邪神退治の事」

本話の主人公である悪源太義平とは源義平のこと。源義平は源義朝の長男。『平治物語』では、義平は六波羅合戦に敗れた後、募兵のため甲斐・信濃方面に向かい、その途中飛驒国で義朝討ち死の報を聞いたとある。

岐阜県下呂市には義平が腰掛けたとされる掛松が伝わるなど、義平にまつわる伝承は多い。[3]また同地にある祖師野神社境内の岩屋岩蔭遺跡には、巨石でできた洞窟がある。そこには祖師野の宮で人身御供の娘の身代わりとなった悪源太義平が、この岩屋で狒々を追い詰めついに仕留めたので、村民は喜んでこの地に妙見様を祀ったという伝説が残っている（岐阜県神社庁HP、岐阜県教育委員会HP）。

本話は猿神退治譚の話型をもつ。猿神退治譚は全国各地に伝播しているが、例えば島根県江津市には次のような昔話が伝わる。『日本昔話通観』[4]から引用する。

一人の武士が修行してある村に着くと、村人がみな泣いているので、わけをきくと、「氏神の祭に人身御供をしないと作物ができない。今年の御供は庄屋の娘に当たっているので悲しんでいるのだ」と言う。武士は、「正体を見届ける」と、箱を用意させて入り、娘の代わりに神前に置いてもらう。夜中大きな音がして箱の蓋を取ろうとしたので、武士が刀で切りつけると、怪物は悲鳴をあげて逃げる。翌朝、村人が来て、血の跡をつけて行くと、岩穴に狒々が寝ており、みんなでそれを殺す。それからは作物もよくでき楽な村になった。

猿神退治の勇者を岩見重太郎にするものは全国的に多く、その他、平家の落人（京都府船井郡京丹波町大迫）、日本武尊（埼玉県戸田市下笹目）などにするものもある。猿神退治の後、生贄になるはずであった娘の聟になるもの（島根県安来市、広島県新見市など）や、狒々が現れる予兆として山の方から雷鳴が聞こえるもの（鳥取県倉吉市上小鴨広瀬、広島県庄原市）もある。

また猿神退治譚は『今昔物語集』巻二十六・七「美作国神《みまさかのくにのかみ》、依猟師謀止生贄語《れふしのはかりごとによりていけにへをとどむること》」、同巻・八「飛驒国猿神《ひだのくにのさるがみ》、止生贄語《いけにへをとどむること》」、『宇治拾遺物語』「吾妻人、生贄《いけにへ》をとどむる事」にもあり、美作・飛驒地方には古くから猿神退治の話が伝わっていたものとみえる。本話の典拠と思われる祖師野神社の伝説は、同地に古くから伝わる猿神退治譚に、義平伝説が混ぜ合わさって成立したものだろう。

・巻四の一「狐の食を取て害にあふ事」

本話において主人公の太次平は狐の捕った雉を横取りしたことを契機として、三度狐に騙される。

① 夭折した隣家の子どもの死体を狐が墓から掘り出し、太次平はそれを兎と思い食う。

② ある日狐が現れ、仲間が迷惑をかけたお詫びに、結納が行われる大百姓の家に行って、そこの御馳走を共に騙し取ろう、という話を太次平にもちかける。そこで太次平は狐の妖術を借りて宰領に化け、大百姓の接待を受ける。太次平は主人に風呂を勧められて入るが、実はそれは肥溜めであった。

③ 娘に化けた狐を捕えそこなう。後から来た娘こそ狐と思い捕え、正体を暴こうと火であぶろうとするが、それは本物の娘であった。

それぞれの詐欺談は地方に伝わる昔話・怪談のなかに類話が見いだせる。①の嬰児の死肉を食わされる話は、滋賀県蒲生郡竜王町須恵に伝わる昔話のなかに類話が見いだせる。梗概を示せば次のようになる。

二人の猟師が兎撃ちに行くと三日続けて兎と間違えて狐を撃ってしまった。仲間を撃たれた狐は仕返しに兎に見せかけた人間の赤子の死体を猟師に撃たせた。猟師らはそれを食い、いつもと味が違うと不審に思っていると、裏から「うまいか。裏のまな板を見ろ」と声がする。裏のまな板を見るとぷつぷつと切られた人間の赤子の足がまな板の上にある。狐が墓から赤子の死体を持ち出し食わせたのだった。「えらい目にあった」と言って二人は猟師をやめた。

狐打ちの失敗型の狐詐欺談である。兎と見せかけられた嬰児の死肉を食う、その肉は狐が墓を暴いて手に入れたものであったという点、本話に共通する。

②の風呂と思って入ったものが実は肥溜めであったというのは、いわゆる風呂は肥溜め型の狐詐欺談である。この話は全国的にみられるが、中でも静岡県掛川市には次のような話が伝わっている。梗概を示す。

昔、さえもん五郎という人がいた。さえもん五郎の元に側の山に住んでいる狐がやってきて、「今夜婿入りのある家に行き、その御馳走を盗みたいと思っている。そこでさえもん五郎には婿役になってもらいたい」と言う。その話に乗ったさえもん五郎は狐の用意した御輿に乗り、婿として接待を受けた。この家の人が「婿から先に風呂に入ってくれ」と言う。さえもん五郎が風呂に入っていると、中に女中が入って来て踊り出した。さえもん五郎が怒るとあたりは突然暗くなり、よく気を付けてみると風呂と思っていたものはお寺の肥溜めであった。

結納の御馳走をかすめとる話を狐に持ちかけられる、風呂を勧められて入るとそこは肥溜めであった、という点は本話に類似する。

③の娘を狐と思い込み折檻するという話は、『因幡怪談集』「狐仇をなす事」に類話がある。その梗概は次の通り。

源兵衛という百姓が田畑に行くと狐が昼寝をしていた。源兵衛が石を当てると狐は驚いて逃げ去った。源兵衛が家に戻ると、その近所で狐が、隣村に嫁した源兵衛の娘に化けてどこかに行く。それを見た源兵衛は、「狐が昼間の仕返しするために何かしているようだ」と用心する。夕暮れ時になって、本物の源兵衛の娘がやってきた。源兵衛は一旦家に迎え入れると、「昼間の仇を取ろうと化けてきたとしても、すでに化けるところを見ておいたのだ」と言って娘を狐と思い縛り上げた。娘に焼いた鍬を当てようとするところで、妻が制止し、娘の家に使いを遣ると、本物の娘であることがわかり、源兵衛は狐にだまされていたことを悟る。翌日は親類の者共を呼び何事もなかったことを喜び祝った。

言辞に一致する点は少ないが、一度化けた姿を見せておいて、後から来る娘を狐だと思い込ませ、折檻させるという詐術は『今昔雑冥談』所収の一話と類同する。[5]

・巻五の一「滝口道則、奇術にあふ事」

『今昔物語集』巻第二〇・一〇「陽成院《やうぜいのゐん》御代《みよ》滝口《たきぐち》金《こがね》使《のつかひに》行《ゆく》語《こと》」、『宇治拾遺物語』巻九の一「滝口道則、術を習ふ事」には、陽成院の御代に、ある滝口の武士が黄金を運ぶため陸奥国に向かい、その途次信濃の国の郡司の妻に言い寄るが、男の一物を失うという幻術によって懲らしめられる。その後道則は郡司に入門し、幻術の修得を目指すが奥儀を極め得なかった、という話がある。『今昔雑冥談』『今昔物語集』『宇治拾遺物語』の三話は大筋としてほとんど同じものであるが、三話の字句の異同をみてみると、『今昔雑冥談』所収の一話は『宇治拾遺物語』の話により近いことがわかる。例えば『今昔雑冥談』『宇治拾遺物語』では主人公の名前が「滝口道則」であるのに対し、『今昔物語集』では「道範ト云滝口」とあり表記が異なる。

また陸奥からの帰路、郡司の家に再び立ち寄った際、『今昔雑冥談』では「金、馬、鷲の羽、其外珍器・珍物」を郡司に与えたとあるが、これも『宇治拾遺物語』に「郡の司に金、馬、鷲の羽など多く取らす」とあるのに符合する（『今昔物語集』では「郡ノ司ニ馬絹ナド様々ニ多ク取スレバ」とある）。

川上から流れて来る大蛇、大猪の記述などは、『宇治拾遺物語』『今昔物語集』どちらとも一致しないが、『今昔雑冥談』の本話は『宇治拾遺物語』所収の一話を典拠とするものとみて良いだろう。

・巻五の二「河州松波氏、気より幽霊を設る事」（一話目）

巻五の二は二話構成になっている。その一話目の本話は、男のもとに現れる幽霊女房は夫の心の惑いのために生まれた幻覚に過ぎないことを高徳の聖が看破する、という話である。本話が『〈太平弁惑〉金集談』巻四「女 幽霊以碁石解其惑事《おんなゆうれいごいしをもつてそのまどひをとくこと》」を意識して創作されたものであることは、樫澤葉子の前掲論文にすでに指摘がある。『金集談』とは讃岐の人・河田孤松作の読本。この世に怪異現象などないことを論証しようとする、いわゆる「弁惑物」に位置づけられる作品である。改題本として『怪談重問菁種』があり、『日本古典文学大辞典』にはそちらの書名で立項されている。『今昔雑冥談』と『金集談』の関係については後述する。

『金集談』巻四「女 幽霊以碁石解其惑事《おんなゆうれいごいしをもつてそのまどひをとくこと》」の梗概は次の通り。

唐土に若い夫婦がいたが、妻が病死する。妻が病死したその夜から、妻の亡霊が夫の枕元に現れるようになる。恐ろしくなった男はある道士にそのことを相談する。すると道士は男に碁石の数を数えた上で手に握らせ、その数を亡霊に尋ねさせたところ、亡霊はその数を正確に当てた。次の夜道士は同じ質問を、今度は男に数を数えさせずにさせた。すると亡霊は答えることができなかった。道士は、「妻の亡霊はお前の心の惑いから生まれたものであり、妻が数を当てられなかったのも、お前がそれを知らなかったからにほかならない」と諭したところ、その夜から亡霊は現れなくなった。

隠された物の中身（『今昔雑冥談』では将棋の駒）を亡霊に当てさせる、亡霊の答えと男の知識が一致していることをもって、亡霊は男の心の惑いが生んだ幻に過ぎないことを看破するという点、『今昔雑冥談』所収の一話に近い。

また『今昔雑冥談』所収の一話では、どちらかが死んだ後も後添えはもらわないと約束しながら、妻の死後その約束を破って後妻をもらった松波の元に亡霊が現れている。その亡霊は幻覚に過ぎなかったわけだが、これは『諸国百物語』巻二の九「豊後の国某の女房、死骸を漆にて塗りたること」に見えるような後妻討ちの話型を取り入れているのだろう。『諸国百物語』の一話でも、後添えをもらわないと約束した男が、妻の死後約束を違えて後妻をもらったため、亡妻が幽霊となって現れ、後妻と男を襲っている。

・巻五の二「河州松波氏、気より幽霊を設る事」（二話目）

巻五の二の二話目は四十九陰吉右衛門の姓氏由来譚である。本話の典拠として『礦石集』巻三・「陸奥国四十九院が事」が挙げられること、『今昔雑冥談』の一話の類話として『燈前新話』「四十九院弥五左衛門記」があることは、すでに堤邦彦の前掲書中の「幽霊女房譚と近世怪異小説―奥州四十九院氏の命名伝承を中心として―」に指摘がある。『礦石集』は真言僧・蓮体の勧化本で、蓮体の回国布教の体験をふまえて編まれた説教話材の筆録集。元禄六年に上方で刊行された。『燈前新話』は仙台の医師・虎巌道説による怪談集。仙台地方に伝わる話を主に、奇談三十一話を漢文体で記したもの。享保十六年以前の成立と思われる。より『今昔雑冥談』所収の話に近いと思われる、『礦石集』所収の一話の梗概を次に挙げる。

吉村治左衛門の愛妻が死去する。中陰の頃から妻の亡霊が現れるようになり、三年の間夫婦は交情する。吉村氏の家では飢人のために粥を施す習慣があった。そこに手拭いで顔を隠した女が粥を貰いに来る。下男が顔を覗くと亡くなったはずの主人の妻と瓜二つであった。吉村氏が下男に後を追わせると女は亡妻を葬った寺の四十九院に入り消える。その夜、亡妻が再び吉村氏のもとを訪れ、姿が露見したためもはやここには来られないこと、子を産んだことを告げ、子供の養育を託し消える。翌日寺に行くと四十九院のなかに赤子がいる。そのことを聞いた大名は不思議に思い、この子に四十九院の名を与える。

大筋として『今昔雑冥談』の一話は『礦石集』所収の話にかなり近い。『燈前新話』所収の四十九院氏の姓氏由来譚では、隣家の娘と夢中で交情し、子供を授かるという話になっている。隣家の娘と結ばれるという点については『燈前新話』の話に近い。

また四十九院氏の命名伝承を分析した堤邦彦前掲論文には、卒塔婆（あるいは石塔）に形象化された幽魂の子育てと遺児の姓氏由来を語る話として他に、片仮名本『因果物語』巻二十三「幽霊来リテ子ヲ産ム事」、『諸国百物語』巻五の一「釈迦牟尼仏と云ふ名字ゆらいの事」、『大和怪異記』巻二の八「石塔人に化けて子を生む事」が挙げられている。

・『金集談』との関係

『今昔雑冥談』巻一の一は次の一文から始まっている。

> 近頃《ちかごろ》『金集談』といへる書《しよ》に「凡《すべ》て世《よ》に妖怪《ばけもの》・幽霊《ゆうれい》など云ふものは実《じつ》になき事《こと》なり。皆《みな》おのれおのれが心《こころ》の迷ひよりそれぞと見《み》るなり」とて似合《にやわ》しき事ども書きつらねて証《しやう》とせり。尤《もつと》も、機辺《きへん》よりもふくる事も有《あ》るべし。しかれども実《げ》にまた有る事なり。異国本朝《いこくほんてう》、其《そ》の例多《れいおお》し。惣《そう》じて何事《なにごと》も一涯《いちがい》に片寄《かたよ》るべからず。

『金集談』とは前述した河田孤松作の読本。怪異の実在を否定したいわゆる弁惑物読本は、

　宝暦二年（一七五二）　『古今弁惑実物語』

宝暦五年（一七五五）『化物判取帳』
宝暦九年（一七五九）『〈太平弁惑〉金集談』
安永五年（一七七六）『怪談重問菁種』（『金集談』改題本）
寛政十三年（一八〇一）『怪談弁妄録』

などがある。この他、儒学、心学、神道の立場から怪異の謎解きを行う弁惑物の啓蒙書も多い。[6]

『金集談』のなかにも、

当時、狐狸《こり》及《および》天狗等に誘《いざな》はれたりと云るも、皆己が心より迷《まよ》ひたるものとしるべし。（巻二「誤踏西瓜僧感夢中地獄果事《あやまりてすいくわをふむそうむちゆうにぢごくのくわをかんずること》」）

すべて妖怪は外より来れる物には非ず、皆我一心よりかんじてなすものと自得せば、此迷ひはなかるべし。（巻三「祭未死人有感格事《いまだしせざるひとをまつりてかんかあること》」）

など怪異は人の心の迷いが生み出すものであることを主張し、怪異の存在を否定した言辞が散見する。

そのような『金集談』の主張に対して、『今昔雑冥談』巻一の一冒頭の一文では、「惣《そう》じて何《なに》事《ごと》も一涯《いちがい》に片寄《かたよ》るべからず」とあるように、心の迷いから怪異を見ることがあることは認めつつ、一方で本物の怪異もまたあるのであり、怪異を信じきることもまた否定しさることもよくないことであって、どちらかに片寄ることはいけない、と述べている。

巻五の二に収められた二話に蘇来のそのような曖昧な態度が表れている。巻五の二の一話目、松波氏の話では『金集談』の一話が典拠として用いられ、怪異の正体が松波の幻覚に過ぎないことが語られていた。[7]一方、巻五の二の二話目、四十九陰吉右衛門の話の末尾には、

此の小児成人して其の頃の吉右衛門と成りぬ。これよりして彼の卒都婆を名字に呼び、四

十九陰吉右衛門とて今に有りとなん。此の事は近来名高き説法僧《せつぼうそう》〔現存なれば名を憚る〕の品川にて談《だん》ぜらるる所なり。されば幽霊《ゆうれい》のなきにしもあらざるをや。

とあって、四十九陰吉右衛門が生存していることをもって幽霊の存在がないとも言い切れないものであることが述べられている。このことについて樫澤前掲論文のなかで、

こうした『今昔雑冥談』における冒頭と末尾の言辞により、蘇来の「奇談」の特徴が知られる。それは、幽霊は「なきにしもあらざる」もの、「実《げ》にまた有る事」であって、「何事も一涯に片寄るべからず」とする、より柔軟な姿勢であった。そのため合理的思考で一貫する、宝暦当時の「弁惑物」とは相容れなかったのである。

と述べている。本作においては怪異の存在について、柔軟とも曖昧ともいえる態度が採られているが、『今昔雑冥談』と『金集談』との関係はどのようなものなのだろうか。

蘇来が怪異をどのようなものと捉えていたかについては、なお考察の余地があるだろう。

（郷津正）

---

1 ぺりかん社、二〇〇四。
2 『近世仏教説話の研究―唱導と文芸』「『因果物語』と禅林呪法の世界」（翰林書房、一九九六）。
3 岐阜県益田郡役所編『岐阜県益田郡誌』（大衆書房、一九七〇）、下呂町史編集委員会編『飛驒下呂　通史・民俗』（一九九〇）。
4 稲田浩二、小沢俊夫編、同朋舎、一九七八年。以下に引用する昔話も同じ。
5 一度化けた姿を見せておいて、後から来る者を狐だと思い込ませ、折檻させる話としては他に『燈前新話』「涌谷野狐記」がある。
6 注2前掲書および堤邦彦『江戸の怪異譚―地下水脈の系譜』「弁惑物読本の登場―人が人を化かす話」（ぺりかん社、二〇〇四）参照。

7　巻一の一「渡辺勘解由が娘、幽霊を射留めし事」においても怪異の存在を否定しようとする態度は見られるか。貞享三年開板の弁惑物『百物語評判』には「誠に狐に変化する術あり」（巻二の一）、「狸も（中略）化くる事はをさをさ劣らず」（巻二の二）など狐狸の起こす怪異について、その存在を認める記述があり前出の『怪談見聞実記』の序には、「是所謂《いわゆる》妖《よう》は人によつて発《おこ》る物なり」と怪異は人の臆病な心から生まれるものだと、怪異の存在を否定する立場を採りながら、一方で「大抵村里《たいていそんり》の間に在もの狐狸《こり》の所業《しわざ》に過ざるのみ。是みな人の虚《きよ》に乗《じやう》じて妖怪《ようくわい》をなす物」と述べている。弁惑物の作者達においても、狐狸のなすことは、怪異として認めるべきものではなく、むしろそれは常識的・日常的な出来事の側に属するものと考えられていたようだ。渡辺勘解由の亡霊の正体が狸であったというのも、怪異の存在を否定する話なのであろう。

○『後篇古実今物語』

所蔵者　早稲田大学図書館

体裁　袋綴　半紙本五巻合一冊（元五冊）

表紙　縦二二・五㎝×横一六・〇㎝。藍色無地。巻一のみ元表紙なし。

題簽　四周双辺子持枠。各巻左肩に「古実今物語後篇　全」「後篇古実今物語（二〜五）」。縦一四・二㎝×横二・八㎝。

本文　匡郭　有枠四周単辺　縦一七・六㎝×横一三・五㎝　一〇行

板心　後篇古実。なお、目録は「後篇古実物語惣目録」。なお題名の読みは序題・内題の「後篇《こうへん》古実今物語《こじついまものがたり》」とあるのに拠るべきだろう。

挿絵　各冊見開き一丁（巻五のみ残存状況に鑑み、国立国会図書館本を使用した）

序文　末尾に「清涼井」。「蘇来」と印記。

諸本と刊記　「明和二乙酉年初春吉日／東都書肆／喜多久四郎／竹川藤兵衛／梓」と刊記される本のみ。

国会図書館本も同版。

（紅林健志）

○『当世操車』

所蔵者　国立国会図書館

体裁　袋綴　半紙本五巻合一冊（他本では五冊）

表紙　紺無地　縦二二・五cm×横一六・〇cm

題簽　四周単辺子持枠。各巻左肩に「当世操車」。縦一四・二cm×横二・八cm。他の元表紙・題簽の残っている本によれば、題の下に「一（～五）」の巻数を載せる。この部分、底本では剥落。

本文　匡郭　有枠四周単辺　縦一七・六cm×横一二・九cm　一〇行

板心　操くるま　一（～五）。なお題名の読みは、内題の「当世操車《とうせいみさをくるま》」（目録題も同じ）によるべきであろう。

挿絵　浮世草子風のものが各冊二丁（巻二のみ一・五丁）。

序文　末尾に「清涼井蘇来／明和三戌春」。

諸本と刊記

刊記から見て二種ある。底本は、「明和三戌春／書林／八丁堀岡崎町／門田庄兵衛／日本橋通弐丁目／竹川藤兵衛／馬喰丁壱丁目横丁／彫工／町田平七」とある。東京大学文学部国文学研究室本、および早稲田大学図書館本がこれに同じである。底本と他二本では、巻一では二箇所以下のような異同がある。

序ウ三行目の「実蒙」に、国会本では「まことをかうむり」と振り仮名あるが、東大国文本・早大本では振り仮名なし。

十四オ四行目　「関所《せきしょ》」が国会本では「関所《せきしょ》」、東大国文本・早大本は「所所《しょしょ》」。「関」を削り「所」を入木したようである。狂人の振りをして関所を通るという描写を憚ったためか。

ここから判断する限り、国会本がこの中では一番早いものかと思われる。

もう一種は、刊記から門田・町田を削り、「明和三年戌春／書林／日本橋通二丁目／竹川藤兵衛」とある一類で、東京大学総合図書館本・関西大学図書館中村幸彦旧蔵本・韓国国立中央図書館本・北海学園大学図書館本がこれに当たる。北海学園本は巻五のみで、巻末に「竹川藤兵衛・同藤助」の蔵版目録がある。

（宍戸道子・井上泰至）

井上 泰至（いのうえ やすし）

一九六一年京都市生まれ。上智大学大学院博士後期課程単位取得満期退学。現在、防衛大学校教授。専攻、日本近世文学（上田秋成、近世軍記、西鶴武家物、人情本など）、近代俳句。

著書に『雨月物語論 源泉と主題』（笠間書院、一九九九年）、『サムライの書斎 江戸武家文人列伝』（ぺりかん社、二〇〇七年）、『雨月物語の世界 上田秋成の怪異の正体』（角川選書、二〇〇九年）、『恋愛小説の誕生 ロマンス・消費・いき』（笠間書院、二〇〇九年）、『春雨物語 現代語訳付き』（角川ソフィア文庫、二〇一〇年）、『江戸の発禁本 欲望と抑圧の近世』（角川選書、二〇一三年）、『近世刊行軍書論 教訓・娯楽・考証』（笠間書院、二〇一四年）。共著に『改訂 雨月物語 現代語訳付き』（角川ソフィア文庫、二〇〇六年）、『春雨物語』（三弥井書店、二〇一二年）、『江戸文学を選び直す 現代語訳付き名文案内』（笠間書院、二〇一四年）、『上田秋成研究事典』（笠間書院、二〇一六年）など。

木越 秀子（きごし ひでこ）

石川県生まれ。金沢大学大学院博士課程修了。専攻、日本古典文学。主に都賀庭鐘の小説について研究。

論文に、「樵夫横尾時陰―『英草紙』第三篇再考―」（『近世文藝』第九一号、二〇一〇年）、「『莠句冊』第三篇と「酒色財気」」（『読本研究新集』第七集、二〇一五年）、「『莠句冊』第五篇を読む」（『北陸古典研究』第三二集、二〇一七年）など。

紅林 健志（くればやし たけし）

一九八二年静岡県生まれ。総合研究大学院大学博士後期課程修了。現在、国文学研究資料館機関研究員。専攻、日本近世文学。

論文に、「近世の真名本出版と『旧本伊勢物語』」（『日本文学』第六七巻第一号、二〇一八年一月）、「仮作軍記と『本朝水滸伝』」（『國語と國文學』第九四巻第一一号、二〇一七年一一月）、「『本朝水滸伝』改題考」（『近世文藝』第九五号、二〇一二年一月）など。

郷津 正（ごうづ ただし）

一九九一年生まれ。長野県出身。明治大学文学部卒、東京大学大学院博士課程中退。現在、浅野中学・高等学校専任教諭。専攻、日本近世文学。

論文に「春満と真淵の実景説」（『東京大学国文学論集』第一二号、二〇一七年三月）、共著に『上田秋成研究事典』（笠間書院、二〇一六年）がある。

宍戸　道子（ししど　みちこ）
一九七五年福島県生まれ。早稲田大学大学院文学研究科博士課程単位取得退学。明治大学非常勤講師。上田秋成の作品・思想を中心に、近年は主に秋成の浮世草子について研究を行う。
論文に、「上田秋成の学問姿勢と「不可測」の認識」（『近世文芸研究と評論』第六八号、二〇〇五年六月）、「『諸道聴耳世間狙』巻一の一の素材―道修町の小西家と当代―」（『国文学研究』一六五、二〇一一年一〇月）など。

木越治責任編集
江戸怪談文芸名作選　第三巻

清涼井蘇来集《せいりょうせいそらいしゅう》

二〇一八年四月一日　初版第一刷　印刷
二〇一八年四月五日　初版第一刷　発行

校訂代表　井上泰至
校訂者　井上泰至・木越秀子・紅林健志・郷津正・宍戸道子
発行者　佐藤今朝夫
発行所　株式会社国書刊行会
〒一七四―〇〇五六　東京都板橋区志村一―一三―一五
電話：〇三―五九七〇―七四二一　ファクシミリ：〇三―五九七〇―七四二七
HP　http://www.kokusho.co.jp　E-mail　info@kokusho.co.jp
印刷所　三松堂株式会社
製本所　株式会社ブックアート
装　幀　長井究衡
ISBN978-4-336-06037-2
乱丁・落丁本はお取り替えいたします。

定本 上田秋成研究序説

高田衛

A5判／五三二頁／一二〇〇〇円

昭和四三年にごく少部数が刊行されたきり、長らく入手困難であった、近世文学の泰斗・高田衛の原点であり代表作である、上田秋成をめぐる研究書が遂に復刊なる。原本に新たに『春雨物語』に関する論考を付した決定版。

児雷也豪傑譚 全二巻

高田衛監修／服部仁・佐藤至子編・校訂

菊判／六八二頁・六四四頁／揃五八〇〇〇円

京極夏彦氏、延広真治氏推薦！ 蝦蟇の妖術の使い手にして永遠の「ヒーロー」児雷也の活躍を、遠大かつ雄渾なスケールのなかに描きだした、江戸期合巻中の最高峰が、原本の全挿絵とともについによみがえる。

白縫譚 全三巻

高田衛監修／佐藤至子編・校訂

菊判／七九二頁・七六〇頁・七一二頁／揃八八〇〇〇円

変幻自在の妖術を操り、御家再興と九州平定を誓う、美貌の妖賊・若菜姫の活躍を壮大なスケールで描いた、全九〇編にも及ぶ合巻中の最大にして最高の傑作伝奇長篇。原本の挿絵も全て収録。

昭和戦前期怪異妖怪記事資料集成 全三冊

湯本豪一編

A4変型判／上・中＝各五〇〇〇〇円、下＝五五〇〇〇円

明治期、大正期に続く、怪異妖怪記事シリーズ三部作がついに完結。太平洋戦争終結までの昭和二〇年間の怪異記事四六〇〇件を集大成。妖怪学をはじめ、民俗学、歴史学、文学研究の第一級資料。上・中・下巻の全三冊を刊行。

税別価格。価格は改定することがあります。

木越治責任編集

江戸怪談文芸名作選　全五巻

四六判・上製函入

＊

第一巻　新編浮世草子怪談集

校訂代表：木越治（金沢大学名誉教授）

収録作品＝「玉櫛笥」「玉箒子」「都鳥妻恋笛」

近世怪異小説の鼻祖浅井了意の衣鉢を継ぐ林義端の手になる奇譚集の至宝『玉櫛笥』『玉箒子』と、隅田川物伝奇長編の傑作『都鳥妻恋笛』を収める。

第二巻　前期読本怪談集

校訂代表：飯倉洋一（大阪大学教授）

収録作品＝「垣根草」「新斎夜語」「続新斎夜語」「唐土の吉野」

都賀庭鐘作の可能性が浮上している佳品『垣根草』、早くから名を知られながら紹介の遅れていた『唐土の吉野』、高踏的な内容の『新斎夜語』正・続二編を収録。

第三巻　清涼井蘇来集

校訂代表：井上泰至（防衛大学校教授）

収録作品＝「古実今物語」「後篇古実今物語」「当世操車」「今昔雑冥談」

清涼井蘇来は、後期江戸戯作の成立を考えるためには欠かせない作家である。これまでほとんど紹介されたことのない彼の作品を一巻にまとめ、その精髄を知らしめる。

第四巻　動物怪談集

校訂代表：近衞典子（駒澤大学教授）

収録作品＝「雉鼎会談」「風流狐夜咄」「怪談記野狐名玉」「怪談名香富貴玉」「怪談見聞実記」

殺された鼠が人間に化けて復讐する話、猿に変じた人間がもとに戻る話等、動物が怪異の主体として活躍するファンタスティックな物語を多く収録するユニークな一巻。

第五巻　諸国奇談集

校訂代表：勝又基（明星大学教授）

／木越俊介（山口県立大学准教授）

収録作品＝「向燈賭話」「続向燈賭話」「虚実雑談集」「閑栖劇話」「玉婦伝」「四方義草」

地域色豊かな多彩な怪談・奇談を一挙に集成して怪談が成立するまでのプロセスを辿り、諸国奇遊の旅へ誘う一巻。